SISTER

시
스
터

시스터

초판 1쇄 찍은 날 | 2011년 1월 7일
초판 1쇄 펴낸 날 | 2011년 1월 14일

지은이 | 조례진
펴낸이 | 서경석

편집책임 | 유경화
편집 | 이수민

펴낸곳 | 도서출판 청어람
등록번호 | 제1081-1-89호
등록일자 | 1999. 5. 31
어람번호 | 제5-0278호

주소 | 경기도 부천시 원미구 심곡2동 163-2 서경B/D 3F (우) 420-822
전화 | 032-656-4452 팩스 | 032-656-4453
http://www.chungeoram.com
E-mail | chungeoram@chungeoram.com

ⓒ 조례진, 2011

ISBN 978-89-251-2404-9 03810

SISTER

조례진 장편 소설

시
스
터

도서출판
청어람

목차

1

　"나, 여자 있다."

　반찬호, 올해 쉰여섯.

　꿈도 많고 탈도 많은 열다섯, 벅찬 청운(靑雲)의 꿈을 안고 머나먼 서울 땅으로 상경했다. 경상도 두메산골은 농사일 외에 배운 것 없어도 야심만큼은 세계정복을 해도 모자란 까까머리 소년의 포부를 담기에는 너무나 좁고 비루했기 때문이다. 그리하여 연고 없는 서울의 막노동판에서 새우잠 자며 한 푼 두 푼 모은 돈으로 제법 그럴듯한 식당을 열 수 있었다.

　그야말로 그의 뜨거운 육수(!)로 지어 올린 설렁탕 집이었다. 비록 경기도 외곽에 가까스로 얻은 허름한 밥집이었고, 막노동판에 드나들며 친분을 쌓은 용역 형님들은 쉽게 갈 수 있는 길을 어렵게 간다며 비웃었다. 그러나 평생 우직한 소처럼 일밖에 몰랐던 수박 농부의 피는 건달의 길을 용납하지 않았다.

그런데!

형님이라고 부르며 따랐던 동업자가 돈을 모조리 들고 날랐던 것이다!!

이런 개 후레자식 같은…… 아니, 흠흠, 이것이 아니고, 아직도 그때 일을 생각하면 자다가도 이를 박박 갈 지경이었지만, 얼마 뒤 도박으로 다 탕진하고 다시 이 바닥으로 돌아온 걸 아주 극진히 대접(?)해 준 만큼 모두 옛날 이야기였다.

아무튼 그렇게 녹록치 않은 세상의 쓴맛을 보고 약간 삐딱선을 탈 무렵, 근처 식당에 일하던 애 엄마를 만나 결혼하게 되며 다시 건실한 가장의 길을 걷게 되었다. 그 같은 건달에게는 과분하게도 성품은 그야말로 천사였고 외모도 인근 사내놈들이 모두 껄떡거릴 만큼 곱고 어여쁜 여자였다.

그런데 박복한 놈은 뒤로 넘어져도 코가 깨진다더니, 아내는 결혼한 지 5년밖에 되지 않아 암으로 세상을 떠났다.

아아, 미인박명(美人薄命).

지상에 잠시 다녀간 천사였던 아내가 남긴 것은, 그녀와 꼭 닮아 더 가슴을 아프게 했던 작고 어린 외동아들뿐이었다.

바로, 지금 눈앞에 산적 두목의 포스로 밥을 말아 마시고 있는 시커먼 사내자식 말이다.

"지금 내가 한 말 들었냐?"

찬호는 들은 척도 하지 않는 아들을 물끄러미 보며 물었다. 하지만 돌아오는 대답은 없었다. 후르르륵, 굵고 자란 머슴이 국밥을 게걸스럽게 마시는 것 같은 소리만 돌아올 뿐.

흰머리가 희끗한 관자놀이에 울컥 핏대가 돋았다.

"이……!"

아내가 그렇게 당부했음에도 고치지 못한 다혈질이 왈칵 돋는 찰나, 탁! 밥그릇이 식탁을 때렸다.

"언젠 없었습니까?"

뒤이어 들려온 것은, 싸가지로 국밥을 세 그릇 말아먹고도 남을 낮은 목소리였다.

찬호는 침통함을 참을 수가 없었다. 어렸을 때는 아내를 그대로 찍어놓은 듯해서 오히려 사내 노릇이나 하겠나 싶었건만…….

대접에 뜬 물처럼 밥을 마시고 있던 아들놈은 올해로 서른둘. 또래보다 조금 작은 듯싶었던 키는 중학생이 되고부터 뼈에서 섬뜩한 소리가 들려올 만큼 하루가 다르게 자라더니, 이제는 옛날 사람치고 큰 그보다 머리 하나는 더 쑥 올라가 있었다. 그뿐이랴? 외탁의 흔적은 세월이 갈수록 사라지고, 남은 것은 이제 그를 그대로 찍어놓은 것 같은 친탁의 흔적뿐.

치켜뜨면 가끔 저도 움찔할 만큼 날카로운 눈매도, 언뜻 비웃는 것 같은 입매도, 제 할아비가 '아랫도리 간수 못하면 가시나 여럿 잡아!' 라고 호언장담했던 얼굴도, 물보다 진한 피의 힘에 때로 그도 몸을 떨게 될 지경이었다. 물론 어려서부터 외모와 달리 성격은 지나치게 제 주장이 뚜렷한 듯싶었지만, 그래도 이 정도일 줄은 몰랐다. 가끔은 이 녀석의 멱살을 붙들고 '내 아들을 돌려줘!' 라고 외치고 싶을 따름.

"뭐하십니까?"

아들 창진은 하늘에 대고 기도하는 모양새로 손을 모으고 있는 그를 의아한 듯이 보았다. 그제야 찬호는 흠흠 목을 고르며 자세를 바로 했다.

"이번엔 진짜다. 진지해."

꿈같이 짧은 결혼생활로 떠난 아내가 그리워 여러 여자를 만났던 건 사실이었다. 하지만 변론을 해보자면, 다 가슴이 헛헛해 그랬던 것이고, 그것도 아내를 떠나보낸 후 10년간은 아들 창진만 보고 살며 정절을 지켰다.

그것에 생색을 낼 생각은 없지만, 이제는 아내도 이해해 주리라 믿었다. 이미 아내는 병상에 누워 자신이 가고 나면 꼭 재가를 하라고 당부했었지만 말이다.

아아, 정말 천사 같은 여자였지…….

문득 울컥하는데, 그 아내의 피를 이었다고는 도저히 믿기 힘든 아들놈은 그가 감상에 젖어 있거나 말거나 담담히 자리에서 일어났다.

"출근해야 해서 먼저 일어나겠습니다."

그러더니 의자에 걸쳐 둔 양복 상의를 입고 집안일을 봐주는 창동댁에게 잘 먹었다고 인사하고는 정말 부엌을 나서려는 게 아닌가?

찬호는 나이가 들고도 단단한 미간에 굵은 주름을 잡았다.

"그것도 직장이라고 꼬박꼬박 출근을 해?"

"그럼 멋대로 굴러가게 둡니까?"

저, 저……. 아비한테 대답하는 본새하고는.

어미 없는 놈이 안쓰러워 가끔 야자도 트면서 친구처럼 동생처럼 키웠더니, 이제는 정말 아비가 지 친구인 줄 아는 모양이었다.

"앉아라."

가장으로서의 위엄을 갖추고 말했더니 돌아보는 눈에 귀찮은 기색이 역력했다.

"아! 앉으래도! 내 말 안 끝났어!"

결국 또 벌컥 성을 내니 옅은 한숨을 내쉬었다.

"저도 귀 뚫려 있습니다. 충분히 알아들었어요. 만나는 분이 있다는 말씀이시죠?"

답지 않게 고분고분하게 말하니 오히려 이쪽이 '어, 그, 그렇지' 하고 대답하게 되었다.

"결혼하시게 되면 더 듣겠습니다. 정말 가봐야 해서 먼저 갑니다."

아내를 먼저 보내고 근 30년. 여러 여자를 만나보았지만 아내만큼 사랑할 수 있는 여자를 쉽게 찾을 수 있을 리 없었다. 그리고 어떤 여자를 만나도 떠난 아내의 대역을 찾고 있을 뿐임을 깨닫고 그만둔 것이 여러 차례. 그래도 가까이 사는 피붙이라고 는 둘뿐이라 좀 그럴듯한 여자를 만날 때마다 신나서 떠들어댔으니 이제 저런 반응인 것도 이해는 갔다. 하지만 자신도 인정하건대 누가 그 아비에 그 아들 아니랄까 봐, 저리 성격이 급해서야 사업이라고 잘하겠나 싶어 쯧쯧 혀를 내차게 되었다. 아까도 조용히 밥을 먹다가 영 답답했는지 밥에다 국을 말아서 그냥 마셔 버리는 급한 성질머리를 보면 저놈이 한술 더 뜨는 것 같았다.

"그럼 더 들어라."

그제야 걸음이 멈칫했다. 아들을 상대로 치졸한 것을 알아도, 찬호는 승리감에 씩 웃어버렸다.

창진은 조금 놀란 듯이 그를 돌아보았다. 하기야, 여러 여자를 만나도 '결혼'을 운운하는 것은 이번이 처음이니까.

"결혼, 하신다는 말씀입니까?"

승리감에, 찬호는 나이에 맞지 않게도 손가락으로 'V' 자를 그렸다.

"어제 프러포즈했다."

창진은 설핏 미간을 찌푸렸다.

"설마 상대분이 받아들이시진 않았겠죠."

"받아들였어."

저기 미간에 잡힌 골이 조금 더 깊어졌다. 그리고 무언가 생각하는 듯싶더니 지나가는 투로 중얼거렸다.

"설마 저보다 어리진 않겠죠."

찬호는 '응?' 되묻고 무슨 소리냐는 듯 말했다.

"당연히 너보다 어리지."

아마 한 10년쯤일까? 그간 처음으로, 찬호는 아들의 기겁하는 얼굴을 보았다.

"윗방아기가 필요하신 겁니까? 차라리 보약이라도 한 채 지어달라고 하시죠!"

저게 뭔 코끼리 뒷다리 긁는 소리인가 싶어 '으응?' 반문한 찬호는 그제야 생략된 주어로 인한 크나큰 오해가 있었음을 깨달았다. 얼굴이 시뻘겋게 달아올랐다.

결국 밥그릇 위에 놓여 있던 숟가락을 훅 내던져 버리고 말았다. 물론 얄미운 놈은 대수롭지 않게 허공에서 숟가락을 받아냈고.

"이놈이 지 아비를 어찌 보고! 네 여동생 될 아이가 너보다 어리단 말이다! 내 아내 될 여자는 당연히 너보다 두 배는 더 산 훌륭한 성인 여성이고!"

서른둘의 그보다 어려도 훌륭한 성인일 수 있다는 사실은 어쨌거나, 오해가 풀렸을 것임에도 창진은 미간에 더 깊이 주름을 잡았다.

"혹 딸린 과부란 말입니까?"

찬호는, 저딴 소리나 지껄이는 싸가지없는 제 아들을 물끄러미 보았다. 그리고 툭 말했다.

"넌 혹 아니냐?"

밤의 끝을 잡고 절정을 향해 달려가는 비트는 심장을 집어삼킬 듯이 쿵쿵 울려왔다. 색색의 불빛이 어지럽게 춤추고, 뒤엉킨 육체들이 땀에 번들거리며 선정적으로 움직였다. 아귀(餓鬼)들이 지옥에서 절규하듯 혼돈에 가까운 모습이었다.

아귀들이 술잔을 높이 들 때마다 반드러운 호박색 액체가 허공에 흩뿌려지고, 곳곳에 담배 연기가 음산한 안개처럼 번져 갔다. 광란의 숲. 검은 콩나물시루들이 빽빽한 스테이지는 흡사 밤이 되어 살아난 숲 속의 나무들이 무아지경으로 춤을 추고 있는 것 같기도 했다.

길게 담배 연기를 내쉰 창진은 2층 난간에 팔을 걸치고 스테이지를 무심한 눈으로 내려다보았다. 사방이 광란의 바이러스에 감염된 가운데, 그만이 유일하게 이 밤의 전염병에 면역력을 가진 이인 성싶었다. 그리고 그런 그에게로 또 한 명의 좀비가 흐느적거리며 다가왔다.

"어머, 오빠!"

이 풍요로운 대한민국 땅에서 옷 지어 입을 천이 부족한 것도 아닐진대 여자는 거의 헐벗고 있었다. 그리고 이미 어떤 놈과 붙어 입술박치기 한번 진하게 하고 난 후인 듯 썰면 네 접시쯤 나올 것 같은 명란젓이 통통 부어 있었다.

"오랜만이다! 요즘 왜 이렇게 안 보였어? 나 안 보고 싶었어?"

우연을 가장하고 나빌레라 그에게 다가온 여자는 건장한 어깨에 손을 얹고자 살포시 뻗었다. 그러나 그 직전에 쿵쿵 울리는 비트를 뚫고 서늘한 읊조림이 날아왔다.

"건드리지 마라."

손끝이 어깨에 닿기 1㎝ 전에서 멈칫했다.

여자는 돌아보지도 않는 창진의 등에 대고 아니꼬운 표정을 지어 보이고, 언제 그랬냐는 듯 옆의 난간에 몸을 기대며 애살스러운 목소리를 내었다.

"아이 참, 오빠는. 여전히 무뚝뚝하다니까. 뭐, 우리 오빠는 그게 매력이지만. 후훗."

유혹하듯이 상체를 기울이고 귓가에 달착지근하게 읊조렸건만, 돌아오는 것은 파리를 내쫓는 듯한 손짓뿐이었다. 그것도 담배를 쥔 손이라 불똥이 튈까 봐 여자는 급히 상체를 뒤로 젖혔다.

"우리 오빠 좋아하네. 네가 내 여동생이냐?"

담배를 입에 물고 한 번 길게 내쉰 창진은 무심하게 읊조렸다.

"하나도 성가시다."

시끄러운 소리 때문에 그 낮은 읊조림을 알아듣지 못한 여자는 '뭐라고?' 하고 목청껏 반문했다. 하지만 역시 돌아오는 것은 가라는 손짓뿐. 여자는 보톡스 때문인지 격한 마찰 때문인지 퉁퉁 부은 입술을 삐쭉였다.

"가라면 못 갈 줄 알고? 나도 오빠가 여기 사장님이라서 아는 척해준 것뿐이거든! 노땅 주제에 튕기긴! 흥이다!"

여자는 하이힐을 쿵쿵대며 가기 시작했다. 그러나 바로 그에 대해서는 잊어버린 듯 곧 저쪽에 손짓하는 남자에게로 한 마리의 나비인 양 팔랑팔랑 날아갔다.

창진은 그런 그녀를 피식 웃으면서 보았다. 스물의 나이트 죽순이가 앙앙대 봤자 그저 가소롭게 귀여울 뿐, 저런 게 하나둘도 아니었다.

마지막으로 스테이지를 돌아본 그는 춤추느라 정신없는 사람들을 뚫고 '관계자 외 출입금지' 패널이 붙은 문을 열고 들어갔다. 그리고 문이 닫히자 쿵쿵 울리는 비트가 아련한 복도를 지나 사무실로 들어섰다.

"집 좀 알아봐라."

사무실의 소파에 앉아 있는 남자는 발로 문을 밀고 들어선 그를 의아하게 돌아보았다.

"갑자기 집은 왜?"

창진은 비어 있는 중앙의 소파에 가 덜썩 앉고는 뻐근한 듯 목을 옆으로 꺾었다. 그러자 뼈가 마찰하는 소리가 '뚝' 하고 섬뜩하게 울렸다. 이내 대수롭지 않게 고개를 바로 하고 말했다.

"내 나이 서른둘인데 이제 독립할 때도 됐지."

남자, 이곳의 매니저이자 창진의 고등학교 동창인 태후는 피식 웃었다.

　"아버님이 절대 허락하실 리가 없을 텐데?"

　"그래. 결혼도 하지 않은 아들놈이 어디 분가를 하냐고 소리 치시겠지."

　생각만 해도 성가신 듯, 창진은 엄지손가락으로 주름이 잡히려는 미간을 문질렀다.

　"그런데? 설마 결혼하냐?"

　"한다."

　태후는 원래부터 담력이 좋았거니와 이제는 이 바닥에서 잔뼈가 굵어 어지간한 일에는 놀라는 척도 하지 않았다. 그런 그가 눈을 크게 떴다.

　"뭐라고? 정말 한다고? 결혼을? 네가?"

　"아니. 우리 집 꼰대가 결혼하신단다."

　'아……' 하며 잠깐 납득하는 듯했으나, 이 또한 놀랍기는 마찬가지였다.

　"아버님이?"

　"그래. 아까 출근하기 전에 천명하시더라."

　"헤에……. 그래서 너더러 분가하래?"

　담배를 쥔 채로 잠시 말이 없던 창진은 슥 그를 보고 툭 물었다.

　"그랬겠냐?"

태후는 난감한 듯이 웃었다.

"당연히 아니겠지."

엄연히 이쪽은 고용인이고 저쪽은 고용주였지만, 고등학교 동창으로 시작해 알아온 세월이 도끼자루가 썩을 지경이다 보니 둘만 있을 때는 서로 말투가 자유로운 편이었다. 물론 그만큼 서로의 집안에 대해서도 잘 알았다.

창진은 힘있게 담배를 빨고 두어 번 피운 장초를 그대로 재떨이에 비벼 껐다. 그러면서 성가신 기색이 역력한 투로 말했다.

"상대 쪽에 딸이 하나 있다나 봐. 스물여덟 살인가 한다는데……."

말을 듣다 말고 태후는 갑자기 박수를 쳤다. 안 그래도 심기가 불편한 창진은 아수라백작 같은 눈매를 확 치켜들었다.

"한판 뜨자고?"

"한판은 무슨. 우리가 아직도 팔팔한 10대인 줄 아냐? 아무튼 그게 아니라, 이거 꽤 로망이잖아."

창진은 그야말로 '무슨 개풀 뜯어먹는 소리냐' 하는 눈으로 그를 보았다.

"부모님의 재혼으로 성인이 되어서 만난 남매. 두근두근한 한집 생활. 세탁기에서 나온 여동생의 레이스 속옷. 욕실 문을 열었는데 막 샤워를 하고 나온 여동생이 얼굴을 붉히며 꺅, 오빠 변태……. 알았다. 그만하마. 그 재떨이는 내려놓지?"

기계적으로 순정만화에서나 볼 법한 카피를 읊던 태후는 음산한 눈빛으로 재떨이를 흉기처럼 치켜든 남자에게 얼른 손을 내밀어 보였다. 재떨이를 내치듯 내려놓은 창진은 쯧 혀를 찼다.

"천 놈 색은 죽어서도 못 뺀다더니 불알 떼놓은 전적 티 내냐?"

거친 말에도 태후는 태연하게 어깨를 으쓱였다.

"전직 순정만화 잡지기자가 어때서?"

어지간히 이 상황이 마음에 들지 않는지 또 담배를 꺼내 문 창진은 뿌옇게 번져 가는 연기 사이로 눈을 가느다랗게 뜨고 중얼거렸다.

"평생 '꺅, 오빠 변태' 이딴 카피나 적으면서 썩게 내버려 뒀어야 하는 건데."

이야기인즉, 창진은 아버지에게 의자로 두들겨 맞고 방에 감금당한 채 할 게 없어서 공부만 하다가 제법 좋은 대학까지 나오긴 했지만 애초에 공부에 뜻이 없었다. 아니, 어쩌면 있었을 수도 있지만 반건달로 살아온 당신이 부끄러워 '검사나 판사!'를 부득불 외치던 아버지에 대한 반항심으로 대학까지만 순순히 가고 아주 쌈빡하게 공부를 손에서 놓았다. 그리고 광란의 젊음을 즐겼다. 그러는 와중에 타고난 담력으로 이 일대를 정리하고 나이트 사장이 되긴 했는데, 문제는 그는 철학과 전공이었다.

푸하하하!

반창진이 철학과 전공!

정말 호랑이가 풀이나 뜯어먹을 소리가 아닌가? 물론 그것도 최대한 '검사나 판사' 혹은 그와 비슷한 어떤 것과도 관련이 없는 제 기준에 비실용, 비인기학과를 가느라 그랬던 것이지만, 문제는 그 덕분에 '경영'의 'ㄱ'자도 모른다는 것이었다. 그도 그렇거니와, '나이트 사장=조직폭력배'라는 공식화된 선입견에는 미안하게도 조직폭력배가 아닌 창진은─일단 그랬다면 아버지한테 존속살해를 당했을 터─다른 사회적(?) 관계를 유지하는 데 바빴으므로 무엇보다 경영 매니저를 고용하는 것이 시급했다.

그런데 마침 그 곁에 고등학교 동창인, 명문대 경제경영과 출신으로 애먼 짓을─역시 제 기준에─하고 있는 태후가 있었던 것. 싸움에서도 애정 관계에서도 손이 빠른 창진은 바로 명불허전임을 보여주었다.

그리하여 세월이 흐르고 바야흐로 지금.

창진은 아무래도 경영난에 골치를 썩던 그때만큼 난관에 부딪힌 것 같았다.

"아무튼 아버님이 결혼하시면 넌 나가 살 거라고?"

"그래야지."

사무실에 들어와서 벌써 담배가 세 대째였다. 원래 헤비 스모커이긴 하지만, '그' 아버지의 벽을 어찌 넘나 고민스러운 것일 터.

하긴, 감히 반창진을 누를 수 있는 사람은 아버지뿐이지 않던가? 그것도 요즘은 나이가 들어서 좀 힘에 부치는 것 같으나 썩어도 준치. 찬호가 고집을 꺾지 않는 한 창진이 결혼 전에 분가할 수 있는 방법은 없었다.

뭐, 결혼을 한다고 해도 찬호가 안 그래도 휘어잡기 힘든 아들을 선뜻 분가시키려고 할지는 미지수지마는.

태후는 어깨를 으쓱였다.

"뭐 어때? 처음으로 여동생이 생기는 건데, 그냥 예뻐해 주면서 같이 살면 되잖아?"

"여동생 좋아하네. 나랑 피가 섞였어, 어렸을 때부터 같이 살기를 했어. 그냥 여자지. 그것도 스물여덟이나 먹은."

하기야, 십대 때만 되었더라도 적응할 수 있을지 몰라도 지금은 많이 늦은 감이 있었다. 하지만 떼먹은 자습서 값을 어떻게 거짓말할까 생각하는 소년처럼 생각에 빠져 있는 저 모습을 보니, 뭐랄까, 이 기회에 그 아버지한테서 화끈하게 해방되어 보자는 심산인 것 같았다.

물론 둘이 사이가 나쁜 것은 아니었다. 오히려 옆에서 보고 있으면 티격태격해도 결국은 서로밖에 모르는 형제 같았다. 하지만 결혼하지 않았다고 이미 다 크다 못해 늙어가는 시점에 접어든 아들을 어떻게든 끼고 있으려고 하는 아버지와 천년만년 사는 것은 다른 문제였다.

"그럼 뭘 고민해? 그런 건 어련히 부모님께서도 생각하시지 않겠어? 아버님부터 나가 살라고 할지도 모르고. 여자를 내보내진 않을 테니, 나가야 한다면 너겠지."

창진은 '그럴까?' 하며 그를 보았다. 몸을 쓰는 타입답지 않게 섬뜩할 만큼 비상하게 머리가 돌아가는 녀석이 가끔 이렇게 단순할 때가 있었다. 태후는 고개를 끄덕였다.

"그나저나 궁금한데?"

고민이 일단락된 듯 후련한 얼굴로 일어난 창진은 '뭐가?' 하고 물었다.

"네 여동생이 될 여자. 예쁠까? 오빠~ 하고 따르면서."

막 사무실을 나서는 창진은 낄낄 웃었다.

"넌 진짜 그 머리부터 세탁해야 돼. 부모님의 재혼으로 남매가 된 여동생이 예쁘고 애교스럽기까지 할 확률이 얼마나 되냐? 기대하질 마라. 사실을 확인하고 살기 싫어질 수가 있으니."

타악. 사무실 문이 닫히고, 정말 그렇다 싶어 태후는 피식 웃어버렸다.

발렛 파킹을 맡기고 호텔 앞에 선 창진은 담배를 꺼내 물었다. 처음 만나는 자리이니만큼 담배도 피우지 말라고 몇 번이고 들었지만 짜증이 나서라도 한 대 피워야지 안 될 것 같았다. 넥타이를 매어본 게 얼마 만인지, 목이 갑갑해서 확 뜯어버리고 싶었다.

아버지는 아들이 샐러리맨이 될 수 없는 첫 번째 이유를 알긴 아는 걸까?

이건 뭐, 교수형당하는 사형수도 아니고 왜 목에 액세서리 같지도 않은 줄을 매고 있어야 하느냔 말이다. 넥타이도 답답하고, 상견례면 상견례지 그까지 나와야 하는 상황도 불유쾌하기 그지없었다. 젠장, 혹 취급을 한 주제에 부득불 오라는 건 또 무슨 심보야?

아무튼 그에게도 상식이란 건 있어서 새어머니가 될 여자라면 일단은 건실한 청년인 척해줘야 할 터. 자신이 앞으로 지껄일 말들을 생각하니 벌써부터 입에 가시가 돋는 것 같았다. 그에 넥타이의 매듭을 풀어놓고 아이우에오 입 운동을 하고 있는데, 뒤이어 온 차가 정문 앞에 섰다.

특이한 청은색의 BMW.

도장을 한 것 같은데, 꽤 멋진 색이라 반사적으로 휙 휘파람을 불었다. 그 소리가 제법 컸는지 막 차에서 내려서 발렛 파킹 직원에게 키를 맡긴 여자가 그를 돌아보았다. 그제야 이곳은 평소 그가 있는 곳이 아닌, 머리부터 발끝까지 명품으로 치장한 여자들과 양복 깃에 금배지를 단 남자들이 지나다니는 곳이란 걸 깨달았지만, 그래 봤자 신경 쓸 그가 아니었다.

보란 듯이 여자를 마주 보았다.

멀어서 잘은 몰라도 키는 160㎝쯤? 상당히 작은 듯싶은데, 일단 비율이 좋아서 몸매 또한 제법 좋아 보였다. 부드러운 핑크색 재킷에 걸을 때마다 늘씬한 하얀 다리에 시폰 치맛자락이 나비 날개처럼 가볍게 휘감기고, 단정하게 늘어트린 긴 생머리에 한쪽 팔에 걸친 가방은 샤넬. 빙긋이 웃는 이목구비가 오밀조밀해 귀여운 느낌이면서도 묘하게 성인 여자 같은 게, 꽤나 의미심장한 느낌이었다.

'흐음, 예쁜데?'

창진은 능숙하게 웃어 보이고 지나가는 여자를 시선으로 좇았다.

제법 구미가 당겼다. 잘 자란 아가씨 같긴 해도 오늘 이런 자리만 아니었다면 한 번 작업을 걸어봤을 터. 그저 '이런 자리'라는 게 아쉬울 따름이었다.

마지막까지 담배를 다 피운 창진은 꽁초를 재떨이에 비벼 끄고 안으로 들어갔다. 그리고 무슨 왕궁처럼 돈지랄한 티가 철철 흐르는 로비를 지나 보기만 해도 눈이 아픈 황금색이 번쩍거리는 엘리베이터로 다가갔다. 아까 여자는 엘리베이터 앞에서 기다리고 있었다.

'이런 자리'라지만, 창진은 꽃을 찾는 나비처럼 네 개나 되는 엘리베이터 중에서 본능적으로 여자가 기다리고 있는 옆에 섰다. 그리고 아차 싶었으나, 뭐 옆에 선 것 정도야 어떠냐 싶어서 그냥 서 있었다. 그리고 보니 거울 같은 엘리베이터의 문에 제느슨한 넥타이가 비춰서 약간 한숨을 내쉬고 넥타이를 제대로 고쳐 맸다.

"처음 오셨어요?"

문득 꿀처럼 달콤한 목소리가 물었다.

창진은 옆을 돌아보았다. 아니, 내려다보았다. 제 어깨까지밖에 오지 않는 그 여자가 빙긋이 웃고 있었다.

가까이서 보니 더 어려 보였다. 그런데도 막연히 '어리다'란 느낌이 들지 않는 이유는, 남자를 상대로 짓는 미소가 능숙하고 사분히 휘어지는 눈매가 묘하게 유혹적이었기 때문이다. 하지만 그 외엔 정말로 '곱고' '단정하고' '아가씨' 같았다. 주위로 몽글몽글하고 따스한 기운이 번져 가는 것 같은 게, 그 같은 거친 남자도 세상에 이런 생물이 다 있나 싶어 뭉클할 지경이었다.

첫눈에 묘하지만, 찬호가 30년 내내 '천사', '기적', '여자 중의 여자', '꽃' 운운해 온, 기억도 나지 않는 친모가 이런 느낌이었을까 싶었다.

"예."

창진은 태후가 누누이 가증의 끝이라고 칭한 웃음을 지었다. 굉장히 신임이 가는 청년 사업가처럼 보인다나.

이런, '청년 사업가 맞잖아?'라고 했다가 '서른 넘은 주제에 청년 같은 소리 하네!'라는 대답을 듣고 서로 한 대씩 날린 기억까지 나서 저도 모르게 인상을 찌푸릴 뻔했다.

"약속이 있어서."

"저도 약속이 있어서 왔어요."

소녀처럼 천진하게 웃는 게 꽤나, 아니, 객관적으로 봐도 상당히 귀여웠다. 아는지 모르겠지만, 남자의 가슴에 직격탄을 날리는 웃음이랄까.

"처음 만나는 자리인데 어젯밤에 긴장이 돼서 한숨도 못 잤지 뭐예요. 아침부터 미용실도 다녀오고, 화장도 몇 번이나 고치고……. 몇 개 없는 비싼 백도 꺼내 들었어요. 이거."

여자는 조금 상기된 얼굴로 웃으며 제 백을 들어 보였다. 창진은 의아해져 뒤를 돌아보고 이미 직원이 몰고 간 차 쪽을 가리켰다.

"BMW?"

단어로만 묻는 질문을 알아들었는지, 여자는 예의 그 수줍은 웃음을 지었다.

"아, 그건 어머니 차예요. 엄하셔서 이럴 때만 몰게 해주시거든요."

청은색 BMW를 모는 어머니라, 그조차 만나보고 싶은 인물이었다. 꽤나 멋진 아주머니일 것 같다고 해야 할까.

그렇다면 다행히 이쪽은, 명품 정키는 아닌 것 같고.

"아무래도 잘 보이고 싶으니까."

여자는 싱긋 웃으며 말하고 다시 고개를 돌렸다. 창진은 조금 '어라?' 싶어졌다. 분명히 마음이 있는 거라고 생각했는데, 담백하게 말만 끝내는 모습을 보니 착각이었던 걸까? 여자 딴에는 긴장되는 모종의 첫 만남 때문에 잠깐 정신을 분산시키기 위해 말을 걸었던 모양.

뭐랄까. 이쪽에 관심이 없다고 생각하니 오히려 살짝 승부욕이 돋았다.

그때 마침 엘리베이터가 도착했다. 여자가 타길 기다렸다가 뒤따라 올라탄 창진은 버튼을 누르려는 그녀보다 먼저 손을 뻗었다.

"몇 층까지 가십니까?"

제법 장난스럽게 말하자 여자는 나직이 웃고 말했다.

"스카이라운지까지요."

13층을 누르고 똑바로 서자 둘을 태운 엘리베이터는 유리창 너머 바쁜 서울을 비추며 올라가기 시작했다.

3층쯤 왔을 때, 그가 따로 버튼을 누르지 않는 것을 봤다면 보통 이 정도로 대화하고 난 후엔 그쪽도 스카이라운지에 가냐고 물을 텐데 여자는 가만히 서 있을 뿐이었다. 그에 창진은 다시 한 번 먼저 나섰다.

"혹시 선보십니까?"

긴장되는 첫 만남. 잘 보이고 싶은 것. 아무래도 선뿐이었다.

뭐, 그렇다고 만나러 가는 길에 다른 남자와 전화번호를 주고받으면 안 된다는 법은 없으니까.

여자는 '저요?' 하고 돌아보았다. 창진은 조금 웃었다.

"여긴 저희 둘뿐인데요."

여자는 '아차' 하는가 싶더니, 버릇인 듯 사분히 눈웃음을 지으며 웃었다.

"글쎄요."

그리고는 다시 고개 돌리는 뒷모습을, 창진은 살짝 찡그린 눈으로 보았다.

뭐야, 이건. 진짜 아무것도 모르는 거야, 아니면 완전 고단수인 거야?

아무것도 모르는 게 가장 무서운 거라더니, 어쩌면 몇 수를 먼저 내다보고 있는 달인 같기도 하고…….

"실례가 아니라면 한 가지 말씀드리죠."

"네?"

여자는 마치 토끼 같은 눈을 하고 그를 보았다.

그러고 보니 하얗고 뽀송뽀송해 보이는 게 꼭 토끼 같기도 했다. 순진한 눈망울에 나와야 할 곳에 살집이 적당히 토실토실한.

꿀꺽.

어…… 라라?

정말 낸 소리는 아니었지만, 분명히 군침이 넘어갔다. 그리고 확 허기가 몰려왔다. 꼭 배가 고픈 것처럼 느껴지는 그의 성욕이 말이다.

물론 그는 꽤나 정력적인 편이지만 그래도 지금 막 만난 여자인데……. 하긴, 이미 첫눈에 구미가 당기지 않았던가. 남자에게 구미가 당긴다는 말은, 환상을 꿈꾸는 여자들에게는 미안하게도 결국 몸이 동한다는 의미였다. 더구나 여자의 외모는 조금 어려 보이는가 싶어도 확실히 그의 취향이었다.

있잖은가? 그 왜, 맛있어 보이는 여자.

인간의 3대 욕구가 남들보다 뛰어난 그에게 유별나게 뛰어난 건 식욕으로, 결국 그처럼 단순한 남자에겐 식욕이 성욕이고 성욕이 식욕이었다. 그래, 맛있어 보이는 여자면 장땡이었다.

이를테면 토끼처럼.

그래, 너 잘 만났다. 도축장에 끌려가는 소처럼 끌려 나왔는데 이런 재미라도 있어야지. 오랜만에 불타오르게 하는군.

창진은 그로서도 거의 처음 짓는 것 같은 웃음을 빙긋이 지었다.

"남자한테 너무 기대했다는 인상을 주지 않는 게 좋습니다."

여자는 조금 생각하는 눈치더니 고개를 갸웃했다.

"하지만 아버지인걸요?"

"네?"

뭔 소리인가 싶어 되물은 순간, 띵— 하는 소리와 함께 엘리베이터가 13층에 멈췄다. 그러자 여자는 웃으며 살짝 목례해 보이고 먼저 엘리베이터에서 내렸다. 그리고 그가 막 잡을까 생각하는 찰나였다. 기운차게 걸어나가던 여자가 눈앞에서 휘청하고, 백이 떨어지며 바닥에 내용물이 우르르 쏟아졌다.

"어머!"

서로 놀라 보니, 하이힐 한 짝이 엘리베이터의 틈에 끼어 있었다. 사방으로는 쏟아진 내용물이 퍼져 있고, 끼인 하이힐에 걸려 텅텅 닫혔다 열리는 엘리베이터 문 사이로 여자는 맨발로 어쩔 줄 몰라 하고 있었다.

창진은 얼른 엘리베이터 문을 잡고 혼자서 웅담을 먹고 있을 거라는 평을 듣는 힘으로 하이힐을 쑥 뽑아주었다. 그러자 여자는 번개같이 하이힐을 내려놓고 신더니, 정신없이 사과하며 백에 물건을 주워 담기 시작했다.

"세상에, 어떡해! 죄송합니다! 죄송해요! 어떡하죠!"

옆에 앉아 같이 물건을 담아주던 창진은 여자가 너무 어쩔 줄 몰라 하기에 삐뚤어진 성격에도 괜찮다고 한마디 해주려는데, 푹 고개를 수그리고 있는 그녀의 새빨갛게 달아오른 귀가 눈에 들어왔다. 머리카락 사이로는 발갛게 달아오르다 못해 눈물까지 그렁그렁한 눈이 보였다.

뭐라 할 새도 없이 여자는 정말 그야말로 번개같이 물건을 주워 담더니 90도로 꾸벅 허리를 숙였다.

"감사합니다!"

그리고 또 잡을 새도 없이 후다닥 몸을 돌리고 달려갔다.

"이런 바보! 내가 못살아!"

그 뒤로 투정하듯이 정신없이 중얼대는 혼잣말이 들려왔다. 창졸간에 혼자 남겨진 창진은 '허' 외마디를 내었다.

뭐랄까, 귀엽잖아?

여자를 상대로 객관적으로 예쁘다고 생각한 적은 있어도 귀엽다고 생각한 게 얼마 만인지, 실수를 하고는 자기가 더 어쩔 줄 몰라 하는 게 푼수 같긴 해도 그 모습이 도리어 신선하게 다가왔다. 잠깐이나마 저런 여자를 고단수라고 생각했던 것도 우습고.

그때 마침 발치에 떨어져 있는 핸드폰이 눈에 들어왔다. 처음 보는 기종이었다. 그게 아이폰이라는 걸 모르는 철저한 아날로그 인(人) 창진은 어떻게 열어보는지 몰라서 잠깐 앞뒤 돌려보다가 어깨를 으쓱였다. 그리고 이미 여자의 모습이 보이지 않는 복도를 돌아보고 핸드폰을 주머니에 넣었다.

안 그래도 번호를 따지 못했는데 잘된 일이었다. 찾으려면 전화를 하겠지.

이거 오랜만에 정말 구미가 당기는데.

제 직원들이 봤다면 공포에 몸서리칠 걸 아는지 모르는지 음흉한 늑대처럼 웃은 창진은 스카이라운지로 걸음을 옮겼다. 그러다 입구에서 잠깐 멈칫했다.

그런데 왠지 모르게 아까 그 '아버지인걸요?'라는 말이 신경 쓰이는데…….

뭐, 기분 탓이겠지.

복잡하게 생각하길 좋아하지 않는 그는 그리 단순히 정리해버리고 직원의 안내를 받아 찬호가 앉아 있는 창가의 자리로 다가갔다. 찬호는 아무래도 오늘 소개받기로 한 여자로 보이는 중년의 여자와 나란히 앉아 있었는데, 다가가면서 보자니 그저 혀를 내찰 수밖에 없었다.

'쯧, 저 양반 벌써 푹 빠졌군.'

주책없게 아주 그냥 하트 빔이 발사되는 눈을 보니 그가 반대한다고 해도 소용없는 일인 성싶었다.

물론 저 꼰대를 데리고 살아준다면 오히려 넙죽 절하고 감사해야 할 일인만큼 애초에 그다지 반대할 생각은 없었다. 그냥 하는 양을 보니 배알이 꼴리려고 하는 것뿐.

찬호가 다가오는 그를 발견하고 손짓했다.

"어, 왔냐!"

창진은 테이블로 다가가 찬호의 곁에 앉은 여자에게 정중히 인사했다.

"처음 뵙겠습니다. 반창진이라고 합니다."

머리를 우아하게 틀어 올린, 언뜻 보기에도 교양있는 귀부인으로 보이는 여자는 온화하게 웃었다.

"반가워요. 윤선화라고 해요. 일단 앉아요."

아직 비어 있는 저쪽 '혹'의 자리를 위해 찬호가 맞은편에 와 앉고, 창진이 그 옆에 착석했다.

"이야기 많이 들었어요. 그래서 그런가, 처음 보는 것 같지 않네요."

성격대로라면 '전 며칠 전에 처음 들었습니다만' 하고 대답했겠지만, 다시 한 번 말하지만 그에게도 상식이 있었다. 서른둘이나 먹어서 아버지한테 또 의자로 두들겨 맞고 싶지도 않고. 그리고 다행히 상대 여자의 인상이 꽤나 합격점이었다. 다감한 현모양처 같아 보였는데, 이제는 눈도 침침한 양반이 친모도 그렇고—역시 기억은 잘 나지 않지만 이야기를 듣기로—여자 보는 눈은 있는 모양이었다.

"저도 이야기 많이 들었습니다."

정중히 웃으며 말하자, 찬호는 마음에 드는지 '잘한다! 내 아들!' 하는 눈빛을 아끼지 않았다.

예예. 오죽하겠습니까. 이 판 엎으면 정말 널 묻고 난 다른 여자 만나 두꺼비 같은 아들 낳고 천년만년 살련다 하는 협박을 얼마나 들었는데. 전적을 보면 하고도 남을 양반이었다.

"그래요? 예를 들면, 어떤?"

"다정하신 분이라고 들었습니다."

싫지 않은지 곧 어머니가 될 가능성이 농후, 아니, 100%로 보이는 여자는 나직이 웃었다.

그런데 오늘따라 또 어라? 싶었다. 나직이 웃는 모양새가 왠지 모르게 낯익었기 때문이다. 그렇다고 아주 익숙하다기보다는 왠지 어디선가 본 적이 있는 것 같은 게……. 그것도 꽤 최근에…….

눈을 가느다랗게 뜨고 생각에 빠져 있는데, 선화는 고개를 돌리고 잠깐 주변을 둘러보았다.

"그런데 애가 좀 늦네요. 전화해 볼게요."

"아, 괜찮아. 어련히 올까."

찬호가 껄껄 웃으며 인심 좋은 아버지처럼 한 말에 창진은

'점수 따려고 혈안이군' 이라고 생각하는 반면, 선화는 부드럽게 웃으며 핸드백에서 핸드폰을 꺼내 들었다. 아까 여자가 흘린 것과 같은 기종이었는데, 엄지손가락으로 표면을 쓸어서 화면을 띄우더니 전화를 걸었다. 그리고 무의식중에 고개를 들고는, 두 남자의 등 뒤로 무언가를 본 듯 '아' 외마디를 내었다.

"마침 저기 오네요."

그때였다. 갑자기 창진의 주머니에서 낯선 음악이 울리기 시작했다. 기교가 심한 여자 가수가 부르는 팝송이었는데, '국제화 시대를 선도하는 인재가 되어야 한다!' 란 헛소리 아래 꾸역꾸역 영어마저 배우게 했던 찬호 덕분에 어렵지 않게 알아들을 수 있었다.

When I put on a show
무대에 오르면
I feel the adrenaline moving through my veins
아드레날린이 내 혈관을 따라 흐르는 걸 느껴
spotlight on me and I'm ready to break
조명은 날 비추고 난 준비가 되었지
I'm like a performer the dancefloor is my stage
나는 마치 연기자처럼 댄스플로어는 나의 무대
Better be ready, hope that you feel the same
준비하는 게 좋아, 너도 같이 느껴봐

왠지 모르게 등허리에 땀이 흐르는 것을 느끼며 창진은 주머니에서 아까 마주쳤던 여자의 핸드폰을 꺼내 들었다. 선화가 들고 있는 것과 똑같은 기종, 화려한 3D 영상과 함께 벨이 울리고 있었다.

선화는 여전히 핸드폰을 귓가에 댄 채로 '왜 그걸 네가?' 하는 눈으로 쳐다보고 있었다.

창진은 천천히 뒤를 돌아보기 시작했다.

All eyes on me in the center of the ring
모든 시선이 무대의 중심에 있는 나를 향해 있어
Just like a circus
마치 서커스처럼

입구에서 이쪽을 돌아보고 환하게 웃는 여자는…….

자리에 앉아 있는 그를 본 순간, 그녀도 미처 예상치 못했는지 표정이 설핏 굳었다. 창진은 핸드폰을 으스러트릴 듯 움켜쥐며 낮게 으르렁거리고 말았다.

"이런……. 씨팔."

2

"씨……?"

낮은 으름장이었다고는 하지만 바로 앞에서 똑똑히 들은 선화는 크게 당황해 미처 그 단어를 다 뱉지도 못하고 반문했다. 아차 싶은 찰나, 발에 전류로 치자면 백만 볼트쯤 되는 엄청난 고통이 전해졌다. 반사적으로 비명을 지를 뻔했던 창진은 이를 흡 물었다.

'이 양반이! 그렇다고 발을!'

그것도 모자라 지근지근 밟기까지 하신다. 얼굴은 선화를 바라본 채로 보살처럼 웃으며.

창진은 겨우 쪼개지지 않는 미소를 지을 수 있었다.

"오는 길에 팔을 부딪쳤더니 팔이 좀 아프네요."

찬호는 옳다구나 싶어 하핫! 웃으며 솥뚜껑 같은 손으로 창진의 등을 두드렸다.

"녀석! 원! 조심하지 않고! 다 잘하는 녀석이 이렇게 가끔 맹할 때가 있다니까!"

다 잘해? 뭐, 공부도 하라고 하면 했고 운동은 원래 좋아하고 남자 둘이 살다 보니 요리도 그럭저럭 할 줄 알았다. 사업도 제법 굴리고. 다 잘한다고 한다면 그렇다고 할 수도 있겠지만, 이건 좀 너무 점수를 얻기 위한 게 아닌가 싶어 창진은 아직 지그시 위를 밟고 있는 찬호의 발을 확 쳐냈다. 그리고 툭 찼다. 하지만 뻔뻔한 노인네는 들은 척도 하지 않았다.

"그런데 네가 그건 왜 가지고 있는 게야?"

창진은 찰나적으로 이제 벨소리가 끊긴 핸드폰을 복잡한 눈으로 내려다보았다.

"오는 길에 마주쳤는데 떨어진 걸 주웠습니다."

그리고 마침 곁에 다가온 여자에게 내밀자, 그녀는 웃으며 핸드폰을 받아들었다.

"안 그래도 어디 갔나 했는데……. 감사해요."

살짝 목례하고 지나가 비어 있는 마지막 자리에 앉았다. 그 순간 창진은 또 저 내부로부터 맹렬히 솟구쳐오는 욕지거리를 삼켜야 했다.

설마했는데…….

안태후 이 새끼가 저주를 내린 건 아닌지, 돌아가자마자 족을 쳐봐야 할 일이었다.

"안녕하세요."

여자는 처음 봤을 때만큼 능숙하고 단아한 태도로 인사했다.

"윤이아, 라고 합니다."

이아? 조금 특이한 이름인 듯도 싶은데, 묘하게 의미심장한 느낌이 있는 여자에겐 잘 어울린다 싶었다.

관계까지 의미심장해져 버린 지금은 더욱.

"그래, 오는 길에 차는 막히지 않았고?"

찬호는 아들에게는 단 한 번도 지어준 적 없는 온화하고 또 버터 백만 스푼을 말아 마신 것 같은 느끼한 미소로 물었다. 여자는 가만히 웃었다. 그리고 조근조근 곱게도 대답했다.

"예. 늦어서 죄송해요. 일찍 오려고 했는데……. 핸드폰을 찾느라."

그리고는 창진 그를 보고 수줍은 듯이 웃는 게 아닌가.

그럴수록 남자는 피눈물을 흘리고 싶은 심정이었다. 썩을. 그렇게 웃지 말라고. 그래 봤자 너는 그림의 떡 중의 그림의 떡. 안 그래도 성가시기 짝이 없던 '여동생'이 아니냐.

왜 하필! 이 호텔에만 해도 하고많은 여자 중에 네가!

"괜찮아. 그럴 수도 있지. 네가 일부러 그런 것도 아니고."

정말 느끼하기 짝이 없는 찬호의 태도는 그런 심화가 부글부글 끓는 마음의 진정에는 전혀 도움이 되지 않았다.

"그나저나 패션 잡지기자 일을 한다지?"

여자는 가만히 웃고 고개를 끄덕였다.

"예."

이내 흘긋 그를 보는 게 이쪽의 정체를 궁금해하는 것 같았다. 이 자리에 앉아 있는 이상 새로 생기게 된 '오빠'라는 건 누구에게나 분명해 보였지만.

창진이 막 대답하려고 입을 열 때였다. 찬호가 먼저 선수를 치고 태연히 말했다.

"이쪽은 반창진. 내 아들 녀석인데, 레스토랑을 운영하고 있단다."

창진은 확 찬호를 돌아보았다. 하지만 찬호는 그를 돌아보는 대신 무언(無言)으로 말했다. 나이트 사장이라고 솔직히 이야기하면 정말 묻어버릴 테다, 하고 발을 꾸우우욱 밟으면서.

"어머, 레스토랑이요?"

선화는 옅게 감탄하며 창진을 다시 보듯 돌아보았다. 창진은 그야말로 억지춘향의 웃음을 지었다.

"예. 그냥 작게 하나 운영하고 있습니다."

사실 거짓말은 아니었다. 주된 사업은 처음 열었던 나이트이지만, 거기서 벌어들인 돈으로 서서히 사업을 확장해서 두 개의 클럽과 레스토랑 하나를 더 운영하고 있었다. 하지만 엄연히 그곳은 '재미'로 연 곳이고, 운영은 그가 고용한 전문경영인이 알아서 지지고 볶고 있었다.

'이 양반이 결혼하려고 사기까지 치나.'

거짓말은 아니지만, 지나치게 많은 게 생략된 것도 엄연히 거짓말이다. 어쩐지 여자가 순순히 프러포즈를 받아들였다 했더니, 아무래도 이거 그뿐만 아니라 당신의 과거까지 조작한 것 같았다.

물론 건실한 삶을 꿈꿨던 찬호는 한때 잘못 길을 들었던 그 바닥에서 오래전에 손을 씻었다. 지금은 그다지 눈에 띌 것도 없고 그렇다고 딱히 영세하지도 않은 작은 건설회사의 사장으로 살고 있었다. 요식업을 하려고 했던 그가 난데없이 그 길로 빠지게 된 경위는, 뭐, 척하면 딱 아니겠는가? 그 바닥에서 손을 씻었다지만 놀던 물이 놀던 물인지라 친분관계도 다 그쪽이어서 다소 편의를 볼 수 있었기 때문.

전직 건달 현직 건설회사 사장 아버지와 아슬아슬하게 깡패가 아닌 나이트 사장 아들.

아무리 좋게 포장해도 그들의 본질은 어쩔 수 없는 것이건만, 나중에 어쩌려고 이런 배짱을 퉁기는지……. 자기 좋을 대로 사는 그는 이런 자신을 부끄러워해 본 적이 없지만 정작 당신은 술로 쓰린 가슴을 다스릴 정도여서 그런 것일까?

'난 모르겠다. 나중에 걸려서 이혼당해도 자업자득이지.'

아니, 오히려 이혼당한다면…….

갑자기 드는 생각에 창진은 맞은편에서 막 시킨 커피를 마시는 여자, 아니, 이아를 물끄러미 쳐다보았다.

오히려 그에겐 기회일 수도 있을 터.

그래, 말마따나 피가 섞이길 했어, 어렸을 때부터 같이 살기를 했어? 이대로 부모님이 결혼한다고 해도 둘은 남자고 여자일 뿐, 이혼을 하게 된다면 그냥 생판 남이었다.

'확 여기서 깽판을 쳐?'

완전히 진지하게 그런 고민을 하고 있는데, 옆에서 찬호가 전례 없이 푸근한 음성으로 말했다.

"이렇게 다 모이니 참 좋구나. 그래, 바로 이런 게 가족의 모습이지. 꿋꿋이 살다 보니 내 인생에 이리 좋은 날도 오는구나."

보기와 다르게 감성적인 찬호는 문득 울컥하는지 콧잔등에 주름을 잡으며 손끝으로 꾹 짚었다.

"이이도 참."

선화는 못 말리겠다는 듯이 웃으며 찬호의 얼굴을 가볍게 쓸었다. 찬호는 그 손을 잡고 눈을 지그시 들여다보았다. 그리고 황혼의 두 남녀는 정말 서로에게 죽고 못 사는 연인처럼 자식들이 보는 눈도 개의치 않고 깊이 눈빛을 교환했다.

그 느끼함에 욕지기가 치밀 지경이었지만, 동시에 창진은 무언가 발밑으로 빠져나가는 기분이 들었다.

그러고 보면 친모는 그가 다섯 살 때 죽고, 근 30년을 홀아비의 몸으로 아들을 어떻게든 잘 키워보겠다고 아등바등 살아왔다. 그런데 정작 그 아들은 지지리 말은 듣지 않지, 하라는 공부는 안 하고 매일 싸움질이나 하고 돌아다니지, 힘들게 대학까지 보내놨더니 결국은 한다는 게 나이트 사장이다. 아무리 그가 당신 말마따나 '개 후레자식'이라지만 말년에 새 출발해서 잘살아보겠다는 데 고작 여자 때문에 깽판을 놓는다면 정말 '개 후레자식'이라고 쓴 팻말을 목에 걸고 다녀야 할 일이었다.

누누이 말하지만, 그에게도 상식이라는 건 있었다.

창진은 다시 한 번 그를 마주 보고 싱긋 웃는 이아를 보고 피눈물을 속으로 삭였다.

'그래, 됐다. 됐어. 여자가 쟤 하나야?'

하여간 평생에 도움이 안 되는 꼰대 같으니. 이제는 어쩌면 이런 방법까지 생각해 냈는지 정말 그의 길을 막는 데만큼은 천재가 아닌가 싶었다.

참…… 담배가 고팠다.

"결혼은 언제 하려고 하십니까?"

그가 묻자, 황혼의 두 남녀는 조금 수줍은 듯이 서로를 보았다. 대답은 찬호가 했다.

"되도록 일찍 하려고 한다. 살날이 많이 남은 것도 아닌데 하루라도 낭비할 필요가 뭐 있어."

그 말에 선화는 이아를 닮은, 아니, 그쪽이 이쪽을 닮은 거겠지만, 아무튼 꼭 닮은 웃음을 사분히 지었다. 그야말로 다정다감한 어머니 같은 미소. 문득 그녀 같은 어머니 밑에서 자라온 이아가 부러워질 만큼 좋은 아내이고 어머니인 것만은 분명함을 알 수 있는 미소였다.

창진은 빙긋이 웃었다.

"잘 부탁드립니다."

명백한 허락의 뜻임을 알았는지 선화는 살짝 볼을 붉히며 웃었다.

"나도 잘 부탁해요. 평생 자식이라고는 이아 하나였는데 듬직한 아들이 생겨서 참 좋네요. 말년에 이게 무슨 복인지 모르겠어요."

"무슨 복은. 다 당신 복이지. 내 복이기도 하고."

껄껄 웃으며 하는 말에 창진은 찬호의 발을 툭 쳤다. 적당히 하시죠. 이제 슬슬 못된 심보가 나오려고 하니까. 그런 분명한 뜻을 담아서. 물론 찬호도 바로 되돌려주었다. 얌전히 있어라. 내가 허투루 경고했다고 생각하지 말고. 이런 무언의 경고와 함께.

"그나저나 이아 넌 괜찮으냐?"

찬호가 물으니, 이아는 '네?' 하고 그녀 특유의 토끼 같은 눈으로 바라보았다. 포기한다고 생각했음에도, 창진은 확 허기가 몰려오는 것을 느꼈다.

"내가 네 아버지가 된다는 게."

이아는 마치 사르르 녹아날 것 같은 미소를 지었다. 정말로, 웃는 게 달고 보드라운 여자였다. 온통 보들보들하고 말랑말랑한 게 그와는 완전히 다른 생물인 것처럼.

"물론이죠. 아저씨가 아버지가 되어주셔서 전 정말 좋아요."

아무래도 이쪽은 이미 여러 번 만난 적이 있는 듯. 아저씨라는 호칭이 친근했다.

"이렇게 잘생긴 오빠도 생겼고요."

그리고는 그를 보고 버릇처럼 싱긋 눈웃음.

남자였다면 '뒤질래? 눈깔아' 라고 했을지도 모를 노릇이었다. 물론 남자였다면 쓸데없이 쪼개는 게 꼴 보기 싫다는, 아주 많이 다른 이유였겠지만 반면 이쪽은 저렇게 곱게 웃을 때마다 가까스로 다잡은 제 결심, 이번만큼은 찬호를 응원해 주자는 마음을 도끼로 쪼개 버리고 싶어졌다.

담배가 미친 듯이 고파지기도 하고 넥타이는 더 답답하게 목을 옥죄는 것 같아 창진은 넥타이의 매듭을 조금 성마르게 매만졌다. 하지만 이 자리가 여러 의미로 가시방석 같은 그와는 달리, 나머지 세 사람은 정말 새 가족의 탄생이 즐거운 듯 식사 내내 하하호호 웃으며 대화를 나누었다. 그리고 드디어 식사가 끝나고 이 자리를 탈출할 수 있는 시간이 왔는데, 찬호가 먼저 일어나며 말했다.

"우리는 먼저 갈 테니 둘은 디저트까지 느긋하게 먹고 오너라."

창진은 티나지 않게 기겁했다.

이 양반이 지금 남의 마음도 모르고!

"아닙니다. 저희도 이만……."

"그래요. 둘이 처음 만났는데, 더 이야기 나눠요."

미처 다 거절하기도 전에 선화까지 먼저 가방을 챙겨 일어나
며 거들고 나섰다.

"예. 조심히 가세요."

거기에 이아가 차분히 웃으며 하는 말은 결정타였다. 더 거절
할 명분도 없는 사이에 황혼의 두 남녀는 먼저 스카이라운지를
나섰다. 얼떨결에 뒤에 남겨진 창진은 오래된 노부부처럼 다정
히 팔짱을 끼고 빠져나가는 찬호와 선화를 보다가 이아에게 양
해를 구하고 얼른 뒤따라갔다.

"잠깐 실례합니다."

선화에게도 양해를 구하고 막 엘리베이터 앞에 선 찬호를 구
석 쪽으로 끌어당겼다.

"아, 왜 이래?"

찬호는 한시라도 빨리 연인과 단둘이 되고 싶은 듯 짜증스러
워하는 기색을 숨기지 않았다. 하여간 아버지라는 양반이 이랬
다.

"오늘 처음 만난 여자랑 무슨 이야기를 하라는 겁니까?"

"처음 만난 여자랑 그렇고 그런 짓도 하는 놈이 이제 와서 웬
내숭이야?"

아버지가 아들에게 하는 말치고는 참으로 부적절하다는 건

새삼스럽지도 않으니 그렇다손 치더라도, 확 울화가 치밀 것 같아 창진은 이를 악물었다.

"쟨 여동생이잖습니까, 여.동.생."

괜한 억하심정에 보란 듯이 삐뚜름하게 웃으며 스타카토를 넣어 짓씹었다. 그런데 찬호가 갑자기 한쪽 옷깃을 쥐고 이제 노인에 가까운 나이에 맞지 않게 엄청난 힘으로 확 끌어당기는 게 아닌가? 그리고 귓가에 나직이 으름장을 놓았다.

"너 진짜 이아한테 허튼짓하면 산 채로 갈아서 소 여물로 줘버린다."

평소 그처럼 버럭버럭 성을 내며 하는 말이 아니라 더욱 진심으로 들리는 경고였다.

창진은 찬호의 손을 확 털어냈다.

"노망나셨습니까? 말이 되는 소릴 하시죠. 여동생한테까지 손대는 정신 나간 망나니로 보입니까?"

뭐, 아까 그건 여동생이 될 여자라는 걸 알기 전이었으니까. 물론 그것도 손을 댈 '뻔' 했을 뿐.

"정신 나간 망나니인 줄은 모르겠는데, 그냥 망나니로는 보인다."

"아.버.지."

안 그래도 심란해 죽는데 아버지란 사람이 이런 말이나 하고 있으니 이가 아득아득 갈렸다. 그러자 찬호는 전혀 농담 같지 않은 농담 한마디 해봤다는 양 피식 웃으며 어깨를 툭

쳤다.

"녀석, 이 악물기는. 아무튼 이아가 어려서부터 가족 중에 남자라고는 없었던 데다가 여중에 여고, 대학까지 여대로 나와서 남자가 많이 낯설 게야. 너도 이제 오빠가 되었으니까 잘 좀 다독여 줘. 다정히 대해주고. 아, 말도 곱게 하고 천생 여자 같은 게 얼마나 예뻐?"

흘긋 이아를 돌아보자, 그녀는 막 울리기 시작한 핸드폰을 보고는 잠깐 이쪽을 보더니 싱긋 웃고 자리에서 일어났다. 그리고 전화를 받으며 테라스 쪽으로 걸어갔다.

여린 꽃대 같은 다리가 사부작 움직이고, 팔랑이는 시폰 치맛자락이 묘한 여운을 남기며 흔들렸다.

그래, 예쁘긴 예쁜데…… . 예뻐서 문제였다. 아주 큰 문제.

"그럼 우리는 먼저 간다. 성질 죽이고! 관! 알지?"

어려서부터 귀에 못이 박히게 들어왔던, '관은 짜났으니 들어가서 눕기만 해라'라는 협박을 이제는 사뭇 경제적이 되어 '관!' 한마디로 끝낸 찬호는 듬직한 풍채로 나비인 양 선화에게 파라랑 날아갔다. 뒤에서 특정한 상대가 없는 욕지거리를 입안으로 실컷 짓씹은 창진은 어쩔 수 없이 자리로 돌아갔다. 그때 마침 이아도 통화를 끝내고 돌아왔다.

"나갈까?"

마주 앉아서 디저트 따위를 먹고 있을 기분은 절대 아니라서 테라스의 정원을 가리키자, 이아는 고개를 끄덕이고 따라

나왔다.

이제 제법 봄기운이 완연하다고 해도 아직 조금은 서늘한 바람 때문인지 테라스에 나와 있는 사람은 두엇뿐이었다. 그것도 남의 시선 신경 쓰지 않고 마음껏 애정행각을 하기 위한 커플로, 바깥으로 나오는 둘을 흘긋 보더니만 아주 한 쌍의 바퀴벌레처럼 붙어 앉아서 소곤대느라 정신이 없었다.

햇빛은 따듯하지만 고도가 높아 더욱 서늘한 바람을 맞으며 창진은 안주머니에서 담배를 꺼내 들었다.

"담배 피워도 되지?"

어느새 반말이었지만 이아는 그다지 신경 쓰지 않는 듯 가만히 웃으며 고개를 끄덕일 따름이었다. 이런 여자 앞에서 담배를 피우려니 그것까지 뭔가 잘못하는 것 같았으나, 이왕 여동생이 된 거 헤비 스모커인 그가 만날 때마다 참을 수 있을 리 만무했다. 특히 지금처럼 배부르게 먹고 난 뒤에도 왠지 모를 허기에 입이 칼칼할 때는 더.

불을 붙이고 깊이 빨아들인 뒤 담배 연기를 길게 내쉬었다. 연기는 바람을 타고 그를 훑고는 사방으로 번져 갔다.

"너도 이제 갑갑하겠다."

말하자, 이아는 '왜요?' 하고 묻듯 입술을 동그랗게 말았다. 립스틱을 발라 밝은 핑크빛으로 보이는 입술이 어여뻤다.

"우리 꼰대가 아버지라니."

"왜요, 호탕하고 재미있으시잖아요."

"보이는 게 다는 아니지. 친구로 지내긴 재미있을지 몰라도 아버지라면 가끔 다 엎고 뛰쳐나가고 싶어져. 노인네가 힘은 어찌나 좋은지 한번 시작했다 하면 동네가 떠들썩하니까."

정장은 익숙하지만 평소에 입는 것이 아니라 조금 불편해서 어깨를 돌리자, 찬호가 잔소리하며 쫓아다니는 바람에 오늘 아침 운동을 빼먹었더니 뚝 소리가 났다. 그때 피식 웃는 소리가 들려왔다.

"역시 오빠도 보이는 대로는 아니었군요. 이쪽이 본래 성격이죠?"

눈에 장난스러운 듯도 한 맑은 윤기가 자르르 흘렀다. 또 군침이 넘어갈 것만 같아 창진은 흠 소리를 삼켰다.

"뭐, 처음 만나는 자리라는 게 다 그렇지."

"그렇죠. 뭐, 저도……. 아까 말했듯이."

창진은 문득 조금 종류가 다른 고민에 빠졌다. 어차피 여동생이 된 거, 나중에 좀 더 말을 편하게 할 수 있게 되면 남자를 상대로 그 수줍은 듯한 웃음은 짓지 말라고 충고해 줘야 할 것 같았다. 그쪽은 아니더라도 상대는 굉장히 오해하기 쉬우니까.

흠? 근데 잠깐?

그가 언제부터 상대를 봐줘가면서 하고 싶은 말을 했다고? 상대가 편하건 말건 하고 싶은 말이 있다면 일단 하고 보는 게 그였다. 찬호 때문에 이런 척 저런 척 '척'을 좀 했더니 그 여운

인가 싶어 창진은 바로 말해주고자 입을 열었다.

"그거."

이아가 먼저 그를 가리키며 말했다. 뭔가 싶어 보니, 이아가 가리키는 건 그의 넥타이였다.

"풀어도 돼요. 아까부터 답답해하는 것 같던데."

"흠, 티 났나?"

그래도 최대한 의연한 척 있었다고 생각했는데 말이다.

"아뇨. 부모님은 모르셨을 거예요. 처음 봤을 때 풀고 있었던 거랑 몇 번 손을 대는 거 보고 알았어요. 노력하고 있는 것 같은데 제가 멋대로 말하면 안 될 것 같아서."

한 번 갔던 마음이라 그런 건지는 몰라도, 사려 깊기까지.

생각해 보면, 그의 주변에 여자는 많았지만 이런 여자는 없었다. 고등학교 때부터 놀던 몸이라 이미 주변에 여자는 다 그 나물에 그 밥이었고, 대학 때 만났던 여자는 휴학하다 돌아온, 그에 못지않게 날리던 학과 선배였다. 찬호가 어찌 저리 가시나 보는 눈이 없냐고 쯧쯧 혀를 내찰 정도로, 이아처럼 차분하고 조용한 현모양처 같은 여자는 없었다.

그러면 뭐해. 어쩌다 나타난 게 여동생으로인 걸.

입맛이 써서 담배를 깊이 빨아들이고 안 그래도 짜증났던 넥타이를 손짓 한 번으로 풀어냈다. 그리고 두 번 맬 것도 아니라서 휙 뒤로 던져 버리자, 때마침 강하게 불어온 바람이 얇은 천 조각을 팔랑팔랑 쓸어갔다.

이아는 흩날리는 머리를 쓸어 넘기며 날아가는 넥타이를 돌아보았다.

"버려도 괜찮아요?"

"괜찮아."

"누가 사준 거 아니에요?"

아마 다른 여자가 물었다면 '체크'한다고 생각했을 것이다. 여자친구가 있는지 없는지. 하지만 이쪽은 오히려 너무나 천진한 질문이라 심술기가 동했다.

창진은 담배를 쥔 손을 입가에 가져가며 씩 웃었다.

"내 마누라."

이아는 잠깐 묘한 눈길로 쳐다보는가 싶더니 천연인지 천연덕스러운 건지 알 수 없는 표정으로 물었다.

"결혼했어요?"

이게 뭐하는 짓인가 싶어 창진은 피식 웃어버렸다. 그리고 휘휘 손을 내저으며 앞서 갔다.

"있어, 마누라 같은 놈."

안태후 그 녀석도 어찌나 잔소리가 심한지, 때로 경영 매니저를 고용한 건지 불알 달린 마누라를 고용한 건지 알 수 없을 때가 있었다. 그가 넥타이 같은 걸 키울 리가 없으니 하나 사다 놓으란 말에 재질은 어쩌고 브랜드는 어쩌고 어찌나 군소리가 많던지, 원.

그때 또 전화가 온 듯 살짝 눈짓으로 양해를 구하고 저쪽으로 가서 통화하는 이아를 돌아본 창진은 아련하게 하늘을 쳐다보며 담배 연기를 내쉬었다.

류시화는 그대가 곁에 있어도 나는 그대가 그립다고 했던가. 그는 밥을 먹었어도 배가 고팠으니, 참으로 입맛이 썼다.

3

썩을……. 썩을. 썩을. 썩을. 썩을썩을썩을썩을썩을썩을.

아무래도 상스러운 건 싫어서 거의 욕은 하지 않는 편이었지만, 지금만큼은 알고 있는 모든 욕지거리를 쏟아내도 부족할 성싶었다.

첫눈에, '대박!'이라고 생각했다. 그것도 '흐음, 대박?'이 아니라, '와우, 대박!' 말이다. 그리고 그녀에게서 그런 반응을 끌어내는 것이 얼마나 힘든 일인지는, 이아 그녀를 알고 있는 모두가 알고 있었다.

단정한 정장 차림을 하고 있지마는, 숨길 수 없는 야성의 냄새가 나는 남자였다. 언뜻 매서운 듯도 냉철하게 날카로운 듯도 한 눈매에는 반항아적인 기운이 진하게 묻어 나오고, 버릇처럼 살짝 삐뚤어진 웃음을 짓는 입매는 나쁜 남자의 매력이 줄줄 흘렀다. 큼직하고 시원한 동작은 마치 어슬렁거리는 야수의 것. 말 그대로 미워할 수 없는 탕아였다.

어딘지 모르게 위험한 분위기이기도 했지만, 그런 것이 바로 진정한 남자이기 마련. 이게 웬 떡인가 싶어 오히려 이쪽이 휘파람을 획 내어 불고 싶었다. 딱 봐도 절대 여자가 궁한 타입은 아니었기에 꽉꽉 보호본능을 일으켜 주고, 푼수인 척 실수하며 핸드폰도 떨어트려 주는 공을 들였는데…….

오빠란다.

하하, 오빠시란다.

이아는 그 순간 정말로 히스테릭하게 웃고 싶었다.

물론 찬호 아저씨의 아들이라기에 처음 이야기를 들었을 때부터 말라비틀어진 멸치 같은 남자는 아닐 거라고 생각은 했다.

"정말 지지리도 말을 안 들어서 공부하게 한다고 고생 좀 했지."

그 말을 듣고 언뜻 비슷한 이미지를 떠올리기도 했다. 왠지 반항아적인, 야성미가 있는. 하지만 이건 뭘랄까…….

제법 기대하며 상상했던 '오빠'가 커피라면, 이 '남자'는 T.O.P.랄까.

그런데 오빠? 오빠~아?

오빠가 다 얼어 죽었냐!

자고로 오빠란 존재는 어딘가 맹하고 부족해서 여동생이 보기에도 쯧쯧 혀를 내차며 저게 커서 뭐가 되려나 혹은 어떤 여자가 저런 걸 거둬주려나 고민하게 되고, 새집 머리로 팬티만 입고 돌아다니는 모습을 한심한 눈으로 쳐다볼 수 있어야 하는 것이었다. 그런데 만약 저런 남자가 눈앞에서 팬티만 입고 돌아다닌다면……. 저걸 어떻게 홀딱 벗겨서 꼴딱 삼킬까 고민하느라 바쁠 것이다.

그런 남자 옆에 요조숙녀인 양 얌전히 걸으며 속으로 이를 아득바득 갈고 있는데, 눈앞으로 넥타이가 바람에 쓸려 파라락 날아갔다. 보아하니 루이까또즈의 체크무늬 포인트던데 어찌나 쌈박하게 버리는지 조금만 보는 눈이 없었어도 이미테이션이라고 생각했을 것이다.

"버려도 괜찮아요?"

"괜찮아."

창진은 미련없이 버리고 뒤를 돌아보지도 않았다.

"누가 사준 거 아니에요?"

브랜드도 그렇고, 남색 슈트에 하늘색 와이셔츠 위로 무채색 체크무늬 포인트 넥타이를 매치시킨 센스를 보아하니 꽤 감각이 있어 보였다. 하지만 아무리 봐도 그는 패션 같은 것에 세심하게 신경 쓸 것처럼은 보이지 않았다. 남자란 생물의 생리와 종류를 구구단처럼 꿰뚫고 있는 윤이아의 이름을 걸고 맹세하

건대, 그처럼 언뜻 마초 기질이 엿보이는 남자는 오히려 메트로
섹슈얼을 '불알도 없는 놈' 이라고 비웃을 쪽이었다.

그렇다면, 여자가 있다는 말인데.

"내 마누라."

악동처럼 씩 웃는 잘생긴 얼굴에 정신이 팔려 정작 그 중요한
단어는 조금 후에야 머릿속에 들어왔다.

분명히 미혼이라고 들었다. 하지만 일순 믿을 뻔했던 것은,
어딘지 숨겨놓은 자식이 있어도 이상하지 않을 것 같아서일까.
그렇게 싸 보이지는 않지만, 꼭 잘 배운 엘리트 깡패 같은 분위
기가 있었다.

"결혼했어요?"

"있어. 마누라 같은 놈."

그리고는 긴 다리로 성큼 앞서 가버렸다.

그 늘씬한 뒷모습을 보며 이아는 폭 한숨을 내쉬었다. 호텔에
오기 전까지 통화했던 친구 문영이 깔깔대며 웃는 소리가 귓가
에 들리는 것 같았다. 그렇게 남자들 울리며 살다가 언젠가는
큰코다칠 거라고 호언장담을 하더니만, 제 애정전선이 암울하
다고 이쪽에게까지 저주를 내린 건 아닌지 목을 잡고 짤짤 흔들
어봐야 할 것 같았다.

그때였다. 또 핸드폰이 울리기 시작했다. 꺼내 들고 액정을
보는 순간 안 그래도 위험수위에 달해 있던 짜증이 머리끝까지
치솟았다. 의아한 듯 돌아보는 창진에게 버릇처럼 애살스러운

눈짓으로 양해를 구하고 걸음을 옮기며 전화를 받았다.

"너 진짜 죽을래."

그와 동시에 막 지옥에서 기어올라 온 악귀처럼 음산하게 짓씹었다.

「끊지 마!」

아까 겁도 없이 전화하기에 '죽어' 한마디 하고 끊어버렸더니 가장 먼저 한다는 말이 이따위였다. 그리고는 비굴한 봇짐장수처럼 정신없이 한 짐 줄줄 풀어내기 시작했다.

「이아야! 제발 용서해 줘. 내가 진짜 잘못했어. 내가 진짜, 그래, 내가 정말 죽일 놈이야. 잠깐 뭐가 쓰였었어. 그건 내가 아니었어.」

허, 기가 막히고 코가 막혀 저절로 콧방귀가 나왔다.

"그럼 딴 년하고 엉켜 있던 건 누군데? 그것도 회사 화장실에서!"

「그, 그건……」

궁색한 변명거리조차 없는지 더듬거리다가 무조건 빌기 시작했다.

「잘못했어. 정말 잘못했어. 한 번만 용서해 줘! 제발……. 응?」

여자화장실에는 청소 중 팻말이 걸려 있었지만, 이아는 애초에 그런 것 따위 신경 쓰고 사는 사람이 아니었다. 오히려 조용하고 잘됐다 싶어 당당히 열고 들어가 볼일을 보고 손을 씻고 있는데, 일순 아무런 전조도 없이 등허리에 싸한 기운이 흐르면서 쪼릿 예리한 직감이 울려왔다. 완전한 정적밖에 없는 화장실을 가만히 둘러보다 네 개 중에 유일하게 닫혀 있는 문을 걷어차서 열어버렸다.

그리고 눈앞에 드러난 것은, 곰돌이 푸우도 아니고 서로 아랫도리만 홀딱 까진 두 남녀. 그것도 소리가 새어나갈까 봐 서로 입을 막아주고 있는.

여자는 제 팀의 말단사원이었고, 남자는 영업팀의 대리인 그녀의 남자친구였다.

이아는 아무 말 없이 조용히 문을 닫고 나간 뒤, 태연히 자리로 돌아가 그날 업무를 끝내고 퇴근했다. 주차장에서 기다리고 있다가 차문을 쿵쿵 두드리며 쫓아오는 남자친구란 놈은 아주 깔끔하게 무시하고 말이다. 그리고 다음날 아침이 되어도 아무 일도 일어나지 않았다. 다만 메신저로 미친 듯이 말을 거는 남자친구 놈에게 딱 한 마디를 전달하고 차단해 버렸을 뿐.

[꺼져.]

그것도 궁서체 포인트 48, 새빨간 색으로 말이다.

여자에게도 아무 짓 하지 않았다. 하지만 다른 남자도 아니고 감히 팀장의 남자친구와 붙어먹고 자기도 눈치는 보였는지 세상이 끝난 것 같은 얼굴로 꾸역꾸역 며칠 더 회사를 나오더니 곧 퇴사해 버렸다. 고개를 빳빳이 쳐들고 태연히 회사를 다니는 놈보다는 양심이 있었던 모양이다.

그게 벌써 한 달 전 이야기였다.

"다시 한 번만 전화하면 네 연놈들 얽혀 있던 그림을 실물화로 그려서 벽보로 내걸어 버릴 테니까 잘 생각해!"

이아는 최대한 나직이 으르렁거리고 가차없이 통화를 끊었다. 그리고 저 멀리서 지켜보고 있는 창진을 돌아보고 세상에서 가장 천진한 미소를 지었다.

윤이아, 28세. 세상은 그녀를 '내숭 198단'이라고 불렀다.

여중, 여고, 여대, 성녀(聖女)로 거듭나는 거룩한 삼위일체를 이룩했지만 인생에 남자가 곁에 없었던 적은 없었다. 작고 여려 보이는 외모는 남자라면 누구나 보호본능을 가질 법했고, 어려서부터 눈치가 남달랐던 그녀는 그것을 아주 잘 알고 있었다. 그리고 제 이점을 잘 이용할 줄 아는 영악함, 아니, 영민함까지 있었다.

세상은 어차피 처세술. 특히 성기로 생각하는 남자란 생물을 상대로는 말할 것도 없었다.

'후우, 열 냈더니……'

발목이 시큰거렸다.

할리우드 액션까지 쓰고 싶은 남자는 오랜만이라 간만에 기합 넣고 하이힐을 엘리베이터 틈에 찍어준 건 좋았는데, 예전에는 강장동물처럼 자유자재로 구사하던 기술이 이것도 나이가 들었다고 발목을 좀 삔 것 같았다. 안 그래도 아까 화장실로 달려가 급히 화장을 고칠 때부터 욱신거려서 기분 탓인가 했다.

"왜 그래?"

아래를 내려다보고 있었더니 창진이 다가와 물었다. 이아는 조금 웃으며 고개를 내저었다.

"아무것도 아니에요."

자연스럽게 접점 만들려다가 발목을 삐었다고 이야기하라고? 그 무슨 안 될 소릴. 선수 생활 경력이 있지.

그런데 창진은 뭔가 마음에 안 드는지 미간을 좁혔다. 살짝 인상을 썼을 뿐인데 꼭 때릴 것 같아 천하의 윤이아도 조금 움찔했다.

"난."

마지막으로 담배를 피우더니 꽁초를 아무렇지 않게 저쪽으로 내던지고, 바로 다음 담배를 꺼내 물었다.

"아무것도 아니에요, 아무거나 괜찮아요, 이딴 애매한 말이 제일 싫어. 두 번 안 묻는다. 뭐야?"

"……."

이아는 잠깐 그를 올려다보았다. 전혀 상대를 배려하지 않고 탁탁 내뱉는 말도 그랬거니와, 어딜 가나 이 외모와 능숙한 처세술 덕에 공주님처럼 대접받아 온 그녀에게 이렇게 말하는 사람이 이성이고 동성이고 간에 있었나 싶어 감격스럽기까지 했기 때문이다. 재벌하고 사랑에 빠지고 싶으면 재벌의 뺨을 치라더니, 그 우스갯소리가 딱 이쪽이었다.

쳐다보고만 있자, 창진은 뭔가 아차 싶었는지 흠흠 목을 골랐다.

"뭐, 좀 불편해 보여서."

"아까 실수할 때…… 발목을 좀 삔 것 같아요."

그래서 말하고 싶지 않았다는 듯이 쑥스럽게 웃는데, 창진은 '흠' 하며 삔 발목을 내려다보았다.

"앉아."

"네?"

창진은 한쪽 눈썹을 살짝 치켜들었다. 그 눈빛에 밀려 이아는 꼭 말 잘 듣는 아이처럼 뒤의 벤치에 앉고 말았다. 그러고 나서야 '핫, 여긴 어디? 난 누구?' 상태가 되었지만, 감히 일어날 생각은 들지 않았다.

그가 앞에 한쪽 무릎을 꿇고 앉았기 때문.

남자들 무릎 한두 번 꿇려본 거 아니고, 울면서 애걸하는 남자도 있었다. 그런데도 이아는 난생처음 겪는 일인 듯 진심으로 당황해 버렸다.

뭐, 뭐야? 이 남자 왜 이래?

당황한 그녀와 달리, 남자는 단단하게 못이 박인 큼직한 손으로 발목을 슥슥 쓸었다. 그때마다 이아는, 양기(陽氣)가 부족한 적은 없었건만 밤에 바늘로 허벅지를 찌르는 청상과부의 심정으로 독하게 이를 물고 마음속으로 수십 번씩 허벅지를 찔렀다.

단단한 손바닥이 발목을 쓸 때마다 웬 전류 같은 감각이 저릿저릿 울려왔다. 입안 가득 고인 침이 꿀꺼덕 넘어갈 것도 같은······.

"뼈를 맞춰야 할 정도는 아니네. 병원 가라."

창진은 곧 중얼거리며 몸을 폈다.

이아는 살짝 떨려오는 손을 치맛자락에 감추고 천연덕스럽게 웃었다.

"병원은요. 조금 삔 거라서 하루 정도 조심히 걸으면 나아요."

실제로 심각하지 않았고 그리 보이지도 않았는지, 창진은 아무래도 좋다는 듯 '그러든가' 말하고 쭉 기지개를 켰다.

"우리도 이만 가자. 뼈대고 있어봤자 뭐해."

찬호가 경상도 사람이라서 그런지 섞여 나오는 사투리에 이아는 조금 웃고 자리에서 일어났다. 그리고 성격이 급한지 성큼 앞서 가는 그의 뒤를 따라가다가 갑자기 드는 생각에 멈칫했다.

뭐라고 했더라? 뼈를 맞춰야 할 정도는 아니라고? 그럼 부러진 뼈라면 맞출 수 있다는 의미인가? 의사가 아니고서야 누가 그런 걸······.

이아는 벌써 저만치 나아간 뒷모습을 가느다랗게 뜬 눈으로 보았다.

저런 남자가 레스토랑 운영? 흐음, 왠지 의심스러운데.

입으로는 거짓말을 할 수 있어도 본연의 분위기는 숨길 수 없는 법이니까.

이아는 핸드폰을 꺼내 들어 어디론가 전화했다. 그리고 달
칵— 상대가 받자마자 말했다.

"나야. 부탁할 게 있는데, '반창진'이란 사람에 대해 좀 알아
봐 줘. 뭘 하는지, 어떤 사람인지……."

조용한 목소리로 특급군사기밀을 전달하듯 은밀히 속삭였다.

"모조리."

"이름, 반창진."

"뭐 쓸데없는 것까지 이야기해? 넘어가."

직업병은 어쩔 수 없는 건지 녹음기까지 틀어놓고 음산하게
시작하기에 타박하자, 맞은편에 앉은 문영은 입술을 삐죽였다.

"아, 계집애. 성질 급하긴. 스텝 바이 스텝 몰라?"

"몰라. 다음."

기본안주로 나온 강냉이를 씹으며 툭 내뱉으니 문영은 또 아
니꼬워 죽겠다는 듯 입술을 삐죽였다. 그러나 이제야 제대로 시
작해 보려는 듯 뭔가 두툼한 파일을 뒤적였다. 그리고 손가락
사이에 낀 담배가 타들어가는 줄도 모르고 한참 읽어보더니만
'흐음……' 길게 소리를 흘렸다.

"너랑 무슨 관계가 있어서 이런 남자를 조사해 보라고 한 건
지는 모르겠다만, 좀…… 쩌는데?"

어린애들이나 쓸 법한 통신용어에 이아는 살짝 인상을 썼다.

"그러니까 뭐가."

"이 남자, 유명해. 그 바닥에."

강냉이를 입가로 가져가던 손이 멈칫했다. 이아는 슥 눈을 치켜들고 문영을 보았다.

"그 바닥?"

파일을 내려놓은 문영은 담배를 입가로 가져가 볼이 쏙 패도록 깊이 빨아들였다. 그리고 담배 연기를 동그랗게 뿅뿅 내뱉으며 빙긋이 의미심장한 웃음을 지었다.

"뒤쪽."

이아는 확 인상을 썼다.

"설마 조폭이야?"

"그건 아냐. 뭐, 아슬아슬하긴 하지. 양주파 세력권에 있는 나이트 사장이더라."

나이트……

절로 허, 참, 어이없는 소리가 새었다.

나이트가 레스토랑으로 둔갑을 했다?

뭔가 의심스러워서 르포 작가인 친구 문영에게 조사를 부탁하긴 했지만, 이렇게 엄청난 게 딸려올 줄은 몰랐다. 찬호도 그에 대한 언급은 일언반구도 없었으니, 이거 어쩌면 사기결혼이 될 요지도 있었다. 뭐, 당사자에 대한 것도 아니고 그 아들에 관한 것이니 어떨지는 모르겠지만……

아마 그쪽도 패션 잡지사에서 일하는 이아와 부띠끄를 운영

하는 선화가 그쪽 바닥에 잔뼈가 굵은 르포 작가와 친분이 있을
거라고는 생각하지 못했으리라.

"근데 완전 쩌는 게 뭔지 알아?"

이아는 강냉이 하나를 문영에게 던졌다. 아프지는 않지만 강냉
이에 이마를 정통으로 맞은 문영은 '뭐야!' 하며 바로 성을 냈다.

"그 단어 쓰지 마. 상스러워서 싫어."

"아, 예. 어련하시려고요. 나 참. 하여간 이 반창진이라는 남
자, 고등학교 때부터 이걸로 유명했나 봐."

문영은 주먹을 들어 보였다. 그리고 파일을 뒤적이며 이야기
를 이어갔다.

"그러다가 무슨 바람이 불었는지 갑자기 공부에 맘 잡고 세영
대 철학과를 들어갔는데…… 응? 세영대? 철학과? 이야, 요즘
은 조폭도 잘 배워야 한다더니 세영대에 철학과가 웬 말이야?
진짜 좀 쩐……. 아니, 한가락 하나 보네?"

"조폭 아니라며."

이아가 툭 내뱉은 말에 문영은 '응?' 하고 그녀를 보았다. 하
지만 이아가 대뜸 조사해 보란 말 외에는 아무것도 알려주지 않
았기 때문에 창진이 '곧 오빠 될 사람'이란 걸 알 리 없는 문영
은 그다지 이상하게 여기지 않았다.

"그래. 조폭은 아냐. 눈독들이는 조직은 있었나 봐. 그런데 어
째서인지는 정보 제공자도 모르던데 어떤 조직에도 들어가지
않았다고 하더라."

두 여자로서는 여기서 아무리 머리를 굴려봐야 알 수 없는 일이었으나, 거기에는 아버지 찬호에게 존속살해를 당할 수 있기 때문이었다는 아주 간략하고도 설득력 넘치는 이유가 있었다. 실제로 키워줄 테니 조직에 들어오라며 쫓아다니는 조직폭력배들에게 '아버지한테 혼납니다!' 라고 외쳤다는 전설이 있었다.

"그런데 어떻게 나이트 사장이 돼?"

문영은 손가락을 동글게 말았다.

"돈이 있었으니까."

찬호가 대주었던 걸까? 하지만 그렇다고 하기에는……

이아는 손가락으로 턱을 괸 채 생각에 빠졌다.

왠지 찬호는 그런 일에 돈을 대줄 만한 성격이 아닌 것 같았다. 늘 허허 웃고 사람 좋지만, 짧게 봐오기로도 사고방식 자체가 건실하고 어렸을 때 꿈이 진심으로 '세계평화' 와 '통일' 이었다고 한 말이 믿길 만한 사람이었다. 그러니까 그녀도 아버지로 선뜻 받아들였던 것이고.

"대학생 때 도박판에 뛰어들었던 거야."

이아는 번뜩 고개를 들었다.

"뭐?"

"그런 곳에서 돈 버는 건 절대 불가능한데 적당히 치고 빠졌나 봐. 또 워낙 본인이 한가락 했고, 그쪽에 꽤 힘있는 주먹들과 친분이 있었던 것 같아. 하우스에서 한판 거하게 하고 그 돈으로 떡하니 나이트를 차렸던 거지. 어디 보자……. 그게…… 스물다섯 때였네.”

　“상습범은 아니고?”

　“글쎄, 그 이후로 도박판에 드나들었다는 이야기는 없어.”

　그 또한 ‘내가 약 먹었냐? 그 짓을 또 하게. 아버지한테 진짜
죽을 뻔했다고!’ 라고 외쳤다는 전설이 있었다. 물론 두 여자야
몰랐지만.

　“그 나이트가 대박을 쳐서 강남에 클럽을 열고, 일 년 뒤에 이
태원에 다른 클럽을 열고……. 근데 이건 좀 뜬금없지 않아? 명
동에 레스토랑?”

　마지막 말에 귀가 번쩍 뜨인 이아는 얼른 문영이 보고 있던
파일을 빼앗았다. 그리고 보자, 이게 무슨 기사거리라고 생각했
는지 꽤나 본격적으로 조사한 파일 속에 레스토랑 사진에 위치
를 표시한 지도까지 들어 있었다. 사진 속의 레스토랑은 간판에
‘Ambrosia’ 라고 초서체로 쓰여 있는, 척 보기에도 특별한 저
녁식사를 먹기로 한 일반인들이 드나들 수 있는 정도의 위치에
분위기로 보였다.

　이아는 사진을 손끝으로 톡톡 두드렸다.

　“그래, 이거였구나. 거짓말은 아니었어.”

　“응? 뭐가?”

　이아는 파일을 좀 더 읽어보다가 탁 내려놓았다.

　“오빠야, 이 사람.”

　그럼에도 문영의 얼굴에 뜬 물음표는 사라지지 않았다. 그러

다 어딘가에 생각이 닿은 듯 '허!' 기가 막혀 외마디를 내뱉었다.

"너 설마 그쪽 남자까지 노리는 거야?"

"조폭 아니라며."

문영은 답답하다는 듯 불을 붙이지도 않은 담배를 확 재떨이에 뭉그러뜨렸다.

"더 위험하지! 너 조폭이 아닌데 양주파 세력권에 나이트를 가지고 있을 수 있다는 게 어떤 의미인 줄 알아? 그만큼 무서운 사람이라는 거야! 혼자 도박판에서 돈 벌어서 조폭 세력권에 나이트 유지하고 있는 사람이 어떤 사람일지 조금만 생각해 보면……."

"오빠라니까."

"그러니까! 이번은 진짜 그만두는 게……. 응? 오빠?"

이아는 뚱하게 고백했다.

"우리 엄마 요번에 재혼하잖아. 새아버지 아들이야."

문영은, 그야말로 목젖이 보일 만큼 입을 떡 벌렸다. 그 앞에서 이아는 태연히 강냉이를 바삭바삭 씹기 시작했다.

"얼마 전에 상견례 자리에서 만났는데, 레스토랑 운영한다고 하더라고. 왠지 분위기가 일반인은 아니라서 너한테 조사해 달라고 했던 거고. 내가 원래 그런 데 눈치가 좀 빠르잖아?"

이아는 어깨를 으쓱였다.

"뭐, 아무 소리도 안 났는데 화장실에 숨어 있던 연놈들을 찾아낼 정도니까."

그제야 문영은 기름칠하지 않은 양철인형 같은 입을 삐거덕 다물었다. 그리고 담뱃불을 붙이고 쪽쪽 빨며 달초인데 월급 다 떨어진 월급쟁이의 모습으로 뭔가 심각하게 고민하더니만, 비장하게 물었다.

"어떤 남자디?"

건수라고 생각하는 건가. 가끔 이아가 남자 앞에서 흉내 낼 정도로 진정한 푼수데기이면서 이럴 때는 꼭 먹이를 찾아 헤매는 킬리만자로의 표범이었다. 르포 작가라는 점에서 고독하기도 한.

"이건 절대 소재로 써먹을 수 없으니까 일찌감치 마음을 접는다고 약속하면 말해주지."

아직 돌아가고 있는 녹음기를 입가에 들이밀자, 문영은 쳇 혀를 내차며 녹음기를 낚아채 갔다.

"친구의 가족까지 소재로 써먹을 정도로 영혼을 팔아먹진 않았거든! 그리고 이거 녹음 안 되고 있거든!"

이아는 잘 손질된 가느다란 손가락을 뻗어 문영이 삐뚜름하게 물고 있는 담배를 빼갔다. 그리고 이런 늦은 시각까지 핑크색 립스틱으로 반드러운 입술 사이에 가볍게 물고 빨아들였다. 그리고는 입술을 동그랗게 모아 후— 연기를 길게 내쉬었다.

술집의 어두침침한 조명 아래 가분히 휘어지는 눈매가 치명적이었다.

"당연하지. 내가 어수룩하게 증거를 남길 거라고 생각해?"

문영은 츳, 혀를 내찼다.

"이런 꼬리 아홉 달린 요물도 친구라고."

그 말에도 이아는 남자를 유혹하듯 소름 돋도록 사르르 웃을 뿐, 다시 담배를 문영의 입에 물려주고 담백하게 말했다.

"첫눈에 끌렸어."

"응? 오빠라며?"

"오빠인 걸 몰랐으니까."

문영은 무슨 소리인지 이해 못하겠다는 얼굴이었다.

"뭐, 오빠인 걸 알았어도 안 그랬을지는 장담 못하겠지만."

"그러니까……."

문영은 앞뒤 퍼즐을 맞춰보기 위해 곰곰이 고심하더니, '아하!' 반색하며 고개를 들었다.

"너 완전 딱 걸린 거네?"

"진짜 괜찮은 남자였거든. 어딘지 야성적인 게, 남자답고. 엘리베이터 앞에 같이 서고는 바로 이건 내 거다! 싶었는데……. 핸드폰 떨어트리고 화장실에서 화장 고치고 오니까 부모님하고 같이 앉아 있잖아. 정말 욕하고 싶은 때가 언제인지 알겠더라."

문영은 와하하 방정맞게 웃었다.

"우와! 세상 진짜 살 만해! 윤이아한테 이런 날이 다 오고! 네가 첫눈에 끌릴 만큼 괜찮은 남자였는데 새아빠 아들이다? 브라보!"

이 정도로 웃어대면 약이 오를 만하건만, 이아는 비루한 강냉이마저 요조숙녀 같은 모습으로 새치름하니 집어먹고 있을 따름이었다.

퇴근을 하고 온 길이라 남색의 깔끔한 세미 정장 바지에 진주빛 블라우스, 화려한 코사지로 포인트를 준 카디건 차림이었다. 그리고 말간 귓불에는 단아한 진주 귀걸이. 마치 한 송이의 수줍은 꽃인 듯 화사하게 입었던 상견례 날과 달리 오늘은 능력있는 커리어우먼 같은 분위기였지만, 해라고는 전혀 없을 것처럼 보드라운 외모는 여전히 사랑스러운 공주님 그 자체였다.

시끄러운 소리에 다른 손님들이 돌아보건 말건 박수까지 치며 깔깔 웃어대던 문영은 한참 후에야 물었다.

"그래서 어쩌려고? 이대로 침만 꼴딱꼴딱 삼키게? 우리 여왕님께서 첫눈에 끌렸을 정도라면 웬만한 중생은 아닌 모양인데."

빙글빙글 능글맞게 웃는 본새가 이 상황을 재미있어하는 게 분명했다.

이아는 강냉이를 놓고 손을 부딪쳐 부스러기를 탁탁 털어냈다.

"그럼 어쩌라고? 명색이 오빠인 걸. 아버지 조카만 됐어도 어차피 피가 섞이지도 않은 거 그 정도 물건이라면 미친 척해볼 수도 있겠지만, 정말 미치진 않았거든? 오빠를 건드릴 정도로 정신 나가진 않았어."

"하긴, 아무리 부모님의 재혼으로 남매가 되었다고 해도 한집에 살면서……. 야, 그건 패륜 드라마지."

문영이 고개를 주억거리며 동의한 찰나였다. 비수처럼 날아온 숟가락이 따악! 경쾌한 소리를 내며 머리통을 타격했다. 숟가락 비기를 30년간 계룡산 폭포 밑에서 수련한 듯이 정확한 솜씨였다.

"말 가려서 안 할래? 패륜 드라마~아? 내가 오빠랑 피가 섞였니? 계속 같이 살기를 했어!"

태연하던 모습은 언제였냐는 듯, 이아는 이를 부득부득 갈며 성토했다. 공주님도 눈을 치켜뜨면 무섭고, 캬릉대는 소리는 흡사 한 마리의 사나운 살쾡이인 것 같다는 걸 몸소 보여주었다.

"야, 이 웃기는 계집애. 네가 먼저 정신 나가진 않았다 어쩌고 했잖아? 맞장구 쳐줬더니!"

"넌 그렇게 사람 마음을 몰라서 무슨 작가를 한다고! 내가 진짜로 그러고 싶어서 그런다고 이야기했겠냐고! 아! 정말! 속 쓰려 죽겠네!"

이아는 숟가락을 내던지고 팍 탁자에 엎어졌다. 그리고 울분에 찬 한마디를 터트렸다.

"왜 하필 오빠냐고!"

자정이 넘어 귀가한 집은 고요했다. 아직 돌아오지 않은 이아를 배려한 듯 거실에 주홍빛 스탠드 하나만 조용히 빛나고 있을 뿐이었다.

이아는 소파에 핸드백을 내려놓고 부엌으로 가 물병을 꺼내 잔에 따랐다. 그리고 물을 마시고 있는데, 뒤에서 인기척이 났다.

"이제 오니?"

막 자려던 참인 듯, 선화가 화장기 없는 얼굴에 잠옷 위에 숄을 두른 차림으로 서 있었다. 이아는 돌아보고 싱긋 웃었다.

"예. 문영이 만나서 한잔하고 왔어요."

선화는 조금 난색 어리게 웃었다.

"문영이는 괜찮고?"

바로 그리 물을 법도 한 것이, 이아는 말술이었다. 그조차도 여리고 고운 외모에 어울리지 않지만, 선화 몰래 열여덟 살 때 처음 술을 마셔보고 아무런 변화가 없어서 '별것도 아니네?' 한 이래 자신이 엄청난 주당임을 깨달았다. 덕분에 그녀를 취하게 해서 어떻게 해보려는 남자들의 얕은 술수는 적당히 취한 척하며 비웃어줬고, 전설의 술고래인 편집장에게는 극진한 편애를 받을 수 있었다.

"택시 태워서 보냈어요."

보다시피, 문영은 지나가는 엄한 남자에게 휘파람을 불며 '유후! 오빠! 섹시한데!' 이따위 주정을 부릴 지경이 되었지만 이쪽은 술 냄새가 조금 나는 것 외에는 멀쩡히 귀가할 정도였다.

"아직 안 주무시고 뭐하고 계셨어요?"

이아의 사기성 짙은 외모는 외탁인 듯, 선화는 50대 후반의 나이에도 소녀처럼 맑갛게 웃었다.

"웨딩플래너가 보내준 카탈로그 좀 보고 있었지."

상견례 이후 찬호와 선화의 결혼 준비는 정말 일사천리로 진행되고 있었다. 선화 본인이나 이아나 패션 쪽 사람이다 보니 안목이 까다로워서 아직 마음에 드는 웨딩드레스는 찾지 못했으나, 그 다음날 바로 식장을 예약하고, 청첩장을 찍고……

둘 다 재가인 것, 젊은 사람들처럼 화려하게 하는 건 오히려 주책이라고 최대한 가까운 사람들만 모아 조촐하게 치르기로 해서 날은 한 달 뒤로 잡았다. 그렇다는 의미는, 한 달 후면 찬호가 아버지가 되고…… 그가 정말로 '오빠'가 된다는 것이었다.

다른 걸 다 떠나서라도, 난생처음 아버지와 오빠가 생긴다는 건 기분이 묘해질 만한 일이었다.

"엄마, 찬호 아저씨 사랑해요?"

질문이 갑작스러웠는지 선화는 의아하게 이아를 보았다. 하지만 곧 가만히 웃었다.

"당연하지. 사랑하지 않으면 이 나이에 결혼까지 하겠어?"

시선은 선화를 향하고 있었지만, 이아는 핸드백 속에 들어 있는 문영의 조사 파일을 의식하고 있었다.

"예를 들어…… 아저씨가 엄청난 거짓말을 한다고 해도?"

선화는 고개를 갸웃하더니 식탁 앞에 앉아 이아에게도 앉으라는 듯 옆자리를 두드렸다. 이아는 얌전히 말을 들어 자리에 앉았다. 그러자 선화는 이아의 양손을 꼭 잡고 말했다.

"네가 뭘 불안해하는 건지 알아."

이아는 조금 웃었다.

선화의 전남편은 이아의 친부가 아니었다. 친부는 선화가 이아 나이쯤일 때 만난 연하의 남자로, 그녀가 임신한 것을 알게 되자 도망갔다. 그리고 선화는 미혼모로 이아를 낳아 키웠고, 어떻게 전남편을 만나 결혼했지만 이런저런 문제로 이아가 채 네 살이 되지 않았을 때 갈라섰다.

다른 남자의 아이였지만 계부는 이아를 귀여워해 줬기 때문에 그런 문제는 아니었다. 이혼하는 대부분의 부부들이 복잡한 사정을 다 설명하자니 면구해 간단히 정리하는 그 변명, '성격 차이'였다.

그렇게 계부가 떠난 이후로 그들 가족에게 남자란 존재는 없었다. 그것도 너무 어릴 때라 계부는 잘 기억도 나지 않기 때문에 이아에게 남자는 찬호와 창진이 가족으로서 처음이라고 할 수 있었다. 그렇다고 딱히 남자가 낯설거나 한 것도 아니고, 자신이 사생아라고 해서 열등감을 가져본 적도 없었다.

왜냐?

예쁘고 잘났으니까.

아마 이런 외모를 가지고 이런 성격으로 성장하게 된 배경에는 그런 출신 성분이 큰 작용을 했을 터. 주위에서 수군대는 소리를 무시할 수 있을 만큼 두꺼운 신경 줄을 가지지 않고는 죽는 날까지 자신만 고생이라는 걸 일찍이 알았기 때문이다.

그녀는 어려서부터 조숙한 아이였다.

다만 어머니의 마음은 조금 다른 것이라, 정작 이아 본인은 사생아라고 놀리는 또래들을 늘씬하게 패주고 골목대장으로 군림할 정도였지만 선화는 여러모로 많이 신경이 쓰였던 모양이다. 이아가 술을 한 궤짝으로 퍼마시고 숙취로 고생하고 있을 뿐인데도 애가 의기소침해졌다고 마음을 쓰고는 했다.

"그런 게 아니에요."

이아는 반대로 선화의 손을 그러잡았다.

"전 정말 찬호 아저씨 좋아해요. 엄마가 걱정하는 것만큼 남자를 싫어하지도 않고요."

글쎄, 오히려 지나치게 좋아한다고 할 수 있지 않을까?

"저에게 점수 따려고 하시기는 하는데 긴장해서 실수연발에, 엄마한테 프러포즈 받아달라고 사거리에서 대자로 드러눕는 분을 어떻게 좋아하지 않겠어요?"

창진이 들었다면 입을 떡 벌리고 '노인네 진짜 갈 데까지 갔구나'라고 통탄할 일이지만, 그가 모르는 비하인드 스토리에는 그런 이야기들이 숨어 있었다.

"아저씨가 아버지라는 게 정말 좋아요. 그냥 왜 그런 거 있잖아요. 주례가 검은 머리 파뿌리 되도록 사랑하겠느냐고 묻는 것처럼 알면서도 확인해 보고 싶은 거. 아저씨랑 정말 늙어 돌아가실 때까지 함께 잘사실 거죠?"

"그럼. 나도 처음엔 이제 와서 무슨 결혼이냐 싶었지만……. 그이가 사람들 다 보는데 사거리에 드러눕는 걸 보고 이 사람이면 되겠구나 싶더라. 남의 시선 따위 신경 쓰지 않고 나만 봐줄 것 같았어."

이아는 피식 웃으며 제 목을 쓸었다.

그래, 사랑은 버스와 같다는 말이 왜 있겠는가. 바로 타이밍인 것이다. 먼저 잡는 사람이 임자인 법. 이번에는 남자를 그야말로 돌처럼 봐온 선화에게 보기 좋게 선수를 빼앗겼다고 칠 수밖에 없는 성싶었다.

"근데……."

선화는 조금 물을까 말까 고민하는 듯 주저한 후에 조심스럽게 물었다.

"너 무슨 이야기를 들은 건 아니지?"

패션 쪽이라고 해도 소문에 민감한 기자다 보니 전해 들은 이야기가 있을까 봐 걱정되는 모양이었다.

"아니에요. 그냥 물어본 거라니까요."

사실 이쪽이 미혼모에 사생아였다는 걸 알고도 '과거 하나 없는 사람 있으면 나와보라고 해!'라고 도리어 버럭 성을 냈던 찬호이기도 했거니와, 그가 예전에 그쪽에 살짝 발을 담갔던 건 이미 본인에게 들어서 알고 있었다. 살려고 아등바등하다 보니 어느새 자기도 모르게 그쪽에 있었다는데, 전처를 보내고 이렇게 살면 안 되겠다 싶어서 바로 손을 씻었다고 들었다. 물론 선화도 그걸 알고 있었고.

그런데도 아들에 대해 거짓말을 했던 건, 자신이 떠나보낸 과거에 발을 걸치고 있는 아들이 부끄러워서였을까?

흠, 그렇다면 그 점은 조금 실망인데.

정말 조직폭력배도 아니고, 알아서 제 길 잘 가고 있는 아들을 왜 부끄러워하신담?

다른 사람들은 이런 면에서 남다른 이아를 보고 '대범하다'라고 말했다. 그도 그렇거니와, 나이트에 강남과 이태원에 클럽, 명동에 레스토랑을 소유하고 있을 정도면 어지간한 사업가보다 돈을 잘 번다는 건데, 이 철저한 물질주의 사회에 오히려 자랑스러워해야 할 이야기라는 게 이아의 생각이었다.

"그럼 이만 자요."

이아는 자리에서 일어나며 빙긋 웃었다.

"아름다운 신부님께서는 피부 관리하셔야죠?"

나직이 웃은 선화는 이아가 신랑처럼 내민 손을 잡았다. 그리고 두 여자는 버진 로드를 밟듯이 나란히 방으로 향했다.

새 가족을 맞이하기 위한 한 달 전의 밤은 그렇게 저물어가고 있었다.

4

드디어 그날이 오고 말았다.

식장 앞에 선 창진은 고아한 붓글씨로 쓴 간판을 다소간 복잡
하고 미묘한 눈으로 바라보았다.

[신랑 반찬호 님

신부 윤선화 님]

한 번 결심하면 멧돼지처럼 직선돌파밖에 모르는, 꼭 그 같은
찬호의 성격에 결혼 준비는 정말 번갯불에 콩 구워 먹듯이 끝났
다. 친지와 가까운 지인밖에 초대하지 않은 조촐한 결혼식이라
지만 죽는 날까지 마지막인 거 제대로 형식은 갖춰야 하지 않겠

느냐며 청첩장도 돌리고, 떡하니 몰디브 행 신혼여행 비행기 티켓도 끊어놨다. 저 앞에 '방금 결혼했어요'라고 정말 부끄러워 미칠 것 같은 핑크색 글씨로 뒤창에 쓴 차도 준비되어 있고 말이다.

"아버님 정말 결혼하시는구나."

옆에 있는 태후가 묘하게 중얼거렸다. 하긴, 서로 알아온 세월이 햇수로만 쳐도 근 15년인데, 처음 만났을 때부터 찬호는 홀아비였으니 제 아버지를 장가보내는 것처럼 감회가 남다를 법도 했다.

"조촐하게 할 거라더니 할 건 다 하려고 든다니까. 다 늙어서 웬 몰디브야?"

창진은 츳 혀를 내차며 간판 앞에서 걸음을 돌렸다. 태후도 그 뒤를 따랐다.

"어이, 넥타이 안 해?"

직접 백화점까지 가서 사다 줬더니 하고 간 날 바로 잃어버리고 와서 차라리 환불하게 꼭 다시 가져오라고 잔소리까지 한 새 넥타이건만, 아까부터 양복 가슴주머니에 쓰레기처럼 쑤셔 박고 있기에 하는 말이었다.

창진은 무성의하게 휘휘 손을 내저었다.

"나중에."

"근데 어디 가?"

"네가 내 마누라냐? 잔소리 좀 작작해."

애초에 가끔 뒤통수를 시원하게 한 대 갈겼으면 좋겠다 싶은 성질머리지만, 오늘따라 유독 날카로운 신경에도 태후는 그저 어깨를 으쓱였다. 배고픈 야수 같은 상태가 무엇으로부터 기인하는 것인지 알고 있기 때문이었다. 아마 이제 만나야 할 어떤 인물 때문일 터.

상견례 날 돌아와서는 일 잘하고 있는 그에게 버럭 성질을 내면서 외친 말을 떠올리면, 그 고소함 때문에라도 이쯤이야 참아줄 수 있었다.

"이 개새끼! 네가 저주했지! 완전 '꺅, 오빠 변태' 잖아!!"

처음에는 이게 미쳐도 아주 쌈박하게 미쳐 버렸나 싶어 쳐다보기만 했다. 그런데 버럭버럭 외치는 말 중에 어떻게 조합해서 전후사정을 유추해 보니……. 가는 길에 여동생이라는 걸 모르고 마주친 여자가 드물게도 소위 '꼴렸던' 모양.

본인도 본인이고 노는 바닥도 있고 해서 있을 만한 선입견과는 달리, 의외로 창진은 헤프지 않았다. 물론 여자는 많아도 몸을 함부로 굴리지는 않고 한 번에 여기저기 문어발을 걸치지도 않았다. 뭐, 상대방에 대한 배려라기보다는, 그 귀찮은 짓을 왜 하느냐는 것이었다. 더욱이 늘 여자 쪽에서 먼저 덤비는 편이다 보니 그가 먼저 관심을 보이는 경우는 정치인이 선거 공약을 지키는 확률 정도로 봐도 좋았다. 그런데…….

아아, 하느님. 감사합니다. 역시 사실은 자비로운 분이셨군요.

이 미친개한테 그 아버지라는 고삐를 매어준 것만으로도 감사할 일이었는데, 된통 당하게 생겼으니 어찌 고소하지 않을까. 이런 놈한테 걸린 그 여동생이 불쌍하기는 하지만 헛짓거리를 할 만큼 미친놈은 아니니 혼자 즐거워하는 것 정도는 괜찮을 성싶었다.

둘은 신랑신부 대기실로 다가갔다. 보통은 따로 대기실을 잡는 법이지만, 아무래도 신랑신부 둘 다 황혼의 재혼이라 그다지 격식을 따질 것도 없고 찬호는 한시도 신부와 떨어지고 싶지 않은 모양인 듯 굳이 대기실을 한방으로 잡았다. 왕년에 한가락 하던 분이라는 걸 알고 괜히 주눅 들었던 첫 만남을 생각해 보면, 참으로 인생무상이었다.

닫힌 문 앞에 선 창진은 선뜻 들어가지 않고 후우 심호흡을 했다.

결혼 준비를 도우면서 그 여동생과 두어 번 더 만났던 모양인데, 그럴수록 더 심란해진 것 같았다. 한 날은 사무실 소파에 가지런히 손을 모으고 누워서 '여동생이다, 여동생이다……' 비 맞은 중처럼 염불 같은 소리를 중얼대고 있기까지 했으니.

이내 창진은 결심한 듯이 문고리를 잡았다. 물론 그전에 으름장처럼 경고하는 것도 잊지 않았다.

"휘파람 불지 마라. 의미심장하게 쳐다보지도 마. 딱 인사만

하고 나가. 아니면 정말 한판 뜨자는 걸로 해석한다."

똑똑.

노크 소리에 안에서 들어오라는 소리가 들리고, 창진은 문을 열고 들어갔다.

"어, 오빠!"

문을 열기 무섭게 준비할 새도 없이 바로 부닥쳐 오는 목소리에 창진은 뒤따라가는 태후가 눈치챌 만큼 흠칫했다.

대기실은 이미 남자 둘이 들어가기 민망할 정도로 화려한 꽃밭이었다. 천장에서 내려오는 작은 샹들리에도 조화로 치렁치렁하게 장식했고, 공주님풍의 새하얀 화장대니 벨벳 소파니 하는 곳에도 색색의 꽃 장식이 만개하고 있었다. 그 와중에 턱시도 차림을 한 찬호와 분홍색의 이브닝드레스에 가까운 웨딩드레스를 입은 신부는 오붓하게 소파에 붙어 앉아 있었다. 그리고 문제의 여동생은 그런 둘의 사진을 찍어주고 있었던 듯 카메라를 보고 있다가 화사하게 웃으며 고개를 들었다.

'아, 그렇군.'

태후는 바로 납득해 버렸다. 창진이 염불까지 읊어야 했던 이유를.

키는 두 남자의 어깨에나 올까 싶을 만큼 작았지만, 신부와 맞춘 것인 듯 치마에 러플이 커다란 꽃처럼 풍성한 드레스를 입은 몸매는 척 봐도 꽤나 훌륭했다. 그리고 짙은 고동빛에 가까운 긴 생머리에 뽀야니 보드라운 피부, 머리에 모자처럼 얹은 꽃 장식이 스물 후반이라는 나이에도 전혀 위화감이 느껴지지 않을 만큼 사랑스러운 분위기였다. 웃는 것도 어찌나 고운지, 남자들이 환상 속에 꿈꿔오던 여동생의 표본이 있다면 딱 이런 느낌일 성싶었다.

"오셨어요? 여기 봐요. 두 분 사진 찍어드렸는데, 어느 게 가장 괜찮은 거 같아요? 아무래도 이게 가장 다정해 보이고 좋죠?"

창진에게 다가온 이아는 찍은 사진들을 보여주면서 종달새처럼 예쁘게 조잘댔다.

"어, 그래. 그게 좋네."

제법 다정하게 대답하는 창진을, 태후는 그야말로 뜨악해서 쳐다보았다. 이, 정말 의붓동생을 어색해하면서도 적응하려고 노력하는 오빠 같은 놈은 누구야?

그때 이아가 태후를 발견한 듯 보더니 살며시 웃었다.

"안녕하세요."

"이쪽은 안태후. 내 고등학교 동창이고 지금은 내 가게에 매니저로 있어."

"처음 뵙겠습니다."

서로 악수를 하고 나자, 이아가 알겠다는 듯 말했다.

"그럼 레스토랑 매니저세요?"

또 뜨악한 태후는 급히 창진을 돌아보지 않기 위해 부단한 애를 써야 했다.

"아, 예."

"전 윤이라고 해요. 우리 오빠 잘 부탁드려요. 아 참, 저보다 두 분이 더 오래 아셨죠?"

이아는 싱그럽게 웃고 몸을 돌렸다. 소녀 같은 외모로 능숙한 성인 여자처럼 묘한 여운이 남는 미소를 지을 줄 아는 모습에 태후는 저도 모르게 휘파람을 불려고 입술을 모았다. 하지만 빠르게 눈치채고 찢어 죽일 듯이 쳐다보는 창진의 눈길에 바로 입을 다물었다. 그리고 두 남자를 반기는 찬호와 선화에게 다가가 인사와 축하를 전했다. 분위기는 정말 아무 문제도 없는 화목한 가족처럼 화기애애했다.

그런데 창진이 갑자기 진지하게 말문을 텄다.

"드릴 말씀이 있습니다."

찬호와 선화는 벌써부터 부부는 일심동체처럼 동시에 '응?' 하고 쳐다보았다.

"전 독립하려고 합니다. 이미 집도 구해놨습니다."

이아는 눈을 살짝 크게 떴다. 반면 태후는 이미 아는 이야기였기 때문에 조용히 한 걸음 물러나 주었다.

선화의 아파트와 달리 단독주택인 찬호의 집이 훨씬 넓기도 했고 여러모로 편했기 때문에 여자들 쪽에서 들어오기로 합의를 본 상태였다. 이미 아파트는 부동산에 내놓았고, 짐도 다 옮겨져 있어서 이아는 오늘 식이 끝나는 대로 들어가고 선화는 찬호와 신혼여행 후에 함께 오기로 했다.

집이 다시 자리를 잡는데 남자 손이 필요했기 때문에 오늘에야 말하게 된 것이었다.

"뭐? 그건……."

"그럴 필요 없어요."

찬호가 놀라 말하려고 하는 찰나, 의외로 선화가 먼저 단호하게 말했다.

"창진 군의 집인걸요. 군식구들이 늘어서 조금 불편은 하겠지만 이제 가족이 되었는데 같이 살면서 서로 적응해 가면 안 될까요? 그러라고 가족이잖아요."

혼자 자식을 키우며 살아온 여자이니 역시 보이는 것만큼 유약하지만은 않아 보였다. 아직도 조금은 어려운 듯 꼬박꼬박 '군'이라고 칭하는 창진에게도 아주 확실하게 의견을 말했다.

"딱히 불편해서는 아닙니다. 아무래도 제가 나가는 게 맞는 것 같아서요."

잠깐 침묵이 감돌았다. 모두 그 의미를 이해한 것이리라.

"그래도……."

역시 찬호도 고민한 적은 있는 이야기인 듯 예상보다 강경하게 반대하지 않았다. 물론 이아가 없었다면 '내 시체를 밟고 가라!'를 외쳤겠지만 말이다.

"이제 막 가족이 되었는데 따로 살기까지 하면 영 서먹서먹하지 않겠어? 나가더라도 한 몇 달은 같이 살고 나가지 그러냐."

"싹은 미리 잘라 버리는 게 좋으니까요."

꼭 그쪽 바닥 사람 같은 말이었지만, 이미 버릇이 된 창진은 제 말에서 전혀 이상한 점을 찾지 못했다. 찬호와 선화도 다른 문제에 더 정신이 팔려 마찬가지였다. 그저 이아만이 피식 웃었을 뿐.

그 소리에 모두가 이아를 의아하게 돌아보았다. 바로 시선의 중심이 된 이아는 '아' 외마디를 내고 싱긋 웃었다.

"괜찮지 않을까요? 어차피 이제부터 계속 가족인데 사는 곳이 뭐 그리 중요해요? 오빠 말대로 저희가 어리지도 않아서 남들 눈에 불편해 보일 수도 있고요."

태도는 달라도 이 순간만큼은 창진과 이아는 일심동체였다.

같이 살면 위험하다!

둘이 서로를 쳐다보는 시선의 의미를 다른 사람들은 고사하고 장본인들조차 알지 못했으나 분명히 그런 뜻이 강하게 흐르고 있었다. 다만 찬호는 정확히는 몰라도 야생동물 같은 감으로 뭔가를 느꼈는지 흠흠 목을 골랐다.

"뭐, 그렇다면……."

선화도 어쩔 수 없었는지 조금 한숨을 쉬고 말했다.

"그럼 집은 우리가 돌아오고 나서 옮겨줄 수 없을까요?"

"아, 그래. 그 큰집에 이아 혼자 둘 수는 없잖아."

"그건 그렇게 하겠습니다."

창진은 여러 가지 의미로―드디어 찬호에게서 해방되어 시원하면서도 다른 것은 묘하게 섭섭한―만세를 부르고 싶은 기분이었지만 차분히 동의했다. 반면 선화는 조금 힘없이 웃었다.

"아쉽네요. 그래도 밥은 자주 먹으러 오겠다고 약속할 수 있죠?"

여러모로 죄책감을 느낀 창진은 꼭 그렇게 하겠다고 약속했다. 그리고 먼저 식장에 가 있겠다며 태후와 함께 대기실을 나섰다.

탁.

등 뒤로 문이 완전히 닫힌 찰나였다.

"단 한 마디도 하지 마."

태후는 미약한 한숨을 삼켰다.

"알 만하다."

거짓말을 못한다기보다 제멋대로 사는 만큼 그래야 할 필요성을 못 느껴서 거짓말 따위 하지 않는 녀석이 어쩌다 나이트 사장이라는 걸 숨기게 됐는지는 알 수 없었다. 하지만 그 여동생과 가족 간의 분위기만 봐도 충분히 예상은 되었다.

"빌어먹을."

창진은 내치듯이 성큼 걸어갔다.

"내가 아냐. 꼰대 짓이라고. 내가 레스토랑 사장이라고? 나 참, 이제는 별걸 다……."

"거짓말은 아니잖아?"

"그러니까 저 노인네가 교활한 거야!"

"그만큼 속을 썩였으면 아버님 마음도 이해는……."

그때, 뒤따라 대기실 문이 열리고 이아가 그들을 따라왔다.

"오빠."

뭔가 또 거친 말을 하려던 입이 딱 닫히고, 창진은 '나는 건실한 일반인이오'라고 쓰여 있는 것 같은 얼굴로 돌아보았다.

"타이, 아직 안 했네요? 여전히 답답한가 봐요."

창진은 주머니에 쑤셔 박아둔 넥타이를 꺼내 들었다.

"지금 하려고."

막 넥타이를 목에 두르는데, 백금의 반지를 낀 하얗고 고운 손이 다가와 그 끝을 잡았다. 조금 놀라 쳐다보자, 아무것도 모르는 천진한 얼굴로 싱긋 눈웃음을 지었다.

"제가 해드릴게요."

얼떨결에 굳어 있는 사이에 이아는 태연히 넥타이를 매주기 시작했다. 반면 창진은 아무 생각도 못하고 바짝 굳어 있을 따름이었다.

향수를 뿌렸는지, 가까이 붙어선 몸에서 나는 냄새가 굉장히 좋았다. 그리고 자신에게 이런 취향이 있는 줄은 스스로도 몰랐는데, 겨우 어깨까지 오는 작은 몸을 확 끌어안고 싶어서 돌아버릴 것 같았다. 한품에 쏙 들어올 것 같았다.

살짝 흥얼거리는 콧소리는 온몸이 뻐근해지도록 무한한 상상을 불러일으켰다. 그 찰나였다.

'윽.'

서늘한 손끝이 목을 스쳤다.

거의 애무하는 것처럼 사악 쓸 듯이 스쳐 갔다. 하지만 착각이었는지, 이아는 고개를 들고 주인에게 칭찬을 바라는 강아지처럼 웃었다.

"저 넥타이 잘 매죠?"

확실히 능숙한 솜씨였다. 직업 때문에 그런 게 아니라면…….

"많이 매봤나 봐?"

최대한 평정을 가장하고 웃는 듯이 물었다. 하지만 이아는 또 가타부타 대답 없이 묘하게 웃을 뿐, 식장에서 보자며 담백하게 대기실로 돌아갔다.

그 뒷모습을 보던 태후는 절레절레 고개를 흔들고 다시 걸음을 옮겼다.

"저게 연기면 진짜 무서운 거야."

"넌 저게 연기로 보이냐."

"그러니까 문제지. 뭘 좀 아는 여자도 아니고 마냥 순진해 보이는 여동생인데……."

그땐 아무 생각 없이 한 말이었겠지만 '그냥 여자지'라고 했던 제 말에 본인이 된통 뒤집어쓰게 된 경우였다. 어찌나 고소한지 짐짓 놀리며 걷는데, 따라오는 기척이 없어서 돌아보았다. 창진은 아까 자리에서 몇 걸음 간 곳에서 양 허리에 손을 얹고 심각하게 서 있었다. 그에 뭐하냐고 물으려는 찰나, 그는 이를 섬뜩하도록 꽉 물고 중얼거렸다.

"씨팔, 섰다."

반사적으로 시선을 내리자, 앞섶이 약간 불룩했다.

"……."

도저히 할 말을 찾을 수가 없어 그냥 있으려니 창진은 조금 불편한 걸음으로 그를 지나쳐 화장실로 갔다. 어찌나 이를 물었는지 턱에 각이 하얗게 불거져 있었다.

그 뒤에 태후는 억양이 조금도 없는 완전한 모노톤으로 중얼거렸다.

"꺅, 오빠 변태……."

걸어가며 이아는 폭 한숨을 내쉬었다.

하지 말자고 했는데…….

오빠로 대하자고 결심했음에도 자꾸 그만 보면 가서 건들고 싶고 수작을 부리고 싶었다. 그냥 평범하게 웃자고 생각해도 이미 완전히 남자로 의식하고 있는 사람을 상대로 어떻게 평범하게 웃어야 하는지도 모르겠고, 몸에 밴 습관은 무서운 거라서 자동적으로 유혹하는 태도가 나오고 말았다.

이성이 서로를 의식하는 데는 0.5초밖에 필요하지 않다더니, 마주친 순간에 이미 게임이 끝나 버린 것 같았다. 처음부터 오빠인 걸 알고 만났다면 좀 달랐을까?

그렇게 싱숭생숭한 기분으로 대기실로 돌아가는데, 마침 찬호가 밖으로 문을 닫고 나왔다.

"어디 가세요?"

"어, 화장실 좀 다녀오려고."

"다녀오세요. 먼저 들어가 있을게요."

서로 스쳐 지나 문을 열려던 이아는 순간적으로 저편에 가는 찬호를 잡았다.

"아버지."

얼마 전부터 호칭을 바꿨기 때문에 그다지 낯설지 않았다.

"응?"

이아는 잡고 있던 문고리를 놓고 찬호의 앞으로 다가갔다.

"저한테 거짓말한 거 있으시죠?"

그다지 주저하지 않고 묻자, 찬호는 크게 놀랐다. 자신이 어떤 거짓말을 했는지는 한 달이 지나는 동안 까맣게 잊어버린 듯, 진심으로 절대 그렇지 않음을 피력하는 반응이었다.

"내가? 그럴 리가."

이아는 안심하라는 듯 부드럽게 웃었다.

"오빠, 레스토랑 사장 아니잖아요?"

"어, 어어? 아, 아냐. 맞아."

이제야 그 거짓말을 떠올리고 크게 당황하는 그에게 이아는 짓궂은 웃음을 지었다.

"그것만은 아닐 텐데요?"

"⋯⋯."

숨길 수 없겠다고 생각했는지 꾹 입을 다물더니, 바로 침울해졌다. 말을 꺼낸 이쪽이 미안해질 만큼 한순간에 5년은 더 나이가 들어버린 것처럼 보일 정도였다. 이런 반응은 예상하지 못해서 이아는 조금 당황했다.

"어떻게 알았어?"

"그건 어쩌다 보니……. 너무 그러실 것 없어요. 탓하는 게 아니라, 그냥 왜 그러셨는지 알고 싶어서요."

찬호는 오히려 그 말에 놀란 듯이 이아를 보았다.

"그럼 괜찮아? 오빠라는 녀석이 나이트 사장 같은 걸 하는데."

이아는 빙긋 웃었다. 주먹을 쓰는 사람들이 오히려 단순하다더니, 바로 이렇게 미끼를 물어서야. 그녀가 다 알고 물었기 망정이지, 유도심문을 해보는 거였다면 어쩌려고 그러는 걸까?

이렇게 순진한 구석이 있는 사람이라서 어머니를 맡겨야 하는 그녀로서는 다행이었지만 말이다.

"직업에 귀천이 있나요. 그쪽에 무서운 형님 같은 오빠만 아니면 됐죠."

웃으라고 제법 장난스럽게 말했건만, 찬호는 오히려 더욱 심각해졌다.

"글쎄, 그게 좀 미묘한데……. 아, 그래도 제 것이라면 끔찍하게 위하는 녀석이니까 걱정할 건 전혀 없어."

말을 잘못했다 싶었는지 바로 덧붙였다. 이아는 피식 웃었다.

"오빠가 부끄러우셨어요?"

찬호는 얼른 손사래를 쳤다.

"부끄럽기는. 뭐, 어디 가서 자랑스럽게 내 아들놈이 나이트 사장이라고 말할 수 없는 건 맞지만 솔직히 건달 아버지 밑에서 완전히 그쪽 길로 빠지지 않고 돈도 척척 벌어다 주는 걸 보면 오히려 기특하지. 예의라고는 밥 말아먹은 녀석이래도 정작 중요한 건 잘 알거든. 아니라면 몸집도 이미 제 아비보다 컸던 녀석이 순순히 의자로 얻어맞고 책상 앞에 붙어 공부했겠어?"

의, 의자……

그녀가 절대 보이는 것처럼 순진하지는 않지만, 어머니와 단둘이 살아왔던 몸으로서는 상상도 할 수 없는 터프함이었다. 그녀는 선화에게 맞은 적도 없으니까.

"그냥……. 너까지 내 아들놈을 색안경 끼고 보지 않아 줬으면 해서 그랬지. 정작 그놈은 '나이트 사장이 뭐 어때서?' 이러고 다니지마는 어디 세상 시선이 그래?"

"하긴, 그건 그렇죠."

찬호는 조심히 그녀의 눈치를 살폈다.

"너도 그래? 오빠가 나이트 사장이라는 게 영 꺼림칙해?"

이아는 웃으며 고개를 내저었다.

"직업을 알기 전에 오빠를 먼저 알았는걸요. 투덜대도 아버지가 부르면 꼭 오고, 엄마한테도 저한테도 함부로 하지 않는 사람인 거 아는데 이제 와서 그게 무슨 상관이에요. 그런 거 보면 아버지가 잘 생각하신 것 같아요."

은근히 그의 선택을 지지해 주듯 이야기하자 바로 얼굴에 새

신랑다운 화색이 돌아왔다.

"그렇지?"

"궁금했던 건 풀렸어요. 그러니까 아버지도 오빠한테는 제가 이거 안다는 거 말씀하지 말아주세요."

"응? 그건 왜?"

"괜히 제가 안다고 거리 두고 서먹하게 대할까 봐 그렇죠. 서로 더 친해진 뒤에 제가 말할게요."

이건 새빨간 거짓말이래도, 기실 이 사실을 어떻게 써먹을 생각은 없었다. 적어도 지금은. 하지만 유비무환이라고 했던가? 왠지 예리한 감이 아직은 터트리지 않는 게 좋다고 이야기하고 있었다.

"그래, 그렇게 하려무나. 창진이 녀석과 친하게 지내줄 거지?"

"물론이죠. 그럼 화장실 다녀오세요. 식 시작하겠어요."

서로 훈훈한 웃음을 교환하고 찬호는 오히려 한시름 던 듯이 거의 날아갈 것처럼 화장실로 향했다. 잠깐 그 모습을 보다가 몸을 돌린 이아는 생각했다.

오히려 너무 친하게 지낼지도 몰라서 고민하셔야 할 텐데.

뭔가를 기대한 사람이 있다면 미안하게도, 안 했다.

무엇을 안 했느냐? 혼자 처리하는 것 말이다. 명색이 이곳은 아버지가 결혼하는 신성한 식장, 화장실에 변기통 뚜껑 내려놓고 앉아서 진정시킨다고 담배를 줄로 세 대를 피우긴 했지만 끝까지 이성은 붙들고 있었다. 그 와중에 밖에서 여기는 금연이라고 뾰족한 목소리로 한소리 했던 놈은 문을 걷어찼을 때 빨리 도망가서 목숨을 보존한 줄 알 것.

식 시작부터 기운을 뺐더니 끝날 때쯤에는 진이 다 빠져서 드러누워 자고 싶은 마음밖에 없었다. 그래서 창진은 모두의 환송을 받으며 대기 중인 차로 가는 신랑신부의 모습을 아련하게 쳐다보기만 했다. 그러다 조금 떨어진 곳에 있는 이아를 보고는 이제는 더 갈 것도 없는 이를 부득부득 갈았다.

'너 진짜 동생만 아니었으면 이미 죽었어.'

이아는 갑자기 등줄기를 훑는 섬뜩한 기운에 주변을 둘러보았다. 하지만 아무것도 발견할 수 없자 고개를 돌렸는데, 여태 옆에서 가만히 신랑신부를 배웅해 주던 문영이 문득 말했다.

"너 그거 아냐?"

"뭘?"

두 여자는 신랑이 신부를 공주님 안기 포즈로 번쩍 안아 들고 주변 사람들이 환성을 터트리는 모습을 보며 대화를 계속했다.

"씹어 먹을 네 연놈 중에 놈, 어제 나한테 전화했다."

"뭐?"

"네 벽보 협박이 무섭긴 무서웠는지 나한테 전화해서 너 좀 어떻게 잘 달래달라고 하더라."

"이……."

정말 도저히 참을 수가 없어서 한마디 사납게 읊조리려는데, 문영이 돌아보지 않는 채로 '어허' 소리를 냈다.

"공주님 가면 깨진다. 아서라."

그 말에야 이아는 가까스로 야차처럼 일그러지던 표정을 수습했다. 그래, 어디선가 창진이 보고 있을지도 몰랐다. 섣불리 본성을 내보일 수는 없었다.

"언제까지 칼만 갈고 있을 거야? 확실하게 떼어내든지, 확 망신을 줘서 회사에서 쫓아내든지. 뜸 들이다 밥 홀랑 태워먹겠다. 누가 보면 네가 남자는 그럴 수도 있다고 생각하는 남성우월주의자인 줄 알아, 이것아. 남자 따위 저급한 생물이라고 생각하는 주제에."

그 말에는 조금 인상을 쓸 수밖에 없었다.

"그렇게 생각하지 않거든? 좀 단순하기야 하지만 힘도 좋고 아주 쓸모가 많은 것도 달고 있는데 무시할 이유가 없잖아."

"퍽이나. 그래서 한 남자한테 정착하는 법이 없냐?"

이게 오늘따라 왜 이렇게 남의 시선을 의식하는지 계속 앞을 바라본 채로 싱긋싱긋 웃으면서 말하고 있었다.

"그건 그냥 그럴 만한 놈을 못 찾은 거거든? 너 엄한 사람 매도하지 마. 하여간 그놈을 가만히 두는 건 그냥 놔둬도 지옥이라는 걸 알고 있기 때문이야. 지금 매달리는 것도 자기가 뭣 좀 되는지 알아서 소문이 잘못 나면 견딜 수 없으니까 내 입을 막으려고 하는 거고. 하여간 단순한 머리통 같으니. 내가 그걸 모를 거라고 생각하나?"

한참 말하다가 뭔가 기분이 이상해서 돌아보자, 문영은 어딘지 참을 수 없이 느끼하고 '언니는 다 알고 있단다' 하는 자기가 전지전능한 줄 아는 눈으로 지그시 바라보고 있었다.

"어째 시선이 불쾌한데, 내 착각이겠지?"

"그런 점이 남자를 믿지 못한다는 거고, 저급한 생물이라고 무의식중에 생각한다는 반증이야. 내가 심리학 전공이라는 거 잊었냐?"

"심리학 전공이라고 사람 마음을 다 읽을 줄 알면 미아리에 돗자리 피지, 왜 정보 제보자 뒤꽁무니나 따라다녀?"

그러거나 말거나, 문영은 갑자기 왼쪽으로 흘긋 고갯짓했다.

"그래서 저 물건은 좀 믿을 만해?"

돌아보지 않아도 문영이 말하는 게 누구인지 알 수 있었다.

"생긴 걸로만 보면 절대 믿으면 안 될 남자 넘버원인 것 같은데. 네 아버지 젊었을 때 엄청 날리셨겠다. 박은 듯이 닮았던데, 30년 전에 저 얼굴이었다면 쳐다보는 여자들 거기가 마이 옴찔거렸을 게야."

그러고서는 아주 재미난 말이라도 한 것처럼 혼자 킬킬댔다. 이아는 하이힐 굽으로 확 그 발을 밟아버렸다. 문영이 참지 못하고 '으악!' 소리를 내질러서 시선을 모았지만 두 여자가 아무것도 아니라는 듯 고개를 내젓자 모두들 신경 쓰지 않고 시선을 원위치시켰다. 그 뒤에서 이아는 조용히 으르렁댔다.

"너 진짜 상스러운 거 티낼래?"

"으으……. 알았다. 미안하다. 이건 내가 지나쳤다. 네 오빠님께서 하도 침이 폭포가 되어 흐를 지경이셔서 나도 모르게 좀 오버했어."

그제야 엷게 한숨을 내쉬고 아직도 가볍게 밟고 있는 발을 치웠다.

"믿고 말고 할 게 뭐 있어. 오빠인데."

"오올, 오빠로 굳히려고 결심한 거야?"

이아는 조금 짜증스럽게 문영을 돌아보았다.

"처음부터 그렇게 말했잖아?"

"하여간 이 계집애는……. 언제는 패륜 드라마라고 했다고 사람 죽일 것처럼 열 내더니만……. 변덕이 아주 죽을 끓어요."

문영은 혼자서 투덜대더니, 갑자기 반짝 눈을 빛내고는 은근슬쩍 귓가에 속삭였다.

"그럼 나 그 옆에 물건 좀 소개시켜 줘."

'응?' 싶은 것도 한순간, 왜 이렇게 장황하게 이야기를 꺼내나 싶었는데 이제야 이해가 되었다.

"태후 오빠?"

문영은 열렬히 고개를 끄덕였다. 이아는 창진의 곁에 서 있는 태후를 묘한 눈길로 돌아보았다. 키도 크고 이지적인 게 제법 괜찮긴 하지만, 아무래도 창진과 대화를 나누고 있는 모습이 가히 비교되는 것은 사실이었다.

"아, 그래. 그러고 보니 네 취향이긴 하다. 안경잡이에 멀쑥하고 샌님 같은 타입인 게. 딱 네 변태 취향이네."

뺄도 없는지 변태 취향이라는 말은 신경 쓰지도 않고 배슬배슬 웃었다.

"됐어. 네가 알아서 해. 내가 지금 사랑의 큐피드 노릇을 할 상태로 보여?"

그건 그렇다 싶었는지 문영은 입안으로 무어라 정신없이 투덜대면서도 스스로 차림을 재정비하고 전장으로 나아가기 시작했다. 그 뒷모습이 자못 비장했다.

"안녕하세요?"

화장실에서 했냐, 안 했다, 했을걸, 죽을래, 공방을 펼치고 있던 두 남자는 동시에 돌아보았다. 문영은 싱긋 웃으며 손을 내밀었다.

"이아 친구 이문영이라고 해요."

태후는 창진이 아니고 제 앞에 내밀어진 손을 의아하게 보았다.

"제가 아니라 이쪽……."

"이아 오라버니 친구분이세요?"

그러거나 말거나, 쑥 한 걸음 다가서며 들이대는 게 아닌가? 역시 야생동물 같은 감으로 뭔가 이상한 여자다 싶어진 창진은 슬금슬금 물러났다. 그리고 '어이?' 하고 당혹한 듯이 부르는 태후를 무시하고 안 그래도 잘됐다 싶어 이아에게 다가갔다.

"호홋! 손이 참 예쁘시네요!"

완전히 하이 톤으로 울려오는 목소리를 뒤로하고.

"뭘 그렇게 봐?"

앞을 아련한 눈길로 바라보고 있기에 물으니 이아는 '아, 오빠' 하고 이제야 그의 존재를 떠올렸다는 듯이 돌아보았다.

이미 신랑신부를 태운 차는 공항으로 떠났고, 사람들은 거의 다 웅성이며 흩어져 배웅하던 인파가 수북하던 입구에는 서로 대화를 나누는 몇몇만 남아 있었다.

"그냥 기분이 묘해져서요."

창진은 '그런가?' 하며 무감동하게 차가 떠난 자리를 돌아보았다.

"거의 30년간 저만의 엄마였는데 이제는 누군가의 아내라는 것도 그렇고, 살던 집도 바뀌게 됐고……. 다 너무 좋은 일인데 갑자기 조금 감상적이 되네요."

"속 시원하지 않아? 너나 나나 외동이라 부모님들 집착이 장난 아니었을 텐데. 난 우리 꼰대한테서 벗어나려고 결혼이라도 해야 하나 싶었는데, 오히려 그쪽에서 가주니까 십 년 묵은 체증이 내려가는 기분이다."

이아는 작게 하하, 하고 웃었다.

"글쎄요, 과보호하는 편이긴 하셨지만 별로 집착이라고 생각해 본 적은 없어요. 뭐, 요즘 세상이 워낙 흉흉한데다 전 여자니까 오죽하면 그러시나 싶었죠."

아련히 말하는 모습에 문득 '아, 그래. 얘, 여자였지' 하는 생각이 들었다. 물론 몰랐다는 의미는 아니었다. 오히려 누구보다 확실하게 인식하고 있어서 곤란했지. 다만 나이트에서 반 벗고 남자와 엉켜 춤추는 '여자'가 아니라 너무나 작고 가녀려 보여서 자신이 보호해 줘야 할 것 같은 '여자'로 다가왔다.

그는 정말로 기억도 나지 않을 만큼 오랜만에 가슴이 뭉클한 것을 느꼈다.

여타 여자와는 다르게 그녀를 조금은 여동생으로, 자신이 오빠로서 보호해 줘야 할 존재로 받아들일 마음이 생겼다는 의미일까?

"그런데 저렇게 행복하신 모습을 보니……. 흑."

이아는 감격이 치미는 듯 닭똥같이 어여쁜(?) 눈물을 흘리기 시작했다. 여자가 울거나 말거나 신경 쓰지 않던 그도 조금 당혹해 옆에 서 있기만 하다가 어색한 손을 그 어깨에 살포시 얹었다. 그러자 이아는 기다렸다는 듯이 품에 기대고 가녀리게 흐느꼈다. 창진은 여린 어깨를 안은 손에 조금 더 힘을 주었다.

그때에야 이아는 또 '핫, 여긴 어디? 난 누구?' 상태가 되어 제 본능적인 실수를 깨달았다. 또 저질렀다. 눈물이야 가짜지만, 꿀에 나비가 끌리듯이 저도 모르게 또 이 짓거리를 하고 있었던 것이다.

그럼에도 이아는 어깨에 어색하게 닿은 단단한 손을 치우지 않았고, 창진도 가만히 안아주고 있기만 했다.

실로 바람이 부는 입구에 서서 서로를 위로하고 있는 듯이 보이는 아름다운 남매인 것 같은 모습이었다. 그런데 그 각각의 엉덩이에는 살랑대는 아홉 개의 여우 꼬리와 굵직한 늑대 꼬리가 보이는 것 같음은 과연 착각일는지?

5

이상했다.

참으로 이상한 일이었다. 분명히 이곳은 그가 철이 들 때부터 살아온 집인데, 꼭 못 올 데라도 온 것처럼 좌불안석이었다. 텔레비전을 틀어도 괜히 채널만 수없이 돌리고, 앉은 자리가 영 불편해 이쪽으로 엉덩이를 옮겼다가 저쪽으로 뒤챘다가 다시 이쪽으로 다리를 꼬고 몸을 비틀었다. 그리고 미대생들 앞에 선 누드모델처럼 불편하기 짝이 없는 자세로 어색하게 한참을 앉아 있었다. 그러다 이런 우스꽝스러운 제 모습을 누가 보기라도 할까 봐 '썩을!' 하고 리모컨을 내던졌다.

창가에 밤의 기운이 고적히 내려앉은 집에는 서늘한 침묵이 감돌았다.

제아무리 오감이 뛰어나도 2층 욕실의 물소리를 들을 수 있을 리 없건만, 자꾸만 귓가에 환청처럼 선명하게 울려왔다.

탁탁탁탁.

뭔가 이상한 소리가 났을 때에야 창진은 제가 평생 떨어본 적 없던 다리를 떨고 있음을 발견했다. 그리고 온갖 욕지거리를 다 씹으며 손으로 꾹 다리를 눌렀다.

거의 떠나지 않는 경상도 두메산골을 나와 결혼식에 참석한 할아버지는 오늘만 여기서 묵고 내일 바로 내려가기로 했다. 그렇다면, 찬호와 선화가 신혼여행에서 돌아오는 닷새 뒤까지 이 집에는 철저히 그와 이아, 단둘뿐이라는 것이었다. 어떻게든 해야 한다 싶어서 난생처음 할아버지에게 더 있다가 가시라고 예의 바른—더욱이 진심에서 우러나오는—말을 했지만, 할아버지는 뜻밖의 제안이 기쁘면서도 눈이 어지러워서 더는 서울에 못 있겠다고 굳이 내일 가겠다고 고집을 피웠다. 그리고 시골 양반이라 9시 종이 땡 치는 순간에 세팅을 해놓은 것처럼 손님방에서 잠들었다.

'진짜 돌겠군.'

반창진 인생에 여자를 건드릴 수는 없는데 못 건드려서 안달나는 때가 오다니!

할아버지가 있으니 오늘은 어떻게든 버틸 수 있을지 몰라도, 나흘은 정말 자신이 없었다. 애초에 그는 원하는 걸 참는 타입이 아니라서 자제에는 소질이 없었다. 그런데 '접근금지'라고 빼곡히 적힌 노란 테이프를 사방에 두르고 방에 콕 박혀 있어도 부족한 여자는…….

"오빠, 뭐해요?"

여자는…….

집요한 시선이 계단을 내려와 태연히 묻고 부엌으로 가는 날씬한 인영을 좇았다.

꼭 잡아먹어 달라는 것처럼 짧은 바지만 입고 다리를 저리 훌렁 드러내 놓고 돌아다니고 있으니, 정말 딱 돌기 일보 직전이었다. 샤워를 하고 나와 더 촉촉해 보이는 다리가 살랑대듯 움직일 때마다 제 다리도 일어나려는 듯이 움찔거렸다.

여동생은 개뿔.

원래 그림의 떡이 더 커 보이는 법이듯 그가 건드릴 수 없는 유일한 여자이기 때문에 시간이 갈수록 더 안달이 나는 것일 수도 있었다. 특히 찬호가 누누이 이야기하기를 청개구리띠인 그는 하지 말라면 어떻게든 하고 마는 기하학적으로 비틀린 심술보의 소유자이니까. 하지만 이유야 어쨌든 간에, 여기서 문제는 그녀가 갈수록 더 예뻐 보이고 탐나고 허리하학적 생물의 본능이 불끈불끈한다는 것이었다. 여동생으로 여기자고 결심은 했으나, 어디 마음이란 게 생각대로 되는 것이던가?

"아니. 나 먼저 잔다."

1초라도 더 있다가는 여동생이고 뭐고 이성이 날아가겠다 싶어서 창진은 뒷말도 듣지 않고 방으로 들어갔다. 그리고 정조에

위기감을 느낀 여자처럼 문단속을 철저히 하고 침대에 몸을 던졌다.

팔짱까지 단단히 끼고 꾹 눈을 감았다.

'잘 수 있다……. 잘 수 있다……. 난 잔다……. 잔다……. 자야 한다…….'

밖에서는 계속 작게 달각거리는 소리가 들려왔다. 신경은 밖의 기척을 쫓아 더더욱 날카로워져 갔다. 그리고 자기는커녕 갈수록 눈이 말똥해지는 가운데, 예리한 감각에 문가로 다가오는 인기척이 느껴졌다.

창진은 흠칫 고개를 들었다.

직업 특성상 낮에 자야 할 때도 있어서 두꺼운 블라인드가 쳐진 방은 관 속처럼 어두컴컴했다. 그 가운데 바깥에서 새어 들어오는 불빛에 윤곽만 네모나게 빛나는 문 틈 너머로 희미한 그림자가 스쳤다.

그는 정말 난생처음으로 호러 영화를 보며 공포에 질린 사람의 심정을 이해하며 숨도 쉬지 못하고 문이 열릴까 봐 혹은 열리지 않을까 봐 지켜보았다.

"잘 자요, 오빠."

문은 열리지 않았다. 나직한 속삭임을 끝으로 인기척은 사라졌다.

완전히 진이 빠진 창진은 덜썩 고개를 떨어트렸다.

'하느님 맙소사…….'

물론 그는 그날 밤, 단 한숨도 이루지 못했다.

태후는 사무실로 들어가다 말고 멈칫했다.

'이건 무슨……'

소파에 등을 보이고 앉은 창진이 짬뽕 그릇을 양손으로 들고 후르르륵 마시고 있었다. 못 먹고 죽은 귀신이 붙은 것인가? 뭐, 원래 먹성이야 스스로도 운동을 하지 않았다면 돼지가 되었을 거라고 장담할 만큼 좋았다. 문제는, 분명히 두 시간 전에 혼자 막창을 구워 먹고 왔다는 소리를 들었고 그 냄새도 맡았다는 점이었다. 아까 지나가다가 한 웨이터 녀석이 쉬면서 먹고 있던 반쪽짜리 빵도 뺏어서 한 입에 털어 넣었고. 그런데 또 짬뽕 곱빼기? 연비가 심하게 나쁜 녀석이라 뭐든 절대 곱빼기가 아니면 먹지 않으니 말이다.

"임신했나?"

건더기 하나 남지 않은 짬뽕 그릇을 내려놓고 군만두까지 우적우적 먹어대는 모습이 가당치도 않았다.

"그만 처먹어라. 돼지 사장 밑에서 일하고 싶지는 않으니."

들은 척도 하지 않기에 다가가서 젓가락을 뺏어버리자, 확 째려보는 형형한 눈빛이 그야말로 아귀였다. 이제 웬만한 일에도 놀라지 않을 간담이건만 태후는 저도 모르게 움찔해 버렸다. 그리고 본능적으로 신변에 위협을 느끼고 얼른 다시 젓가락을 돌려주었다.

"지금 내 몰골이 살이 찔 것처럼 보이냐?"

거의 분을 토하는 것 같은 말이라 태후는 절레절레 고개를 내저었다.

"그러게. 너 하루가 다르게 말라간다?"

찬호의 결혼식이 끝나고 나흘밖에 되지 않았으니 실제로 살이 빠졌다는 건 아니고, 어딘지 퀭한 모습이 갈수록 벼른 연장처럼 살벌해진다는 의미였다.

"뭐 고민이라도 있냐?"

어떤 고민이 있어도, 설사 내일 세상이 무너지더라도 양껏 먹고 열심히 코 골면서 10시간씩 잘만 잘 녀석이지마는.

"인간이 잠을 못 자니까 이렇게 된다."

왜 못 자냐고 의아하게 물으려다가 멈칫했다. 하기야, 이 녀석이 잠을 못 잘 만한 일이라면…….

"하루만 더 버티면 돼. 하루만. 그래, 딱 하루면 난 자유로워질 거야."

판도라의 상자를 열고 싶지 않아진 태후는 묵념으로 덮어두고 그가 사무실로 온 용건을 꺼냈다.

"너 찾는다."

두 개 남은 군만두로 가던 젓가락질이 멈추었다.

이곳에서 반창진을 오라 가라 할 만한 사람이라면 정말 몇 되지 않았다. 그렇기 때문에 굳이 주어를 붙여 이야기할 것도 없었다.

"개새끼들. 문지방 닳겠네."

창진은 바로 젓가락을 내던졌다. 그리고 물 한 통을 단번에 벌컥벌컥 비우고 일어났다.

"요즘따라 왜 이렇게 자주 들락거려? 서로 여러 번 보고 싶지도 않은 다 같은 사내새끼 상판이구만! 내가 나가요냐? 뻑 하면 와서 찾아대게! 씨팔, 진짜 미니스커트에 스타킹이라도 신고 나가줘야 성에 차려나."

아무리 좋게 포장해 줘도 입버릇이 좋은 편은 되지 못하지만, 평소보다 더 거친 말투도 지금만큼은 납득이 갈 만했다. 안 그래도 요즘 건드리면 폭발할 아슬아슬한 시한폭탄 상태였으니.

태후는 복도로 나서는 뒤를 따라가며 말했다.

"원래 여기저기 돈 뿌릴 데 많은 녀석들이잖아. 주머니 비니까 너한테 오는 거지."

"한 달에 몇백이나 받아 처먹으면 됐지 뭘 또 달래!"

창진 본인의 힘도 있지만 찬호 친분으로 알게 된 주먹들도 꽤 있고 양주파 보스부터가 편의를 봐주고 있어 이 지역에서 나이트 사장 노릇을 할 수 있었다. 하지만 마냥 세 살배기 손자 어르듯이 오냐오냐해 주는 것만은 아니라서 어느 정도 성의를 보여야 하는 건 이 바닥 생리상 어쩔 수 없는 일이었다.

사실 그것만 해도 창진은 양주파 측에서 아주 많이 '배려' 해주고 있는 것이었다.

태후는 한숨을 내쉬었다.

"그러니까 그냥 넘기고 강남이나 이태원 쪽으로 넘어가자니까. 이제 단물 다 뺐잖아. 뭘 억지로 붙들고 있어?"

몇 년 전부터 끊임없이 건의해 오던 것이었다. 사실 그전에 창진부터 그럴 생각을 했던 모양이다. 아무래도 갈수록 요구하는 것도 많아지고, 제아무리 한 말의 씨앗을 심으면 풍요로운 해를 보낼 수 있게 해주는 황금 들판이라고 해도 그 수고를 다 감수할 만큼 메리트가 없는 게 사실이니까. 그런데도 아직까지 이 나이트를 꿋꿋이 붙들고 있는 이유는, 딱 한 가지뿐이었다.

"내가 달라면 달라는 대로 다 주는 핫바지로 보여? 미쳤다고 그 새끼들 좋은 짓거리를 해줘?"

이 삐뚤어진 심술보.

남이 들으면 참 미련하다 할지 몰라도, 어떤 드라마의 여주인공에게는 당신을 사랑하지 않는 것이 마지막 자존심이었듯이 창진에게도 이곳은 자존심이었다.

이 나이트가 딱히 자랑스러워서라기보다는—오히려 애물단지였다—조폭 패거리에 질 수 없다는 사내의 자존심이랄까?

"우리가 운영해서 이 정도지, 그놈들이 해봤자 얼마나 하겠어? 금방 문 닫을 텐데. 그냥 줘라, 줘. 더럽고 치사해서라도 그냥 줘."

사실 이 바닥에 신물이 난 태후는 제발 그래 줬으면 하는 심정이었다. 애초에 이 바닥 생리와 맞지 않는 그는 창진만 아니었다면 돈도 제법 벌었겠다, 이미 후련하게 떠났을 것이다.

이 죽일 놈의 자존심. 죽일 놈의 의리.

덕분에 정말 얼굴에 철판을 깔고 들이대는 이상한 여자에게 결혼식 내내 시달리기까지 하지 않았던가. 그건 실로 안태후 서른둘 인생에 가장 무서운 경험이었다고 할 만했다. 주근깨 다닥다닥 붙은 어수룩한 빨간 머리 앤 같은 외모에 어찌나 눈치도 없고 목소리는 기차 화통을 삶아먹은 것 같던지.

"그만 떠들고 가서 네 볼일이나 봐."

아무래도 이 녀석이 오기를 꺾으려면 좀 더 시간이 필요한 것 같았다. 태후는 한숨을 내쉬고 전장에 임하는 것처럼 비장한 기세로 나아가는 창진을 뒤로하고 사무실로 돌아갔다.

반면 창진은 화려한 복도를 지나 벌써부터 와자지껄 시끄러운 소리가 나는 룸 앞에 섰다. 그리고 비장하게 문을 열었다.

이아는 골똘히 생각에 빠져 있었다.

앞의 화장대에는 첫날 뺏어오고는 한 번도 열어보지 않았던 파일이 가지런히 놓여 있었다.

잠을 이루기 힘들었던 새집에서의 첫날 이후, 창진을 거의 보지 못했다. 나이트 사장이라면서 낮부터 어딜 그리 돌아다니는지 이틀 전에 마감 때문에 새벽녘까지 깨어 있다가 그가 잠깐 들어왔을 때 마주친 게 마지막이었다. 꼭 그녀를 목숨 걸고 피하는 사람처럼 보였다.

'하지만 왜? 피할 이유가 없잖아.'

아니, 딱 한 가지 있기는 했다. 그녀와 단둘이 한 집에 있어서는 안 되는 이유. 아니라면 왜 짐승으로 변할까 봐 분분히 꼬리 말고 도망치는 남자처럼 바쁘겠는가?

'그래, 여동생인 걸 알기 전에는 분명히 호감을 보였잖아?'

그렇다면 그도……?

하등 이상할 게 없었다. 말이 좋아 남매지, 근 30년을 모르고 살아오다가 서로 알 거 다 아는 성인 남녀로서 만났는데 당연히 있을 법한 일이었다. 부모님의 재혼만 아니었어도 보통 이렇게 만났다면 결혼해도 이상하지 않은 사이인 것이다.

'그럼……. 그래. 여동생이라는 거겠지.'

그래도 그도 호감은 있다고 생각하니 뭔가 의기양양해지는 기분이었다. 그것도 이렇게 피할 정도라면 성적으로 의식하고 있다는 의미니까. 하지만 그러면 뭘 하나. 갈수록 더 끌리는 남자는 그야말로 금단의 열매인 것을.

이래서 인생사가 절대 생각하는 것처럼은 되지 않는다고 하는 건가 보다.

이아는 거의 처음으로 그 진리를 몸소 체험할 수 있었다.

톡톡…….

파일을 두드리며 좀 더 생각에 빠졌다. 그러다 곧 무언가를 결심한 듯 옆에 가지런히 놓여 있던 핸드폰을 들었다.

적을 알고 나를 알면 백전백승이라고 했다. 그만둘 때는 그만

두더라도, 확인은 해봐야 할 것 같았다. 그러지 않고서는 미련 때문에라도 평생 선택하지 않았던 선택사항 A의 길을 돌아보게 되리라. 그에 이제 막 잠들었는지 부스스한 목소리로 전화를 받는 상대에게 비장하게 말했다.

"이문영 1호, 간만에 출동이다."

"여어, 반 사장."

문을 열자마자 보이는 중앙의 자리에 앉아 있는, 일그러진 세숫대야가 짐짓 반기며 손을 들어 보였다. 소 뒷발굽에 몇 번 채인 것처럼 상태가 많이 좋지 않은 일그러진 세숫대야는 늘 그렇듯 스트라이프가 들어간 남색 양복에 앞주머니에는 쌍팔년도 필이 심한 빨간 손수건을 꽂고 있었다. 그리고 번쩍대는 금테 안경에 침침한 불빛 아래 촌스럽게 반짝대는 굵직한 다이아몬드 귀걸이를 한쪽 귀에 걸고 있었다.

어디로 보나 조직폭력배의 분위기를 풍기는 남자였다. 여기가 단란주점도 아닌데 어디서 꼭 나가요 같은 여자들을 데려와서는 양옆에 떡하니 끼고 있는 것까지 말이다.

군인처럼 반듯하게 뒷짐을 지고 선 창진은 어지간해서는 잘 짓지 않는 웃음을 빙긋이 지었다.

"안녕하십니까, 형님."

다소 거친 느낌은 있어도 배우라고 해도 좋을 잘생긴 얼굴이 짓는 시원한 미소에 여자들이 수런댔다. 그에 남자를 포함해 학

익진처럼 양 날개에 각 잡고 앉아 있는 검은 사내들도 불편한 기색을 숨기지 않았다. 그러나 중앙의 남자는 제법 대범하게 씩 웃었다.

교정을 했는지 갓 뽑은 옥수수처럼 가지런하고 하얀 강냉이들이 드러났다. 의외로 번쩍대는 금니는 보이지 않았다.

"언제 봐도 잘생겼어, 반 사장은. 나도 가슴이 다 뛰어."

창진은 좀 더 웃었다.

'꺼져.'

그리고 그런 적나라한 마음과는 달리, 아주 정중히 말했다.

"과찬이십니다."

"그나저나 요즘 장사는 좀 어때?"

며칠 전에도 기어들어 와서 이 공명정대한 자본주의 사회에서 돈도 안 내고 술만 처먹고 간 주제에 하는 말이라고는 이따위로 의뭉스러웠다.

"다 그렇죠. 다들 힘든 불경기에 여기라고 다르겠습니까."

"하하, 겸양은. 들어오면서 보니까 홀이 아주 미어터질 것 같던데."

"금요일 밤이니까요. 일주일에 한 번 있는 대목이죠 뭐. 바닷가 철 장사처럼 날 장사 아닙니까. 그래도 영 예전 같지 않습니다."

그러니까 뜯어먹을 생각 따위 접고 곱게 술만 마시고 가라는 의미였거늘, 그리 눈치가 있는 인간들이었다면 이렇게 골머리를 썩지도 않았을 것이다.

"그래, 다들 힘든 때지. 일단 술이나 한 잔 받아."

창진은 뒷짐을 풀고 테이블로 다가가 아직 비어 있는 잔을 들었다. 그리고 옆으로 잔을 털어 물기를 털어내고 정중히 손을 뻗었다. 그러자 남자는 몸소 테이블을 건너 양주를 따라주었다.

정말 자신이 나가요가 된 듯이 더러운 기분이었지만, 그도 사람은 사람이었다. 이 바닥에서 물장사를 하면서 양주파를 적으로 돌린다면 발붙이는 건 고사하고 쥐도 새도 모르게 묻히는 수가 있었다. 목숨이 아깝다기보다는 자신이 성질대로 굴다가 묻히면 곤란해질 사람이 여럿이어서 더러워도 꾹 참는 수밖에 없었다. 하지만 워낙 그렇고 그런 성질이다 보니 슬슬 한계는 한계였다.

'진짜 더러워서 때려쳐야 하나.'

창진은 생각하며 넘칠 듯이 가득 찬 잔을 시원스레 비웠다. 그 모습에 남자는 짝짝 박수를 쳤다.

"역시 시원하다니까. 아, 다들 반 사장처럼 이렇게 시원스러우면 얼마나 좋아? 그럼 우리도 좀 편하게 일할 수 있을 텐데 말이야."

이건 또 무슨 개소리인가 싶어 창진은 멀뚱하게 쳐다보았다. 그러다가 시원스레 성의까지 보이길 은연중에 암시하는 소리인 것을 깨달았다. 원래 빚쟁이 대하듯 수금하러 왔다고 직접적으로 말하던 인간이라 꽤 오래 봐오고도 선뜻 이해하지 못했던 것이다. 보통은 한 달에 한 번이면 만족하다가 요즘따라 2주일에 한 번은 손을 살랑댄다는 게 자기도 눈치는 보였나 보다.

그에 한 몇 초간 쳐다보고만 있었더니 남자가 불편한 듯 '음' 하는 소리를 냈다. 그러자 가장 끝에 앉아 있던 깍두기가 슥 몸을 일으켰다. 그리고 거의 창진과 비슷한 키에 더 산만 한 몸집으로 짐짓 위협하듯 몸을 가까이하며 어깨에 손을 올렸다.

"눈치 빠른 양반이 왜 이래? 꼭 두말해야겠어?"

그쪽도 워낙에 개 같은 성질을 알긴 아는지라 초반에 기를 꺾어야 한다고 생각했는지 완전히 협박조였다. 그러나 이 바닥 전설의 주먹 양주파 보스를 대변하는 중간 두목인 남자라면 모르겠지만, 꼬리의 건방짐까지 참을 이유는 없었다.

창진은 상대가 얼떨떨할 정도로 화사하게 웃었다. 하지만 해맑은 소년처럼 천진해 보이기까지 하는 미소는 일순 섬뜩하도록 독기로 기름을 바른 칼날처럼 스산했다. 굳이 싸움질에 도가 튼 주먹이 아니더라도 그 강렬한 공격의사를 읽었는지 사내는 바로 반격하려는 듯 몸을 굳혔다. 거기에 창진은 여자라면 자지러질 것 같은 달콤한 밀어를 속삭이듯이 말했다.

"솥뚜껑 내려, 호모 새끼야. 대줄 후장이라면 딴 데 가서 알아봐."

주먹이라도 날릴 줄 알았나? 기대했다면 미안하지만 괜히 그쪽에서 트집 잡을 거리를 줘서 정당방위 운운하며 나이트를 뺏을 수 있도록 만들어줄 만큼 멍청하지는 않았다. 더욱이 철없는 시절에 이해관계가 얽히지 않은 주먹질이라면 몰라도 이럴 때 몸으로 해결하려고 하는 건 딱 이것들하고 다를 게 없었다.

"뭐? 이 새끼가! 죽고 싶어서 환장을 했나! 지금 누굴 호모 새 끼 취급하는 거야!"

사내는 불에 덴 듯이 어깨에서 손을 떼더니 바로 주먹을 날렸 다. 물론 창진은 가볍게 고개를 젖혀 공격을 피하고 한 걸음 물 러나는 동시에 발을 걸어버렸다. 그러자 사내는 중심을 잃고 테 이블 끝에 물건을 밀어트리며 쿠당탕 넘어졌다. 그리고는 자신 이 당했다는 걸 믿을 수 없는지 찰나적으로 멍하다가 얼굴을 시 뻘겋게 붉히며 룸이 떠나가라 고래고래 고함을 질렀다.

"이 씨발 새끼! 너 진짜 오늘 뒈질 줄 알아!"

그러거나 말거나, 창진은 정장의 상의를 탁 당겨 흐트러진 것 을 바로 하고 중앙의 남자에게 살짝 목례했다.

"실례했습니다."

가만히 그를 보던 남자는 색이 들어간 안경알 너머 눈을 빛냈 다. 그리고 사내에게 손을 들어 보였다.

"그만."

사내는 자세를 바로 하고 공격하려다가 멈칫했다.

"내 다시 한 번 제안하는데 반 사장, 우리 쪽에 들어오는 거 어때?"

미쳤냐. 주먹도 제법 쓸 줄 알겠다, 자신이 수하로 들어가면 나이트도 자동적으로 수중에 들어올 테니 단순한 머리통 굴려 보는 수작인 줄 모를까 봐?

창진은 하하 웃었다.

"이 나이에 무슨 전직입니까. 제안은 감사하지만 지금 하는 일도 벅차서요."

"그러지 말고 정말 파격적으로 대해줄 테니 잘 생각해 보라 고."

생각해 보니 이게 방법이다 싶었는지, 한 몇 년 잠잠하더니 오늘은 물고 늘어질 모양이었다. 이거 좀 성가셔지겠는데 생 각한 찰나였다. 똑똑, 노크 소리가 들리고 아직 풋내가 줄줄 흐르는 웨이터 하나가 술병을 쟁반 한가득 들고 들어왔다. 긴 장한 기색이 역력한 얼굴, 명찰에 붙은 이름은 '부킹팍 도사' 였다.

"수, 술 나왔습니다."

외모는 촌티 줄줄 흐르는 농촌 총각 같아도 웨이터 경력만 5년차인 부킹팍 도사는 그 눈치만큼 일촉즉발의 분위기를 읽 었는지 창진에게 불안한 눈빛을 던졌다. 창진이 작게 고개를 끄덕이자 안으로 들어와 달달 떨리는 손으로 술병을 테이블로 옮기기 시작했다. 그리고는 심호흡 크게 하고 화려한 솜씨로 술병을 따다가 떨리는 손 때문에 결국 사단을 냈다. 술병을 엎 고 만 것이다.

쨍그랑, 유리 테이블에 부딪힌 유리병이 섬뜩한 소리를 내고 일순 싸늘한 침묵이 룸을 감돌았다. 그 순간이었다.

"이 새끼야!"

염라대왕 같은 고함이 터지고, 창진이 두꺼운 메뉴판으로 부킹팍 도사의 머리를 가차없이 내리쳤다. 늘씬한 몸에서 나오는 실로 곰 같은 힘에 부킹팍 도사는 아픈 소리를 내지르지도 못했다. 그러는 동안 창진은 학생을 혼내는 주임의 포스로 한쪽 허리에 손을 얹고 메뉴판으로 불쌍한 머리를 탁탁 내리치며 온갖 거친 소리를 쏟아내기 시작했다.

"이런 종간나 같은 새끼! 너 때문에 되는 일이 하나도 없어! 네까짓 게 어디서 설설 기어들어 와서 지랄이야, 지랄은! 진짜 계급장 떼고 한번 붙어볼래? 내가 속도 없는 핫바지라서 참고 있는 줄 알아? 일그러진 세숫대야 치우고 당장 못 꺼져!"

얼굴이 새파랗게 질린 웨이터 부킹팍 도사는 정신없이 사과하고 꼬리가 빠져라 룸에서 달려나갔다. 그제야 창진은 진정한 것처럼 사나운 숨을 토해내며 메뉴판을 탁 테이블로 내려놓았다. 그리고 언제 그랬냐는 듯 남자에게 정중히 말했다.

"못난 모습을 보여서 죄송합니다. 뭐 하나 제대로 하는 게 없는 녀석이라 좀 흥분했습니다."

남자를 포함해 사내들은 꿀 먹은 벙어리인 듯 말이 없었다.

무어라 말할 수는 없지만…… 꼭 다른 누구에게 그리 외친 것 같은 기분은 착각일까?

조금 후에야 남자는 흠흠 목을 고르며 입을 열었다.

"그, 그래. 바쁜데 시간 뺏었어. 가서 일 봐."

창진은 싱긋 웃고 고개를 숙였다.

"술값 걱정 말고 즐겁게 놀다 가십쇼."

그리고는 능구렁이 담 넘듯 매끄럽게 룸을 빠져나갔다.

6

"미안합니다."

다른 사람이 본다면 놀랄 '노' 자인 일이지만, 창진은 어느 때보다 진심으로 사과하며 깊숙이 절했다. 그 반창진이, 그것도 기합받는 학생처럼 사무실 책상에 얌전히 무릎을 꿇고 앉아서 말이다. 평소의 그를 생각한다면 절대 있을 수 없는 일이었으나, 삼십이 년 묵은 185cm의 긴 몸으로 책상 위에 올라앉은 모습이 그다지 우스꽝스러워 보이지 않는 것도 재주라면 재주였다.

그럼에도 반듯한 정수리를 보던 상대는 짐짓 쳇 소리를 내며 팩 앵돌아졌다.

"됐습니다."

머리 위에 얼음을 넣은 봉지를 얹고 앞의 소파에 앉아 있는 인물은 수수한 농촌 총각, 아니, 부킹팍 도사였다.

창진은 고개를 들고 난색 어린 얼굴로 웃었다.

"자식, 숫처녀도 아니고 튕기기는. 사장님께서 쪽팔리게 무릎까지 꿇고 비는데 빡빡하게 굴 거냐?"

특별대우를 받는 걸 알긴 아는지 부킹팍 도사, 우연히도 이름까지 수근인 김 가(家)네 장남은 부욱 볼을 부풀렸다.

"그러니까 제물 역할을 왜 자꾸 저한테만 맡기냐고요. 저번에도 저였다는 거 잊으셨어요? 아니, 다 좋다고요. 그럼 적어도 좀 적당히 때리실 것이지, 진짜 사장님한테 한 번 맞으면 별이 번쩍한다고요! 메뉴판으로 때리면 뭐해요. 이러다 자라목이 되게 생겼는데! 장가도 못 가면 사장님이 책임지실 거예요?"

창진은 대놓고 정색했다.

"미안, 난 여자가 좋다."

수근은 착해 보이는 얼굴과 달리 관자놀이에 핏대를 세우며 크릉댔다.

"사장님!"

"알았다, 알았어. 미안하다니까. 오늘도 네 덕분에 이 사장님께서 아버지한테 존속살해당하지 않을 수 있었다. 보너스 거하게 주마."

보너스라는 말에야 수근은 아닌 척하면서도 풀어지는 기색이었다. 그때, 사무실 문이 열리며 태후가 들어섰다. 그리고 책상 위에 무릎을 꿇고 앉아 있는 창진을 보고 한쪽 눈썹을 추켜들었다. 그 행동에서 모든 뜻을 읽은 창진은 아무 말도 말라는 듯 손을 휘휘 저으며 책상에서 내려왔다.

"넌 어디 다녀오냐?"

태후는 알 만하다는 듯이 어깨를 으쓱이고 말했다.

"홀이 좀 소란스러워서. 네 무서운 형님들이 와 있는데 문제라도 생길까 봐 나가봤지."

"그 자식들이 왜 내 형님들이냐? 안 그래도 팔자에도 없는 쇼를 하고 나왔는데 너까지 긁지 마라. 아무튼 무슨 일 있는 건 아니지?"

"응. 별일은 아냐. 그냥 오랜만에 분위기가 후끈하더라고."

태후의 말에 창진은 사무실 한편에 있는 CCTV 화면을 쳐다보았다. 대충 안에서도 바깥 상황을 지켜보려고 달아놓은 거라 카지노의 것처럼 선명하지는 않은 화질에 윤곽만 알아볼 수 있는 사람들이 한 덩이처럼 엉켜있었다. 거의 발광하는 듯이 흥분한 모습에 다른 화면으로 시선을 옮기자, 무대의 중앙을 비추는 화면에도 사람들이 무아지경으로 춤에 빠져 있는 모습이 비쳤다.

수근이 얼음 봉지를 머리에 얹은 채로 다가와서 말했다.

"아, '밤 나비'들이 떴거든요. 끝내주더라고요."

가끔씩 의적 홍길동처럼 나타나서 분위기를 휘어잡고 완전히 띄어놓는, 나이트 운영자의 입장에서는 끌어안고 뽀뽀라도 해주고 싶은 진정으로 놀 줄 아는 언니, 오빠들을 그들은 은어로

'밤 나비'라고 불렀다. 그들은 단순한 나이트 죽순이나 죽돌이가 아니었다. 오히려 한 달에 한 번 보기도 힘든 귀한 몸이었다. 아마 제대로 노는 폼을 보건대 낮에는 놀 줄 아는 만큼 제대로 일할 줄 아는 고소득자들이 분명했다.

그들이 소위 '뜨면' 나이트는 공기가 바뀌고 사람들은 히틀러 앞의 관중처럼 자연스럽게 선동되었다.

"여기 보이죠?"

수근은 무대의 한편을 비추는 모니터의 한 지점을 손가락으로 찍었다. 흐린 화질에 창진은 눈을 가느다랗게 뜨고 그가 가리킨 여자를 보았다. 다른 여자들처럼 반 벗은 몸은 오히려 빼빼 마른 편에 가까웠으나 비트에 맞춰 흔들리는 허리가 어지간히도 요사스러웠다. 거의 그분이 오신 것 같았다. 아마 저런 허리 놀림이라면 침대 위에서도 끝내줄 터.

그런데 뭐랄까…….

'낯익다?'

어디서 봤는데……. 어디더라…….

일순 머리에 번쩍 불이 들어왔다.

"못난이!"

창진이 반사적으로 외친 말에 책상에 앉아서 회계장부를 펼치고 있던 태후의 고개가 번뜩 돌아갔다.

"야, 얘 이아 친구라던 그 식장의 못난이 아냐?"

태후는 얼른 일어나서 모니터 앞으로 다가왔다. 그리고 뚫어

져라 쳐다보더니, 맞다 싶었는지 표정이 아연해졌다. 그 옆에서
창진은 그 허리 짓 하나로 주변 남자들의 시선을 독식하며 춤추
는 문영을 보면서 팔짱을 끼고 낄낄대고 웃었다.

"이야, 굼벵이도 구르는 재주가 있다더니 장난 아닌데? 여긴
어떻게 알아낸 거야? 너 쫓아서 왔나 보다."

태후는 슥 창진을 흘겨보았다.

아무래도 그런 것 같긴 한데, 때로 단순한 창진은 하나만 생
각하고 둘은 생각하지 못하는 모양이었다. 친구 문영이 이곳까
지 왔다는 건 잘하면 제 여동생 이아 귀에 이야기가 들어갈 수
도 있다는 의미인데도. 어제 나이트에 갔는데 네 오빠가 거기
있더라? 사장인 것 같더라? 하고.

막 그 이야기로 얄미운 입을 막아버리려는데, 시선 끝에 무언
가가 걸렸다. 태후는 얼른 무대의 중앙을 비추는 모니터를 깊이
들여다보았다. 그리고 한참을 보다가 조용히 중얼거렸다.

"어이, 너 웃을 때가 아닌 것 같은데."

요즘따라 자신만 당하던 차에 건수라고 생각했는지 계속 낄
낄대던 창진은 '응?' 하고 모니터에서 시선을 떼지 않는 태후를
보았다.

"웃을 때가 아니긴. 너 아무래도 된통 걸린 것 같은데……."

"그럼 이건?"

무표정한 얼굴로 돌아본 태후는 모니터 속, 문영과 조금 떨어
진 인파 속에서 춤추는 여자를 가리켰다. 창진은 멈칫했다. 덩

치가 큰 남자에게 가려져 있다가 그가 옆으로 움직이자 나타난 여자는, 그야말로 한마디로 정의할 수 있었다.

여왕벌.

잘록한 허리가 아찔한 파도를 탈 때마다 주변 남자들의 다리가 떨리고 나른한 손짓이 몸을 쓸 때마다 자지러지는 소리가 들리는 것 같았다. 저 춤사위는 결코 일이 년의 내공으로 나오는 것이 아니었다. 남자를 한 손으로 조종할 줄 알고, 또 자신이 그들에게 어떤 힘을 발휘하는지 뼛속까지 알고 있는 여왕벌의 카리스마였다. 그리고 잔인하도록 달콤하게 웃으며 고개를 돌리는 얼굴은……

제 여동생 윤이아의 것과 꼭 닮아 있었다.

갑자기 주위가 빙글빙글 돌면서 사방이 끝없는 쳇바퀴처럼 흑백의 체크무늬로 변했다. 몸은 없이 사악 입술을 쪼개며 웃는 고양이 얼굴을 한 태후가 그 소용돌이 속으로 빙글빙글 돌아 사라졌다. 그리고 붉은 제복에 이쑤시개 같은 검을 든 쥐가 된 수근이 뽀르르 그 뒤를 따르고, 제가 입은 검은 정장이 살랑대는 하늘색 러플 드레스로 변하는 것 같은 착각이 느껴졌다.

그렇다면 화면 너머 화사하게 웃는 여자의 머리 위로 돋아나는, 보들보들한 하얀 토끼 귀도 착각일까.

창진은 문을 걷어차고 뛰어나갔다.

"반창진!"

바로 박차고 나갈 줄은 몰랐던 태후가 기함하며 뒤따라 달려왔다. 그러나 창진은 멧돼지처럼 복도를 직선 돌파해 문을 열고, 놀라는 사람들을 거칠게 헤치고 앞으로 나아갔다. 그리고 2층의 난간에 들이받듯이 도착해 비트가 쿵쿵 울릴 때마다 한 덩어리로 뛰어오르는 것 같은 머리들이 빽빽한 홀을 내려다보았다.

선정적으로 춤추는 여자는 여전히 무대의 중앙에 있었다.

이아는……. 아니, 이아로 보이는 여자는 그가 그녀의 애인이라면 분노로 돌아버릴 것 같은 몸놀림으로 허리를 흔들었다. 아니, 꼭 그렇지 않더라도 이미 창진은 분노로 머릿속이 새하얗게 변할 지경이었다.

반짝거리는 비늘이 달린 탑이 깊숙이 패어 양쪽 시력 2.0의 눈에 남자라면 누구나 뛰어들어 죽고 싶어할 것 같은 아찔한 가슴골이 드러났다. 그것을 옆에 껑다리 대나무 같은 새끼가 흘긋 들여다보았다. 그리고 빙긋이 웃는 폼이 화끈한 밤을 기대하는 게 분명했다.

철제 난간을 우그러트릴 듯이 쥐고 있는 손에 하얗게 각이 붉거졌다.

그럼에도 그가 당장 뛰어가지 않은 이유는, 정말 이아인지 알 수가 없었기 때문이다. 몸매에 얼굴까지 비슷한데, 한 듯 안 한 듯한 평소의 화장과 달리 진한 밤놀이용 스모키 펄 화장 때문에 그녀가 맞는 것도 같고 아닌 것도 같았다. 그리고 한 자락의 이성이 가까스로 남아 있는 머리에 마냥 순진하고 현모양처 같은 제 여동생이 이런 곳에 있을 리 없다는 생각이 들었다. 남자를 유혹할 줄 아는 웃음도 그녀와는 생판 달랐다.

그냥 닮은 여자인가? 아닌가?

예의 주시하고 있는데, 반대편 2층에 양주파 중간두목이 막 어깨들을 데리고 룸을 나오다가 홀에 시선을 멈추는 모습이 들어왔다. 그 또한 무언가 눈에 띈 듯이 한참 바라보더니 옆에 있는 어깨에게 손짓해서 그 귓가에 무어라 속삭였다. 그가 손가락으로 가리키는 끝에는, 화끈한 허리 짓으로 춤추고 있는 이아, 아니, 이아와 닮은 여자가 있었다.

맞는지 아닌지를 판단하고 있을 때가 아니었다. 창진은 급해졌다.

나이트 '밤 나비'.

모름지기 나이트 이름은 조금 촌스러운 듯해야 하는 거라고 떡하니 그런 이름을 붙인 창진을 알 리 없는 이아는, 그가 이런 센스는 없는 모양이라고 생각했다. 하지만 물은 나쁘지 않았다. 수질관리를 제대로 하는 모양이었다. 아까부터 주변을 맴돌면서 신호를 보내는 남자도 꽤나 귀염성있었다.

원 나잇은 하지 않았다. 이 흉흉한 세상에 처음 보는 남자 어디를 믿고? 하지만 다른 목적이 있지 않았더라면 번호 정도는 주고받았을 것이다. 아니, 혹시 모르니 그럴까라고 생각하다가도 누군가와 비교가 되는 순간 그럴 마음이 싹 사라졌다.

자세히 보니 그와 달리 웃는 모습이 영 헤펐다. 웃을 때 입술을 삐딱하게 말지도 않았다. 그래도 웃을 때만큼은 웃음기가 눈까지 퍼지는 그와 키가 엇비슷한 것 빼고는 하나도 같은 게 없었다. 야성미는커녕 자신이 한마디만 하면 바로 발치에서 학학댈 강아지로 보였다. 물론 한 달 전만 됐더라도 이 정도면 '제법?' 싶었겠지만, 지금은 조금도 성에 차지 않았다.

가볍게 몸을 돌려 거절하고 춤을 추는 척 주변을 둘러보았다. 그리고 딱 발견했다. 저쪽 2층 난간에 그녀를 뼈째로 갈아버릴 것같이 흉포한 눈으로 쳐다보고 있는 남자를.

그가 이런 자신을 보고 있는데도, 이아는 개의치 않고 빙긋이 웃었다.

그가 흠칫하는 것이 보였다. 이아는 속으로 쏙 혀를 내밀었다. 아마 지금쯤 정말 그녀가 맞는지 생각하느라 머리가 복잡할 것이다. 낮에는 하고 다니기 힘들 만큼 강한 스모키 화장은 낮과 밤만큼이나 그녀의 분위기를 바꾸어 얼핏 보면 모르고 지나칠 정도라는 걸 알고 있었다. 더욱이 여태 취미는 요리, 특기는 독서, 이런 식으로 순진하고 착하기만 한 여동생다운 내숭을 떨어두었으니 그녀가 이러고 있다는 걸 믿을 수 없으리라. 같이 오기는 했어도 문영과 함께 춤추고 있지도 않고.

마치 이곳에서 더욱 살아난 듯이 보이는 야성적인 남자를 탐욕스러운 눈으로 바라본 이아는 시선을 내리고 춤을 추는 데 집중했다. 하지만 조금은 곤란한 것도 사실이었다.

'난감하네. 차라리 싸 보였으면 했는데 더 잘나 보이잖아.'

그 이글거리는 눈길에 높은 곳에서 내려다보는 임금님께 간택되길 기다리는 무수리의 기분까지 들어버리다니, 윤이아 스물여덟 인생에 제대로 임자를 만난 것 같았다. 물론 그런 의미로 임자일 수는 없으니 조금 다른 뜻으로.

그때, 문영이 인파를 뚫고 우연히 다가오는 척 춤을 추며 지나치듯 말했다.

"와우! 스트레스 확 풀린다, 야! 여기 괜찮아! 종종 와도 돼?"

이아는 문영을 모르는 척 스쳐 지나 등을 맞대고 외쳤다.

"보고!"

"보기는 뭘 봐! 이러고 여기까지 왔는데 게임 끝난 거 아냐?"

그러더니 문영은 다른 남자와 춤추면서 술기운도 있고 과도한 아드레날린의 분비로 들떠서 외쳤다.

"확 넘어트려 버려! 야, 진짜 말이 오빠지 너희 둘이 서 있는데 애인처럼 보이더라! 네가 이런 수고까지 하는 거 보면 완전히 꽂혔다는 건데 이게 진짜 내 거라서 여태 방황했구나 하고 눈 딱 감고 휘어잡아! 호적 정리 안 됐을 때 마음잡으라고!"

"그러려고 여기 온 거 아냐! 그냥 확인해 보고 싶었을 뿐이야!"

"그래서? 확인했으니 넘어트리면 되잖아?"

이아는 짐짓 고민하는 척하며 온몸으로 굴곡을 타며 살짝 앉았다 일어났다.

"글쎄…….. 오빠는 관심도 없는데 나 혼자 뻘짓하는 걸 수도 있잖아?"

문영은 깔깔 웃었다.

"누가? 네가? 이 여우 같은 계집애! 이젠 내숭을 떨 데가 없어서 나한테까지 떨어? 널 보라고. 한 번 찍었다 하면 백발백중. 손짓 하나로 남자를 쥐고 흔드는 이 시대의 진정한 팜프파탈 윤이아를 거절할 남자가 어디 있어?"

문영은 어디까지나 진심으로 좋은 의미랍시고 해준 말인 걸 알고 있었다. 이아 스스로도 그렇게 생각해 왔고. 늘 들어오던 말이기도 했다. 그런데 왜일까? 일순 그 말이 불편했다. 꼭 남자 따위에 안달해 싸구려처럼 쫓아다니는 제 모습을 비웃는 것 같았기 때문이다.

흥이 깨진 이아는 춤을 멈추었다.

"나 그만 갈래."

갑작스러운 말에 문영이 동그랗게 눈을 뜨고 또 변덕이 죽 끓는다고 한마디 하려는 찰나였다. 갑작스럽게 팔을 쥐어오는 강한 힘에 문영은 '앗!' 하고 옆을 돌아보았다. 그리고 눈을 휘둥그레 떴다.

"여기서 뭐하는 겁니까?"

"우와, 태후 씨!"

번쩍이는 사이키 조명과 너무나도 어울리지 않는 단정한 무테안경에 회색 양복 차림으로 나타난 태후는 설핏 미간을 좁혔다.

"누구 마음대로 이름을……."

위험하다 싶어진 이아는 소란에 뒤를 돌아봤을 뿐 모르는 사람이라는 듯 무표정으로 의뭉스레 걸음을 옮겼다.

"꺄! 여기서 볼 줄은 몰랐네요! 이거 우리는 정말 운명?"

"자, 잠깐! 왜, 왜 멋대로 안는 겁니까!"

"어머! 지금 쑥스러워하는 거예요? 귀엽~다아!"

"그게 아니라!"

당황하는 목소리가 등 뒤의 인파 너머로 사라졌다. 이제 빠져나가는 것이 좋겠다 싶어 막 마지막 인파를 헤칠 때였다. 사람들 사이를 뚫고 쑥 들어온 손이 팔목을 우악스레 움켜쥐었다. 흠칫 놀라 끌려 나가자, 저보다 조금 클까 한 왜소한 웨이터 복장의 남자가 그녀를 잡아끌고 있었다.

일순 놀랐지만 가슴의 명찰에 '부킹팍 도사'란 이름을 발견한 이아는 바로 상황을 읽을 수 있었다.

"이봐요, 전 생각 없……."

웨이터 부킹팍 도사는 씩 얼굴을 쪼개며 돌아보았다.

"정말 괜찮은 분입니다. 일단 믿고 따라오시라니까요. 누님, 저한테 감사하실 겁니다."

이아는 인상을 썼다.

"생각 없다니까요."

"완전 보장! 잘생기고, 몸매 좋고, 성격은 좀 있지만 돈도 끝내주게 잘 버는 형님입니다. 이만한 분이 없다니까요? 제가 이름이랑 달리 어지간해서는 부킹 안 해주는데, 누님이 진짜 괜찮아서 힘 좀 쓰는 겁니다."

차라리 남자의 베갯머리송사를 믿으라고 하시지.

조그마한 게 그래도 수컷이라고 힘이 세서 이아는 억지로 끌려가면서 2층을 보았다. 창진은 아까 자리에 없었다. 그새 포기했나 싶어 뾰루퉁해졌다. 그래서 평소에는 내숭 고수의 이름이 부끄럽지 않도록 모두에게—본성을 아는 문영은 제외—살갑게 대하는 편인데도 절로 뾰족한 목소리가 나갔다.

"알았어요. 갈 테니까 이 손 좀 놓고 걸어요."

그래도 씩 쪼갤 뿐, 그리 말해놓고 도망가는 여자를 여럿 봤는지 웨이터는 손목을 놓지 않았다. 결국 이아는 좀 더 뾰족하게 말했다.

"내 손목이 버스 손잡이인 줄 알아요? 아무나 잡아도 되게?"

"하하! 누님도 참! 역시 동생이시군요."

웨이터가 넉살 좋게 하는 말에 이아는 멈칫했다.

"뭐라고요?"

되묻는데, 마침 눈앞에 다다른 문이 전조도 없이 벌컥 열렸다. 그리고 정신을 차릴 새도 없이 손목을 부러트릴 것 같은 강한 힘이 다른 쪽 손목을 움켜쥐어 왔다. 웨이터의 힘과는 비교도 되지 않을 정도였다.

"그럼! 좋은 시간 보내십시오!"

활기찬 웨이터의 인사와 동시에 몸이 확 끌려 들어가고 타앙! 문이 거세게 닫혔다. 번뜩 뒤를 돌아본 이아는, 온몸에서 화났을 때 특유의 묵직한 페로몬을 방출하는 맹수, 아니아니, 그건 환각이고, 남자를 마주했다.

그야말로 그녀를 한입에 씹어 삼킬 것처럼 이글거리는 눈이었다.

7

'아, 그래.'

이아는 문득 생각했다. 그 웨이터는 드물게 정직했다고. 그가 완전 보장한 '잘생기고, 몸매 좋고, 성격은 좀 있지만 돈도 끝내 주게 잘 버는 형님'이 바로 눈앞에 있지 않은가. 그 정직함으로 어딜 가든 꼭 대성하기를 바라는 바였다.

창진은 무의식중인 듯 손목을 쥔 손에 더욱 힘을 가했다. 하지만 통증에 이아가 반드러운 미목을 찌푸리자, 이런 와중에도 아차 싶었는지 손에 힘을 풀었다. 그리고 분노로 잔뜩 잠긴 목소리로 말문을 텄다.

"너 지금 뭐하는 거야?"

가히 불유쾌해하는 눈이 이아를 위아래로 훑었다. 늘씬한 다리가 고스란히 드러나는 미니스커트에 가슴팍의 정경도 환히 내려다볼 수 있게 해주는 탑을 볼수록 눈에 화르르르륵 불길이 일었다. 분명히 꼭지가 돌아버릴 것 같은 분노는 분노인데, 얼핏 다른 것 또한 엿보이는 눈이었다.

"이 꼴은 또 뭐고?"

제법 동생을 단속하는 오빠처럼 하는 말에 이아는 빤히 그를 올려다보기만 했다. 그러자 그가 조금 멈칫했다. 그리고 조심히 훑어보는 모습이 그를 처음 보듯이 하는 그녀가 정말 이아가 맞는지 확신할 수 없어하는 것 같았다. 하지만 아니라기엔 너무 닮았다고 생각했는지 말했다.

"너 이러고 돌아다니는 거 새어머니도 아시……."

이아는 그 말은 듣는 둥 마는 둥 태연한 기색으로 손목을 잡고 있는 그의 손가락을 하나둘 떼어내기 시작했다. 성별을 떠나 그의 앞에서 이토록 태연한 사람은 없었던 지라 황당하게 쳐다보는 사이에 엄지가 열리고, 검지가 열리고, 다섯 손가락이 모두 활짝 열렸다. 그리고 이아는 손목이 뻐근한 듯 다른 손으로 문질렀다. 하도 황당해서 창진은 손이 펼쳐진 그대로 쳐다보고만 있었다.

여자는 여전히 태연히 몸을 돌리더니 룸을 나가보려고 했다. 그제야 정말 이아가 아닌가 싶었지만, 아니더라도 자신을 무시하는 태도에 확 열이 오른 창진은 그녀의 어깨를 잡아 돌려세웠다.

"너……."

그 순간이었다. 제 반쪽이나 될까 한 자그마한 두 손이 가슴을 강하게 밀쳤다. 그 힘이야 제게 댈 것도 아니었으나 창진은 놀라서 한 걸음 물러났다. 그때, 위험하도록 성큼 가까워지는 몸과 함께 확 목을 끌어내리는 힘이 느껴졌다. 그리고 입술이 부딪혔다.

"......!"

정말 오랜만에 진심으로 놀라 굳은 찰나에 어느새 테이블까지 물러났는지 그 끝에 걸려 몸이 넘어갔다. 와장창! 앞선 손님이 나가고 미처 치우지 않아 안주니 술잔이니 하는 것으로 어지러운 테이블에 물건들이 우르르 쏟아졌다. 하지만 아플 새도 없었다. 입속에서 뜨겁게 움직이는 유동체에 이성이 단번에 홈런을 당한 것처럼 날아갔다.

모든 것을 잊어버린 창진은 여자의 작은 머리를 부여잡고 열정적으로 동조했다. 여자의 입술은 환상적이었다. 이렇게 뜨겁게 치솟는 느낌이 언제였나 싶을 만큼 뭉개질 듯이 말랑말랑하고 혼을 쏙 빼갈 것처럼 능숙했다. 그리고 여자가 팽팽한 젖가슴을 밀어붙이며 그를 타고 오를 때는, 바닥에 닿은 다리가 덜덜 떨릴 지경이었다.

정신없이 혀가 뒤얽히고, 서로 미친 듯이 열정을 갈구했다. 어떤 생각을 할 겨를도 없는 두 남녀는 몰랐으나 점막이 마찰하는 음란한 소리가 좁은 방 안을 가득 채웠다.

한참 후에야 그대로 빨려들 것 같은 입술에서 가까스로 제 것을 떼어낼 때 쩍 하고 들어붙는 소리까지 들려오는 성싶었다. 이아는 거친 숨을 몰아쉬며 아래 있는 창진을 내려다보았다. 자신은 어느새 테이블 위로 올라가 네 손발로 엎드린 채 그를 올라타고 있었다. 지금 갈비뼈 속에서 튀어나올 듯이 쿵쾅대는 심장 속에 들어앉은 것처럼 방 전체가 비트에 맞춰 쿵쿵 울려오고, 원색적이어서 더욱 선정적인 불빛이 그를 훑어갔다. 무언가 파르랗게 살아난 눈을 한 남자는 마왕처럼 검은 정장에 더불어 매혹적이면서도 위험한 불같으면서 그야말로 그녀의 성적 환상 속에서 막 걸어나온 색스러운 신기루와 같았다. 정복당하고 싶으면서도 정복하고 싶어지는 그 기분을 어떻게 설명해야 할까.

정말로 이럴 생각은 아니었다. 그런데 그가 그녀를 잡은 순간에, 겨우 붙잡고 있던 모든 것이 머릿속에서 날아갔다. 그를, 이 남자를 가지고 싶다는 생각뿐이었다. 이토록 강렬한 이성의 상실은 많은 남자를 만나면서도 처음이었다. 겨우 떠나가는 이성의 뒤채를 잡아서 질질 끌어다 놓은 지금에도, 오빠고 동생이고 부모님이고 뭐고 이 끝내주게 먹음직스러운 남자를 한입에 털어놓고 싶은 마음뿐이었다.

그래서 이아는 오히려 나르듯이 그의 위에서 내려왔다. 그리고 바닥에 떨어진 백을 낚아채는 동시에 문을 박차고 달려나갔다.

순식간에 당한 창진은 '허?' 외마디 소리를 내었다. 끼긱……. 끼긱……. 머리가 기름칠하지 않은 깡통인형처럼 서서히 작동하기 시작했다. 그리고 무언가가 폭발하듯이 모든 상황이 파악되었다.

창진은 퉁기듯 벌떡 몸을 일으켰다.

"이게 진짜!"

옆 룸에서 얽혀 쪽쪽대고 있던 남녀가 화들짝 고개를 들 만큼 벼락같이 외친 그는 실로 무시무시한 저승사자의 모습으로 당장 여자를 쫓아 달렸다. 빼곡한 인간들을 헤치고 계단 앞에서 씩씩대며 둘러보자, 이 밤 나비는 정말 홍길동이라도 되는지 어디에도 보이지 않았다.

흐느적거리는 여자들, 껄떡대는 남자들, 여자들, 남자들, 여자들, 남자들······.

현란한 사이키 조명에 눈이 어지러워질 만큼 돌아보다 저 입구에 익숙한 인영이 달려나가는 모습이 보였다.

'감히 날 먹고 튀어? 죽었어!'

이제 그녀가 이아인지 아닌지 하는 것은 아무래도 좋았다. 저 앙큼한 것을 잡아다 족쳐야 한다는 생각뿐이었다. 목을 쥐고 흔들든! 침대에다 묶어놓고 죽는소리를 하게 만들든!

야만적인 사냥본능까지 살아난 남자는 바로 달려 내려가 입구를 뛰쳐나갔다. 그리고 싸늘한 밤공기가 온몸을 감싸오는 사방을 둘러보았다. 오가는 사람들이 귀신같은 그를 얼떨떨하게 쳐다보거나 말거나 거의 실제로 으릉댈 듯이 주변을 보아도 여자는 보이지 않았다.

본능대로 오른쪽으로 달리고 있는데, 맹수처럼 더욱 예민해진 귀가 타다닥! 저 멀리 달려가는 하이힐 소리를 잡아냈다. 거의 암컷의 냄새를 먼 거리에서도 잡아내는 발정기 수컷에 버금가는 동물적인 능력이었다.

뭐, 그리 다른 말은 아닐지도.

100m를 12초, 최고 신기록으로는 11.7초 만에 주파한 다리로 소리를 따라 모퉁이를 돌자, 조금 거리가 있는 곳에 뛰어가는 가녀린 인영이 보였다.

"거기 서!"

쩌렁쩌렁 사자후 같은 소리를 내질렀지만, 간도 큰 것이 뒤조차 돌아보지 않고 달려갔다. 이럴 때만큼은 경제적이 될 줄 아는 창진은 두 번 경고하지 않고 뒤따라 달렸다. 그에게도 뻗대는 대범한 성격을 보건대 백번을 외친들 멈추지 않으리란 걸 알기 때문이었다.

여기 인적 없는 밤거리를 독하게 질주하는 이 남자, 반창진. 그의 친구 안태후(32, 나이트 매니저)가 증언하기를 '그건 짐승남이 아니라 그냥 짐승입니다. 짐.승.' 이라고 할 만큼 여러모로 학명 호모 사피엔스보다 늑대에 가까운 남자였다. 그리고 신은 그에게 그런 육체 능력을 뒷받침할 긴 다리까지 주었다.

그런데 균형은 둘째 치고 남보다 길이가 부족한 다리를 가진 이아가 하이힐까지 신고 따돌릴 수 있을 리 없었다. 골목이 끝나기도 전에 붙잡혔다.

확 그 어깨를 붙잡아 돌리고 바로 한마디 하려는데, 숨만 조금 몰아쉬는 그와 달리 여자는 곧 죽을 것처럼 헉헉댔다. 그리고 잠깐만 기다려 달라는 듯이 손을 들어 보였다. 보통 땐 그러거나 말거나 제 용건을 끝내겠지만, 고운 미간을 찡그리고 할딱대는 모습을 보니 절로 입이 다물렸다.

화장을 짙게 했어도 가련한 사슴 같은 모습이 그러도록 했거니와, 학학거리는 숨소리가…… 자극적이었다.

'썩을! 이건 또 뭐야? 나 실은 이런 취향이었던 거냐?'

이 대범함, 이 당돌함, 이 화끈함, 마냥 곱고 여린 제 동생 윤이아일 리는 없었다. 이제는 확실해졌다. 세상에는 닮은 사람이 셋 있다고 하니, 아마 어두워서 더 닮아 보이는 것일 터. 그런데도 확 입맛이 도는 걸 보니 여태 화려하고 자극적인 여자만 만나왔던 제 취향이 의심스러워졌다.

물론 이쪽도 화려하고 자극적인 밤 나비는 맞는 성싶지만, 이아를 닮은 여린 꽃사슴 같은 외모는 확실히 이런 화장이 어울리는 게 신기할 정도였다.

후우, 그제야 여자는 긴 숨을 내쉬며 고개를 들었다. 바람은 찬 데도 단아한 이마에 땀이 송골송골했다.

안 그래도 말이 나와서 말인데, 정말 꽃사슴처럼 물이 잔뜩 오른 것이 심하게 맛있어 보이기는 했다. 더욱이 이아에게 느끼던 일말의 아쉬움, 이 당돌함이 제법 만족스러웠다. 마초 기질이 있다지만 여자든 남자든 강단이 있는 것은 좋았다.

"왜 도망가? 맞을래?"

이아가 아니니 말을 삼갈 것도 없었다. 그런데도 여자는 목소리를 잃은 인어공주처럼 아무 말이 없었다. 그저 빙그레 웃을 뿐이었다. 벙어리인가 싶어지는 것도 찰나, 여자가 나긋한 손을 뻗어왔다. 말이 없다는 것이 더욱 신비로운 느낌을 주어 저도 모르게 가만히 있으려니 뒷목을 짚고, 끌어내렸다.

살짝 제안하듯 가벼운 힘이었는데도 창진은 주술에 걸린 것처럼 고개를 숙였다.

언뜻 서늘한 듯 뜨거운 입술이 다시 한 번 맞닿았다. 하지만 폭거에 가까운 아까와는 달리 깃털처럼 가볍고 바닐라 아이스크림처럼 혀끝에 녹듯이 달았다. 노크하듯 톡톡 두드리며 밀려들어 와 가만가만 움직였다.

'아, 역시 이상해.'

다리가 또 후들거렸다. 그로 말할 것 같으면 여자를 초주검 시켜놓고 자신은 태연히 뒤돌아 담배를 한 대 피우는 그런 느낌인데, 꼭 말 잘 듣는 아이가 된 느낌이었다. 이 여왕벌의 자극적이고도 유려한 몸짓에 꼼짝할 수가 없었다.

마치 칭얼대는 아이를 어르듯 키스를 끝낸 여자는 빙그레 웃었다. 그리고 그를 놓고는, 일부러 단발머리로 가발을 쓴 머리칼을 찰랑이며 뒤돌아 걸어갔다.

뭔가 애틋하고 아련한 기분에 사로잡혀 그녀가 모퉁이를 돌아갈 때까지 멍하니 쳐다보고만 있던 창진은 그제야 핫 정신을 차렸다.

'또!'

이제는 절대 놓치면 안 된다는 기분까지 들어 얼른 달려갔으나, 이번에는 아무리 사방을 둘러보고 귀를 기울여 봐도 여자는 없었다. 정말 물방울이 되어서 하늘하늘 사라진 듯이, 신비로운 느낌 한 자락만 남겨놓고 그렇게 사라져 버렸다.

하이힐을 벗어 양손에 쥐고 정신없이 다른 골목을 돌아 뛰어가고 있는 이아를 알 리 없는 창진은 한참이고 그 자리에 망연히 서 있었다.

창진은 미간을 좁혔다. 그리고 버릇처럼 정장 상의를 걷어 양 허리에 손을 짚은 채 위로 뻗은 계단을 뚫어져라 올려다보았다.

선화가 놓고 간 청은색의 BMW는 그가 저녁에 나갈 때와 똑같이 창고에 서 있었다. 혹시 싶어 보닛에 손을 대보았지만 차가웠다. 그 여자가 만약 이아였다면 보닛은 아직 열기가 식지 않았어야 했다. 그러나 택시도 있고 그 못난이의 차도 있으니 확신은 할 수 없었다.

그러고 보니 서로 모르는 척했어도 하필 그 못난이와 같은 시각에 같은 곳에 있었다는 게 걸렸다.

숨길 이유가 없다고 생각하면서도, '혹시?' 싶은 일말의 의심은 어쩔 수 없어서 바로 집으로 와보았다. 부엌에는 그가 나갈 때와 달리 식사를 하고 난 흔적이 남아 있고, 2층에서 인기척이 났다. 이아가 집에 있는 것만은 분명해 보였다.

그때, 계단 위에서 인기척이 나고 이아가 내려왔다. 그러다 계단 아래 서 있는 그를 보고는 조금 눈을 동그랗게 떴다.

막 샤워를 하고 나왔는지 화장기가 전혀 없는 말간 얼굴에 젖은 머리는 수건으로 말아 올리고 있었다. 그리고 그를 발견한 것이 조금 놀랍다는 듯이 빙긋 웃으며 말했다.

"웬일로 이 시간에 집에 와요?"

창진은 위에 서 있는 그녀를 지그시 쳐다보았다.

입술이 새빨갛게 부어 있었는데, 그게 마찰 때문인지 뜨거운 샤워 때문인지를 알 수 없었다. 하지만 대뜸 '네가 아까 밤 나비에서의 그 여자지? 부은 입술이 그 증거야!' 라고 물을 수도 없는 노릇이었다. 만에 하나 아니라면, 이아는 결백하다면, 그는 일하러 간답시고 어떤 여자와 어떤 짓을 하고 온 못난 오라비로 낙인찍히게 되는 것이다.

혹 그녀가 '밤…… 나비요?' 하고 아연하게 되묻기라도 하는 날에는 정말 수습할 길이 없었다.

그는 허리에 짚고 있던 손을 내렸다.

"뭐 좀 가지러 왔어. 별일은 없지?"

"그럼요. 안 그래도 막 자려던 참이었어요. 그나저나 무슨 레스토랑이 이렇게 사람을 밤낮도 없이 일하게 해요?"

조금은 짓궂은 듯이 말하는 얼굴도 순진무구하기 그지없었다.

"뭐."

거짓말은 거짓말을 낳는다고 창진은 차라리 애매하게 대답하고 끝냈다.

"자라. 문단속 잘하고."

"알아요. 오빠도 조심해요."

창진은 조금 한숨을 삼키고 몸을 돌렸다. 그 뒤에서 세상 누구보다 천진한 가면을 쓰고 있던 이아는 미간을 찡그리며 신음을 삼켰다.

'으......'

그를 처음 본 날에는 발목을 삐더니, 오늘은 하이힐을 벗고 뛰다가 장렬하게 엎어지고 말았다. 그때는 빨리 집으로 돌아가야 한다는 생각뿐이어서 아픈 줄도 모르고 달려오는 택시에 거의 뛰어들 듯이 몸을 싣고 돌아오자마자 욕실로 뛰었는데, 뜨거운 물로 지지고 났더니 화끈하게 까진 무릎이 욱신댔다.

이게 도대체 뭔 짓인가 싶어도, 그녀를 의심스러워하면서도 다정한 오빠인 척 돌아가는 그를 보니 비실비실 웃음이 날 것 같았다.

뭐랄까, 귀엽잖아?

그때 마침 창진이 마지막으로 한 번 더 돌아봐 이아는 순식간에 착한 여동생의 가면을 쓰고 싱긋 웃었다.

그것은 바로 동상이몽(同床異夢)의 밤이었다.

8

달칵—

창진은 잠결에 얼핏 방문이 열리는 것 같은 소리를 들었다. 그러나 새벽녘에야 귀가해 복잡한 심경으로 이리저리 뒤채다가 겨우 잠들었기 때문에 선뜻 일어나지 못했다. 그저 몸을 뒤채며 푹신한 이불을 품에 가득 끌어안고 다시 새근대며 잠들었다.

귓가에 희미하게 피식 웃는 소리가 들려왔다.

잠꼬대하는 어린아이처럼 이불을 끌어안고 한 다리를 척 올리는 창진을 본 이아는 작게 웃고 방을 돌아보았다.

이 집에 들어온 지도 닷새가 되었지만 창진의 방에 들어온 것은 처음이었다. 방은 꼭 남자의 것처럼 무채색의 모노톤이었다. 그가 두더지처럼 푹 파묻혀서 자는 침대는 검은 시트에 파란색

이불, 비스듬하게 끝에만 겨우 베고 있는 베개는 두 색의 믹스였다. 깔끔하긴 하지만 제법 쓰는 흔적이 엿보이는 책상도 검은색이었고 방 한편의 책꽂이에는 손때가 묻은 이런저런 책들이 꽂혀 있었다.

가만히 훑어보려니 경영에 관한 책이 대부분이었고, 아래쪽에 해묵은 철학과 전공 책들이 여러 권 꽂혀 있었다. 그러고 보니 어울리지 않게도 철학과 출신이었다고 들었다. 그란 남자에게는 정말 의외성이 다분해 절로 또 조금 웃음이 나왔다.

침대의 머리맡 벽의 튀어나온 부분에 놓인 액자를 발견하고 들여다보자, 맑게 웃고 있는 여자의 품에 안긴 아기가 심술궂게 볼을 부풀리고 있었다. 눈매에는 벌써부터 심술기가 덕지덕지 붙어 있지만 여자인지 남자인지 알 수 없을 만큼 선이 고운 것이 그대로 자랐다면 상당한 미녀였을 게 분명했다. 그런데 아무래도 상당히 다른 방향으로 성장한 것 같은 아기는 지금은 길쭉한 몸으로 옆의 침대에 누워 정신없이 꿈속을 헤매고 있었다.

'여자는 오빠 어머니인가? 흠, 진짜 좀 나랑 닮은 것도 같고?'

아마 찬호의 취향이 이런 쪽이었을 것이고, 자신은 그가 고른 선화를 쏙 뺐으니 아마 그럴 법도 하리라.

방 구경을 마친 이아는 침대 곁에 다가섰다. 그리고 편안히 이완되어 있는 남자의 어깨에 살포시 손을 얹었다.

"오빠."

어젯밤에 가슴을 밀칠 때도 느꼈지만 꽤나 단단했다. 이아는 아닌 척 손을 미끄러트려 날렵하면서도 늠름한 근육을 음미하며 다시 한 번 그의 어깨를 살짝 흔들었다.

창진은 어렴풋이 눈을 떴다. 몽롱한 눈으로 가만히 있는 걸 보니 아직 다 깨지 않은 것 같았다.

"오빠, 일어나요."

그제야 창진은 부스스 그녀를 보았다. 일순 다락같은 남자가 어벙한 표정으로 돌아보는 모습이 너무 귀여워서 정말 정신없이 온몸을 깨물어주고 싶었다.

그녀를 인식한 눈에 생기가 돌아온다고 느낀 찰나, 창진은 퉁기듯 벌떡 몸을 일으켰다. 그것도 겁간당하기 직전의 숫처녀처럼 이불로 얼른 몸을 가리면서 말이다.

"뭐, 뭐야!"

"아버지한테 전화 왔는데 좀 일찍 도착하셨대요. 공항이라고 하셨으니까 아마 한 시간 내로 오실 거예요. 이만 일어나요."

담백하게 말한 이아는 가볍게 입은 플레어스커트를 살랑이며 방을 나섰다. 완전히 새집이 된 머리로 멍하니 그 모습을 보던 창진은 제 몸을 내려다보았다. 팬티만 겨우 입고 잠드는 평소와 달리 집에 여자가 있다는 인식은 있었는지 피곤에 그로기 상태가 되어서도 트레이닝 바지에 티셔츠로 갈아입고 잔 모양이었다.

푹 한숨을 내쉰 창진은 까칠한 얼굴부터 어지러운 머리까지 손으로 마른세수를 했다. 그리고 이불을 걷고 일어났다.

　샤워를 하고 밖으로 나가자, 볼륨을 낮추고 틀어놓은 텔레비전에는 드라마가 방영되고 있었고 사방에 평범한 가정의 아침처럼 따스한 온기가 가득했다. 그리고 부엌에서는 칙칙 밥통에서 김이 피어오르는 소리와 무언가 달각거리는 소리가 들려왔다.

　부엌으로 가보니 벌써 한상 차려져 있는 식탁에 이아가 쟁반에서 밥그릇을 내려놓고 있었다. 그리고 조금은 어정쩡하게 문가에 다가온 그를 보고 싱긋 웃었다.

　"앉아요. 배고프죠?"

　창진은 얼떨결에 식탁에 가 앉았다. 이아도 싱크대를 정리하고 와서 맞은편에 앉았다.

　여태 목숨 걸고 이아를 피하기도 했거니와, 직업이 직업이라 늘 이른 아침에 들어와 그녀가 출근할 때쯤이면 깊은 꿈나라였고 퇴근하기 전에 평소보다 이르게 출근했으니 같이 식탁에 앉은 것은 처음이었다. 그래서 실제로 요리한 걸 보는 것도 처음이었다. 그런데 요리를 잘한다는 말이 허언은 아니었는지, 정말로 한상 푸짐하게 차린 것이 남자 둘만 사는 그들 집에 출퇴근하는 가정부 경력 20년의 창동댁 아주머니만큼 훌륭한 솜씨인 성싶었다.

　더구나 그가 어젯밤 나이트로 돌아가 복잡하고 분하고 쓰린

속을 달래느라 오랜만에 과음한 것을 아는 것처럼 차려놓은 것
도 해장국이었다.

"어젯밤에 계속 집에 있었어?"

아직도 미련을 버리지 못한 창진은 국을 맛보며 은근슬쩍 떠
보듯 물었다. 물론 이아는 이보다 더 천진난만할 수 없는 얼굴
로 대답했다.

"그럼 제가 어딜 가겠어요? 오빠 가고 나서 바로 잠들었는걸
요."

그건 사실이랍니다, 이 남자야.

이아는 속으로 쏙 혀를 내밀고 생각했다.

"그래……. 그나저나 맛있다. 정말 요리 잘하나 보네?"

"그럼요. 엄마는 일하느라 바쁘고 제가 가정 일을 다 했는걸
요. 이대로 시집가도 되겠죠?"

이아는 제법 자신만만하게 말했다. 꼭 제 잘한 일을 칭찬해
주길 바라는 아이 같은 모습에 피식 웃음이 나오는 것도 잠깐,
뒤이어 하는 말에 국을 그대로 뿜어낼 뻔했다.

"오빠가 데려가 줄래요?"

사레가 들려 한참이나 콜록대다가 겨우 고개를 들었다.

"뭐?"

"농담이에요. 놀라긴. 우리 둘이 그러면 범죄죠."

하하 웃으며 정말 농담인 듯 하는 말에 꾸물꾸물 심술보가 몸
을 틀기 시작했다. 창진은 물을 마시며 지나가는 척 중얼거렸다.

"호적 정리도 안 됐는데 무슨."

뼈가 있긴 했어도 그도 그냥 지나가며 하는 말이었는데, 잠깐 침묵이 흘렀다. 말하고 나서야 깨달은 것이다. 호적 정리가 되지 않는 이상 지금 서로 마주 보며 밥을 먹고 있는 둘은 정말 생판 남이라는 것을.

창진은 물끄러미 제 앞에 차려진 상을 내려다보았다.

요리도 잘하겠다, 바쁜 어머니를 대신해 가정 일을 꾸려올 만큼 야무지겠다, 착하고 곱겠다, 순진하겠다, 옛날로 치면 정말 일등 신붓감인데, 직장에서 스물여덟에 팀장을 맡을 정도면 능력도 있겠다, 현대에서도 각광받는 그야말로 만점짜리 신붓감이었다. 물론 너무 곱기만 해 어디 손목이라도 잡아보려고 다가가면 달달 떨어서 죄짓는 기분까지 들 것 같았지만, 그거야 가르치면 된다고 생각하고 제외하면…… 문득 이런 여자를 색시로 얻을 이름 모를 남자에게 묘한 질투심이 일 만큼 말이다.

'차라리 내가 아버지보다 선수 쳐서 확 도장을 찍어버려?'

무의식중에 그리 생각하고 만 창진은, 정말로 기겁했다.

'내가 지금 무슨! 결혼 생각을 한 것도 기가 찬데, 얘를? 여동생을? 아니, 지금은 여동생도 아닌 상태지만…… 그래도!'

가정부를 제외하고 정말 오랜만에 먹어보는, 가족이 차려주는 집 밥에 순간적으로 머리가 어떻게 됐던 것 같다. 밥이야 먹으면 다 대변으로 나오는 것, 뜨듯하게 먹기만 하면 된다고 생각하고 살아왔으나 그래도 제게도 어머니의 손맛 같은 것이 그립기는 했던 모양이다.

창진은 속으로 휘휘 고개를 내저었다.

에비, 망령아. 물러가라.

"그건…… 그러네요."

이아는 묘하게 읊조렸다.

"미안해요. 제가 너무 들떴나 봐요."

"아니……. 됐다. 실없는 소리 그만하고 밥이나 먹자."

더 말해봐야 이상한 방향으로 나아갈 것 같아서 창진은 일축하고 식사를 계속했다. 다행히 이아도 별로 불편한 기색 없이 편한 분위기에서 식사를 끝냈다.

식사를 끝내고 각자 다른 일을 조금 하고 있을 무렵, 현관에 소란스러운 소리가 울리고 벌컥 문이 열렸다.

"알로하!"

거실 소파에 앉아 케이블로 레슬링 중계방송을 보고 있던 창진은 기가 차다는 듯이 고개를 돌렸다. 뭘 그리 사들고 왔는지 양손에 짐을 가을날 감나무에 감 열리듯 주렁주렁 들고 있는 찬호가 붉은 하와이안 셔츠에 부숭부숭 털이 솟은 다리가 보이는 하얀 반바지, 목에는 커다란 화환 목걸이를 건 모습으로 들어서고 있었다. 함박 웃는 얼굴에는 그야말로 웃음꽃이 피었는데, 거의 10년은 젊어 보일 정도로 탱탱하게 물이 오른 만면에 광휘로운 빛이 가득했다. 거의 보살처럼 보일 지경이었다. 내게 욕구불만 따위는 없소, 하는 것 같은 얼굴을 본 창진의 눈가가 심술로 꿈틀거렸다.

뒤이어 들어오는 선화도 그다지 다를 것 없는 얼굴로, 얇은 재킷 속에 해바라기가 만개한 선드레스를 입고 목에는 찬호의 것과 커플인 화환 목걸이를 걸고 있었다.

"오셨어요?"

이아가 쾌활하게 다가가 짐을 받아 들었다. 창진도 어쩔 수 없이 일어나 그녀의 손에서 짐들을 건네 들었다.

"정말 원없이 쉬다 왔다!"

"그래. 얼마나 좋던지, 정말 평생 거기서 살고 싶더라."

소풍을 다녀온 초등학생들처럼 들뜬 둘은 웅성웅성 거실로 들어와 서로 이것저것 말하느라 정신이 없었다.

"너희 둘은 잘 있었어?"

"별일은 없었고?"

별일…….

아주 찰나적이었지만, 이아와 창진은 서로 시선을 교환했다.

두 남녀의 머릿속에는 간밤에 있었던 작은 사고가 파라락 스쳐 지나갔다. 하지만 창진은 하필 그 말에 이아가 돌아본 것은 우연일 거라 생각하고 저들 말하는 데 바빠 그런 그들을 눈치채지 못하고 있는 부부에게 눈을 돌렸다.

"너희 둘 선물도 사왔다. 봐라."

그러면서 두 사람이 쇼핑백에서 줄줄 꺼내는 것들은, 참으로 가당치도 않았다. 목각 거북이 장식에 색색의 열대어 냉장고 자석, 뱀 비늘 모양 벽걸이…….

"이건 또 뭡니까?"

창진은 딸랑이가 달린 아령같이 생긴 정체불명의 목각 몽둥이를 들었다. 흔들어보자 양옆에 달린 나무 달랑이가 몽둥이에 부딪혀 달칵달칵 소리를 냈다.

"응? 몰라. 그냥 재미있어 보여서 샀다."

창진은 눈살을 찌푸렸다. 이런 아버지가 낯선 것도 아니지만, 괜스레 심술기가 퉁퉁 튀는 말이 튀어나왔다.

"돈이 뜁니까?"

"녀석, 까칠하기는. 며칠 새에 왜 더 까칠해졌어? 변비냐?"

"지금 그걸 말이라고 하십니까."

부자라기보다 친구 같은 대화에 두 여자는 조금 놀란 눈빛을 교환했으나, 정작 두 남자는 평생 이리 살아와 뭐가 이상한지도 깨닫지 못했다.

"왜, 좋잖아요."

두 남자에게야 자연스러운 일이었지만 분위기가 험악해지기라도 할까 봐 이아가 나서서 노란색 열대어 냉장고 자석을 들었다. 그리고 얼굴 곁에 들고 살며시 눈웃음을 지었다.

"예쁘네요. 냉장고에 붙여두면 집안 분위기가 확 살 것 같지 않아요?"

귀엽다.

창진은 반사적으로 생각했다.

분위기를 배려하는 것도, 아이처럼 천진한 모습도 그저 미치도록 깜찍해서 확 깨물어 버리고 싶었다. 그리고 창진이 그런 자신을 깨닫지도 못하고 있는 사이에, 찬호가 의기양양해서 말했다.

"자자, 진짜 선물은 따로 있다."

동시에 '네?' 하고 돌아보자, 찬호는 수줍게 웃는 선화와 의미심장한 눈빛을 교환하고 주머니에서 네모로 반듯하게 접힌 종이를 꺼내 들었다. 그리고 그들 눈앞에 활짝 펼쳐 보였다.

"짜잔! 오는 길에 신고하고 왔다!"

이아와 창진, 두 남녀는 말문이 막혔다.

혼인증명서였다.

싸한 침묵이 흘렀다. 그 반응이 기대한 바와 달랐는지, 찬호는 멍하니 종이를 쳐다보고 있는 둘을 의아한 눈으로 돌아보았다.

"왜 그러느냐? 기쁘지 않아?"

"아…… 뇨."

이아가 먼저 반응했다. 조금은 어색한 듯이 웃었다.

"갑자기 기분이 묘해서요."

찬호와 선화는 동시에 창진을 돌아보았다. 그도 겨우 깨질 것 같은 웃음을 지었다.

"예, 저도. 좀."

그제야 안도한 듯이 찬호는 껄껄 웃었다.

"녀석들도 원. 아무튼 이아 널 내 자(子)로 올리려면 친양자 수속을 따로 밟아야 한다더구나. 시간이 되는 대로 법원에 가서……."

"저…… 아버지."

갑자기 이아가 열대어 자석을 내려놓고 조심히 말문을 텄다.

"그건 좀 천천히 하면 안 될까요?"

"으응? 왜?"

찬호는 상처받은 표정을 내보이지 않으려고 애쓰는 기색이 역력했다. 이아는 생각하는 그런 이유가 아니라는 듯 빙긋 웃었다.

"제가 미성년자도 아니고, 번갯불에 콩 구워 먹듯이 할 이유도 없으니까요. 그리고 다들 절 윤이아로 알고 있는데 바로 바꾸자면 좀 혼란스러울 것 같아서요. 시간을 주세요, 네?"

적어도 표면적으로는 자신이 '반이아'가 되면 안 될 이유가 딱히 있는 것도 아니라서 다소 약한 명분이었다. 그러나 여러모로 시간을 두고 싶은 것은 사실이라 말했더니, 찬호는 납득이 되지 않으면서도 이아가 이리 말하는데 강경하게 주장할 수도 없는 기색이었다.

"그래요. 그건 이아 뜻을 존중해 줘요. 우리 넷 중에 이아만 익숙한 걸 바꿔야 하니까요."

"뭐……. 그렇다면 어쩔 수 없지."

선화가 다정하게 말하자 찬호는 섭섭해하면서도 고개를 끄덕였다.

"그리고 사실 반이아는 좀…… 반이야 같잖아요? 뭐가 반이라는 건지?"

이아가 장난스럽게 한 말에 다시 웃음꽃이 피었다. 모두들 훈훈하게 웃음을 공유하는 가운데, 유일하게 웃지 않는 이는 창진뿐이었다.

창진은 싱그르 웃는 이아를 보며 꾹 이를 지려 물었다.

'……근데 정말 아닌가?'

창진은 머리를 얼싸안고 있었다.

그 심각한 분위기에 쥐 죽은 듯이 조용한 사무실 안, 옆 소파에 앉은 태후 또한 말이 없었다.

이틀 전 그는 드디어 속 시원히 집을 나와 오피스텔로 이사했다. 무엇보다 이제 밤에 잠을 푹 잘 수 있었기에 그는 너무나 기뻤다. 정말로 크리스마스이브에 다음날 트리 아래 있을 선물을 기대할 때보다 설레고 기뻤다. 그런데 그것이 얼마나 터무니없는 바람이었음을 알게 된 것은, 길게 갈 것도 없이 바로 그날 밤이었다.

도저히 잠들 수가 없었다. 자려고 누우면 그 앙큼한 밤 나비가 눈앞에서 얄밉게 웃으면서 눈앞에 왔다 갔다 했다.

며칠 내내 고민하고 또 고민해 보았지만, 도저히 알 수가 없었다. 그 밤 나비는 정말 이아였는지, 아니었는지.

그 밤 나비는 이틀 전을 마지막으로 완전히 종적을 감추어 버렸고, 저녁 식사를 하러 갈 때마다 이아는 태연히 오빠 소리를 입에 담으며 앞을 살랑살랑 오갈 뿐이었다. 이상하거나 어색한 기색은 전혀 없었다. 정말 그 밤 나비가 이아였다면, 엉덩이에 꼬리가 아홉 있지 않고는 그렇게 완벽하게 연기를 펼칠 수는 없는 법이었다.

도무지 해답이 없는 상황에 창진은 피곤한 이마를 쓸며 고개를 들었다. 그런데 이건 또 뭘 잘못 주워 먹고 왔는지, 책상에 앉은 태후는 꼭 여우에게 홀려 혼이 빠져나간 사람처럼 망연히 허공을 쳐다보고만 있었다. 언제나 혼자만 바빠서 여기저기 빠릿빠릿 움직이던 그로서는 드문 일이었다.

"넌 뭐냐? 왜 쉰 떡 같은 상태야?"

태후는 '아?' 하고 다소 멍청한 소리를 내며 느릿하게 돌아보았다. 꼭 이제야 창진이 이곳에 있음을 깨달은 것 같은 얼굴이었다.

"아니⋯⋯."

태후는 여전히 멍하니 중얼대며 공허한 눈으로 허공을 쳐다보았다.

"참 인생무상이다 싶어서."

잘 타일러서 보내겠다고 그날 밤 못난이, 아니, 문영과 함께 술을 마시러 간 게 화근이었다. 의외로 말도 잘 통하고 직업이 작가라더니 정치나 정세에 관심이 많은 것도 같았다.

그렇게 한 잔이 두 잔이 되었고, 두 잔이 두 병이 되었다. 그러다 '난 정말 별로예요?' 묻는 얼굴이 너무 버려진 강아지 같아서 어렸을 때부터 이것저것 많이 주워오던 그로서는 창진처럼 선뜻 막말을 할 수가 없었다.

입술이 와 닿았고, 밀어내려고 했으나 입안에서 널뛰기를 하는 것 같은 궁극의 테크닉에 이대로 그만두기는 아깝다는 지극히 인간적인 생각이 들었다. 그런데 웬 여자가 키스를 이리도 잘하는지, 이래봬도 적잖은 여자를 만나왔지만 그냥 몸을 내맡기고 싶어질 만큼 키스를 끝내주게 하는 여자는 처음이었다. 춤추는 본새를 보고 생긴 것과 다름은 어느 정도 예측했지만 이건 그것도 뛰어넘은 초고수의 경지였다.

어느새 호텔 방이었고, 정신이 드니 아침에 그는 알몸으로 그녀와 함께 누워 있었다.

게임 끝.

필름이 끊겼다면 좋았겠지만, 애석하게도 간간이 극한의 쾌감에 정신이 날아갔을 때를 제외하고 모든 기억이 났다. 그 빼빼 마른 몸 어디에서 그런 파워가 나오는지, 정말 섹스하다 죽을 뻔했다. 그 호텔 방의 침대는 멀쩡할는지 걱정이었다.

그 여진을 떠올리자 또 몸이 부르르 떨려왔다.

창진은 갑자기 소변이 마려운 것처럼 몸을 떠는 그를 이상한 놈 보듯이 쳐다보았다. 태후는 도리어 그런 그를 안쓰러워하는 것도 같고 불쌍해하는 것도 같고 또 동정하는 것도 같은…….
한마디로 정의할 수 없는 아주 묘한 눈으로 쳐다보았다.

"우리 이아가요, 절대 한 남자에게 정착을 못해요. 자기는 아니라고 하지만 절대 남자를 믿지 않거든요."

자기혐오에 시달릴 새도 없이 정말 혼이 날아갈 것 같은 아침 섹스를 한판 더 달리고 나란히 누워 있을 때 문득 문영이 한 말이었다.

"그도 그럴 게, 친부는 걔가 생겼다는 걸 알자마자 도망갔고 계부는 어머님이랑 성격 차이랍시고 떠나서는 연락 한 번을 안 해요. 세 살짜리 기억에도 울며불며 가지 말라고 매달렸다고, 자주 놀러 오겠다고 약속해 놓고는 이혼 서류에 도장 찍자마자 코빼기도 내비치지 않는다고 하네요. 어머님은 이아가 모르는 줄 알지만, 중학생 때쯤인가 어른들 이야기하는 거 듣다가 계부가 바람나서 더 젊은 여자랑 살려고 간 거 알았대요."

이아는 한 번 본 것이 전부지만, 이래봬도 태후 그는 동정심으로는 이미 동물의 왕국이나 다름없는 집에 세렝게티 초원을 옮겨올 지경이었다. 누가 들어도 어린 소녀가 불쌍할 만한 이야기에 절로 귀를 기울이게 되었다.

"걔, 남자 진짜 싫어해요. 그것도 자기는 아니라고 하지만, 내 보기에 그건 병적이에요. 오죽하면 지가 자진해서 여중, 여고, 여대를 갔겠어요? 수녀가 될 것도 아니고."

문영은 말랐으나 나올 때는 적절하게 나온 늘씬한 알몸으로 누워 담배를 한 대 입에 물고 후, 길게 연기를 내뱉었다.

"남자를 보면서 하고 싶다고 생각해 본 적도 없을걸요? 그런데 그런 우리 이아가 태후 씨 친구님을 보고는 완전히 뽕! 갔다는 거예요."

워낙 나이트에 신물이 나서 담배를 피우는, 특히 잘 노는 여자는 정말 싫었건만, 참으로 희한한 일이었다. 흐트러진 모습으로 가슴만 이불로 아슬아슬하게 가리고 올려다보는 모습이 어찌나 섹시해 보이는지. 이것이 바로 '처녀 콤플렉스'인가 싶었다.

물론 그가 동정(童貞)은 아니었다. 오히려 첫 경험은 상대를 고른답시고 비교적 늦게 치른 창진보다 일렀다. 그러나 무심한 것도 그 정도면 괴물급인 창진과 달리, 섬세한 면이 있는 그로서는 같이 잔 순간부터 남자와 사랑에 빠지기 시작하는 처녀 같은 증상이 나타나는 것 같았다.

"하, 오빠? 난 오히려 신이 보다 못해 도와준 거라고 생각하는데요. 이 남자는 괜찮으니까 한번 자세히 봐라, 하고. 특히 걔는 무시당한다고 느끼지 않을 정도로 공주님 대접 해주면서도 자기를 휘어잡을 수 있는 남자가 필요하거든요. 외모와 달리 워낙 성격이 있어서. 태후 씨 친구님은 그럴 만한 남자가 맞아요?"

그가 아무 말이 없자, 문영은 악동처럼 씩 웃었다.

"음음. 좋아요, 좋아. 척 봐도 괜찮은 남자님 포스가 막 나더라니. 태후 씨한테 첫눈에 반하지만 않았어도 내가 덤벼보는 건데! 크."

그 말에는 가당치 않게도 쪼릿 질투심까지 일었다. 문영은 빠르게 그런 그를 눈치챈 모양이었다. 만화경처럼 다채롭게 악동 같은 모습에서 바로 유혹을 아는 성숙한 여자로 돌변하더니, 담배를 재떨이에 비벼 끄고 나른하게 몸을 일으켰다.

"아무튼 그러니까……."

홀린 듯이 뒤로 눕는 그의 몸을 타고 올라왔다.

"태후 씨이~ 도와줄 거죠?"

아아……. 남자를 이토록 힘없이 만드는 그 죄 많은 이름, 사랑이렷다.

"인생무상 같은 소리하네. 도 닦냐?"

더구나 이따위로 말하는 친구 놈이 뭐가 예뻐서?

자기 것이라고 하면 꿀단지 다루는 곰처럼 알뜰살뜰 챙기는 놈이라 그럴 만한 남자가 맞느냐는 말에 아무 말도 못했으나, 아무리 봐도 가련한 이아가 아까워지는 일이었다.

'아니, 그러고 보면 그 여동생님도 심상치 않은 포스였지.'

태후는 물끄러미 창진을 쳐다보았다. 그러자 창진은 아주 많은 것이 스쳐 지나가는 눈이 불편했는지 확 인상을 썼다.

"뭘 봐?"

태후는 툭 물었다.

"너 그날 그 여자랑은 어떻게 됐냐?"

창진은 더 인상을 쓰더니 담배를 꺼내 들고 뻑뻑 피워댔다. 그 모습만 봐도 천릿길이었다.

"몰라. 귀신같이 사라졌어. 너도 본 적 없는 여자지?"

요 이틀간 본새를 보니 '밤 나비=제 여동생'이라는 공식을 깨닫지 못하고 있는 것 같더라니, 역시 그런 것 같았다. 정말 가끔 이렇게 단순무식한 모습을 보면 귀엽기까지 했다. 아니면 여태껏 봐온 여동생으로서의 인상이 강해서 동일인물이라는 걸 의심하면서도 믿을 수 없어하는 것일까?

그러고 보면 식장에서 본 이아는 가련한 코스모스 같았다면, 나이트에서 봤을 때는 화려한 카틀레야 같았다. 여자는 헤어스타일이나 분위기만 바뀌어도 다른 사람처럼 보이는 법인데, 그렇게 화장을 진하게 하고 행동이나 차림새까지 180도 달랐으니까. 자신도 처음에는 긴가민가했다. 문영이 말해주지 않았더라면 여태 창진처럼 생각하고 있었으리라.

"네가 모르는데 내가 어떻게 아냐. 아무튼 난 잠깐만."

태후는 자리에서 일어나 사무실을 나왔다. 그리고 창진이 따라 나오지 않는 것을 확인하고 핸드폰을 꺼내 들었다.

문영의 말을 거역하기 힘든 것도 있거니와, 솔직히 여태 아버지의 제약을 제외하고 별 어려움 없이 살아온 녀석이 된통 당했으면 하는 마음이 강했다. 어디 한번 사랑에 빠진 평범한 남자처럼 고민하고 고뇌하며 몸부림쳐 봐라! 나만 죽을 수는 없지! 이런 물귀신의 마음 말이다.

"접니다. 거기 아시죠? 거기 가시면……."

9

"여긴⋯⋯."

이아는 놀란 듯 희미한 소리를 내었다. 옆에서 문영이 씩 웃
으며 돌아보았다. 훈훈한 저녁 기운이 내려앉는 시간에도 당당
히 쓰고 있는 선글라스를 머리 위로 밀어 올리며.

"꽤 괜찮아 보이지? 오늘 포식하겠다."

누굴 만나고 왔는지 발로 뛰어야 하는 직업 때문에 평소에는
추리닝에 운동화나 찍찍 끌고 다니는 문영은 완전히 기합이 들
어간 여성스러운 차림을 하고 있었다. 그녀가 곱게 드라이한 단
발을 쓸어 넘기자 길게 늘어지는 체인 귀걸이가 찰랑이며 흔들
렸다. 하지만 또 어디서 남자 하나 건졌겠거니 생각한 이아는
그다지 신경 쓰지 않고 문영이 대뜸 그녀를 불러내어 같이 갈

곳이 있다고 하는 곳을 말없이 따라왔다.

그런데 온 곳이 익숙한 장소였다.

레스토랑 'Ambrosia'.

"우리 오빠 레스토랑이잖아?"

그렇다. 창진 소유의 명동 소재 레스토랑이었던 것이다. 물론 실제로 와본 적은 없지만, 인터넷으로 평도 찾아보고 해서 여러 번 온 것처럼 익숙했다. 또한 오늘도 나이트로 출근한 창진은 이곳에 없는 것을 알고 있고.

"그래. 분위기 괜찮아 보여서 한번 와보고 싶었어. 먹어보고 괜찮으면 한번 기획해 봐. 왜, 그런 거 괜찮지 않아? 이 패션과 어울리는 맛집은 바로 이런 곳!"

한 귀에 제법 괜찮은 아이디어라고 생각했지만 이아는 설핏 인상을 썼다.

"공사 구분 못하는 건 싫은데?"

"계집애가 새로 산 팬티 고무줄처럼 빡빡하긴. 야, 친분 좋다는 게 뭐냐? 사랑스러운 오빠님 돕는 셈치고 한번 힘써봐. 너한테도 도움되는 일이고만 뭐."

사실 말이야 그렇게 하지만 창진을 위해서라면 굳이 못해줄 것도 없었다. 그녀도 잘 기획하면 공을 세울 수 있는 일이고. 하지만 그가 직접 부탁한 것도 아니고, 대뜸 이런 곳으로 데려온 문영의 의중이 의심스러워 이아는 선뜻 앞서 가는 뒷모습을 가느다랗게 뜬 눈으로 보았다.

어쨌거나 이왕 온 것, 창진도 없고 저녁 식사 한 끼 정도야 괜찮겠지 싶어 이아는 묵묵히 그 뒤를 따랐다.

울타리를 치고 정원을 꾸며둔 가운데 낮은 목조 계단을 올라 입구로 다가갔다. 야외의 목조 테라스에는 모던한 파라솔이 쳐진 나무 탁자들이 놓여 있었고, 은은한 조명 아래 손님들이 이미 삼삼오오 모여 식사를 하고 있었다. 약간 어두운 선팅 필름이 붙어 있는 유리벽을 지나 중앙에 은박으로 'Ambrosia'라고 우아하게 쓰인 문을 열고 들어섰다.

와인을 전문적으로 취급하는 곳인 듯, 다이아몬드 모양으로 빼곡한 와인 랙이 한 벽면을 완전히 차지하고 있고 갖가지 와인 병들이 장식품처럼 꽂혀 있었다. 그리고 전반적으로 와인처럼 자줏빛이 도는 색감에 은은한 공기가 나쁘지 않았다. 테라스도 제법 넓겠다, 뒤에 분수가 흐르는 정원도 있으니 만약 기획한다면 카피는 '도심 속의 달콤한 휴식, 은은한 저녁 빛과 함께 하는 이브닝 파티에 라벤더와 같은 우미한 연보라빛 드레스' 정도가 괜찮을까.

자동적으로 일 생각을 하며 앞에서 그들을 반기는 웨이터의 안내를 받아 창가 자리에 앉았다. 그러자 제법 귀엽게 생긴 웨이터는 싱긋 웃으며 각자의 앞에 메뉴판을 놓아주었다. 두 여자는 자연스럽게 메뉴판을 펼쳐 들었다.

"휘유, 뭔 소리인지 하나도 모르겠네."

문영은 메뉴판을 흘긋 눈짓만 하더니, 탁 보란 듯이 메뉴판을 덮고 기다리고 있는 웨이터에게 빙그레 웃었다.

"주문은 조금 있다가 해도 괜찮을까요?"

"물론이죠. 음료부터 드릴까요?"

"일단 물 두 잔 부탁해요."

웨이터는 작게 목례하고 자리로 돌아갔다. 메뉴판을 제법 진지하게 보고 있던 이아는 그런 문영을 의아하게 쳐다보았다.

"누구 또 와?"

문영은 가타부타 말없이 그녀에게 손가락을 까딱였다.

"핸드폰 좀 줘봐."

별로 상관은 없어서 순순히 백에서 꺼내주자, 문영은 슥 손짓해 화면을 띄우고는 뭔가를 하더니 다시 핸드폰을 그녀에게로 내밀었다.

"자."

흘긋 쳐다보니, 이게 정말 무슨 꿍꿍이인지 다이얼이 익숙한 이름에 가 있었다.

[와우대박]

통화 버튼 하나만 누르면 바로 연결이 될 것이다.

"뭘?"

이아는 의뭉스레 되물었다.

"궁금하지 않니?"

문영은 은연한 불빛 아래 문득 여자인 자신조차 홀려 버릴 것 같은 미소를 싱긋 지었다. 그리고 언뜻 편안해 보이는 외모로 경계심을 누그러트리고 유혹하는 악마처럼 나직이 속삭였다.

"네 오빠님께서 널 위해 어디까지 할 수 있는 남자인지."

그것은 실로 메피스토펠레스가 파우스트에게 건넨, 갈증나는 지식에 대한 해답처럼 달콤한 유혹이었다.

그럼에도 이아는 그녀에게 살긋 눈을 흘겼다.

"너 이러려고 여기 온 거였니? 난 네 친구지, 호기심을 충족해 줄 소재거리가 아니야."

그러거나 말거나, 문영은 여유롭게 어깨를 으쓱였다.

사실 그들은 창진과 태후처럼 고등학교 동창이었지만, 어디 가서 그리 이야기하지 않는 이유는 동창이라고 하기에도 부끄러울 정도였기 때문이다. 철저히 노는 부류가 달랐던 둘은 고등학교 시절에는 정말 한두 마디 나눠본 것이 다였다. 문영은 이아를 도도한 새침데기라고 생각했고, 이아는……. 나중에 듣기를 사실 자신이 같은 반인 줄도 몰랐다고 했다. 보다시피 이아는 사소한 것 따위 신경 쓰지 않는 대인배 윤 선생이니까.

그렇게 대학에 진학한 문영은, 심하게 유흥을 즐기다가 돈이 떨어지자 충동적으로 사채에 손을 대고 말았다. 그때는 그녀도 살짝 미쳤었다고 할 수밖에 없었다.

사채라는 늪이 그러하듯, 빚은 순식간에 불어났고 문영은 사채업자에게 쫓겨 하루도 마음 편히 있을 날이 없었다. 지옥이었다. 하필이면 조직폭력배와 관련이 있는 사채업자와 엮이는 바람에 하루는 사무실에 잡혀가 울고 불면서 신체 포기 각서를 쓰고서야 곧 돈을 가져오는 조건으로 풀려날 수 있었다.

더는 방법이 없었다. 체면이고 뭐고 다 내던져 버린 문영은 소주 한 모금 마시고 한 친구에게 전화하고, 한 모금 마시고 동창에게 전화하고, 그런 식으로 수없이 반복한 끝에 고리짝 냄새 나는 고등학교 앨범까지 펼쳐 들게 되었다. 그러나 동창들은 기껏 기억날까 말까 하는 그녀에게 한 푼이라도 빌려줄 의리 같은 게 있을 리 만무했다. 어차피 기대하지도 않았다. 그저 리스트에 이름이 하나둘 사라져 갈 때마다 무면허 의사의 수술대 위에 눕는 상상을 하며 다이얼을 누르고 또 눌렀다.

그렇게 거의 포기했을 무렵, 이아가 전화를 받았다.

완전히 취해 횡설수설 늘어놓는 말을 들은 이아는 선뜻 그녀와 약속을 잡았고, 하도 울어서 팅팅 불어터진 얼굴을 하고 나간 문영에게 이야기를 듣고는 은행으로 가서 선뜻 돈을 빌려주었다.

무려 칠백이었다.

"너 뭐야? 장래희망이 마더 테레사냐?"

제게는 하늘에서 내려온 동아줄이었건만, 부잣집 아가씨의 선심인 듯해 절로 비꼰 말이 나오고 말았다.

"박애주의로 아름다운 세상을 만들자는 게 모토야? 누굴 믿고 턱하니 칠백을 내놔?"

앞서 가던 이아는 슥 뒤를 돌아보았다. 그리고 욕은커녕 아름답지 못한 말은 단 한 마디도 알지 못할 거라고 생각했던, 어여쁜 분홍색 입술로 비릿하게 웃었다.

"어디 갖다 팔릴 몸도 몸이라고 배 아파 낳은 네 돌아가신 어머니가 불쌍해서 그런다, 이 병신아."

아아, 그 말은 얼마나 귀를 매섭게 후려치는 채찍질이었던지.

나중에 듣기를, 그 돈은 선화가 빌려준 것이었다. 생각해 보면 평범한 대학생이던 이아에게 그런 돈이 있었을 리 만무했다. 평생 뭘 부탁하는 법이 없는 이아가 친구가 곤란한 상황에 빠졌다며 도와달라고 하자 선뜻 내어주셨다고 했다. 대인배 윤 선생을 낳은 부띠끄 윤 원장님은 역시 범상치 않으셨다.

아무튼 그 경험을 발판으로 르포 작가 길을 걷게 된 문영은 의외의 곳에서 제 천직을 발견했고, 이 일에도 제 호기심 충족에 관한 욕심이 아주 조금이라도 없다고 하면 거짓말이었다. 드라마나 소설에서처럼 오매불망 여주인공 옆에 붙어서 모든 것을 내던져 그녀가 행복하길 바라는 친구 역 같은 심정인 것만도 아니었다. 사실 알파파가 나오는 와중에 나이트에 선뜻 따라가 준 것도 태후가 거기 있다는 걸 알기 때문이었고.

그녀는 이아에게 빛이 있었다. 꼭 보란 듯이 갚고 나서 항상 위에서 내려다보고 있는 요 얄미운 여우에게 말해주고 말리라!

그러게 이 언니님이 뭐라고 했니? 라고.

뭐, 그게 이아가 행복해지는 방향이라면 더 좋은 거고. 크, 여자의 우정이란.

"할 거야, 말 거야?"

이아는 침묵했다. 하지만 문영은 재촉하지 않았다. 유혹하듯 살랑살랑 핸드폰을 흔들며 턱을 괴고 기다렸다. 알기 때문이었다, 이아가 이렇게 결국 유혹에 굴복하고 말 것이라는 것을.

핸드폰을 가져간 이아는 꾹 통화 버튼을 눌렀다.

막 핸드폰이 울리기 시작했을 때, 다가올 운명을 꿈에도 예상하지 못한 창진은 나이트의 휴게실 바닥에 신문지를 펴놓고 앉아 삼겹살을 굽고 있었다. 늘 사무실에 보관해 두는 불판에 휴대용 버너까지 꺼내고 웨이터 하나를 시켜 사 온 상추에 깻잎, 마늘까지 꽤나 제대로 된 상차림이었다. 아직 나이트는 오픈 전이라 먼저 출근한 직원들이 주변에 삼삼오오 모여 앉아 꼭 야유회라도 온 것 같은 분위기였다.

양반다리를 하고 불판 앞에 앉아 작품을 만들어내듯 진지하게 삼겹살을 굽고 있던 창진은 은근슬쩍 들이미는 젓가락을 탁

쳐냈다.

"어허, 젓가락 못 치우냐. 이거 꼭 한국인 같은 놈이야. 어디 핏물 줄줄 흐르는 걸 주워 먹으려고."

"나 참, 사장님은."

젓가락의 소유자, 수근은 기가 찬 얼굴이었다.

"어차피 먹을 거 뭐 어떻습니까? 음식만 관련되면 눈에 불을 켜니, 정말 사장님 비만이 아닌 게 세계 9대 불가사의예요."

"나머지 8대 불가사의가 뭔지나 알고 말하시지?"

날카로운 지적에 수근은 말문이 막힌 듯 헛 입을 다물었다. 그때 불판 앞에서 콩고물 떨어지길 기다리는 까마귀처럼 젓가락 물고 오매불망 기다리고 있던 한 직원이 주변을 의아하게 둘러보았다.

"근데 이게 무슨 소리예요? 누구 핸드폰 울리는 거 아니에요?"

"거룩한 삼겹살 앞에서 누가 감히 핸드폰을 찌링찌링 울려. 맞기 전에 받아라."

삼겹살에 정신이 팔려 제 것인 줄도 모르고 창진은 진지하게 고기를 뒤집으며 말했다. 그러자 다들 분주히 제 것을 꺼내보고는 아무도 아니자, 벨소리의 근원지가 되는 인물을 스윽 돌아보았다. 자신에게 향한 시선을 깨닫고 멀뚱히 쳐다보던 창진은 그때에야 제 주머니에서 나오는 소리를 들었다. 그러나 사장의 권력으로 어디 그딴 눈으로 쳐다보냐고 말하듯 젓가락으로 눈을

찌르는 시늉을 하고 다들 분분히 시선을 돌리자 핸드폰을 꺼내
들었다.

[여동생님]

주위의 눈치를 본 창진은 슬그머니 일어나서 휴게실 밖으로
나섰다. 저편에 앉은 태후가 묘한 눈길로 쳐다보는 것도 모르고.
"무슨 일 있어?"
전화를 받자, 이아는 오늘도 은쟁반에 옥 굴러가듯 낭랑하고
애살스러운 목소리로 물었다.
「아뇨, 오빠 지금 어디예요?」
어지간해서는 이아가 이런 질문을 하는 일이 없었기 때문에
'으응?' 하는 동시에 야생동물의 감이 '신중히 대답해!' 하고
외쳤다.
"잠깐 좀 밖에."
결국 창진은 예리한 감에 의지해 에둘러 대답했다.
「에이……. 그럼 지금 가게 아니에요?」
"응, 뭐."
「언제 돌아가요?」
"잠깐 나온 거라 아마 금방……. 근데 왜?"
눈치채지 못할 만큼 아주 찰나의 침묵이 흐르고, 이아가 쾌활
하게 말했다.

「저 지금 어디게요?」

등허리를 타고 소름 같은 감각이 좌르르르륵 흘렀다.

"글…… 쎄. 설마 내 가게야?"

창진은 제발 아니기를 천지신명에게 바라면서 애써 태연하게
물었다. 그러나 이아는 어떻게 미워할 수도 없을 만큼 너무나
해맑게 대답했다.

「네!」

창진은 목이 졸린 것 같은 소리를 내지 않기 위해 부단히 애
써야 했다.

"별일이네. 어쩐 일로?"

「한번 와보고 싶어서요. 분위기 좋네요. 그리고…….」

이아는 조금 주저하더니 수줍게 속삭였다.

「오빠가 보고 싶기도 하고.」

이번에는 조금 다른 의미로 등허리에 소름이 흘렀다. 세상에
어떻게 이다지도 귀여운 생물이 있단 말인가. 이야, 남자를 그
냥 노골노골 녹이는구나.

아니. 지금 내가 이럴 때가 아니지.

창진은 당장 휴게실로 박차고 들어갔다. 그리고 놀라 돌아보
는 좌중에게 당장 난폭한 눈빛으로 '닥쳐!' 라는 간절하고도 절
실한 의미를 피력하고, 난데없는 모습에 꿀 먹은 벙어리가 된
좌중을 다급하게 둘러보았다.

「그래서 말인데 얼굴 보고 가고 싶어요. 언제 와요?」

"어, 그게."

적당한 것을 발견한 창진은 사람들을 발로 툭툭 쳐내며 헤치고 태후에게 다가갔다.

"잘 모르겠다. 한 30분? 좀 더 걸릴지도 모르는데 괜찮겠어?"

잠깐 새에 어디서 다른 사람과 껍질을 바꿔 입고 왔는지, 절대 그들 사장의 것이라고 할 수 없는 말투에 좌중은 경악한 눈빛을 던졌다. 그러나 창진은 지금 그따위 것을 신경 쓰고 있을 상태가 아니었다. 평소에도 그다지 신경 쓰는 편은 아니지마는.

창진은 확 태후의 양복 상의를 잡아다 쿵쿵 냄새를 맡아보고는 자신을 미친놈 보듯이 하는 그에게 급히 손짓했다. 하지만 그 의미를 알아듣지 못한 태후는 '뭐 어쩌라고?' 하듯이 쳐다볼 뿐이었다.

「밥 먹으면서 기다리면 돼요. 문영이, 아, 식장에서 본 제 친구 기억하시죠? 문영이랑 같이 밥 먹고 있을게요.」

"어……. 그럼 그럴래?"

「네. 천천히 오세요.」

안 그래도 급한데 답답하게 구는 그한테 창진은 확 주먹을 들어 보이면서 입모양으로만 '옷!' 이라고 외쳤다. 그럼에도 태후는 이해하지 못한 얼굴이었다. 결국 창진은 핸드폰을 살짝 떨어트리고 가까이서 나직이 짓씹었다.

"옷 벗어. 내 옷에 삼겹살 냄새 뱄잖아! 고기 냄새 풀풀 풍기면서 갈까!"

그제야 이해한 태후는 어깨를 으쓱이며 넥타이를 풀고 와이셔츠를 벗었다. '어머머!' 소리를 내지르는 여자 직원들에게는 미안하게도 누구처럼 훌륭한 몸은 아닌데다 안에 흰 티셔츠를 입고 있었다.

그 옆에서 창진은 초조하게 통화를 계속했다.

"돈은 걱정 말고 맛있는 걸로 시켜 먹어."

「정말 그래도 돼요? 저 의외로 많이 먹는 거 알면서?」

그 말에는 이 와중에도 진심으로 웃었다.

"그 몸에 들어가 봤자 얼마나 들어간다고."

「하하, 알았어요. 그럼 조금 있다가 봐요. 운전 조심하고요.」

삑, 통화를 끊었다.

그와 동시에 직원들은 궁금증을 참지 못하고 누구였냐고 묻기 위해 와 달려들려고 폼을 잡았다. 그러나 날카롭게 몸을 돌리는 창진이 그야말로 야차의 모습이라 신음만 꿀떡 삼킬 뿐이었다. 하지만 다급한 창진이 먼저 양복 상의를 벗어 던지고 모두가 보는 데도 개의치 않고 와이셔츠를 휙 벗어내자, 여자 직원들은 한마음으로 외쳤다.

"꺄아악!"

"꺄악! 오빠!"

물론 그는 흰 티셔츠 따위 안에 입고 있지 않았다. 환한 불빛 아래 드러난 단단한 구릿빛 상체에 여자 직원들은 거의 기절할 것 같은 반응들이었다.

"어머! 어머머!"

"나, 나! 코피 터질 것 같아!"

"사장님! 친구가 태국 호빠에서 목숨 걸고 찍어다 준 사진에서 본 스트리퍼보다 최고예요! 꺅! 난 몰라!"

그러거나 말거나, 지금 옆에서 누가 쓰러져 죽어도 돌아볼 상태가 아닌 창진은 황당해하는 태후에게서 와이셔츠를 뺏어 입었다. 그리고 그가 넥타이를 불편해하는 건 이아도 알고 있으니 쌈박하게 포기하고, 벨트를 잡았다.

"뭐해? 바지 벗어."

여자들은 더더욱 소리 높여 비명을 질렀다. 그 소리에 옆방에 있던 DJ가 무슨 일이 났나 싶어 헐레벌떡 뛰어올 정도였다.

태후는 다급히 벨트를 푸는 손을 잡아 막았다. 그리고 벌써 바지 버튼을 풀어낸 창진을 질질 끌어서 방을 나서기 시작했다.

"애들 죽겠다. 급한 건 알지만 우리 상식적으로 애들 앞에서 스트립쇼는 좀 아니지 않냐?"

"시간 없다고!"

"성추행으로 신고당하고 싶냐!"

절대 그렇지 않다고 이구동성으로 외치는 여자들을 뒤로하고, 태후는 창진을 화장실로 끌고 갔다. 그리고 나란히 두 칸에 각자 들어가 바지를 교환하고 갈아입고 있는데, 옆 칸에서 부스럭대는 창진이 물었다.

"근데 우리 명동에 있는 레스토랑 이름이 뭐냐?"

태후는 바지에 한쪽 다리를 넣다 말고 허, 황당한 소리를 흘렸다.

"넌 네 소유의 레스토랑 이름도 모르냐? 암브로시아다!"

"암브로시아? 그건 또 뭐야. 꼭 계집애들이 좋아할 만한 이름이네. 누가 정한 거야?"

"나다, 자식아."

갑자기 옆 칸에서 진심으로 깜짝 놀라는 기척이 났다.

"너랑 나랑 그렇게 막역한 사이였냐? 레스토랑 이름까지 정해줬어?"

"네가 여자들이 좋아할 만한 이름 하나 골라보라고 나한테 던지고 갔잖아! '신의 음식'이라는 뜻이거든?"

"넌 또 왜 이렇게 까칠해? 변비냐?"

앓느니 죽지 싶어 태후는 절레절레 고개를 내젓고 바지를 입었다. 그러는 사이에 먼저 화장실 문을 박차고 나간 창진은 한마디만 남겨놓고 부리나케 사라졌다.

"레스토랑 전화번호 내 핸드폰에 문자 날려놔!"

시끄러운 녀석이 사라졌으니 태후는 천천히 옷을 정리하고 나와 여유롭게 손까지 씻었다.

키는 비슷하지만 다리 길이가 달라 바짓단이 조금 길었다. 그래도 둘 다 구두를 신으면 대충 커버는 가능할 정도였다. 하지만 자신이 약간 더 말랐기 때문에 창진은 아마 옷이 좀 낄 것 같았다. 워낙에 답답한 걸 싫어하는 녀석이니 벌써부터 몸이 뻐근하리라.

그것만으로도 통쾌해진 태후는 창진에게 으르렁대던 것과 달리 느긋하게 밖으로 나섰다. 계략을 꾸몄으니 앞에서는 아닌 척 싫은 내색 정도는 해주어야 하는 법.

야비한 모사가의 냄새를 폴폴 풍기며 휴게실로 돌아가자, 걸신들은 이미 고기를 다 주워 먹고 난 뒤였다. 하지만 그런 모습까지 자애로운 보살의 얼굴로 쳐다봐 주는 태후에게 한 직원이 빵빵한 볼을 하고 물었다.

"우리 사장님 연애하세요?"

갑자기 바뀐 모습이 그런 결론으로밖에 연결되지 않았으리라.

"글쎄, 아마 할지도 모르지."

태후는 느긋하게 말하고 자리에 앉았다.

"죽도록 고민한 후에 말이야."

그리고는 몇 점 남은 고기를 킬킬대며 희희낙락 주워 먹었다. 사정을 모르는 직원들은 그저 서로 의아한 눈빛을 교환할 따름이었다.

"가증스러운 년."

통화를 끊자마자 문영이 툭 말했다.

"하루 이틀 본 것도 아니지만 오늘은 정말 치가 떨린다. 너 정말 구미호가 둔갑한 거 아냐?"

그 말에도 이아는 싱긋 웃을 뿐이었다.

"그런데 그렇게 '난 여동생일 뿐이에요~' 하는 식으로 굴어도 돼? 그러다 정말 여동생밖에 안 된다, 너?"

"오빠가 날 여자로 보는 건 이미 알고 있으니까."

이아는 핸드폰을 내려놓으며 별로 대수로울 것 없다는 듯이 담백하게 단언했다. 일순 문영은 아니꼬워 죽겠다는 듯한 표정이 되었다.

"잘났어, 정말. 나 이거 괜히 시간 낭비하는 거 아닌가 모르겠네. 놔둬도 지들이 알아서 지지고 볶을 것 같은데."

"근데 너 그거 아니? 우리 부모님 혼인신고 하셨어."

문영은 번뜩 '뭐?' 하고 돌아보았다. 이아는 남의 일이라는 듯, 여전히 메뉴판을 읽으며 아까처럼 담백하기 그지없는 태도였다.

"신혼여행에서 돌아오는 길에 하고 오셨더라."

문영은 잠깐 말이 없더니 어깨를 으쓱였다.

"그게 뭐 대수라고? 너나 네 오빠님이나 어차피 양자 수속을 밟지 않는 한 혼외 자(子)잖아. 설사 결혼을 한다고 해도 둘 중 한쪽이 파양하면 법적으로도 아~무 문제 없는 걸로 알고 있거든. 뭐, 도덕적인 문제야 있겠지만……. 같이 살았던 것도 아닌데 뭐 어때?"

문영은 갑자기 심각해졌다.

"너 혹시 결혼까지 생각하니?"

그러길 바라서 하는 말이었다. 원래 이 나이라면 결혼을 생각해 봐야 하는 법인데, 그 남자가 이아에게 그럴 만한 상대였으면 했다.

사실 자신은 화려한 싱글로 제 하고 싶은 것 다 하고 살며 우아하게 늙어가는 꿈을 꾸고 있으나, 모름지기 공주님은 떠받들어 줄 사람이 있어야 하는 법이었다. 이아도 본성은 공주님이라기보다 잔 다르크에 가깝지만―스스로 인생을 개척한다는 의미에서―이 외골수 아가씨는 사랑을 받아야 살 수 있는 타입이었다.

그것도 자기는 아니라고 부득불 우기기는 해도, 사랑에 목말라 꽃에서 꽃으로 옮겨가는 벌이고, 진정한 하나를 찾아 끊임없는 여정을 떠나는 외로운 우리네의 자화상이었다.

뭐, 말하자면 말이다.

"아니."

이아는 고개조차 들지 않고 다소 차갑게 대답했다. 마치 그런 건 생각해 본 적조차 없다는 듯이. 그에 문영은 혹시 이게 정말 속으로 수녀가 되는 생각 같은 걸 하고 있는 게 아닌가 싶어 조금 섬뜩해졌다. 그러나 다행히 이아가 곧 이어 말했다.

"그러니까 섣불리 움직일 수 없는 거야. 한 번 사귀어보고 아니면 말지 뭐, 이 사람하고는 그게 안 되니까. 아예 시작하질 않든가, 일단 시작하면 끝까지 가야 한다는 거 알아. 엄마와의 관계를 포기할 만큼 가치있는지는 두고 봐야 알겠지?"

조금은 섬뜩한 자문이었다.

창진은 학창 시절 한때 겉멋에 품었던 F1 드라이버의 꿈을 오랜만에 살려 필사적으로 액셀러레이터를 밟았다. 이미 티켓은 두 장 끊었고, 욕도 한 수명이 10년쯤 더 늘었을 만큼 얻어먹었다. 명동까지 대충 운전해 간다면 30분 정도. 그러나 그냥 가기만 해서는 될 일이 아니라 마음이 급했다.

도심을 질주 중인 창진은 어깨와 턱 사이에 낀 핸드폰에 대고 사시 준비생처럼 중얼대느라 더욱 바빴다.

"샤또…… 뭐요? 샤또 빨머? 뭐 이름이 그따위입니까? 아, 설명은 됐습니다. 그리고 레드 와인에 프랑스산이고, 또요? 농도가 짙고, 과일 맛이 풍부하고, 클래식한 풀 바디……. 여기는 한국입니까 양키 놈 나라입니까!"

미친 듯한 영어의 향연에 왈칵 짜증이 나 버럭 성질을 내니 상대편은 쩔쩔매며 어쩔 줄을 몰라 했다. 창진은 이럴 때가 아니다 싶어 진정하고 최대한 정중히 말했다.

"그다음은요? 예, 몬테스 알파……. 함께 먹으면 좋은 음식은 안심 스테이크, 파스타……."

안 그래도 도깨비처럼 홀연히 전화해서 와인에 대해 읊으라고 다그치는 바람에 레스토랑의 매니저는 반쯤 혼이 나가 있었다. 평소 전화도 한 번 하지 않을 만큼 그곳에 관심이 없는데 웬 바람이 불었나 싶을 것이다.

바람이야 불었지. 여자라는, 남자에게 가장 큰 영향력을 발휘하는 바람이!

창진은 그야말로 초인적인 능력을 발휘하고 있었다. 제아무리 찬호가 무서워도 수능 때도 이렇게 열심히 공부하지는 않았다. 평소에는 거들떠도 보지 않아 이게 와인인지 양주인지 구분도 안 되는 판인데 30분 만에 이미 그럴듯하게 읊을 정도는 되었다. 물론 조금만 더 깊이 들어가면 얕은 사기성 지식이 만천하에 공개되겠지만, 시간이 빠듯한 이상 그건 제 임기응변 능력을 믿는 수밖에 없었다.

정말 요즘따라 자신의 인생이 왜 이리 꼬이나 싶었으나, 일단 중요한 건 그게 아니었다. 미하엘 슈마허의 영혼에 빙의되어 질주한 창진은 30분 거리를 15분 만에 주파했다. 그리고 오픈 때를 제외하고 처음 와보는 제 레스토랑 근처에 차를 세우고 내리기 무섭게 주방으로 통하는 뒷문을 찾아 달려갔다.

"어이, 거기는 입구가 아니······."

뒤쪽의 울타리에 난 문을 열고 오는 창진을 본, 스물다섯이나 되었을까 한 요리사가 담배를 피우다 말고 말했다. 물론 귓등으로도 듣지 않은 창진은 그를 스쳐 지나가며 으름장을 놓았다.

"요리사가 담배 따위를 피워? 나중에 보자!"

어리둥절해하는 요리사를 지나 주방으로 들어가자 안에 있는 모두가 그를 아까 그 요리사 같은 눈으로 쳐다보았다.

"이봐요, 나가세요."

듣는 둥 마는 둥, 창진은 홀로 통하는 문 옆에 붙어 서서 조심히 밖을 살폈다. 저쪽 창가에 이쪽으로는 등을 보이고 앉아 있는 이아가 보였다. 뒷모습이었지만 그가 본 이래로 가장 사랑스러운 윤곽은 착각할 수도 없는 것이었다. 그 맞은편에는 못난이로 보이는 여자가 앉아 있었는데, 못생긴 게 눈치는 어찌나 빠른지 쳐다보는 시선을 느낀 듯이 고개를 들었다. 창진은 얼른 몸을 옆으로 숨겼다.

조금 후에 다시 내다보니, 기분 탓이라고 여긴 듯 식사를 계속하고 있었다. 둘 다 스테이크를 한 조각 썰어 입에 넣고는 무어라 대화를 하는 모습을 보니 꽤 흡족해하는 것 같았다.

일단 안심한 창진은 후, 한숨을 내쉬며 몸을 돌렸다. 그리고 싱크대 앞에서 설거지를 하고 있는 어수룩한 보조 요리사로 보이는 남자에게 손짓했다. 너무나 당당한 손짓에 보조 요리사는 주춤거리며 다가왔다.

"너, 가서 매니저 좀 불러와."

"예?"

"아, 이봐요!"

이곳의 대장으로 보이는 중년의 남자가 발끈해서 외쳤다.

"주방장님이십니까? 처음 뵙는군요. 반갑습니다. 제가 좀 급해서 인사는 나중에 제대로 드리겠습니다."

"아, 그러니까 당신이 뭔데……."

"이 레스토랑 소유주입니다."

모두는 눈을 휘둥그레 떴다. 이름도 모르고 그저 이 세상 어딘가에 있다는 것만 알아온 유령 같은 소유주가 이렇게 젊은 남자일 거라고는 생각하지 못한 얼굴들이었다. 그러나 그가 지명한 보조 요리사는 빨리 상황 파악을 끝내고 얼른 달려나갔다. 그리고 다급한 매니저와 함께 돌아왔다.

"오셨습니까."

"일단 저와 화장실로 좀 가시죠."

"예?"

워낙에 척 봐도 위협적인 인상을 풍기다 보니 매니저는 그가 엄한 짓이라도 할까 봐 걱정이 되었나 보다.

"상상하시는 그런 거 아니니까 일단 따라오시죠."

께름칙해하는 매니저를 데리고 두 여자의 시선을 피해 화장실로 간 창진은 거울 앞에서 옷매무새를 정리하며 말했다.

"아까 읊던 거 계속 읊어주세요."

"예?"

그를 잘 아는 나이트 직원들에게라면 '귓구멍 막혔냐!' 하고 버럭 화를 냈을 것이다. 하지만 지금은 거기에 낭비할 기운도 없거니와 상대가 거의 찬호와 비슷한 연배이다 보니 꾹 참았다.

"와인에 대해서요."

"아, 예……."

매니저가 목을 가다듬고 낭랑하게 읊는 동안 창진은 휴지를 뽑아 오는 내내 흘린 땀을 닦아내고 물을 묻혀 머리를 빗어 넘겼다. 그리고 와이셔츠를 허리춤에 제대로 집어넣고, 한 치수

작은 바지 때문에 벨트를 풀고 흡 숨을 삼킨 다음에 다시 잠갔다.

이내 거울을 보니, 검은 정장에 하늘색 와이셔츠가 평소 그가 입는 것보다 작아서 꼭 패션 잡지에 나오는 기생오라비 같은 남자모델들이나 입을 법한 것으로 보였다. 마음에 들지 않았다. 문득 자신이 몹시도 한심해졌다. 여자 하나에 이런 헛짓거리까지 하고 있다니……

하지만 그냥 여자 하나가 아니었다. 그가 강하게 끌리는 괜찮은 여자고, 그렇지 않더라도 세상에 하나뿐인 여동생이었다.

일단 생각은 이 자리를 벗어나고 하자. 결심한 창진은 매니저 앞으로 쑥 제 팔을 내밀었다.

"저한테서 삼겹살 냄새 납니까?"

"예? 아, 아뇨."

창진은 고개를 끄덕이고 당당히 화장실을 나섰다. 그리고 주방을 통해 모세 앞의 홍해처럼 갈라지는 요리사들을 지나 밖으로 나가 정문으로 다시 들어왔다. 마치 이제야 볼일을 보고 돌아오는 양.

안을 가볍게 둘러보고 두 여자를 막 발견한 듯 가까이 다가가기 시작하자, 이번에도 못난이가 먼저 고개를 들었다. 그리고 얼핏 감탄이 스치는 눈으로 그를 보더니 이아 쪽의 테이블을 톡 두드렸다.

이아는 천천히 뒤를 돌아보았다.

순간적으로 항상 보드랍게 웃던 얼굴이 무표정하게 그를 응시했다. 얼핏 냉철함까지 엿보이는 얼굴에 희미한 소름이 돋는 찰나, 화선지에 먹물이 번지듯 곱다란 웃음이 서서히 만면 가득 번져 갔다.

"오빠."

마치 그를 발견했을 때에야 안심이 되듯 읊조리는 음성은 언제나 묘하게 가슴을 뭉클하게 만들었다.

창진은 빙긋 웃었다.

"식사 잘하고 있었어?"

"굉장히 맛있어요. 오랜만에 입이 호강하는 것 같아요."

그때 문영이 슬쩍 끼어들었다.

"안녕하세요. 저 기억하세요?"

"아, 물론."

나이트에서 그 난리를 치는 걸 봤는데 물론 기억하고말고.

"우와, 영광이에요. 오라버니가 절 기억해 주신다니. 참, 오라버니께서 길 가다 마주쳤다면 말 걸어보고 싶을 만큼 잘생겼다는 건 아시죠?"

넉살 좋은 말에 이아가 제법 앙칼지게 눈을 흘기며 탁자 아래로 못난이의 발을 찼다. 그 모습까지 귀여워 보이다니 정말 병이었다.

반면 이번에는 이아도 진심이었다. 가끔 필을 받으면 끝 간 데를 모르는 문영이 이상한 소리까지 지껄일까 봐 걱정이 되었기 때문이다.

"그나저나 오빠, 와인 하나 추천해 주세요. 저희는 뭐가 뭔지 잘 몰라서요."

내 그 말 나올 줄 알았다.

아니라면 왜 그리 기를 쓰고 팔자에도 없는 와인 공부를 미친 듯이 하며 달려왔겠는가?

사실 30분 단기간 속성으로 운전까지 하며 정신없이 외운 거라 벌써부터 기억이 가물가물했다. 그러나 창진은 당황하지 않고 능숙하게 웃었다.

"샤또 빨머는 어때? 프랑스산 레드 와인인데……."

그래, 그리고? 뭐였냐?

"농도는 좀 짙지만 과일 맛이 풍부해서 여자들 입맛에 잘 맞을 거야. 원래 고급 와인이기도 하고. 안 그래도 스테이크를 먹고 있으니까 그게 가장 좋겠다."

"비싼 거 아니에요? 얻어먹으면서 너무 비싼 건 미안한데."

"너한테 그거 한 병 못 주겠냐."

이아도 여자라고 그런 말이 싫지 않았는지 살며시 웃었다.

정말 그 미소 하나에 30분 거리를 15분 만에 주파하고 되도 않는 와인 공부까지 한 수고가 모두 보상받는 기분이었다. 반창진, 정말 화려하던 인생이 어쩌다 이 지경이 됐나. 이래서 오왕 부차가 멸망하고 당 현종이 나라를 말아먹고도 정신을 못 차려서 비익조와 연리지 타령을 했던 것이다.

정말 여자가 조금 다른 의미로 무서워지는 순간이었다.

"오빠는 식사하셨어요?"

"간단히 먹었어."

아직 삼겹살 일 인분밖에 먹지 못했으니 간단히 먹은 것은 맞았다.

"그럼 식사하고 갈 때 불러."

"고마워요."

한시름 놓은 창진은 두 여자를 뒤로하고 사무실로 들어갔다. 그리고 이아가 갈 때까지는 일하는 척이라도 해야 하니 온 김에 매니저에게 부탁해서 회계장부를 보기 시작했다. 그리 중요한 곳도 아니라서 돈 좀 떼인다는 생각으로 그냥 맡겨두기만 했는데, 남의 가게라도 제법 잘 운영해 온 듯 장부는 아무 문제 없어 보였다.

하다 보니 진심이 되어서 밖의 상황도 잊고 진지해져 있을 무렵, 잠깐 홀의 상황을 보려고 밖에 나갔던 매니저가 돌아왔다.

"두 손님들 가신다고 합니다."

창진은 꽉 끼는 옷이 불편해서 상의를 벗어놓고 단추를 두어 개 풀어놓은 채로 밖으로 나섰다. 두 여자는 입구 앞에서 그를 기다리고 있었다.

"오빠, 저희 정말 잘 먹고 가요."

"입에 맞았다니 다행이다."

"오빠를 다시 볼 정도였어요. 가끔 와도 되죠? 다음에는 꼭 돈 내고 먹을게요."

안 돼! 또 이 짓을 하라고!?

······라고 외치고 싶은 마음을 꾹 누르고, 창진은 부드럽게 웃었다.

"돈은 됐고, 언제든지 또 와."

"아, 정말 오빠가 있으니까 이런 게 좋네요. 이 은혜를 어떻게 갚죠?"

슬슬 나이트로 돌아가 봐야 할 시간이라, 창진은 자연스럽게 이아의 어깨에 손을 얹으며 밖으로 안내했다.

"은혜는 무슨······."

밖으로 나가 말하다 말고 창진은 멈칫했다. 그러자 이아와 문영은 무슨 일이라도 있나 싶어 주변을 둘러보고 다시 그를 보았다. 하지만 창진은 곧 아무렇지 않게 어깨에서 손을 내리고 싱긋 웃었다.

"굳이 은혜를 갚고 싶다면 포옹 한 번 어때?"

이아는 살짝 눈을 크게 떴다.

저도 모르게 선을 넘어버릴까 봐 무서운 듯 방금 전에 어깨에 손을 얹은 게 처음 닿은 것일 정도로—나이트에서의 밤은 제외하고—조심하는 그였는데, 악동처럼 씩 웃으며 하는 말이 의외로웠다. 더구나 바로 농담이라며 말을 거두지 않는 걸 보니 진심인 것 같았다.

문영은 작게 '어머머' 소리를 내며 은근슬쩍 먼저 차 쪽으로 갔다. 그걸 알면서도 굳이 말리지 않은 이아는 빙그레 웃고는 그의 허리에 팔을 감으며 폭 안겨들었다. 그러자 굵직한 팔이 몸을 감싸 안아왔다.

열기가 많은지 뜨거운 몸은 예상과 같았다. 그도 그녀도 분명히 느끼고 있을 야릇한 긴장감으로 열기에 감싸인 몸이 뻐근하게 울려왔다. 그러나 설레면서도 포근한…… 아주 묘한 기분이었다.

두근두근…….

단단한 가슴께에 닿은 얼굴이 그녀답지 않게 발갛게 달아오르고, 점차 공명하는 심장 소리에 어쩐지 그리운 것도 같은 아늑한 기분이 들었다.

가치니 뭐니 하는 건 허세였다. 그가 정말 그런 가치가 있는지도 확신할 수는 없었다. 하지만 한 가지 분명한 것은, 그에게 끌린다는 것이었다. 이유도 계산도 없이 이 남자를 원했다.

영원 같으면서도 찰나적인 순간이 지나고, 몸을 감싼 팔이 풀려 이아는 그를 놓고 한 발자국 물러났다.

"그럼 가볼게요."

달아오른 볼을 보았을 텐데도 그는 희미하게 웃을 뿐이었다.

"그래. 나중에 보자."

이아는 먼저 몸을 돌려 문영이 기다리고 있는 차로 다가갔다. 문영은 숨죽이고 지켜보고 있다가 그녀가 다가가자마자 발을 동동 구르며 난리가 났다.

"어머머! 어머머! 웬일이니! 웬일이야! 이거 신호 맞지? 그치? 너희 오빠님도 그럴 생각이 있다는 거 아냐? 응?"

"호들갑 떨지 마. 그냥 포옹 한 번 한 건데."

이아는 태연하게 말하며 앞까지 배웅 나온 문영을 스쳐 지나 갔다.

"계집애! 누가 내숭 198단 아니랄까 봐! 너 얼굴 붉어졌거 든?"

이아는 그녀답지 않게 흥, 새치름하니 고개를 돌려 버렸다. 그에 문영은 방정맞게 허리를 젖히고 깔깔대며 웃었다.

이게 진짜 임자를 만난 것이야!

"네 오빠님 어쩜 귀엽기까지 하니! 넌 아까 못 봤지? 주방에 서 네 눈치 살피다가 내가 쳐다보니까 숨더라니까! 급하게 달려 왔는지 숨도 몰아쉬고 있더라. 진짜 내가 반할 지경이라니까? 솔직히 말해봐, 너. 좋지?"

그래도 말이 없기에 문영은 쿡쿡 옆구리까지 찌르면서 '응? 응? 응?' 몇 번이고 되물었다. 결국 이아는 팩 눈을 흘겼다.

"그래, 좋다. 됐어? 안 그래도 엄마한테 선수를 뺏겨서 바닥 치고 통탄할 지경이었어. 저 성격에 내 말 한마디에 여기까지 와줬는데 싫을 리가 없잖아?"

사실 창진의 성격상 그녀가 레스토랑에 있다고 말한 순간에 태연히 '오늘은 안 돌아갈 거야'라고 둘러치거나 '실은 거기 남 한테 맡겨둔 가게야'라는 식으로 솔직히 말할 줄 알았다. 물론 찬호를 위해서 달려온 것일 수도 있었다. 그래도 아버지의 명예를 지키기 위해 발바닥에 땀나도록 달려오는 남자, 만약 그녀를 실망시키지 않기 위해서였다고 하면…….

심하게 마음이 흔들릴 것만 같았다.

"와우! 솔직 당당! 아주 좋아!"

"그렇다고 해보겠다는 뜻은 아니거든? 세상에 저런 남자가 하나만 있는 것도 아니고, 굳이 오빠라는 핸디캡이 있는 남자한테 목맬 필요도 없잖아."

먼저 운전석에 올라탄 문영은 머리 위의 선글라스를 내려 썼다. 그리고 선글라스의 어두운 안경알 너머로 이아를 올려다보며 빙그레 웃었다.

"하지만 저 남자는 세상 어디를 둘러봐도 딱 하나뿐이지. 저런 분위기, 저런 말투, 저런 성격, 저런 느낌……. 네 눈을 사로잡은 반창진은."

오랜만에 허를 찔린 듯, 이아는 말이 없었다. 그때였다.

"이아야."

어느새 사무실로 돌아가 상의를 입고 나온 창진이 다가오고 있었다. 이아는 바로 공주님의 가면을 쓰고 포근히 웃으며 고개를 돌렸다.

"네, 오빠."

"나도 오늘은 이만 퇴근하려고. 데려다 줄게. 가자."

이른 저녁시간이니 레스토랑은 이제부터 붐비기 시작할 텐데? 이아는 고개를 갸웃했다.

"괜찮아요?"

"그래. 네 차는 안 가져왔지?"

문영은 눈치껏 싱긋 웃고는 탕! 운전석 문을 당겨 닫았다. 그리고 '아디오스!' 한마디를 남겨놓고 자유로운 영혼처럼 홀연히 떠나갔다.

그 뒷모습을 보던 창진은 이아를 보고, 빙긋 웃었다.

"그럼 갈까?"

삐딱하기는 해도 웃을 때면 늘 웃음기가 날렵한 눈매에까지 가득 퍼지는 남자였다. 그런데 어쩐 일인지 가슴이 설레도록 화사한 웃음 속에 눈이 웃고 있지 않았다.

그 미소에 왠지 모를 소름이 돋았지만, 이아는 기분 탓일 거라고 생각하고 고개를 끄덕였다.

10

이아는 의아했다.

"저, 오빠. 그새 안 좋은 일이라도 있으셨어요?"

운전 중인 창진은 오히려 무슨 소리냐는 듯 돌아보았다.

"응? 아무 일도 없었는데? 왜?"

"아뇨……."

곧 이아는 아무것도 아니라며 고개를 내저었다. 그러자 창진은 '싱거운 녀석' 하고 말하듯 웃더니 다시 운전에 집중했다.

이상했다. 분명히 태도는 태연한데, 예리한 감이 그가 기분이 좋지 않다는 신호를 감지하고 있었다. 정확히 뭐 때문이냐고 묻는다면 그건 자신도 알 수 없었으나, 나이트에서 마주쳤던 날 밤 느꼈던 특유의 묵직한 페로몬이 그에게서 풍겨 나오고 있었다. 직업 탓도 있고 내숭 고수의 몸으로서 타인의 눈치를 빠르게 읽을 줄 알아야 했기 때문에 남이라면 모를 것을 알 수 있었다. 그러나 그가 아니라는데 '에이~ 화난 것 같은데요?' 하고 깐족댈 것도 아니라서 이아는 그냥 앉아 있었다.

그렇게 얼마나 달렸을까. 갑자기 창진이 차를 멈춰 세웠다. 이아는 차창 너머로 주변을 둘러보았다. 집으로 향하는 방향은 맞지만, 지나가는 길에 있는 노래방이니 술집이니 하는 것들이 밀집된 유흥가라 한 번도 차를 세워본 적은 없는 곳이었다.

창진은 차문을 열고 내렸다. 그리고 의아해하고 있는 사이에 차 앞으로 돌아오더니 조수석 문을 열었다.

"여기 무슨 볼일이라도……."

말하고 있는데 창진이 갑자기 손목을 잡고 우악스레 끌어내렸다.

"오빠!"

깜짝 놀라 외쳤지만, 창진은 귓등으로도 듣지 않고 타앙! 조수석 문을 밀어 닫더니 그녀를 막무가내로 끌기 시작했다. 손목을 단단히 휘어 감은 강한 힘에 이아는 속수무책으로 끌려갔다.

"오빠! 왜 그래요!"

창진은 뒤를 돌아보지도 않았다. 그저 성큼성큼 나아가 컴퍼스 길이의 차이로 종종대며 따르는 이아를 끌고 앞에 있는 빌

덩으로 들어갔다. 번쩍대는 네온사인 아래 지하로는 노래방이 있고, 위로는 불이 꺼진 사무실들이 있는 을씨년스러운 곳이었다.

이아는 왈칵 두려워졌다. 창진이 자신에게 무슨 짓을 할 거라고는 생각하지 않았지만, 예전에 그녀의 내숭을 알게 된 사귀었던 남자가 자신을 속였느니 어쨌느니 길길이 날뛰면서 이런 곳으로 끌고 갔던 경험이 떠올랐다. 물론 그녀가 미친 듯이 이를 드러내고 덤비자 기가 질려 달아나기는 했지만, 그때 눈이 먼 남자한테 주먹으로 맞아 시커멓게 멍이 든 얼굴 때문에 한 달 내내 고생했다.

그 통증을 기억하고 있는 몸이 뻣뻣하게 굳었다. 그러나 창진은 나무토막 같은 몸도 아무렇지 않게 끌고 2층에 있는 화장실로 들어갔다. 그리고 으스러져라 잡고 있던 손목을 놓는 동시에 뒤로 콰앙! 문을 닫았다.

문과 남자 사이에 갇히게 된 이아는 바로 팔을 올리면서 질끈 눈을 감았다. 하지만 주먹 같은 건 날아오지 않았다.

치익.

라이터가 켜지는 소리와 함께 담배 냄새가 났다. 이아는 슬그머니 눈을 떴다. 눈앞에 거벽처럼 버티고 서 있는 남자는 태연하게 안주머니에서 담배를 꺼내 피우고 있었다. 그리고는 눈이 마주치자 섬뜩할 정도로 빙긋 웃었다.

"너 완전 내숭덩어리지?"

이아는 어이가 없었다. 그거야 사실이다마는, 밥 잘 먹고 이야기 잘하고 훈훈하게 포옹까지 하고 헤어졌는데 그사이 어디에서 그런 결론을 도출했는지 알 수가 없었다.

"무슨…… 소리예요?"

손가락 사이에 들고 있는 담배를 입가로 가져간 창진은 여전히 웃는 채로 쳐다볼 뿐이었다. 꼭 이 귀여운 것의 목을 어떻게 졸라줄까 즐겁게 고민하는 저승사자 같아서 소름이 돋았다.

뭔가가 심하게 잘못되고 있다는 것만은 알 수 있었다.

이아는 최대한 가녀리게 몸을 떨었다. 굳이 노력하지 않아도 가슴이 철렁했던 것 때문에 저절로 눈물이 뭉글뭉글 솟았다.

"오, 오빠……. 왜 이래요? 얼마나 놀란 줄 알아요? 너, 너무해요. 제가 잘못한 게 있다면 굳이 이러지 않아도……."

후, 아까보다 묘하게 짙어진 붉은 입술이 담배 연기를 길게 뱉어냈다.

"난 시력이 좋거든."

뜬금없는 말이었다.

"청각도 좋고……."

그가 옆의 문에 손을 짚고 고개를 숙여와 이아는 바싹 얼었다. 그는 먹이를 궁지에 모는 맹수처럼 가만히 다가와 위험할 정도로 가까운 거리에 얼굴을 멈추었다.

"후각도 굉장히 좋지. 다들 동물이라고 할 정도니까."

이아는 번뜩 깨달았다.

'아차!'

"네 향수, 꽤 특이한 것 같은데?"

냄새!

얼굴에 핏기가 가셨다. 자신이 이런 실수를 하다니. 후각이 민감한 편이라 시중에 나와 있는 기성품들은 영 취향에 맞지 않았다. 그래서 일 쪽으로 인맥이 있는, 평소 꽤 감각이 있다고 생각해 온 신인 조향사에게 부탁해 얼마 전부터 제게 맞는 향수를 만들어서 쓰고 있었다.

이제는 그 향수를 쓰는 게 거의 버릇처럼 되어 있어서 그날 밤도 아무 생각 없이 뿌리고 나갔다. 다른 생각을 하느라 바쁘기도 했고 냄새까지는 미처 신경 쓰지 못했던 것이다.

더구나 어느 누가 냄새 같은 것으로 사람을 구분할 수 있겠느냐 말이다.

이 짐승 같은 남자를 제외하고.

그럼 아까 포옹해 달라고 했던 게…….

"이, 이건……."

거의 처음으로 말을 잇지 못할 만큼 이아는 당황했다. 그사이 창진은 손을 떼고 몸을 일으켰다.

"얼굴도 비슷해, 키도 얼추 맞아, 거기서는 처음 본 못난이랑 같은 시간에 와 있어……. 냄새까지 같다? 여기서도 날 바보 취급하려고 하면 조금 화가 날 것 같은데?"

싱긋 싱그럽게 웃는 얼굴이 정말로 제 목줄을 틀어쥔 염라대왕이나 다름없었다.

이아는 꾹 입술을 물었다.

"오, 오빠도 거짓말했잖아요."

철저한 계산 속에 바들바들 떨리는 목소리로 제법 강단있게 말했다. 아무래도 그날 나이트에 대한 것은 더는 속일 수 없을 것 같았다.

"레, 레스토랑 운영한다고 했으면서……."

"내가 했냐? 꼰대가 멋대로 한 말에 장단 맞춰준 거지. 엄연히 사실이기도 했고."

굵직한 눈물이 뚝뚝 떨어지자 창진은 순간적으로 당황한 것 같았다. 하지만 곧 인상을 팍 쓰고 으르렁댔다.

"그런데 어디서 감히 니 탓 내 탓이야? 가증스러운 가면 못 벗어? 본새를 보아하니 한두 번 놀아본 폼이 아니던데, 아직도 내가 핫바지로 보여?"

핫바지는 또 뭐야?

이아는 생각했지만, 기합 잔뜩 넣고 서럽기까지 한 눈물을 흘려내기 시작했다. 처음으로 그녀를 궁지까지 몰기는 했다만, 이 정도로 이겼다고 생각했다면 크나큰 오산이었다.

쇼는 계속된다!

"그, 그럼 내가 어떻게 해요?"

창진이 당황하는 기색이 느껴져 이아는 더더욱 서럽게 울었다. 물론 마스카라가 떡 져서 추해 보이면 오히려 역효과가 날 수 있으니 한 줄기의 눈물을 뚝뚝 흘려내며 최대한 어여쁘고 가녀리게 우는 것을 잊지 않았다.

"내, 내가 오빠를 남자로 좋아하는 거 알고 있잖아요."

침묵이 흘렀다.

고개를 돌리고 우느라 그를 볼 수는 없었지만, 이아는 속으로 쏙 혀를 내밀고 생각했다.

자, 이제 어떻게 할 건데? 처음부터 여자로 느꼈던 예쁜 여동생이 애잔하게 울며 숨겨왔던 마음을 고백하는데, 당신이라는 남자는 과연 어떤 선택을 할까?

"처음부터 끌렸어요. 그런데 오빠라니……. 그만두려고 했어요. 혼자 절 키우느라 여태 고생해 온 엄마가 이제야 행복을 찾았는데, 제가 그걸 깰 수는 없잖아요. 그런데…… 그런데…… 그만둘 수가 없었어요."

그가 믿지 않아도 좋지만, 이것만은 사실이었다.

최대한 애잔해 보이게 하느라 다소 위장하고 있기야 하지마는, 이 말이 사실이 아니었다면 애초에 이런 연극도 하고 있지 않으리라. 차라리 그가 정말 오빠로 생각할 수 있는, 적당히 다정하고 적당히 심술궂고 적당히 매력적인 남자였더라면.

"안 된다는 거 알면서도, 오빠 시선을 끌고 싶었어요. 그래서 노력했는데……. 미안해요. 절대 오빠를 기만하려거나 한 건 아니었어요. 그냥…… 끌리는 마음을 저도 어떻게 할 수가 없었어요."

침묵은 계속되었다.

이제는 슬슬 곤란해지려고 했다. 이런 고백은 적당히 하고 여운을 남기는 게 좋으니 만큼 이 정도 했으면 그가 괜찮다며 보듬어주어야 하는 법이었다. 그런데 한참 동안 가타부타 반응이 없던 남자는 문득 말했다.

"그래……. 나도 그랬지."

창진은 거의 쓸쓸히 읊조리듯 했다. 서로에게 끌리는 마음은 각자 알고 있었던 만큼 숨길 것도 아니라고 생각한 모양이었다.

통했어!

이아가 우는 척하며 속으로 반색한 순간이었다. 그가 고개를 내려 바로 눈앞에 다가왔다. 그런데 그 눈에 감도는 이글거리는 노기에 멍하니 쳐다보고 있는데, 담배를 입술 사이에 가볍게 물었다 내린 그가 얼굴에 대놓고 연기를 뿜었다.

"하지만 더는 아니야."

싸늘한 음성과 함께 툭, 바닥에 떨어진 담배꽁초를 구둣발이 짓밟았다.

"너 같은 가증덩어리는 트럭으로 준다고 해도 사양이다."

그러더니 비키라는 듯 툭툭 그녀를 치더니 문을 열었다. 이아가 황당함에 얼떨결에 옆으로 물러나자, 슥 한 번 눈짓하고는 어이가 없다는 듯 물었다.

"근데 너 담배도 피우냐? 콜록거리질 않네?"

항상 피우지는 않지만 술을 마실 때나 가끔씩 피우는 것은 사실이었다. 그래도 직업 특성상 담배를 피우는 여자가 과반수인 직장에서 그녀는 오히려 마이너였다. 그게 아니더라도 자기는 피우는 주제에 이 땅의 수만 여성흡연자들이 들었다면 '이런 허리를 반으로 나눠 버릴 마초 새끼!' 하고 울분을 토할 말에 어이가 없어서 쳐다보고만 있었다.

"이번엔 서로 하나씩 잘못했다 치고 넘어갈 테니까 앞으로 알아서 기어."

그는 마지막으로 비릿하게 웃고 화장실을 나섰다.

"이제 오니?"

현관문을 열자, 거실에 찬호와 나란히 붙어 앉아 텔레비전을 시청하고 있던 선화가 다스하게 물었다. 이아는 빙긋 웃었다.

"예. 저녁은 드셨어요?"

"먹었지. 넌?"

"저도 먹었어요. 일단 씻고 내려올게요."

이아는 지금은 쓰는 사람 없이 비어 있는 현관 옆의 방을 흘긋 보고 2층으로 올라갔다. 그리고 방에 딸린 욕실에서 샤워를 하고 나와 젖은 수건을 목에 걸고 화장대 앞에 앉았다. 브랜드와 용도별로 말끔히 정리되어 있는 화장품 중에 스킨을 찾아 들고 솜에 탁탁, 내리부었다.

물기를 머금은 솜이 사악 쓸고 지나가는 피부는 갓 피어난 듯 싱그럽고 탱탱했다. 그러나 그 마음속은 결코 그렇지 못했다.

그는 정말 그녀를 거기 버려놓고 가버렸다. 덕분에 정말 오랜만에 버스를 타보았는데, 늘 선화가 차를 빌려주거나 사귀는 남자들이 알아서 모시러 오고 모셔다 주고 했기 때문에 바뀐 서울시의 버스 노선을 읽는 건 거의 암호해독에 가까웠다. 그래서 버스를 잘못 타서 갈아타고 또 한참이나 걸어오는 바람에 하이힐이라는 고문도구에 혹사당한 발이 욱신거렸다.

여태 아무 일도 없었다는 양 태연해 보이던 이아는 야차의 눈빛으로 확 솜을 주먹 안에 우그러뜨렸다.

'뭐? 나 같은 가증덩어리는 트럭으로 줘도 사양이라고?'

그를 조금 무시했던 건 사실이었다. 그 바닥에서 나이트 사장까지 하고 있는 남자가 자신이 여태 손가락 하나로 굴려온 사내들과 같을 거라는 생각은 하지 않았지만, 그가 가끔씩 보여주는 의외로운 모습이 귀여워 눈이 멀어 있었다.

귀여운 강아지인 줄 알았더니, 기민하고 빠르고 한 번 문 것은 절대 놓지 않는 사냥개였던 것이다.

그건 확실히 계산착오였고, 제 뼈아픈 실수였다.

'한번 해보자 이거지? 난 걷어찬다고 꼬리를 말고 도망치는 고양이가 아니거든! 한 번 물면 살점이라도 뜯어 가는 삶이지!'

이아는 오뉴월에 서리를 내릴 한(恨)을 품은 여자처럼 수건을 입에 물고 오도독 이를 갈았다. 그 눈은 정말 간만에 투지로 이글대며 끓고 있었다.

'내 오기를 자극한 걸 후회하게 될 거야, 반창진!'

땡—

어디선가 제2라운드의 개막을 알리는 종소리가 들려오는 것 같았다.

11

창진은 미약한 신음을 내며 몸을 뒤챘다. 눈가에 닿은 햇빛이 눈부셨다. 꾸물꾸물 몸을 틀어 햇빛에서 벗어나자 다시 아늑한 잠이 몰려왔다.

달칵달칵…….

그런데 귓가에 이상한 소리가 들려왔다. 자신밖에 살지 않는 집에 기분 탓이려니 한 창진은 애써 무시하고 달콤한 수면의 손짓에 이끌려 갔다.

차악, 탁탁, 차라락…….

그러나 조심스러운 듯해도 엄연히 계속 들려오는 소리가 끊이지 않아 결국 짜증스러운 눈을 떴다. 그리고 환하게 열린 블라인드 사이로 아침 햇살이 잦아드는 방을 둘러보는데, 제가 간밤에 뱀 허물 벗듯이 훌훌 벗어놓은 옷가지들이 하나도 없었다. 창진은 의아해져 몸을 일으켰다.

양복은 곱게 다려진 채로 벽 한편에 걸려 있었다. 그리고 소리는 방 밖에서 들려왔다. 꼭 누군가가 요리를 하는 것 같은 소리였다. 확실히 맛있는 냄새도 났다.

'뭐야, 우렁각시라도 있나?'

창진은 팬티만 걸친 몸에 대충 트레이닝복 바지를 끼워 입고 빨래판처럼 근육으로 우둘투둘한 배를 벅벅 긁으며 밖으로 나섰다.

간밤에 세상의 부조리를 성토하며 과음을 했더니 속이 쓰렸다. 물론 말술인 그가 속이 쓰릴 정도이니, 영문도 모르고 그에게 붙잡혀 사약을 받는 장옥정이처럼 술을 들이붓다시피 한 태후는 병원에 실려 갔을 수도 있었다. 거기까지는 기억이 가물가물했다.

그런데 부엌의 정경이 눈에 들어온 순간, 입이 찢어져라 터져 나오던 하품이 그대로 멈추었다.

'술이 덜 깼나?'

헛것을 보고 있는 게 아니라면, 뒷모습이 아담하니 늘씬한 여자가 그 혼자 사는 집에서 요리를 하고 있는 모습을 어떻게 설명해야 좋을까? 봄날 꽃밭에 날아든 우아한 나비처럼 살랑대며 움직이는 뒷모습이 참으로 곰살맞기도 했다.

창진은 손가락 등으로 눈을 비비적거렸다. 그러나 눈앞에 다리를 훌렁 드러낸 핫팬츠에 헐렁한 니트 티를 입고 그 위에 본 적 없는 빨간 땡땡이 앞치마를 하고 있는 여자는 사라지지 않았다. 오히려 인기척을 느낀 듯 뒤돌아보았다.

창진은 눈을 크게 떴다.

"너!"

어쩐지 배고파지는 뒷모습이라고 생각했더니!

이아는 간밤에 일이 꿈이었다는 양 평소처럼, 아니, 평소보다 더 화사한 미소를 지었다.

"일어났어요?"

어이가 없어도 이렇게 없을 수가 있나. 창진은 기가 막혀 한참 할 말을 찾지 못하다가 겨우 가장 우선시되어야 할 의문 하나가 떠올랐다.

"여긴 어떻게 들어왔어? 비밀번호는 어떻게 알고?"

"아버지한테 물어봤어요."

이아는 태연히 대답하고 칙칙 김을 내고 있는 밥통으로 가더니 뚜껑을 열고 밥을 떴다. 윤기가 자르르하니 흐르는 고슬고슬한 밥알이 소담했다. 그에 확 허기가 몰려왔지만 창진은 꾹 이를 지려 물었다.

"누구 마음대로?"

"가족끼리 뭐 어때요?"

"가족끼리도 엄연히 프라이버시가……."

아니, 이게 아니지.

너무 태연한 모습에 얼결에 말려들 뻔했던 창진은 겨우 정신을 수습했다. 보란 듯이 뻐딱하게 서서 팔짱을 끼고 탄탄한 가슴근육이 충분히 두드러진 것을 느끼며 삐뚜름하게 웃었다.

　"가족은 무슨? 남자로 좋아한다며?"

　밥그릇을 식탁에 내려놓던 손이 멈칫했다. 그에 희미한 승리감은 찰나, 이아는 고개를 들더니 그를 빤히 쳐다볼 뿐이었다. 언뜻 상처받은 것 같은 말간 눈에 일순 왠지 모를 죄책감 같은 것이 가슴을 비수처럼 찌르고 지나갔다.

　아니! 내가 왜?

　억울했다. 먼저 자신을 속인 건 저 가증스러운 내숭덩어리였다. 본의는 아니더라도 자신 역시 거짓말한 게 있어 그 희대의 사기극을 봐주기로 했으니 그는 오히려 '나는 관대하다!'라고 외쳐도 될 정도였다. 그런데 저 앙큼한 것은 끝까지 가면을 벗지 않고 가련한 척을 했으니 엎어놓고 엉덩이를 양껏 때려줘도 부족한 이야기였다.

　그런데도 그 갈쌍한 눈물에 마음이 흔들렸다.

　거짓말이라는 걸 알고 있는데도, 몸을 떨며 흐느끼는 여자를 끌어안고 괜찮다고 위로해 주고 싶었다. 말이야 진심이라는 건 알고 있었다. 그를 남자로서 느끼는 뜨거운 열기는 처음부터 그 눈에 있었다. 그러나 연기인 게 고스란히 보이는 모습에는 그날 밤 나이트에서 마주쳤던 대범하고 화끈한 여자가 없었다.

　이 무슨 드라마 같은 일인지 그들이 '이루어질 수 없는 관계'

라는 건 일단 둘째 치자. 아직도 그를 제 눈물에 속아 넘어가는 핫바지쯤으로 여기는 태도가 짜증났다.

창진은 흔들리려는 자신을 다잡고 일발 장진했다. 그리고 얄밉도록 비열한 투로 툭 내뱉었다.

"이런다고 내가 널 애인이라도 삼아줄 줄 알아?"

가증스럽게도 이아는 깜짝 놀라는 것 같은 표정을 지었다.

"오빠, 우리는 남매예요."

오히려 훈수 두듯이 하는 말이 가당치도 않았다.

"가끔은 지나가는 훈풍도 있을 수 있죠. 엄연한 성인으로 만났는데 있을 법한 일이라고 생각해요. 오빠는 어떨지 모르겠지만……."

마치 자신은 아니라는 양, 그저 순수한 감정이라는 양, 묘하게 끝을 흐리는 게 꼭 그는 여동생을 성적으로 넘보는 패륜아라는 것 같은 말이었다.

뭐, 솔직히 까고 말해서 사실이 아니라고는 할 수 없었다. 그러나 남자가 여자를 좋아한다는 건 당연히 그런 의미가 내포되어 있는 것이고, 언제 그들이 진정한 의미에서 남매였던 적이나 있었느냐 말이다.

물론 지금을 포함해서!

"하지만 우리는 한 번 보고 말 타인이 아니라 가.족.이잖아요?"

이제는 패륜아 취급할 뿐만 아니라, 그를 제 간절했던 마음을 곡해하고 옹졸하게 가슴에 담아두는 소인배로 만드는 말에 관자놀이에 핏대가 섰다.

"우리 너무 그러지 말고 화해해요."

그러더니 몸을 돌리고 국자로 휘휘 국을 저어 간을 보았다.

"음, 국이 잘 끓여졌다. 거기 서 있지 말고 와서 먹어요. 오빠, 제가 요리해 주는 거 좋아하잖아요?"

속이 그야말로 부글부글 끓었다. 저 순진한 척하는 간악한 태도에 분노로, 그리고 끝에 은근히 성적인 의미를 암시하는 말에 짜증과 허기로.

말은 전혀 그렇지 않았으나 사분한 눈웃음과 야릇한 미소를 머금은 입가가 증명하고 있었다. 아마 그녀도 그가 눈치채지 못하리라 생각하지는 않았으리라.

창진은 보란 듯이 반 벗은 그 상태 그대로 척척 식탁에 가 앉았다. 그리고 비장하게 밥을 푸고 입에 꾸역꾸역 밀어 넣었다. 오냐, 먹어주마! 무슨 꿍꿍이속인지 어디 한번 놀아보시지. 이 독하게 물고 그런 생각 따위를 하면서.

그런데 밥은 여전히 맛있었다. 솔직히 이 요리 솜씨만큼은 정말로 아까웠다. 교육도 밥상머리, 정(情)도 밥상머리, 안 그래도 그가 먹는 것이라면 사족을 못 쓴다는 걸 알고 먹이로 회유하려는 작정일까? 긴장을 놓지 않고 싱크대를 정리하는 모습을 의심스럽게 주시하고 있을 때였다.

달그랑.

이아가 실수로 쳐낸 젓가락이 바닥에 떨어졌다.

이아는 작게 '이런' 중얼거리며 허리를 숙였다. 부드럽게 목을 넘어가던 밥알이 갑자기 모래 한 줌처럼 턱 걸려왔다.

그녀가 허리를 숙이자 안 그래도 뭐 저리 짧나 싶었던 핫팬츠가 살짝 당겨 올라가면서 매끄러운 다리가 오롯이 눈앞에 드러났다. 일순 허리하학적 생물의 본능이 이성에 안녕을 고하고, 시선이 탱탱하게 물이 오른 말간 다리를 타고 거의 아슬아슬한 부위까지 쭉 올라갔다. 신체의 한 부위가 얼핏 무지근해졌다.

그 찰나, 이아가 느린 그림처럼 허리를 들고 몸을 돌렸다. 그리고 눈을 치켜뜨고 있는 그에게 아무것도 모르는 얼굴로 웃고는 하느작대는 다리로 살랑살랑 다가와 맞은편에 앉았다. 그리고는 새가 모이를 쪼듯이 앙증맞은 모습으로 밥을 먹기 시작했다.

젓가락을 쥔 주먹에 불끈 힘이 들어갔다.

'그거였군.'

그들이 남매라는 굴레에 묶여 있는 이상 유혹하려는 건 아닐 것이다.

이건 복수였다. 그가 남자고, 자신이 여자라서, 그것도 서로에게 호감이 있어서 가능한 복수. 더구나 그녀는 너무나 잘 알고 있었다. 이 방법이 얼마나 남자에게 고통스러울지!

그때였다. 밥을 씹던 창진은 멈칫했다. 뭔가가 걸려왔다. 설마 싶어서 슥 눈을 치켜들자, 이아가 그를 보고 있다가 빙긋이

웃었다. '난 아무것도 몰라요~'라고 피력하는 것 같지만, 뒤에
살랑대는 아홉 개의 여우 꼬리가 보일 것처럼 앙큼한 미소였다.

창진은 씩 웃었다. 그리고 보란 듯이 이 사이에 걸린 제법 큰
돌 알맹이를 그대로 짓씹자, 빠드득 소름 끼치는 소리가 울렸
다. 그대로 씹을 줄은 몰랐는지 이아는 조금 놀란 얼굴이었다.

'선전포고를 받아주지.'

창진은 싸늘하게 웃으며 돌 알맹이를 끝까지 뽀드득 뽀드득
씹어 삼켰다. 그런 그를 보는 이아의 눈은 말하고 있었다.

독한 놈…….

12

삑삑삑삑.

오늘도 이아는 새벽에 가까운 이른 아침부터 그의 오피스텔 비밀번호를 누르고 있었다. 손에는 어젯밤 퇴근길에 잊지 않고 마트에 들러 봐둔 장거리가 들려 있었고, 창진에게 밥을 해주러 간다는 말에 선화가 챙겨준, 그가 좋아하는 오이소박이도 가방에 곱게 들어 있었다. 다른 건 다 둘째 치고, 정말 먹는 거 하나는 복스러워서 요리해 줄 보람이 있는 남자였다.

그녀에게는 내내 삐딱한 말투로 으르렁대면서도 해주는 건 남기지 않고 꼬박꼬박 잘 먹었다. 그 우직한 곰 같은 모습을 생각하니 저도 모르게 피식 웃음이 나올 무렵이었다.

지잉— 삑.

전자자물쇠가 돌아가나 싶더니 열리지 않고 잠잠해졌다. 이아는 '어라?' 싶어서 다시 한 번 눌러보았다. 문은 여전히 열리지 않았다.

'이 남자가 정말! 비밀번호를 바꿨어?'

관자놀이에 핏대가 돋았다. 어째 일주일 동안 얌전히 당하고 있나 했다. 뭐, 돈 주고 고용한 사람이었다면 이미 고무장갑 내던지고 그만뒀을 만큼 온갖 트집을 다 잡아대기는 했지마는.

'이거 왜 이래! 이럴수록 오기가 생긴다는 거 몰라?'

이아는 심기일전하고 벨을 누르기 시작했다. 차가 있는 걸 확인했으니 집에 있을 것이고, 아마 이제야 막 잠들었을 것이다. 오히려 잘됐다 싶었다. 어디 한번 깨서 나올 때까지 시달려 보시지.

끈기있게 벨을 누르고, 누르고, 또 눌렀다. 그리고 막 한 번 더 누르려는 참이었다. 안쪽에서 날카로운 인기척이 나더니 확 문이 열렸다.

"시체도 아니고 무슨 잠을 이렇게 깊게……."

생각보다 오래 걸려서 짜증이 난 김에 저도 모르게 한마디 하려던 입이 딱 다물렸다.

"뭐야? 불났어? 나오지 않으면 없는 줄 알고 갈 것이지, 왜 이렇게 끈질겨?"

나타난 것은, 창진이 아니었다. 그렇다고 사람도 아니었다. 수박 같은 젖통이었다.

제 눈높이에 덜렁 드러난 가슴에서 슥 시선을 올리자 웬 전봇대가 그녀를 내려다보고 있었다. 그것도 남자의 것으로 보이는 헐렁한 실크 가운 속에 야스러운 검은 레이스 속옷만 입고.

처음 보는 여자였다. 외모는 아주 눈에 띌 만큼 예쁘지는 않지만, 선탠을 한 듯 옅은 구릿빛이 감도는 몸매가 모델처럼 매끈했다. 좀 싸 보이는 게 단점이기는 했다.

"넌 뭐야?"

여자는 입술을 삐죽대며 물었다. 아마 키도 제 턱 밑에 감돌고 예쁘장하니 어려 보이는 이아를 자신보다 어리게 본 것이리라. 그렇다고 해도 초면인데 대놓고 건방진 게 정말 뒤통수를 한 대 갈겨주고 싶을 만큼 귀여웠다.

이아는 싱긋 웃었다. 그리고 아무 말 없이 여자를 지나쳐 집 안으로 들어갔다. 얼떨결에 밀려난 여자는 자연스럽게 들어가는 이아를 황당하게 쳐다보더니 날래게 따라왔다.

"넌 뭐냐니까! 뭔데 우리 오빠 집에 멋대로 들어와?"

이아는 손에 한 짐 들고 있는 것들을 주방 식탁에 내려놓고 슥 그녀를 돌아보았다. 물론 온화한 미소는 잊지 않았다.

"이상하네요. 저희 오빠한테 여동생은 저 하나뿐일 텐데요?"

여자는 멈칫했다. 그리고 작달만한 이아를 머리부터 발끝까지 불쾌한 시선으로 쭉 훑었다.

"구라를 치려면 좀 그럴듯하게 쳐. 오빠는 여동생 없거든? 외동아들이라고."

여자는 그 말에 이아가 깜짝 놀라며 다른 변명을 찾을 거라고 생각했는지 아주 의기양양했다. 그러나 당연하게도 놀라지 않은 이아는 피식 웃고 짐을 정리하기 시작했다. 무시하는 태도에 여자는 발끈했다.

"야! 이게! 너 경찰에 신고하기 전에 안 나가?"

"신고하세요."

"뭐?"

이 오피스텔에는 아직 전화를 놓지 않았기 때문에 이아는 친절하게 제 핸드폰까지 식탁 위로 밀어주었다.

"신고하시라고요. 그동안 전 밥 차려도 되죠? 시간이 별로 없어서요."

"허! 우와! 요즘 스토커 진짜 무섭네."

그러거나 말거나 이아는 물을 올리고, 창진이 간밤에 마시고 싱크대에 던져 둔 커피 잔을 씻기 시작했다.

"너 좋은 말 할 때 못 나가!"

"시끄러!"

거의 비명에 가까운 소리를 따라서 천둥 같은 일갈이 오피스텔을 뒤흔들었다. 여자는 찔끔해서 입을 다물었다. 이아는 흘긋 눈짓으로만 뒤를 돌아보았다.

창진이 짜증스러운 기색으로 머리를 흐트러트리며 침실에서 걸어나오고 있었다. 잠에서 깰 때면 늘 그렇듯 트레이닝복에 잘 발달된 상체는 당당히 드러내 놓은, 반 벗은 차림새였다. 평소에는 아닌 척 눈요깃감 삼아 즐겁게 바라보는 모습이었지만, 오늘 이아의 눈에는 아무런 감흥도 살아나지 않았다.

어쩌면 얼핏 혐오에 가까운 감정이 지나갔다.

"누가 너더러 여기서 발성 연습하라고 부른 줄……."

창진은 말하다 말고 이아를 발견하고는 금세 싱긋 웃었다. 그리고 그를 무서워하는 게 한눈에 보이는 여자에게 다가가 그 어깨에 다정하게 팔을 둘렀다.

"잘 잤어?"

여자는 얼핏 의아한 기색이더니 곧 살긋 웃으며 그 품에 사르르 무너졌다.

"응. 완전히 푹 잤어. 운동을 너무 열심히 했나 봐."

"그러게. 많이 피곤했겠다."

"오빠는 너무 힘이 넘친다니까~ 아이, 짐승 같으니."

굿판 한 번 신명나게 벌이던 두 남녀는 그제야 저들을 물끄러미 쳐다보고 있는 이아를 돌아보았다.

"근데 오빠, 저 여자는 누구야? 알아?"

창진은 느긋하게 '아아……' 소리를 내었다. 그리고 일주일 내내 팽팽하게 맞섰던 게 언제였냐는 듯 두 여자에게 다정하게 말했다.

"내 여동생. 이번에 아버지가 재혼하시면서 생겼어. 이아 너도 인사해. 이쪽은 내 친구."

"어머, 그럼 진짜 여동생이었어? 난 스토커인 줄 알았지."

"반가워요. 윤이아예요."

창진은 조금 난색 어리게 웃었다.

"이아 너도 참 너다. 내가 어린애도 아니고, 늘 밥해주러 올 필요 없다니까. 안 그래도 바쁠 텐데. 여기 내 친구도 요리 잘하니까 걱정하지 마."

"응? 나 요리 못……."

무어라 대답하려던 여자는 불에 덴 듯이 말을 멈추었다. 그리고 여전히 물끄러미 쳐다보고 있는 이아에게 어색한 미소를 지었다. 꼬집힌 등이 많이 아플 텐데, 참 노력한다 싶었다.

어느덧 이아는 평소처럼 빙긋이 웃었다.

"오늘은 이왕 온 거 차려 드리고 갈게요. 안 그래도 출근해야 해서 금방 가야 하니까 두 분은 신경 쓰지 말고 있으세요."

몸을 돌린 이아는 정말 요리 외에 다른 사심은 없다는 양 식사를 준비하기 시작했다. 좀 다른 반응을 기대했던 창진은 태연한 등에 대고 뭘 더 어쩔 수도 없어서 께름칙한 기분으로 주방을 나섰다. 그리고 욕실로 가는데, 쫄래쫄래 따라온 말자가 안까지 들어오려고 해서 기겁하고 이마를 밀어냈다.

"어딜 따라 들어와?"

말자는 거의 천진하기까지 한 얼굴로 고개를 갸웃했다.

"응? 우리 뜨거운 밤을 보낸 연인 설정 아니었어? 그럼 샤워도 같이 해야지."

"개 짖는 소리는 딴 데 가서 해!"

창진은 나직이 으르렁거리고 바로 문을 닫았다. 그 밖에서 말자가 아쉽다는 듯 '히잉~' 우는 소리가 들려왔다. 스물둘에 지나치게 성숙한 몸으로 아이처럼 천진한 걸 제 매력으로 내세운다지만 저것도 호시탐탐 기회를 노리는 하이에나였다. 오늘이야 어쩔 수 없이 불렀으나 정신을 바짝 차려야 했다.

갑자기 든 생각에 창진은 도로 벌컥 문을 열었다. 그리고 욕실 문에 귀를 댄 자세로 굳은 말자에게 싸늘하게 짓씹었다.

"조잘대다가 내 동생한테 네가 연막이라는 것까지 발설하지 말고 가만히 앉아 있어. 일 그르치면 확 나이트에 출입금지 시키는 수가 있으니까. 그리고 네가 변태냐! 남의 샤워 소리를 왜 들어! 안 꺼질래?"

정말 듣고자 하는 소리는 그 소리가 아니었지만 말자는 정말 한 대 맞을까 봐 부리나케 도망갔다. 그제야 창진은 문을 닫고 들어갔다.

그런데 샤워를 하는 도중에도 왠지 모를 께름칙한 기분은 사라지지 않았다. 결국 정체를 파악하지 못하고 샤워를 끝내고 나가자 말자는 대충 옷을 입고 거실 소파에 뚱하니 앉아 있었고, 이아는 막 밥그릇과 국그릇을 식탁에 내려놓고 있었다. 그제야 창진은 그 께름칙한 기분의 정체를 깨달았다.

뭐야, 저 녀석? 왜 이렇게 반응이 없어?

그가 저질이라는 듯 쳐다보거나 어디 더 해보라는 듯 그 앙큼한 미소를 지을 줄 알았는데, 정말 아무 반응도 없었다.

일주일 내내 너 어디 당해봐라 싶어 하는 일마다 꼬투리를 물고 트집을 잡고 했는데도 멀쩡해서 눈에는 눈 이에는 이 작전으로 나갔다. 그녀가 여자인 자신을 무기로 쓴다면 자신도 그리해 주리라 생각하고 가장 만만한 나이트 죽순이 말자를 불러냈는데, 실망감이 들 지경이었다.

그가 다른 여자를 만나도 아무렇지 않다는 건가?

그 생각만으로도 확 기분이 나빠진 창진은 팍 인상을 썼다.

"오빠, 밥 다 됐어요. 거기 아가씨도 와서 먹어요."

여전히 태연하게 하는 말에 창진은 미적미적 식탁으로 다가가 앉았다. 말자는 이게 웬 떡이냐 싶었는지 날래게 다가와 자리를 잡았다. 하지만 이아는 앉지 않고 가보려는 듯 가방을 들었다.

"넌?"

"출근해야 돼요. 두 분이서 드세요."

창진은 더 인상을 썼다.

"네가 파출부야? 밥만 해주고 가게?"

그 스스로도 뭘 바라서 하는 말인지 알 수 없었다. 당연히 그녀가 뻔뻔하게 여기 같이 앉아서 밥을 먹는, 상상만 해도 어색한 그림은―물론 말자가 진짜로 그의 애인은 아니지만―사양이었다. 그렇다면 밥만 해주고 혼자 의기소침하게 가는 모습이 통쾌해야 하는데, 오히려 짜증이 났다.

"알았어요."

알긴 뭘 알았다는 건지, 그 말을 끝으로 몸을 돌렸다. 충동적으로 그 작은 등을 잡고 싶었지만 자기가 이런 연막까지 펴놓고 잡을 명분이 없어서 괜히 희희낙락 밥을 먹는 말자를 희생양으로 삼았다.

"넌 모델 할 거라는 녀석이 밥 앞에서 적어도 주저해 보기는 하지?"

"에이, 살 같은 건 모름지기 운동해서 빼는 거예요. 모델이 얼마나 중노동인데요. 기회 있을 때 먹어줘야 해요."

"말이나 못하면."

"웅힛."

모델은 해도 연기자는 하지 못할 녀석인지, 아까는 제법 앙칼진 애인 역할을 소화하더니만 바로 평소 같은 삽살개 상태였다. 다 같은 나이트 죽순이지만 이런 점이 진심으로 미워할 수 없어서 녀석을 고른 것이었다. 뒤끝도 없을 것 같았고.

둘은 몰랐지만, 걸어가던 이아는 멈칫했다. 그리고 천천히 뒤돌아보았다.

"몇 살이에요?"

말자는 복어처럼 **빵빵**한 볼을 하고 시선을 들었다. 가려던 게 아니었는지, 이아가 도로 다가오고 있었다. 창진도 의아하게 그녀를 돌아보았다.

"네? 어, 스물둘인데요."

창진의 여동생이라는 걸 듣기도 했거니와, 차분하게 묻는 모습이 왠지 굉장히 언니 같아 저도 모르게 존댓말이 나오고 말았다.

"우리 오빠, 서른둘이에요. 정말 열 살이나 차이나는 늙은 남자가 좋아요?"

"누구더러 늙었다는⋯⋯."

창진은 발끈했다. 그러나 미처 그 말이 끝나기도 전에, 이아가 그는 쳐다보지도 않고 오로지 말자에게만 집중한 채 말했다.

"생각해 봐요. 모델이 되면 발치에 남자들이 쏟아질 텐데, 오빠는 8년만 지나면 마흔이에요. 그때 아가씨는 창창한 서른인데 말이죠. 그뿐이에요? 우리 오빠 먹는 걸 너무 좋아해서 나이 들면 분명히 배 나올 테고, 식습관은 육식에 편중돼 있어서 검사해 보면 몸도 그다지 좋지 않을 거예요."

"야."

하도 기가 차서 불렀건만, 이아는 여전히 들은 척도 하지 않았다.

"담배는 오죽 피워요? 나이트 사장이니 술도 많이 마실 거고, 늘 옷은 벗어서 휙휙 던져 놓지, 야동 취향은 가슴이 무슨 외계인 같은 금발 여자에⋯⋯."

창진은 헉 소리를 삼켰다.

장롱 속에 숨겨놓은 건 또 어떻게 찾은 거야?

"평생 김장 한 번 안 해본 주제에 김치는 시면 절대 안 먹는다는 둥, 갈치는 소태처럼 짜게 먹어서 국도 짜게 해주면 빨리 죽으라고 고사 지내는 거냐고 성질부리질 않나, 잔소리 한 번 할라 치면 레퍼토리도 안 바꾸고 매일 하는 소리가 '네가 내 마누라냐?' 예요."

어이가 없다가, 화가 나다가, 짜증이 나다가, 이제 창진은 얼떨떨해졌다. 얘가 언제 자신을 이렇게 잘 알게 되었나 싶어서였다. 괴롭힌다고 더 트집을 잡았던 것도 있지만 기본적으로는 모두 사실이기 때문이었다.

아니, 생각해 보면 그도 꽤 아는 것이 많았다. 윤이아는 어떤 트집 앞에서도 꿈쩍 않는 철가면 내숭덩어리에 감히 그를 상대로 복수하는 앙큼한 면이 있고, 그가 자신이 내숭덩어리라는 걸 아는데도 결코 그 모습을 포기하지 않는 한결같음도 있었다. 또 삶은 브로콜리를 늘 들고 다니면서 먹을 정도로 좋아하고, 토끼도 아니고 모든 음식을 싱겁게, 짜게 먹지 말라는 것 외에 잔소리는 거의 없었다. 그리고 키스를 잘했다.

그가 문득 깨닫고 있는 동안, 이아는 말자에게 아주 진지하게 물었다.

"그런데 정말 좋아요?"

"하지만…… 사장님이 밀어줘야 제가 모델이 되는데……."

이아는 살며시 인상을 썼다.

"나이트 사장이 무슨 힘이 있어서요? 설마 우리 오빠가 그걸 빌미로……?"

"아, 아뇨! 그런 건 아니에요!"

아마 그에게 혼날까 봐 무서워서였겠지만, 다행히 그가 말하기 전에 말자가 펄쩍 뛰며 부인했다. 1g도 틀림없는 사실이기도 했고.

그를 뭐로 보고!

"사장님은 그런 말은 일언반구도 안 했어요. 그냥 사장님 좋아하는 여자들 중에는 모델도 많으니까 어떻게 연결해 주지 않으려나 싶어서……."

"그런 거라면 차라리 저한테 말해요."

이아는 핸드백을 열더니 보석이 박힌 명함 케이스를 꺼냈다. 그리고 그 안에서 반짝이는 펄이 들어간, 고급스러워 보이는 명함을 꺼내 말자에게 건네었다. 말자는 얼결에 받아들었다.

"나 패션지 'All Colors' 의 기획부 프로젝트 팀장이에요."

정작 창진 그도 이아가 어디서 일하는지는 처음 들었는데, 어차피 들어도 모르는 그와 달리 말자는 잘 알고 있는 듯 거의 기겁했다.

"헉! 정말요?"

"안 그래도 이번에 도연희 모델 에이전시에서 오디션을 본다고 들었어요. 차라리 거기 오디션을 봐요. 합격시켜 준다고 장담은 못하지만 제 명함 들고 가면 더 자세히 봐주기는 할 거예요. 도연희 모델 에이전시 알죠?"

"물론이죠! 우리나라에서 가장 힘있고 유명한 에이전시 중에 하나인걸요! 거기 들어가는 게 제 꿈이에요!"

"대표님 성격도 좋아서 일하기 편한 곳이에요. 그러니까 이런 남자는 그만둬요, 알겠죠?"

공사 구분을 포기하고 이 짓까지 했는데 아직도 껄떡대면 확 묻어버린다! 내가 가질 수 없는 건 너도 못 가져!

그런 심정이었음에도 불구하고, 이아는 끝까지 잘 타이르듯 말했다. 그러자 명함 한 조각에 금덩이를 건진 것처럼 신난 말자는 창진이 보고 있다는 것도 잊고 확 저질렀다.

"그건 걱정하지 마세요! 어차피 사장님하고는 아무 일도 없었거든요! 사장님은 저 같은 거 거들떠도 안 봐요."

이아는 홱 창진을 돌아보았다.

창진은 지그시 미간을 짚었다. 어이쿠, 두야. 어차피 말자 녀석이 주인 앞에 꼬리치는 강아지처럼 반응하는 걸 보고 더는 기대도 하지 않았지만, 끝내주게 노는 나이트 죽순이가 일도 끝내주게 말아먹었다. 그래, 좀 더 진중한 여자에게 일을 맡기지 않은 제 잘못이 컸다. 내 탓이오. 내 탓이오.

"둘 다 가라."

"응? 저 아직 밥 다 못 먹었어……."

슥 돌아보는 창진의 눈빛을 본 말자는 딸꾹 말을 멈추었다. 정말 생명에 위협이 느껴졌는지, 덥석 이아의 손목을 쥐더니 후다닥 뛰쳐나갔다.

"언니, 가요! 사장님 화났을 때 옆에 있으면 절대 안 돼요!"

이아는 '어, 어' 하면서 얼떨결에 끌려 나갔다. 하지만 어차피 가야 했기 때문에 굳이 저항하지는 않고 집을 나섰다.

"어휴, 저 귀신. 염라대왕은 저 인간 잡아가지 않고 뭐하나 몰라."

구두를 제대로 신을 정신도 없을 만큼 다급히 뛰어나온 말자는 복도에 서서 투덜댔다. 이아는 은근슬쩍 물었다.

"정말 두 사람 아무 사이도 아니에요?"

"정말이라니까요. 저런 성질 더러운 남자는 제가 싫어요. 언니는 어쩌다 저 인간 여동생까지 됐어요?"

"부모님이 재혼했으니까 됐죠."

말자는 생각만 해도 싫은지 부르르 몸을 떨었다.

"성질 뻗치면 막 고함지르지, 고까우면 조폭이랑도 맞장 뜨지, 저 인간 마누라는 완전히 고생길 텄어요. 뭐, 딱 죽여줄 것 같아서 한번 해보고 싶은 건 사실이지만."

그다지 말하기 전에 생각을 깊게 하는 타입은 아닌 것 같았다. 말자는 후훗 웃으며 말하다가 이아가 명색이 그의 가족이라는 걸 깨달은 듯 굉장히 머쓱한 웃음을 지었다. 하지만 별반 반응 없는 그녀를 보고 얼른 화제를 돌렸다.

"아무튼 사장님이 꼼짝 못하는 건 한 사람밖에 없다는 소문이에요. 아버지라나? 보아하니 그것도 헛소문 같지만. 저 인간이 어디 누구한테 당하고 살 것 같아요?"

"그거 알아요?"

말자는 '네?' 하고 강아지 같은 눈으로 쳐다보았다. 이아는 싱긋 웃었다.

"그래도 그 한 사람을 위해서는 서울을 질주해 오는 사람이라는 거."

한 줄기의 바람처럼 신비로운 미소를 남겨놓은 이아는 먼저 멀어져 갔다. 뒤에 남은 말자는 선뜻 이해가 되지 않는 듯 고개를 갸웃했다. 그러나 곧 손에 남은 명함을 보고 아무래도 좋은지 명함에 대고 쪽쪽 열렬한 키스를 날리며 소리쳤다.

"꺄오! 이게 웬 떡이냐! 우웅, 좋아라!"

그 난리법석을 들은 이아는 복도를 걸어가며 픽 웃었다. 그러나 곧 앞을 응시하는 시선이 진지했다.

여자와 창진이 다정하게 짝짜꿍하고 있는 모습을 보았을 때, 이아는 일순 아버지들을 떠올렸다.

도망간 친부, 그리고 계부.

물론 그들을 이해하지 못하는 건 아니었다. 선화보다 아홉 살이나 어렸던 스물 초반의 친부는 아버지가 된다는 게 두렵기만 했을 것이고, 다른 남자의 아이를 받아들여야 했던 계부는 아니라고 말해도 좀 더 깨끗하고 젊은 여자에게 시선이 갔을 것이다. 생각해 보면, 바람을 피운 전 남자친구도 재고 계산하느라 쉽게 몸을 허락하지 않는 약삭빠른 그녀보다 단순하고 해맑은 어린애가 더 끌렸으리라. 남자란 그런 생물이니까. 그들의 선택은 정당하지는 않았지만 합리적이었다.

그런데 창진의 선택은 합리적일 뿐만 아니라 정당하기까지 했다. 그녀는 여동생이었고, 여자는 아니었으니까.

물론 지금은 그저 그녀를 괴롭히기 위한 연막이었을 뿐이라는 걸 알았다. 아니, 첫눈에도 뭔가 이상하다는 생각은 들었다. 둘 다 너무 느끼한 연극조였으니까. 그리고 창진이 그렇게까지 잔인하지는 않을 거라고 믿고 있었다. 그런데도 미칠 것 같은 배신감에 치가 떨리고 상황이 정리된 지금까지 가슴이 쿵쿵 뛰어대는 걸 보면, 한 가지는 정말 확실해졌다.

이아는 해가 밝아오는 하늘을 쳐다보며 한숨처럼 중얼거렸다.

"나, 진짜 저 남자 좋아하나 보네."

웃음이 나왔다.

정말 문영의 말마따나 이제는 내숭을 떨 데가 없어서 자기 자신에게까지 떠는 것인지. 그 얼마나 앙큼한 거짓말이었단 말인가? 복수라고?

실은 그렇게 거절당하고도 계속 그를 보고 싶었을 뿐이면서.

13

'이건 또 무슨 작전이냐.'

창진은 눈을 야차처럼 뜨고 생각했다.

그 스스로 명명하길 '말자 사건' 이후로, 이아는 종적을 감추어 버렸다. 물론 그가 며칠 전에 본가에 저녁을 먹으러 갔을 때는 평소처럼 웃으며 반겼으니 아예 사라진 것은 아니었다. 그러나 일주일 동안 악독한 시어머니처럼 긁어대도 태연할 때는 언제고, 그의 오피스텔에는 발길을 뚝 끊었다.

드디어 패배를 인정했구나 하고 의기양양해야 하는데, 그런 뻔뻔함은 쉽게 포기할 만한 종류의 인간이 가질 만한 것이 아니었다. 오히려 이번에는 무슨 꿍꿍이인지 고민하느라 경계심이 더욱 날을 세웠다.

그렇게 일주일.

이쯤이면 뭐가 터져도 터져야 하건만, 잠잠하기만 하니 대변 보고 뒤를 안 닦은 것처럼 찜찜했다. 늘 보이던 게 안 보이니까 뭔가 헛헛하기도 하고, 아침마다 대령되던 푸짐한 밥 대신 라면으로 때우고 나왔더니 배도 영 뭘 먹은 것 같지 않았다.

'혹시 이걸 노렸나? 이게 진짜 앙큼한 구석이 있단 말이야.'

어쩐지 기특하기까지 한 마음으로 담배를 피우고 있는데, 마침 잠깐 밖에 나갔던 태후가 사무실로 돌아왔다. 고개만 돌려 보니, 무슨 일이라도 있는지 핸드폰을 하늘에서 내려온 동아줄처럼 움켜쥐고 초조한 기색이었다.

"왜 그래?"

"아무것도 아니야. 누가 전화를 안 받아서."

이게 요즘 연애하나?

그러고 보니 요즘따라 저놈의 핸드폰을 손에서 놓는 법이 없는 것 같았다. 더구나 어떤 날은 구름을 타고 나르듯 기분이 두둥실 들떠 있고, 어떤 날은 말도 걸기 싫을 만큼 우울하고, 또 어떤 날은 얼굴에 해탈한 보살 같은 광휘가 흘렀다.

딱 봐도 저 월경증후군에 걸린 여자 같은 모습은 사랑에 빠진 남자의 것이었다. 그러나 제 일만으로도 바빠 그까지 신경 쓸 정신이 없는 창진은 그저 손만 휘휘 내저었다.

"적당히 해라."

"뭐, 뭘?"

새끼, 답지 않게 당황하긴. 형님도 다 아신단다.

……응? 뭘? 뭘 다 아는데?

자신이 반사적으로 하고 만 생각에 창진은 뭔지는 정확히 몰라도 매우 께름칙한 기분이 들었다. 그러나 한 가지 분명한 것은, 손을 뻗으면 닿을 것 같은 마음의 블랙박스를 열어서는 안 될 것 같다는 느낌이었다. 그에 창진은 블랙박스를 의식 저편에 곱게 밀어놓았다.

"야, 여자들이 보통 가장 가기 싫어하는 데가 어디냐?"

태후는 갑작스러운 질문이 의아한 얼굴이었다.

"글쎄……. 여자마다 다르지 않을까? 얌전한 여자는 여기 같은 나이트가 가장 싫을 수도 있고, 운동을 싫어하는 여자는 헬스장이 싫을 거고……. 공부를 싫어하는 여자는 도서관이 싫겠지?"

나이트……. 의외로 자주 가는 것 같지는 않아도 춤추는 본새를 보건대 결코 싫어하는 건 아니었다. 그렇다면 헬스장……. 투박한 부분이 한 군데도 없이 보들보들한 몸을 보면 딱히 운동을 찾아 하는 것 같지는 않았다. 도서관은, 일전에 선화에게 듣기로 대학생 때 도서관에서 살다시피 했다고 했다.

글쎄, 그건 정말 도서관을 갔는지 아닌지는 본인만이 아는 이야기일 테니 둘째 치더라도 일거리를 집에까지 들고 다니는 모습을 보면 공부를 싫어하는 폼은 아니었다. 아니, 그전에 도서관은 그가 싫었다. 찬호에게 괴롭힘당했던 기억만 떠올리면 두

드러기가 돋을 지경이었다.

"근데 그건 왜?"

후후……. 창진은 나직이 웃었다.

태후는, 눈을 가느다랗게 뜨고 담배 연기를 진하게 내뿜는 그 모습에 얼핏 왠지 모를 소름이 돋았다. 애초에 박력이 있는 외모는 잘생긴 것을 떠나서 타인이 보기에 다소 위협적이었지만, 꼭 진하게 퍼지는 연기 속에 떠오르는 악마 같았던 것이다. 요걸 어떻게 짓밟아줄까 즐겁게 고민하는 악마.

"아무것도 아니야. 그냥 누가 죽는소리를 할 걸 생각하니 즐거워져서."

한 번 받았으니, 한 번 주기도 해야 하는 법. 이번에는 그의 차례였다.

그런데 참 희한한 일이었다. 태후는 생각했다. 창진이 이렇게 즐거워하는 모습은 실로 간만에 보는 것 같았다. 음산하게 웃고는 있지만 삐뚤어진 즐거움이 아니라, 자기도 모르게 정말 진심으로 즐거워하는 모습 말이다.

이아의 방은, 생각했던 것과 조금 달랐다. 레이스가 너풀대지도 않았고, 봉제 인형들이 정신 사납게 쌓여 있지도 않았고, 빅토리아 시대풍의 공주님 침대에 레이스 천개가 쳐져 있지도 않았다. 오히려 언뜻 들어섰을 때는 방 주인의 성별이 모호할 만큼 모던하고 전체적으로 톤이 다운된 색채였다. 담백한 성품을 내보이듯 가구도 별로 없고, 일을 하다 잠들었는지 책상 위 대기화면에 별빛이 내리는 노트북 앞에 바인더와 서류, 패션모델들 사진이 빼곡한 잡지가 펼쳐져 있었다.

뒤집어진 뿔테 안경도 놓여 있었다. 한 번도 안경을 쓰는 모습을 못 봐서 몰랐는데, 시력이 그다지 좋지 않은 모양이었다.

툭 안경을 건드려 보고 시선을 돌리자, 이아는 침대에 이쪽을 보고 누워 잠들어 있었다. 숨소리만 새근대며 잠든 모습이 꼭 아기 같았다. 완전한 민낯에 그 철벽같은 싱긋 웃음이 없으니 입에 엄지손가락만 물려주면 정말 그렇다 해도 무방해 보였다.

'가스나, 왜 이렇게 어려 보여? 꼭 어린애를 괴롭히는 기분이 들잖아.'

그런데 몸은 완전히 성인 여자다.

뭐, 성인 여자야 맞지만, 슬립만 입고 있어서 팔 아래 더욱 소담히 포개진 가슴 계곡이 이대로 빠져 죽고 싶을 만큼 아찔했다. 키도 작고 모델처럼 파워풀한 시한폭탄 급 바디는 아니지만 꽃대처럼 가녀린 몸매에 비해서 제법 가슴도 있고, 무엇보다 피부가 고와서 만지는 재미가 있을 것 같았다.

아, 이런. 허리 아래가 반응할 것 같았다.

엄연히 목적은 따로 있으나, 꼭 자신이 어둔 밤을 틈타서 여자 방에 스며든 변태 같은 기분이 들었다. 그에 더욱 심통이 난 창진은 제 미친 팔이 헛짓을 하기 전에 견고히 팔짱을 끼고, 발끝으로 이아를 툭 밀었다.

"응……."

이아는 얼핏 인상을 쓰면서 꾸물거리다가 슥 눈을 떴다. 그리고 침대 옆에 저승사자처럼 그녀를 내려다보고 있는, 아래서 보자니 더욱 집채만 해 보이는 위협적인 검은 인영을 발견했다.

"꺄악!"

비명이 터졌다. 깜짝 놀란 창진은 얼른 팔을 내리고 나직이 으름장을 놓았다.

"조용히 해!"

"오, 오빠?"

흐트러진 머리 아래 경악한 눈이 더욱 크게 뜨였다.

"부모님 깨우려고 그래?"

이아는 으르렁대는 창진을 망연히 한 몇 초간 쳐다보는가 싶더니, 퉁기듯 몸을 일으켰다. 그리고 손에 닿는 대로 옆 탁자에 놓인 시계를 거의 무슨 투포환 선수처럼 온 힘을 다해 내던졌다.

"나가요! 어딜 멋대로 들어와요!"

놀란 창진은 얼른 몸을 피하고, 뒤이어 날아오는 베개를 피하기 위해 후다닥 방 밖으로 피신했다. 그러고도 두어 번 정도 더 펜이니 머리띠니 하는 것들이 날아와 발치에 떨어졌다.

"조용히 하라니까! 부모님 깨셔!"

침대 위에 벌떡 일어나 서 있는 이아는 불현듯 슬립만 입고 있는 제 상태를 깨닫고 씩씩대며 이불을 주워 모아 몸을 가렸다. 그리고 난폭하게 침대 위의 핸드폰을 들고 시간을 확인하더니 그것을 흉기처럼 내보이며 작은 소리로 캬릉댔다.

"새벽 5시예요! 이게 대체 무슨 짓이에요! 강도인 줄 알았잖아요!"

어안이 다 벙벙했다. 이런 시간에 여자 방에 멋대로 들어갔으니 화를 낼 줄이야 알았지만, 이렇게까지 발톱을 세운 고양이처럼 전신으로 분노할 줄은 몰랐다. 아이 같은 민낯에 이불로만 몸을 가린 흐트러진 모습으로 거의 전사 같은 박력이었다. 그러나 놀라운 와중에도 얼핏 이게 '진짜 윤이야' 라는 생각이 들었다.

겨우 모습을 내보인 진짜를 놓치고 싶지 않았다. 그에 무어라 말하려는 찰나, 복도 저편에서 소리가 들려왔다.

"무슨 일이냐?"

막 잠자리에 일어난 듯 머리가 새집이 된 찬호가 잠옷 차림으로 다가왔다. 이미 첫 번째 비명이 터졌을 때 깨어난 것 같았다.

"창진이 너? 이 시간에 집에는 웬일이야?"

창진은 조금 당황했지만 곧 태연히 어깨를 으쓱였다. 그리고 엄지손가락으로 방 안쪽을 가리켰다.

"놀러 가기로 한 걸 잊었나 봐요. 시간이 됐는데도 나오지 않아서 들어와 봤습니다. 세상모르고 자고 있었네요."

찬호는 의아해하는 반면 이아는 황당하기 그지없는 표정이었다.

"제가 언제 오빠랑……."

"그랬잖아."

창진은 말허리를 자르고 말했다. 눈을 부라리면서.

이아는 눈을 추켜들고 창진을 머리부터 발끝까지 훑었다. 혼비백산하느라 이제야 눈에 들어왔는데, 거의 정장만 입던 평소와 달리 어디 등산이라도 갈 것처럼 편안한 차림새였다. 그리고 그녀에게 해답을 요구하듯이 쳐다보는 찬호를 보고는 그 철벽의 웃음을 싱긋 지었다.

"자느라 잊었나 봐요. 그러고 보니 그랬네요. 아버지는 들어가 더 주무세요."

"그래? 그럼 조심히 다녀오려무나."

찬호는 몸을 돌리더니 창진에게 조금 불편한 기색으로 말했다.

"그래도 여자 방에 멋대로 들어가는 거 아니야, 녀석아. 더구나 이런 시간이라니, 전화를 하면 했지 예의와 배려는 어디다 말아먹고 왔어? 지킬 건 지켜."

"예, 죄송합니다."

예의와 배려는 이미 어머니 뱃속에서 말아먹고 나왔지만―또 찬호도 그걸 알고 있지만―창진은 상황을 정리하기 위해 일단 사과했다. 그러자 찬호는 창진이 순순히 구는 모습이 오히려 낯선 듯 흠흠 목을 가다듬고 방으로 돌아갔다.

그 사이에 이아는 헐렁한 니트 원피스를 머리 위로 거의 뒤집어쓰다시피 입고 밖으로 나왔다. 그리고 찬호를 손짓으로 배웅하고 창진에게 작은 소리로 말했다.

"제가 언제 오빠랑 놀러 가기로 했어요?"

창진은 속으로 입맛을 다셨다. 이아는 이미 다시 그 내숭 가면을 쓰고 있었다. 그건 어쨌거나 그녀를 흘긋 보며 대답은 하지 않고 도리어 물었다.

"너 요즘 뭐했어?"

이아는 질문을 이해하지 못한 듯 어벙한 얼굴이었다.

"일했죠."

"오피스텔에는 왜 안 와? 포기했냐?"

한동안 이아는 빤히 그를 올려다보기만 했다.

그만두자고 생각했다. 어차피 끝까지 갈 일도 아니었다. 그를 긁어대는 일은 재미있었으나, 점차 진지해지는 자신이 구질구질하고 재미없었다. 더구나 그건 연극이었어도 그도 더 나은 여자가 나타나면 바로 돌아볼 남자였다. 그런데 굳이 오빠인 남자에게 목매고 싶지 않았다. 더 얼굴 마주 대고 티격태격하다가는 정말 정이라도 들지 싶어 그만뒀다.

그도 한동안은 싱숭생숭하겠지만 곧 서로 평범한 남매로 돌아갈 수 있을 거라고 생각했다. 지금도 그 같은 승부욕에 부전승 따위는 마음에 들지 않아서 묻는다는 걸 알고 있건만…….

"궁금했어요?"

왜 바보 같은 심장은 설레는 것인지.

잊자고 해도 사무실에 앉아 화장실에 서서 잠자리에 누워 계속 그를 떠올리던 자신처럼 그도 자신을 떨치지 못했기를 바라게 되는 것인지. 반찬투정을 하고 레슬링 방송을 보고 흥분하는 모습을 떠올리며 자신이 피식 웃었듯이 그도 제 어떤 모습인가를 떠올리고 피식 웃었기를⋯⋯.

말은 하지 않아도 같은 생각을 했을까. 두 사람은 서로를 응시할 뿐이었다. 아주 묘한 공기가 감돌았다.

"안 가? 왜 그러고 있어?"

저 멀리서 찬호가 하는 말에 두 사람은 흠칫 정신을 차렸다.

"갑니다."

"가요."

두 사람은 동시에 말하고 서로 반대 방향으로 몸을 돌렸다. 하지만 창진은 몇 걸음 가다 말고 다시 돌아가 서랍을 뒤지고 있는 이아에게 말했다.

"딱 5분 기다린다. 세수만 하고 바로 튀어나와. 같잖게 찔끔 찔끔 찍어 바르고 있기만 해봐. 발라봤자 그 얼굴이 그 얼굴이 거든?"

이건 또 무슨 같잖지도 않은 트집? 그냥 따라가 주는 것만 해도 감읍하고 감사히 여길 것이지. 좋아하는 게 죄라서 백만 보쯤 양보하고 있다는 걸 알긴 아는 걸까?

"네? 샤워도 안 하고 어떻게 나가라고요."

"5분. 알았어? 1초라도 늦으면 욕실 문짝 걷어차고 들어간다."

이아는 설핏 미간을 찡그렸다.

"그럼 성추행으로 신고할 거예요."

"해라? 여자인 네가 더 망신이지."

그리고는 쌈박하게 나가는 뒷모습을, 이아는 정말로 황당하게 쳐다보았다. 그리고 자문하지 않을 수 없었다.

나, 정말 하고많은 남자 중에 도대체 왜 저런 마초병 환자를 좋아하는 거야?

"진짜 없을까."

서늘한 새벽 공기 속에 창진은 사납게 뇌까렸다. 그 옆에서 이아는 입조심하라는 듯 그에게 쉿 소리를 내고 호떡 장수가 사람 좋게 웃으며 내미는 호떡을 건네받았다. 그러자 창진은 입가심으로 마시고 있던 일회용 커피 잔을 쓰레기통에 던지고 앞서 갔다. 곧 무너질 듯 허름한 간판을 올려다보고 비장하게 중얼거리며.

"내 잊지 않겠다, 한계리."

이아는 뒤따라가며 피식 웃었다.

"그러게 아침은 서울에서 먹고 왔으면 좋았잖아요."

홍천을 지날 때쯤 이른 아침부터 설친 탓에 배가 출출해서 한계리 휴게소에 차를 멈추었다. '원조'라는 간판이 떡 붙은 식당은 참으로 믿음직스러웠건만, 된장찌개를 한 입 먹는 순간 둘 다 욕지거리를 내뱉을 뻔했다. 정성스럽게 차린 주방장에게는 미안하게도 참으로 형용하기 힘든 맛이었기 때문이다.

된장찌개가 아니라 된장물쯤?

창진은 말할 것도 없고, 이아 또한 패션 분야 쪽에 종사하다 보니 입맛도 저절로 상당한 미식가의 것이었다. 그런 둘이 배를 채운다는 심정으로 착잡한 식사를 꿋꿋이 해야 했으니……. 창진은 그 성격에 한소리까지 하려고 해서 휴게소 음식이 다 그렇다고 말리느라 진땀 좀 뺐다.

"시끄러. 토 달긴."

이제는 그녀에게도 막 대하는 말이었지만 이아는 그다지 신경 쓰지 않았다. 휴게소 음식은 맛이 없다고 서울에서 밥을 먹고 가자는 제 말을 무시하는 바람에 이렇게 돼서 민망해한다는 걸 알고 있기 때문이었다.

창진은 양해도 구하지 않고 불쑥 손을 뻗어 호떡 하나를 집어갔다. 그리고 반쪽을 한입에 성큼 베어 먹고 감탄했다.

"이야."

"맛있어요?"

"끝내주네. 밀가루와 기름 맛을 이렇게 확실하게 살리다니. 두바이 호텔에서 주방장을 하셔도 되겠어."

이죽이기는 한다마는, 밥을 먹는 둥 마는 둥 했기 때문에 배가 헛헛했는지 먹기는 다 먹었다.

"내가 이래서 길 떠나는 걸 싫어한다니까. 내 돈을 받아먹었으면 이런 건 정부에서 관리해 줘야 하는 거 아냐?"

창진이 먼저 운전석에 올라타고, 이아도 뒤따라 조수석에 올랐다.

"그런 사람이 왜 난데없이 설악산행이에요?"

새벽 5시부터 방에 난입해 그녀를 끌고 그가 향하는 곳은, 그이름 들어는 보았나. 설악산이라고. 어쩐지 차림이 등산을 해도 이상하지 않을 것 같더라니, 차 트렁크에는 제법 전문적으로 꾸린 배낭까지 싣고 있었다.

"왜. 좋잖아. 사람이 가끔 도시를 벗어나 자연으로 돌아갈 때도 있어야지. 가을 단풍 구경도 하고."

차가 도로로 들어서면서 열어둔 차창 너머로 불어드는 바람의 방향이 바뀌었다. 그 탓에 창진이 비스듬하게 물고 있는 담배의 연기가 훅 불어들어 이아는 무의식중에 연기를 마시고 그게 잘못 들어가는 바람에 작게 콜록댔다. 그 모습을 흘긋 본 창진이 이죽거렸다.

"쇼한다. 너 담배 피우는 거 알거든?"

이아는 그를 황당하게 쳐다보았다.

"안 피워요."

"웃기……."

"피우지 않는다고요."

물론 담배 연기에 콜록댈 정도는 아니었다. 하지만 상시 피우지 않는 건 사실이었고, 담배의 옳고 그름을 떠나서 자신이 하지 않는 걸 한다고 매도당할 이유는 없었다.

뜻밖에도 그가 조금 한숨을 내쉬더니 재떨이에 담배를 비벼 껐다.

"담배를 피운다고 뭐라고 하는 게 아니야. 그걸 아니라고 숨 기는 게 웃기는 거지."

"믿는 건 오빠 마음이에요."

이아는 툭 말하고 창밖으로 시선을 돌렸다. 그러자 창진도 아 무 말을 하지 않아 한동안 차 안에 침묵이 감돌았다.

"설악산 가본 적 있어?"

얼마 후 그가 슬그머니 물었다. 삐쳤다고 생각하는 걸까. 이 아는 슬며시 웃음이 나올 깃 같았지만 시선을 돌리지 않고 최대 한 냉정하게 대답했다.

"있어요."

"흠, 그래? 자주?"

꼭 떠보는 듯한 질문이었다.

"딱 한 번 가봤어요."

계속 냉랭하게 대답하자 곧 창진도 입을 다물고 운전에 집중 했다. 이아는 차창 너머로 무심하게 스쳐 지나가는 풍경을 응시 했다.

삐친 것은 아니었다. 새삼 그럴 정도로 섬세한 마음의 소유자 는 되지 못했다. 그저 약간 마음이 싱숭생숭했다.

그만두자고 생각한 마당이건만, 오는 길 휴게소에 내려 그가 화장실을 다녀오는 동안 사서 건넨 싸구려 커피 한 잔도, 정말 끔찍하게 맛이 없던 된장찌개도, 그가 멋대로 집어먹은 호떡도, 모든 게 추억이 되고 있었다. 그러고 보면 여태 사귀었던 남자들과도 이렇게 어딘가로 떠나본 적은 없었다. 딱 한 번, 회사의 단합여행으로 동료들 틈에 섞여 사내 커플이었던 전 남자친구와 월미도를 간 것 정도일까.

그것도 이렇게 트레이닝복에 등산화, 정말 시간을 주지 않아서 얼굴을 가리기 위해 안경을 쓰고 머리는 대충 한 가닥으로 묶은 몰골로는 아니었다. 그런데 어쩌면 이것조차도 추억이 될 것 같아서 씁쓸했다.

더구나 하필 설악산이라니…….

그가 뭘 알아서 설악산을 고른 것은 아니겠지만, 묘한 우연이다 싶었다.

'근데 진짜 왜 난데없이 설악산이지?'

이아는 탁 눈을 치켜들었다. 그리고 차창에 비치는, 앞을 주시하고 있는 창진을 보며 눈을 가느다랗게 떴다.

'뭐 꾸미고 있는 거 아냐? 수상한데…….'

14

이아는 뽀드득 이를 갈았다. 요즘따라 하도 이를 갈아대는 바람에 치아의 건강이 심히 걱정되었다.

'내 이럴 줄 알았지.'

숨이 목 끝까지 차올랐다. 옆구리는 누가 작살로 찔러대는 것처럼 콕콕 쑤셔오고, 땀에 젖은 옷이 등허리에 붙어 척척했다. 자신은 이미 병자 수준인데, 성큼 앞서 가고 있는 창진은 그 무거운 배낭까지 지고도 멀쩡해 보였다.

아니, 오히려 산이 그곳에 있어 간다고 말했던 전문 등산가처럼 아주 펄펄 날았다.

'아주 날을 잡았지, 잡았어. 내가 운동에 젬병이라는 건 어떻게 안 거야?'

설악산이라기에 짧게는 흔들바위, 길게는 울산바위 정도까지
갈 줄 알았건만, 창진은 당당히 오색 코스를 타고 해발 1,708m
의 장엄한 대청봉을 향하기 시작했다. 이 아름다운 금수강산을
보기 위해 서울에서부터 왔는데 이젠 등산로가 아니라 산책로
나 다름없는 울산바위 길이 무슨 말이더냐! 이런 궤변까지 펼치
면서 말이다.

그녀를 골탕 먹이려고 단단히 벼른 것이 분명했다. 하기야,
새벽부터 길을 나서는 수고까지 했는데 이런 꿍꿍이속이 없었
다면 더 이상한 이야기였다.

오도독 오도독 이를 갈며 거의 야생이나 다름없는 길을 오르
고 있는데, 문득 창진이 돌아보았다. 그는 그냥 편한 길을 가고
있는 것처럼 땀 한 방울 내지 않은 상태였다. 체력은 정말 어찌
나 괴물 같은지.

"안 힘들어?"

"괜, 찮아, 요."

가쁜 숨에 끊겨 나오는 말까지는 어쩔 수 없었다. 그러나 이
아는 다크 서클이 퀭하게 내려온 눈으로 싱긋 웃기까지 했다.

창진은 앞에 서서 기다리면서 그런 그녀를 물끄러미 보았다.

"곧 죽을 것 같은데?"

"죽어도 오빠, 한테, 지고, 가란 말은, 하지 않을게요."

이제는 다리까지 후들거렸다. 당장 풀썩 꺾일 것 같아서 관절
염이 있는 노인처럼 무릎을 짚고 멈춰 섰다가 바로 꿋꿋이 허리

를 펴고 그가 기다리고 있는 곳까지 올라갔다.

"귀엽게 부탁 한 번 해보지? 그럼 쉬었다 가는 걸 고려해 볼 수도 있는데."

"괜찮, 다니까요? 가요."

징징대며 우는소리라도 할 줄 알았나? 그는 뭔가 몹시 마음에 들지 않는 듯 표정이 삐뚜름했다. 사실 애교로 남자를 녹이는 거야 문제도 아니었지만, 이건 총성 없는 전쟁임을 알고 있었다. 쉬자고 우는소리를 하는 순간에 자신의 패배였다.

어디 순순히 당해줄 줄 알고?

더구나 '고려' 어쩌고 하는 걸 보건대, 기껏 애교를 부린다고 해도 저 성격상 부족하다고 트집을 잡으면서 결국은 쉬지 않을 게 분명했다.

"다시는 안 묻는다. 대청봉까지 4시간 코스야. 여기서 못 쉬면 한 번에 정상까지 갈 건데 자신있어?"

이아는 보란 듯이 싱긋 웃고 그를 지나쳐 먼저 오르기 시작했다.

"죽기 전에 정상까지 가야죠."

여전히 후들대는 다리로 독하게 올라가는 뒷모습을, 창진은 어이없어하는 눈으로 보았다. 그 눈은 무언으로 말하고 있었다.

독한 년…….

정말로 대청봉까지 갈 기세였으나, 창진은 이아를 데리고 설악폭포에서 멈추었다. 골탕 먹이는 것도 좋지만 애를 보니 더 했다가는 근육통으로 월요일에 출근도 못할 것 같아서 어쩔 수 없었다. 그리고 평소에 단련되지 않은 육신이 중간쯤에 주저앉아서 도저히 일어나질 못하기에 억지로 앉혔다가 한동안 쉬게도 했다.

생각만큼 굴리지도 못했고 이아는 끝까지 우는소리 한 번을 하지 않았다. 그러나 이만하면 됐다 싶었다. 어쨌거나 고생은 실컷 하게 만들었고, 또 고등학교 수학여행 이후 오랜만에 와보는 설악산이 생각보다 즐거웠기 때문이다.

그도 등산은 그다지 즐기지 않아서 뭐가 즐거운지는 모르겠는데, 그냥 즐거웠다. 이아가 고생하는 모습을 보는 것도, 가끔 틱틱대는 말에 맞받아치는 것도, 평소라면 끔찍하게 여기는 더럽게 맛없는 밥을 먹은 것도.

"자, 앉아라."

창진은 설악폭포를 등지고 설악산 정경이 한눈에 내려다보이는 바위에 앉아 옆자리를 탁탁 쳤다. 이아는 비척비척 걸어와 거의 무너지듯이 옆에 주저앉았다. 그리고 한동안 말도 못하고 헐떡대며 거친 숨만 골랐다.

양잿물 마신 참새처럼 비실대는 모습을 보니 아주 조금 미안해지려고 했다. 그래, 아주 조금.

개똥만큼?

"받아."

어느 정도 진정이 되자, 창진이 배낭에서 무언가를 꺼내 건네주었다. 얼결에 받아 들고 그것이 컵이라는 걸 깨달은 이아는 황당한 표정을 지었다.

"이건 뭐예요?"

창진은 탁한 유색의 액체가 들어 있는 푸르스름한 병을 시원스레 땄다.

"막걸리."

"산에 술을 가져왔어요?"

"뭘 모르네. 모름지기 산에서는 막걸리를 마셔줘야 하는 거야. 인생의 지혜를 하나 배웠으니 크게 절하고 감사하도록."

그러더니 이아가 들고 있는 스테인리스 컵에 막걸리를 한 잔 가득 따라주었다. 꼴꼴꼴, 우스꽝스러운 소리를 내며 넘실넘실 차오른 탁주(濁酒)에 싱그러운 탄산이 톡톡 튀어 올랐다.

창진은 제 잔에도 가득 따르더니 건배도 하지 않고 일단 첫잔을 한입에 털어 넣었다. 그야말로 산적 두목의 모습이었다. 그리고 배낭에서 부스럭대면서 새우깡이니 구운 오징어니 하는 것들을 한 짐 꺼내 펼쳐 놓았다.

"오빠가 오징어까지 구웠어요?"

"누구나 제 입에 들어가는 거에는 정성스러운 법이거든."

막걸리를 두 잔째 채운 창진은 컵을 그녀 쪽으로 내밀었다.

"건배는 하지?"

탁, 스테인리스 잔이 둔탁한 소리를 내며 부딪치고, 이아는 여기까지 왔는데 이 정도는 어떠랴 싶어 시원히 들이켰다. 그리고 오징어를 우물대는데, 물끄러미 보던 창진이 툭 물었다.

"너 술도 잘 마시지?"

평소였다면 '그냥 소주 두 잔 정도……'라고 내숭을 떨었을 것이다. 그러나 눈은 퀭하고 완전히 땀범벅이 돼서 그래 봤자 예쁘지도 않을 거기 때문에 이아는 솔직히 말했다.

"술은 조금 마셔요."

창진은 피식 웃었다. 그리고 오징어를 씹으며 저 멀리를 보고 중얼거렸다.

"이거 '내 여동생이 달라졌어요' 찍어야 하는 거 아냐?"

"주량은 타고나는 거니까요. 뭐, 술을 전문적으로 마시는 오빠보다야 못하겠지만요."

"내가 호스트냐? 술을 전문적으로 마시게."

"생긴 건 그래 보여요."

차분하게 한다는 말이 웃기지도 않았다. 창진은 바로 뭐라고 하려다가 새침하게 막걸리를 홀짝대는 모습을 보고 그냥 또 피식 웃어버렸다. 처음 만났을 때는 정말 아무것도 모르는 척하다가 이 정도까지 받아치는 모습을 보이는 것만 해도 장족의 발전이다 싶었다.

둘은 한동안 말없이 술을 주고받았다. 딱히 어색해서라기보다 단풍 그림자 밑에서 탁주를 한잔하는 게 신선놀음을 하듯이 제법 운치가 있었기 때문이다. 살랑살랑 불어오는 바람은 시원하고, 사방에 초목 내음은 그윽하고 싱그러웠다.

산이 고요히 숨을 내쉬는 소리마저 들려올 것 같았다.

"설악산에 와본 적 있어요?"

문득 이아가 저 멀리 노랗고 붉은 융단처럼 내깔린 단풍을 보며 물었다. 한쪽 무릎을 세워서 팔을 걸치고 앉은 창진도 돌아보지 않고 대답했다.

"있지. 고등학교 때 수학여행으로. 중학교 내내 설악산을 왔던 녀석들은 차라리 경주를 가라면서 치를 떨었지만, 난 중학교 때 경주파여서 제법 재미있었어. 마지막에는 다른 학교 녀석들하고 시비가 붙어서 패싸움하고 반성문 쓰느라 바빴지만."

"그때부터 다사다난했네요, 오빠는."

이아는 한숨처럼 말했다.

"먼저 시비는 안 걸었어. 걸면 피하지는 않는 주의였지만. 오히려 안태후 그 녀석이 여기저기 시비 걸고 다녔지."

"그러고 보니 두 분 동창이었다고 했죠. 근데 태후 오빠가요? 별로 상상되진 않네요."

섬세한 샌님 분위기인데 반항아 기질까지 있었다니, 정말 문영이 사족을 못 쓸 타입이기는 했다.

"그거 보기보다 성질 더러워. 한 번 물면 죽어도 놓지 않는 피라냐 기질도 있고. 아무튼 너도 한 번 와봤다고 했지? 언제?"

이아는 선뜻 대답하지 않고 정면을 응시하며 술을 한 모금 마셨다. 평소라면 대답을 하라고 독촉했을 터이나 어쩐지 뭔가를 깊게 생각하는 것 같아서 방해하지 않고 기다렸다.

"처음 와봐요."

"아까는 와봤다며?"

"네. 와보기는 했는데 처음 와요."

창진은 흘긋 저 바위 아래를 내려다보았다.

"잘 생각해라. 내 장난은 과격하다. 장난하자는 거면 확 여기서 밀어버린다."

웃지도 않고 이아가 뒤이어 한 말에 창진은 오징어를 씹다 말고 멈칫했다.

"나, 여기서 생겼거든요."

"뭐?"

"엄마가 친부랑 설악산에 1박 2일로 놀러 온 날 생겼다고 하더라고요. 도시를 떠나 자연으로 온 김에 기분이 들떠서 확 거사를 치러 버렸던 거죠."

이아는 희미하게 웃고 있기까지 했다. 아까 창진이 했던 말을 빌린 제 말이 자신도 조금 우스웠던 듯.

"혹시 이야기 들은 적 있어요? 내 친부는 그때 스물한 살이었대요. 그러고 보니 오빠 애인 역할했던 그 여자애보다 어렸네. 우리 엄마 능력도 좋다, 그죠?"

짧게 침묵이 흘렀다. 그사이 이아는 술을 한 모금 더 홀짝이고 이어서 이야기했다.

"임신 6주 됐을 때 내가 생긴 걸 알았고, 만나서 말하고 친부는 연락이 두절됐대요."

"그런 걸 다 말씀해 주셨어?"

그에게 싫은 소리 한 번 하지 않는 선화를 생각해 보면 놀라운 일이었다. 아주 억척스러운 어머니라도 보통 딸에게 그런 이야기는 피하는 법인데.

"어차피 사생아 소리 듣고 살아야 할 거, 차라리 왜인지 알고나 당하래요. 그래야 덜 억울할 거라고."

"새어머니가? 의외…… 네."

그 정도의 대범함은 그로서도 무리였다. 그러나 이아는 태연히 어깨를 으쓱였다.

"근데 사실 딱히 억울하진 않았어요. 처음부터 없었던 존재라서 없다고 억울할 것도 없더라고요. 남이 가졌다고 모두 다 가지고 살 수는 없는 법이니까. 그렇지 않더라도 엄마는 제가 원하는 거라면 다 들어주셨고, 원래 외가가 꽤 부잣집이라 공주님처럼 하고 싶은 거 다 하면서 오냐오냐 컸거든요."

그쯤에서는 뭐가 우스웠는지 피식 웃었다.

"아마 아버지까지 있었더라면 정말 안하무인으로 자랐을 거예요. 부족한 게 없었을 테니까."

창진은 '음' 소리를 흘렸다. 그 외에는 할 말을 찾을 수 없어서였다.

그러고 보면 이아를 안하무인하다고 생각해 본 적은 없었다.

앙큼하기는 했지만, 오히려 타인을 배려하는 게 몸에 배어 있고, 내숭이 있기는 해도 조신해서 예쁘다고…… 생각했다.

"기쁠 이(怡), 예쁠 아(娥). 난 기쁜 예쁨이었어요."

몹시 화사해서 도리어 시린 얼굴을 한 여자는 마치 그것을 자신에게 주지시키듯이 말했다. 그 결연하기까지 한 얼굴에서 시선을 뗄 수가 없었다.

"좋겠다."

창진이 다음 술잔을 채우며 하는 말에 이아는 '네?' 하고 돌아보았다.

"난 정반대였거든. 어머니가 없는 만큼 꽉 잡지 않으면 탈선할 거라고 생각했는지 아버지한테 정말 많이 맞고 자랐어. 오만해진다고 칭찬도 거의 받아본 적 없고, 오냐오냐? 그건 먹는 거냐?"

창진은 막걸리를 한입에 털어 넣고 후, 아련한 한숨을 내쉬었다.

"창성하게 나아가라고 이름은 창성할 창(昌)에 나아갈 진(進)을 써서 지어놓고 내 인생에 태클을 걸지 못해 안달이셨지."

겨우 마음에 쏙 드는 여자를 찾았나 싶었더니만, 그 어머니랑 먼저 쏠랑 결혼해 버린 것부터 말이다.

"사생아? 그건 점잖은 양반들이나 하는 말이지. 다른 사람도 아니고 아버지한테 근본 없는 놈 소리 들으며 살아온 내 마음을 네가 알긴 아냐? 어머니 밑에서 자랐다면 난 라이너 릴케의 시를 읽으며 몰래 눈물짓는 감수성 풍부한 소년이었을 거다."

이아는 풉 웃어버렸다. 그가 라이너 릴케의 시를 읽으며 눈물을? 차라리 그가 실은 여자라고 고백하는 게 더 믿을 법하리라.

"웃어?"

그는 정말 이 대목에서 웃는 그녀를 가당찮아 하는 기색이었다. 이아는 입가를 막았던 손을 내리고 예쁘게도 웃었다.

"오빠라면 동정 따위 하지 않을 줄 알았어요."

창진은 진심으로 인상을 썼다. 뭐, 언제는 진심이 아니었냐마는.

"그래서 말한 거라고?"

"오빠는 장애인이 지나가도 '잘만 다니네. 뭐가 불쌍해?' 라고 할 사람이잖아요?"

뜨끔했다. 애가 듣기라도 했나? 정말로 한 번 그렇게 말한 적이 있었기 때문이다. 그러자 이아는 마치 그 마음을 읽은 듯이 말했다.

"예전에 TV 보면서 말했어요. 무례하다고 해야 할지, 대단하다고 해야 할지……. 아이러니한 건, 장애인들은 세상에 오빠 같은 사람만 있다면 오히려 살기 편할 거예요. 끊임없이 동정하지도, 손가락질하지도, 다르게 여기지도 않으니까요."

조금 감탄했다. 다른 것 때문이 아니라, 꿈보다 해몽이라더니 자신은 제 힘으로 잘 걸어다니는 사람을 보고 불쌍하니 뭐니 하는 게 우스웠던 것뿐인데 이렇게 해석될 수도 있다니 말이다.

"그러니까 말해도 괜찮을 것 같았어요. 말하고 나서 오빠가 반응하는 걸 보고 내가 오빠를 혐오하게 되는 일은 없을 것 같아서."

그저 쳐다보고만 있는 사이에, 이아는 그를 돌아보고 웃었다. 웃음기를 가득 머금은 눈이 가만한 곡선을 그리며 휘어지는 해사한 웃음이었다.

"오빠를 만나서 좋아요. 진심이에요."

그것은 정말로 충동적인 일이었다. 나중에 정신을 차리고 다시 하라고 한다면 결코 하지 않았을 것이다. 그러나 그 순간에는 당연히 해야만 하고, 세상에서 가장, 아니, 유일하게 정당한 일이었다.

창진은 손을 뻗어 이아의 턱을 쥐었다. 그리고 끌어당겼다. 입술이 맞부딪혔다. 깊이 겹쳐지는 순간에 얼핏 멈칫했던 보드라운 입술이 마치 환영하듯 달착지근하게 벌어졌다. 그 틈을 타고 뜨거운 속살이 하나가 되었다. 서로 꿀을 한입 가득 머금고 있는 듯이 촉촉하고 혀끝이 저릿할 정도로 달았다.

가볍게 입술을 뗀 창진은 여전히 그녀의 턱을 쥔 채로 서로 숨결이 스치는 거리에서 속삭였다.

"그건…… 오빠로, 남자로?"

입술이 스치는 거리에서 깊숙이 들여다보이는 동공이 아스라이 졸아들었다. 얇은 틈으로 스며드는 시린 햇빛 때문이었을까.

"알잖아요."

세상에서 가장 정당한 어떤 힘에 끌려 남자는 다시 깊숙이 입술을 맞추었다. 여자는 가만히 눈꺼풀을 내리감으며 저항하지 않았다.

오징어와 막걸리 맛이 나는, 그럼에도 마치 '암브로시아' 같은 맛의 키스였다.

15

설악산. 그 거사의 현장.

나중에 돌이켜 보면, 설악산은 그렇게 기억될 것 같았다.

타앙.

거칠게 문이 열리자마자 두 사람은 한 덩이로 얽혀 방으로 밀고 들어갔다. 이제 하나처럼 녹아든 입술은 한시도 떼어지지 않았고, 뒷걸음치다 서랍에 다리를 부딪쳤지만 개의치 않았다. 남자는 허기진 짐승처럼 끊임없이 여자를 맛보며 재킷을 벗고, 여자는 거칠게 혀를 뒤섞으며 제 손으로 남자의 티셔츠를 벗겨 올렸다. 그러자 남자는 아주 잠시만 입을 떼고 손짓 한 번으로 티셔츠를 머리 위로 벗어 던지고는 여자를 밀어 뒤의 침대 위로 쓰러졌다. 여자는 맹렬히 부딪혀 오는 남자를 두 팔 가득 끌어안았다.

이미 입술에 감각이 없을 만큼 사나운 열기가 온 입안을 유린했다. 서늘한 손이 불쑥 티셔츠 아래로 들어와 속옷째 연약한 융기를 한 움큼 쥐었다. 이아는 막힌 입술 새로 날카로운 신음을 내질렀다.

열정은 산허리에서의 키스처럼 갑작스럽게 피어났다. 거의 4시간이나 걸리는 산길을 다시 내려오는 동안에는 두런두런 대화하고 짓궂게 농담하기도 하며 서로 아무 일도 없었던 것처럼 행동했다. 둘 다 얼핏 키스는 사고였다고 생각하고 있기도 했다. 그런데 차를 타고 양양 시내로 들어섰을 때, 뭔가에 홀린 것 같았다.

창진은 아무 이유 없이 바로 보이는 모텔 앞에 차를 세웠고, 이아는 그 순간에 그에게 덤벼들어 키스했다. 그리고 지금 이런 상태였다.

누구도 계획한 일은 아니었다. 그저 해가 뜨고 달이 지듯이 자연스럽게 일어난 일이었다.

"근데 우리, 후우, 이래도 돼?"

창진이 뜨겁게 뒤얽히는 유동체 사이로 거친 숨과 함께 물었다. 이아도 헐떡이며 입술 틈새로 말했다.

"그러게요. 근데 오빠, 나 같은 가증덩어리는, 하아, 하아, 트럭으로, 줘도 싫다면서요?"

"싫어. 근데 넌 왜 싫지 않은지 나도 모르겠다."

"나도 오빠처럼…… 다루기 힘들고, 흐읏, 마초 정신 투철한 남자는, 싫어요. 그런데도 좋은 걸 보면, 갈 때가 됐나 봐요."

"그래. 가라, 가."

둘 다 무슨 말을 하는지도 모르고 정신없이 중얼댄 끝에 단단한 손이 불쑥 바지 속으로 파고들었다.

"거길 간다는 말이 아니……. 흑!"

이미 축축한 여성을 파고드는 손가락에 마지막 말은 우는 듯한 신음으로 바뀌었다. 이아는 목을 젖히고 신음했다. 그 턱을 창진이 끈질기게 핥고 깨물었다. 그리고 티셔츠를 올리고 입술로 어렴풋한 둔덕을 미끄러져 내려가 융기 위에 오똑 선 정점을 욕심껏 물었다. 그토록 좋아하는 고기를 먹을 때처럼 잘근잘근 씹어댔다.

"아핫, 핫……. 오, 오빠……!"

날카롭고도 짜릿한 통증이 전신을 저릿저릿하게 울려왔다. 까무러칠 것 같기라도 했다. 입안에서 끓어오른 말이 저절로 넘쳐흘렀다.

"나, 나……. 좋아요……. 아훗……."

"제길."

갑자기 그가 고개를 들며 거의 분을 토하듯이 뇌까렸다.

"왜 이렇게 귀여운 거야? 짜증나게 왜 하나부터 열까지 예쁜 거냐고. 좀 적당히 해라. 나 좀 살자, 응?"

손은 잔뜩 부풀어 오른 여성 속에서 더욱 거칠게 움직였다.

이아는 그가 무슨 소리를 하고 있는지도 인식할 수 없었다.

이내 창진은 이아가 입고 있는 트레이닝 바지를 속옷과 동시에 벗겨내 내던졌다. 그리고 오랜 산행과 흥분으로 부들부들 떨리는 다리를 잡고 방만하게 벌렸다. 수치스러운 부분이 남자의 시야 앞에 활짝 드러났지만 이아는 수치심을 느낄 만한 정신도 남아 있지 않았다.

아니, 아무것도 남아 있지 않았다. 태초의 아담과 이브처럼 거추장스러운 옷도, 누군가의 아들이고 딸인 이름도, 지켜야 할 도리도 벗어던졌다. 실오라기 하나 걸치지 않은 깨끗한 나신으로 서로를 갈구하는 남자와 여자만이 있었다.

창진은 자신의 바지도 벗어 발로 차내고 몸을 겹쳐왔다. 짧은 전희 후에 바로 인터코스였으나 일 초도 더 참을 수 없는 듯이 보였고 이아도 그가 조금만 더 지체한다면 스스로 그를 눕혀놓고 덮칠 게 분명했다. 그가 사이에 들어오는 것이 아주 익숙한 것처럼 그 허리에 다리를 감았다. 몸과 몸이 맞닿고, 뜨겁고 실한 감각이 푹신하게 젖은 곳으로 가득 부딪혀 왔다. 이내 달래듯 살살 문지르다 한쪽 허벅지를 안아 어깨에 걸치고 깊숙이 허리를 튕겼다.

"……!"

이아는 한껏 몸을 휘며 그를 맞아들였다.

연약한 곳을 가르며 깊숙이 파고든 묵직한 이물감은 거의 자궁까지 닿았다. 전신을 관통하는 쾌락의 꼬챙이 같은 전율에 비명을 지르고 말았는지 어쨌는지, 그가 잠깐 멈추었다. 머리 위에서 무거운 숨이 억눌린 채 불규칙하게 토해져 나왔다.

흐릿하게 눈을 뜨자, 불을 켜지 않아 어둑한 방에 더욱 짙은 음영 속에 그가 그녀를 열락으로 더욱 형형하게 빛나는 눈을 하고 지켜보고 있었다. 거의 사냥감을 탐식하는 수컷 짐승처럼 지극히 남성적인 만족감과 야만적인 본능이 펄떡대는 눈이었지만, 어쩐지 괜찮으냐고 묻고 있는 것 같았다.

이아는 어렴풋이 웃었다.

"나…… 샤워도 안 했는데. 냄새 날 건데."

사소한 거에 신경 쓴다고 타박할 줄 알았다. 그러나 어떤 의미에선 난폭하기까지 한 눈에 온기가 번지더니 그는 온후하게 웃었다.

이내 고개를 내려 콧잔등에서 입술에 입 맞추고 어깨로 내려가 키스를 퍼부었다.

무얼까, 일순 울컥했다. 마치 사랑받는 것만 같아서.

"지금 네 냄새가 좋아. 날 원해서 잔뜩 달아오른 냄새."

거친 숨소리를 따라 자잘한 키스가 둥그런 어깨에 내려앉았다.

"아, 음, 그, 그런 말 하지 말아요……. 동물같이."

창진은 침대에 양손을 짚고 상체를 살짝 일으킨 채로 조금 사악하게 웃었다.

"새삼 부끄러워? 내가 네 안에 이렇게……."

단단하게 굳어 있던 허리가 유연한 굴곡을 타며 움직였다. 뭉근히 치받혀 오는 느낌에 이아는 흡 숨을 멈추었다.

"잔뜩 들어가 있는데."

짓궂은 말에 살긋 눈을 흘기기는 했지만, 지그시 눈을 감고 허리를 움직이는 그가 너무도 기분 좋아 보였다.

"기분 좋아요?"

"응……. 좋아. 네 안……. 위험할 정도로 좋아……."

"나도…… 좋아요."

문득 그는 눈을 뜨고 그녀를 마주 보았다. 그리고 허리를 강하게 밀어 올리며 물었다.

"이것만?"

목을 젖히고 신음한 이아는 그 짓궂은 물음에 슬쩍 웃어버렸다. 그리고 대답을 대신하듯 그를 가득 끌어안았다.

한 침대 위, 두 사람은 갱년기의 부부처럼 각자 다른 방향을 보고 누워 있었다. 모텔 방 안에는 아직도 후끈한 공기가 감돌고, 마치 폭풍우 같았던 정사의 현장을 고스란히 내보이고 있었다. 그러나 막 거사를 치르고 샴쌍둥이처럼 찰싹 붙어 있어도 부족할 두 연인은, 어딘지 냉랭하기까지 한 분위기였다. 그렇게 서로 얼마나 눈만 깜빡이며 말없이 누워 있었을까.

"후회해?"

문득 창진이 물었다.

부스럭······.

이불이 스치는 소리가 들리고, 이아는 의아하게 뒤를 돌아보았다. 이불을 걷고 일어난 그가 속옷과 바지를 챙겨 입고 있었다.

"왜 그런 질문을 해요?"

"네가 후회하는 것 같아서."

"······."

상체를 일으킨 이아는 선뜻 대답하지 않고 그 뒷모습만 한동안 바라보았다. 그러자 옆모습만 얼핏 보이는 남자의 턱이 꿈틀거렸다.

"오빠."

이아는 조용히 불렀다. 그러나 창진은 뒤를 돌아보지 않았다. 양손으로 꾹 허리를 짚고 있는 모습이 화 같은 것을 참는 듯이 보였다.

"오빠, 나 좀 봐요."

얼핏 애교가 섞인 어조에야 창진은 뒤를 보았다. 고까워 죽겠다는 듯한 얼굴이 조용하게 사나웠다. 그러나 하얀 거품 같은 풍성한 이불 속에 비너스인 듯 떠오르는 여자를 담은 눈은 불가항력적인 열기를 품었다.

그 선연한 증거에 이아는 허리를 쭉 펴 올리며 생그라니 웃었다. 그러자 탐스러운 젖가슴이 더욱 봉긋하게 솟아오르고, 남자의 눈앞에 보란 듯이 그 정점에 산호색 알갱이가 몽글 도드라졌다. 어두운 눈이 먹물을 머금은 듯이 묘한 윤기와 함께 짙어졌다.

이아는 손을 뻗어 나긋한 손길로 그를 잡고 끌었다. 남자는 도리어 그녀를 그대로 끌어 올릴 수 있을 만한 힘이 있음에도 주술에 걸린 듯이 침대에 앉았고, 이아는 생크림처럼 부드러운 허벅지를 그의 허리에 올리고 위로 올라갔다. 그리고 가만히 고개를 내렸다.

"내가 후회하는 것처럼 보여요?"

그녀가 몸을 숙이자 가슴에 뭉클하게 짓눌려 오는 융기의 감촉에 창진은 손이 근질거렸지만 일단 꾹 참고 말했다.

"그럼 왜 그러고 있었던 건데?"

"그냥…… 생각 좀 했어요. 엄마는 30년 전에 무슨 생각을 했을까 하고."

창진은 탁 눈을 치켜들었다.

"그런 걸 왜 생각해?"

"이유는 없어요. 그냥 생각이 들었어요."

"설마 내가 네 친부랑 같을 거라고 생각해? 아니, 그전에 나 피임 제대로 했다."

이아는 살며시 웃었다.

"그런 게 아니에요. 제 친부는 엄마보다 아홉 살이나 어렸잖아요? 우리보다는 아니었겠지만 세상이 그리 곱게 보지 않는 관계였던 건 맞죠. 잘못이라는 건 엄마가 더 잘 아셨을 거예요. 그런데도 어쩔 수 없었던 걸까요? 나처럼?"

그제야 창진은 몸에 들어간 힘을 풀고 침대에 깊이 누웠다. 그리고 이아를 안자 그녀는 그의 어깨를 베고 몸 위에 비스듬히 누웠다.

"난 아냐."

이아는 살짝 시선을 들고 그를 보았다.

"무슨 의미예요?"

"홀린 거지. 어디서 둔갑한 여우 하나가 엉덩이 살랑대면서 와서 혼을 쏙 빼났거든."

이아는 입술을 삐쭉였다.

"홀렸다고 생각해요?"

"그럼 여동생하고 이러고 있는데 안 홀렸겠어?"

하여간 이럴 때도 자기 좋을 대로 하는 막말이란. 뭐, 아예 틀린 말은 아니지만 좀 우회해서 말할 수는 없나? 더구나 명백히 그녀는 중간에 그만두려고 했다. 그에 안 그래도 심란한데 페로몬 뚝뚝 흘리면서 자꾸 앞에서 왔다 갔다 한 건 그였다.

창진은 손을 뻗어 침대맡에 있는 물병을 들었다. 그리고 물을 한 모금 마신 다음에 그녀에게도 권하고는 이아가 됐다고 고개를 내젓자 물병을 닫으며 이어 말했다.

"근데 문제는 난 내가 하나도 잘못했다고 생각하지 않거든. 너랑 피가 섞였다면 모를까, 남매? 네가 언제는 여동생인 적이 있었어야지. 뭘 참아본 적이 없는 내가 여태까지 참은 이유는 딱 하나였어."

이아는 작게 한숨을 내쉬었다.

"부모님이죠?"

"그래. 그래도 아들이 돼서 아버지한테 양보하라고 할 수는 없으니까."

"지금은요? 우리 지금도 속사정이야 어떻거나 세상이 말하는 남매는 맞잖아요."

"그러니까 큰일 났지. 아무래도 들키면……."

다시 그의 어깨에 고개를 기댄 이아는 창진이 단어를 고르고 있는 사이에 대신 말을 끝냈다.

"맞아 죽겠죠?"

창진은 짐짓 심각하게 '음' 소리를 내었다.

"너야 머리 깎이는 걸로 끝날지도 모르겠지만, 난 진짜 목숨이 위험할걸."

이아는 킥 웃어버렸다.

"그럼 짐 싸서 사랑의 야반도주라도 할까요?"

"죄졌냐? 왜 도망가?"

"부모님한테 죄송스러운 일은 맞잖아요."

"두 분한테 죄송한 일은 맞아. 하지만 죄를 지은 것도 아니야. 솔직히 널 여동생으로 받아들이라는 게 더 웃기는 소리 아니야?"

이아는 그의 가슴 위에 손가락으로 천천히 원형을 그렸다. 여태 만져 봤던 어떤 남자의 것보다 탄탄한 감촉이 신기해서 손끝으로 톡톡 쳐보기도 하고, 손톱으로 살짝 긁기도 했다. 그러자 그의 가슴에 움찔하며 힘이 들어갔다.

그 순간에 우악스러운 손이 턱을 쥐고 들어 올렸다. 그리고 입술이 거칠게 다가왔다. 이아는 일말의 저항도 없이 한껏 받아들였고, 키스는 두 사람이 숨을 헐떡일 때까지 계속되었다.

이내 거의 묽게 느껴질 만큼 녹녹해진 입술을 떼어낸 창진이 숨결이 닿는 거리에서 짓궂게 속삭였다.

"왜? 이번엔 제대로 홀려서 간 빼 먹으려고?"

또 둔갑한 여우 취급이었다. 이아는 부욱 볼을 불렸다.

"니코틴과 알코올에 절인 오빠 간 따위 맛없어서 싫거든요."

창진은 피식 웃으며 이아의 보들보들한 양 볼을 한 손에 꾹 쥐어서 바람을 뺐다.

"어디서 귀여운 척이야? 귀여운 척은."

무어라 반박하려던 이아는 문득 부정할 수 없는 무언가를 느끼고 슬그머니 아래쪽을 내려다보았다. 아니, 굳이 보지 않아도 허벅지에 닿은 그의 중심이 무럭무럭 자라나고 있었다. 이미 흉기처럼 딱딱했다.

이아는 저도 모르게 정말 둔갑한 여우처럼 삭 입술을 길게 늘이며 웃을 뻔했다. 흥분까지 했으면서 괜히 아닌 척 타박하기는? 하여간 이리 귀여운 남정네는 누구네 집 애인인가.

"근데."

갑자기 운을 떼는 말에 이아는 시선을 들었다.

"그 오빠 소리 좀 그만해."

"네? 뭘 새삼……."

창진은 흘긋 그녀를 내려다보았다.

"네가 오빠라고 부를 때마다 꼴려. 꼴려서 죽겠다고."

잠깐 멈칫했던 이아는, 문득 눈까지 웃음기를 퍼트리며 사분히 웃었다. 그리고 손을 내려 6개들이 콜라 캔 묶음을 엎어놓은 것 같은 복부에서 튼실한 가슴팍으로, 이내 그 목덜미를 나른하게 쓸며 흠칫 긴장하는 귓가에 속삭였다.

"오빠아……."

안 그래도 욕망으로 얼룩져 가던 눈에 확 불길이 일었다. 창진은 이를 독하게 물고 뇌까렸다.

"넌 둔갑한 여우 맞아. 얼른 꼬리 내놔."

그는 뒤쪽으로 손을 넣더니 그대로 그녀를 확 뒤집었다. 불판 위의 호떡처럼 뒤집힌 이아는 터져 나오는 웃음을 참을 수 없었다. 그사이에 창진은 이불을 포장 벗기듯 홀쩍 벗겨 내리고는 동실하니 드러난 하얀 엉덩이를 더듬었다.

"꼬리 어디 있어?"

이아는 더 크게 웃으면서 발로 그를 밀어내고 몸을 돌렸다.

"그런 거 없어요. 웬 억지예요?"

"웃기지 마. 분명히 있어. 안 내놔?"

창진은 그녀의 발목을 잡아서 쑥 끌어내렸다. 이아는 까르르 웃으며 동동 다리를 내저어 그를 차내려고 했다. 남자와 섹스를 하고 나서 이렇게 웃다니, 거의 처음 있는 일인 것 같았다.

쉽게 몸을 허락하지는 않아도 나이도 있으니 만큼 적잖은 경험이 있는데, 태생 특성상 이아에게 섹스란 임신이라도 하지 않게 항상 극도로 긴장하고 조심해야 하는 행위였다. 물론 그렇다고 즐기지 못했느냐고 한다면 또 그건 아니지만, 상대가 콘돔을 끼지 않고 덤비는 날에는 삵처럼 이를 드러내고 덤비기도 했다. 그리고 남자란 생물의 특성을 이해해서 그들이 정말 한계까지 다다랐을 때만 상처럼 주고는 하던 것이었다.

그런 게 딱히 싫지는 않아도 아주 즐거울 리는 만무했다. 그런데 창진과는 그렇지 않았다. 애초에 하도 티격태격했다 보니 이런 때마저도 그다지 어색하지 않은 걸까? 아니면…….

사랑일까?

"내놓을 때까지 괴롭혀 주마."

그가 덥석 엉덩이를 물어와 이아는 숨이 넘어가도록 웃어버리고 말았다.

16

뾰로로롱.

갑자기 울리는 소리에 회의실을 나오던 이아는 주머니를 더듬었다. 그리고 핸드폰을 꺼내보니 메시지가 들어와 있었다.

[8080]

발신자, 오라버님.

얼마 전까지는 '와우대박' 이었지만, 우연히 그걸 본 창진이 건방 떤다며 엉덩이를 악 소리 나도록 꼬집은 후에 이렇게 바꿔놨다. '여동생님' 으로 등록되어 있던 그의 핸드폰 속 제 단축키의 이름은 이제 '둔갑여우' 였고.

그런데 의미 불명의 숫자 네 개만 딱 찍혀 있는 문자 메시지에 저절로 이런 생각이 들었다.

'뭐 어쩌라고?'

이제는 암호 놀이라도 하자는 건가?

종잡을 수 없는 메시지에 고민하던 이아는 마침 옆을 지나쳐 가는 여자를 잡았다. 같은 기획부의 김 대리였다.

"김 대리님, 혹시 8080이 무슨 뜻인 줄 알아요?"

"8080이요? 글쎄요……. 아, 그거 삐삐 암호 아니에요? 왜, 7979는 친구친구 하는 것처럼."

"그래요? 8080은 무슨 뜻인데요?"

"뭐더라……. 하도 예전에 쓰던 거라 잘 기억이 안 나네. 아마……. 아아, 맞다. 스페인어인가로 BOBO라는 뜻일걸요?"

그러니까 그게 뭐냐고? 빤히 쳐다보는 표정에서 뜻을 읽었는지 김 대리는 난색 어린 웃음을 지었다.

"'바보'란 뜻이에요."

참을 새도 없이 관자놀이에 핏대가 섰다. 그러자 김 대리는 항상 생글생글 웃는 이아에게서 처음 보는 사나운 표정에 놀란 기색이었다. 자신의 실수를 깨달은 이아는 최대한 화사하게 웃고 고맙다고 인사하고는 복도를 걷기 시작했다. 그리고 핸드폰 따위 쿨하게 버려두는 시간이 많은 그의 성격상 문자로 대화하자면 오래 걸릴 것 같아서 전화를 걸었다.

"바보라고요? 내가 뭘 어쨌다고요?"

묻자, 건너편에서는 도리어 황당해하는 기색이었다.

「진짜 바보냐. 바뀐 비밀번호다.」

이아는 그제야 '아!' 했다.

"딱 번호만 찍어 보내면 어떻게 알아요?"

「지금 말하잖아?」

이아는 걸어가며 쿡쿡 웃어버렸다.

"그래서 어쩌라고요?"

「와서 밥해.」

"언제는 파출부냐면서?"

「아니냐? 내 전용 파출부.」

"칫, 돈 줄 것도 아니면서."

「예뻐해 주마.」

이아는 참을 새도 없이 또 키득키득 웃었다. 그러자 뒤따라
오고 있던 김 대리가 걸음을 빨리해 옆에 와서는 은근히 물었
다.

"뭐가 그렇게 재미있어요? 계속 웃네?"

이아는 창진에게 '알았어요. 나중에 전화할게요' 하고 통화
를 끊고는 천연덕스럽게 김 대리를 돌아보았다.

"별거 아니에요."

"에이, 수상한데? 목소리가 완전히 연애하는 여자처럼 나긋
나긋하던데. 혹시~ 윤 팀장님, 연애해요?"

김 대리의 짓궂은 물음에 이아는 가타부타 대답 없이 그저 빙

그레 웃기만 했다. 딱히 창진이 아직 대외적으로는 오빠라서 그런 것은 아니었다. 어차피 회사 사람들은 부모님이 재혼한 것은 커녕 그녀가 원래 홀어머니를 모시고 살았다는 것도 몰랐으니까. 그냥 굳이 회사 동료에게까지 자세히 이야기할 필요를 느끼지 못했을 뿐이다.

김 대리는 침묵이 긍정이라고 생각했는지 '어머머!' 작게 호들갑을 피웠다.

"그런 거예요? 어떤 남자예요? 혹시 이쪽 계통? 그래도 다행이네. 안심이에요."

"네? 뭐가요?"

같이 일한 지는 3년이 넘었지만 김 대리와는 직장 동료 그 이하도 그 이상도 아니었다. 가끔 사람들 틈에 섞여 같이 점심을 먹는 정도? 그녀가 즐거워하는데 이렇게 안도하는 듯 말할 사이는 아니라는 의미였다.

김 대리는 복도 저쪽을 흘긋 보고 귓가에 조그맣게 속삭였다.

"영업부 장 대리랑 헤어졌다면서요. 상처, 극복한 거 맞죠?"

이아는 반사적으로 복도 저쪽을 돌아보았다. 영업부 장 대리, 몇 달 전에 말단사원과 바람을 피웠던 제 전 남자친구가 그녀 쪽을 불편한 눈으로 쳐다보고 있었다.

그와 사귀던 건 회사 내에 공공연한 비밀이었기 때문에 모두가 알고 있기는 했지만, 헤어진 분위기가 나고부터 이렇게 직접

적으로 언급하는 사람은 없었다. 헤어진 이유는 몰라도 그를 대하는 이아의 분위기가 워낙 냉랭하다 보니 뭔가 안 좋은 일이 있었을 거라고 제법 정확하게 넘겨짚었기 때문이다.

"상처받을 일도 없었는걸요. 넘겨짚으시긴. 김 대리님도 이제 아줌마 티가 나시는걸요?"

이아는 장난스럽게 말하고 복도를 걸어갔다. 물론 걸음을 옮길수록 김 대리에게 지어 보였던 웃음은 흔적도 없이 잦아들고, 자기가 뭐라고 언뜻 화난 표정으로 서 있는 전 남자친구를 스쳐 지나갈 때는 완벽한 무표정이었다.

"이아야."

이아는 부름을 아예 듣지 못한 듯이 그냥 스쳐 지나갔다. 그러나 장 대리, 이제는 이름도 가물가물한 현준은 주변을 둘러보고 급히 그녀를 따라왔다.

"이야기 좀 해."

물론 이아는 들은 척도 하지 않았다. 지나가는 편집부 직원에게는 부드럽게 웃으며 인사를 건네고 아무 일도 없는 것처럼 뚜벅뚜벅 걸어갔다.

"내가 잘못했어. 제발 나 한 번만 봐주라, 응?"

"장 대리님, 혹시 제가 입 열까 봐 걱정하시는 거라면 기운 낭비 마시고 일이나 하세요. 내 기운 써가며 소문낼 가치도 못 느끼겠으니까."

현준은 우뚝 멈추어 섰다. 그리고 그 찰나에 이아는 확 손이 붙들려 어쩔 수 없어 멈춰서 그를 돌아보았다. 그는 거의 분을 토하듯이 이야기했다.

"나 그런 거 아니야. 네가 소문낼까 봐서, 내 평판 나빠질까 봐서, 그런 거 아니라고. 내가 정말 사랑하는 건 너야. 걔는 그 냥…… 뭐랄까, 그래, 그냥 유흥거리였어. 너랑은 근본부터 다른 애야. 네가 전혀 신경 쓸 것 없어. 물론 그때 이후로 한 번도 안 만났고, 앞으로도 만날 일 없어. 나한텐 네가 있으니까……. 응?"

너만은 특별하다는 식으로 말하면 그녀가 감동이라도 받을 줄 알았는지, 현준은 버터 백만 스푼에 올리브유를 천만 통 말아 마신 것 같은 느끼한 눈빛으로 지그시 쳐다보았다. 온몸을 얼음으로 빚은 듯이 온도가 내려갔다. 그러나 이아는 여전히 철 벽같은 가면을 고수하고, 아니, 더욱 높이 세우고 너무나 화사해 오히려 위험한 미소를 지었다.

둘이 커플이라는 걸 사내 모두가 다 아는데 자기만 몰랐을 리도 없고, 그 말단사원을 용서할 수 있는 건 아니었다. 하지만 현준을 원하는 마음을 어쩔 수 없어서 잘못인 줄 알면서도 그 길을 갈 수밖에 없었다면, 이해는 할 수 있었다. 그 반대로 현준도 마찬가지였다.

이제 그 마음을 이해할 수 없는 것도 아니고, 분노라는 건 참으로 부질없는 감정이니까. 자신도 사람이라 막상 닥쳤을 때는 눈앞이 새하얗게 될 정도였지만, 도망간 친부와 계부조차 이해하기로 마음먹고 살아가는 마당에 이제 제게 저기 굴러다니는 볼펜보다도 가치가 없는 사람을 상대로 기운을 낭비하고 싶지 않았다.

그런데 자꾸 이따위로 굴면, 그도 아직 한 번도 못 본 제 본래 성질을 확 보여주는 수가 있었다.

화사한 미소에 제 작전이 통했다고 생각했는지 현준이 반색하는 순간, 이아는 너무나 나긋하게 이야기했다.

"남의 집 귀한 아가씨를 씹다 버린 껌 취급하는 남자는 내 발치에 세상을 가져다줘도 사양이에요. 난 언제 껌 종이에 싸여서 버려질지 불안해서 뭘 믿고?"

현준은 굵은 생선가시를 삼킨 듯이 불편한 기색으로 말없이 서 있을 따름이었다. 이아는 짐짓 경쾌하게 몸을 돌리고 걸어갔다. 그때 마침 문자메시지 알람이 울려 핸드폰을 열어보았다.

[8282]

바뀐 비밀번호를 삐삐 암호로 착각했던 제 오해에 같은 삐삐 암호로 8282(빨리빨리) 재촉하는 그가 귀여워 이아는 킥 웃고 말았다. 그리고 저도 모르게 다소 크게 났던 소리를 누가 들었을까 봐 힐끔 주변을 둘러보고 가며 답문을 찍었다.

[저녁에 뭐 먹고 싶어요?*^^*]

그 뒤에 현준이 노려보고 있는 걸 알았지만 개의치 않았다.

이아는 허밍을 흥얼거리며 차에서 내렸다. 그리고 트렁크로 가서 오는 길에 장 봐온 것들을 뒤적이며 모두 다 제대로 사왔는지 확인했다.

오늘은 샤브샤브를 해먹을 생각이었다. 육식을 좋아하면서도 다행히 편식은 하지 않아서 야채 또한 가리지 않는—그냥 먹는 거라면 다 좋은 게 아닐까 싶지만—창진의 입맛에도 맞을 것 같고, 자신도 오늘은 얼큰한 국이 먹고 싶었기 때문이다. 저녁에 뭐 먹고 싶으냐는 문자에 '여우 고기'라고 대답한 창진의 말은 깔끔히 무시했다.

다시 마트에 돌아가야 하는 일이 없도록 숫자까지 하나둘 세고 있는데, 문득 주머니 속의 핸드폰이 울렸다.

「어디야?」

"다 왔어요. 집 앞이에요."

이아는 누가 들어도 연애하는 아가씨라는 걸 알 수 있을 만큼 비단결 같은 목소리로 대답했다.

「그래? 그럼 올라와.」

하여간 멋대가리 없기는. 온 세상을 포용할 수 있는 비단결 같은 마음씨는 바로 저 멀리, 이아는 짐짓 뾰족한 목소리를 내었다.

"장 봐왔어요. 내려와서 거들어주는 매너 정도는 발휘……."

"이아야."

갑자기 뒤에서 들려오는 목소리에 이아는 깜짝 놀라 막을 새도 없이 '힉!' 소리를 내질렀다. 그리고 낯익은 목소리에 설마하며 홱 뒤돌아보자, 현준이 현실화된 악몽처럼 서 있었다.

"여긴 어떻게……."

「뭐야? 왜 그래?」

반사적으로 현준에게 작은 목소리로 따져 물으려던 이아는 핸드폰 너머의 창진을 깨닫고 일단 그에게 말했다.

"아, 아뇨. 고기를 잘못 사와서요. 가서 바꿔와야 할 것 같아요."

「야단스럽기는. 내려갈게. 기다려.」

"괜찮아요. 요 앞이니까 금방 다녀올게요."

「언제는 내려와서 거들어주는 매너 정도는 발휘하라며? 도와주겠다니까 거절하는 건 무슨 심보야? 여우 심보야?」

뒤에 기다리고 있는 현준이 무척 신경 쓰였지만 이아는 반사적으로 피식 웃었다.

"금방 갔다 올게요."

마침내 이아는 통화를 끊고 현준을 돌아보았다.

"장 대리님, 여긴 어떻게 알고 왔어요?"

"좀 제대로 이야기해 봐야 할 것 같아서 어제 너희 집에 가 봤는데 이사 갔다더라. 그래서 오늘 퇴근하는 거 보고 따라와

봤어."

그 말에 주변을 둘러보니, 이 안쪽은 오피스텔 세입자와 그 방문자 전용 주차장이라 차는 들어오지 못하고 밖에 세워놓은 모습이 보였다. 그녀가 차에서 내리길 기다렸다가 걸어온 것 같았다.

기가 막혔다. 이건 꼭 스토커나 하는 짓이라는 걸 알고나 있는 걸까? 아니면 그녀가 아직도 제 여자친구라는 착각을 하고 있는 것일까?

"여기서 사는 거야? 여기 비싼 데 아니야?"

이아는 짐짓 걱정스러워하며 말하는 그를 물끄러미 보았다.

"왜요, 제가 사채라도 얻다가 집 얻었을까 봐서요? 걱정할 일도 참 없으시네요, 장 대리님은."

현준은 설핏 미간을 좁혔다.

"그냥 평소대로 부르면 안 돼? 꼬박꼬박 장 대리님이라고 존 댓말까지 쓰니까 꼭 남 같잖아."

"저희, 남 맞아요."

현준은 무어라 하려다가 포기하고 푹 한숨을 내쉬었다. 그리고 어렴풋이 웃으며 털어놓았다.

"일단 어디 가서 조용히 이야기 좀 하자. 이제 그만 오해 풀 때도 됐잖아. 나, 진짜 네가 그리워서 죽을 것 같다. 네가 살갑게 웃어주는 것도 그립고, 힘내라고 응원해 주는 것도 그리워. 한동안 떨어져 있으니까 정말 너만 한 여자가 없다는 걸 알겠더

라. 이번 일로 그건 하난 정말 뼈저리게 느낀 것 같아."

이아는 문득 생각했다.

이 남자에게 자신은 어떤 존재였을까? 어떤 일 앞에서도 짜증이나 골을 내지 않고 항상 생글거리며 웃고, 제법 예쁘장한데다 자신을 꾸밀 줄도 아니까 옆에 끼고 다니면 목이 우쭐한, 꼭 밖에 내보이기 자랑스럽기는 하지만 자극적인 맛이 조금 부족한 조강지처 같은 존재? 그가 지루함을 느낄 정도로 허술하게 관리하지는 않았지만, 생각보다 성격이 급했는지 아직 시기상조다 싶어서 같이 자주지 않은 사이에 홀랑 다른 여자에게 넘어갔다.

연애란 어차피 그런 것이었다. 적당히 사귀다가, 적당히 자고, 적당히 헤어지고.

불과 얼마 전까지는 그랬다. 그런데 창진이 있었다. 그 자체도 남과 달랐거니와, 어쩌면 자신이 그를 진심으로 대했기 때문에 그도 자신을 진심으로 대해주었던 것일 수도 있었다.

현준에게 진심이 아니었다는 것은 인정해야 할 것 같았다. 그가 바람을 피웠을 때도 우롱당해 화는 났지만 상처는 받지 않았으니까. 그는 그것에 본능적인 부족함을 느꼈을지도 몰랐다. 그러니 마지막만큼은 진심으로 대해줄 생각이었다.

"현준 씨, 나랑 결혼할 수 있어?"

말이 끝나자마자 현준은 이리 반가운 말이 있을 수 없다는 듯이 얼굴에 화색이 돌았다.

"당연······."

이아는 바로 그 말을 자르고 들어갔다.

"나, 사생아야. 미혼모의 딸이었고. 그런데도?"

지금은 엄연히 아버지가 있다는 말은 일부러 생략했다. 그와 다시 잘해보려고 이해해 달라며 말하는 것도 아니고, 거기까지 솔직할 필요는 없었다.

많이 놀랐는지 한참 굳어 있던 현준은 가까스로 입을 열었다.

"그런 건 숨기면······."

보통은 이런 반응인 것이다. 창진이 정말로 남다른 것뿐, 현준이 바람을 피운 걸 떠나서 그것에 대해 탓할 생각은 없었다.

날 수치스러운 존재로 여기는 남자는 싫다느니 뭐라느니 하는 것도 우스워서 그런 말은 애초에 시작하지도 않았다. 그저 미약하게 한숨을 내쉬었다. 그러자 현준은 그 한숨에서 이아가 생각하는 바를 모두 읽었는지 말을 멈추었다.

"우리 그만해. 난 정말 더 이상 현준 씨한테 아무 감정 없으니까. 솔직히 난 바람피운 애인을 용서해 줄 수 있을 정도로 무른 성격도 못 되고. 죽이네 살리네 하고 싶지도 않아. 이미 현준 씨는 나한테 죽은 사람이니까 소문낼 것도 없어. 그럼 잘가."

이아는 짐을 꺼내고 트렁크 문을 닫았다. 그리고 몸을 돌려 입구로 걸어가기 시작했다. 현준은 이해했는지 그녀를 잡지 않았다. 아니, 발걸음이 거의 입구에 다다를 때까지 거의 그렇다고 생각했다.

"그래서 엉덩이가 그렇게 가벼웠냐?"

자신이 정말 제대로 들었나 싶어서 돌아보았다.

"뭐?"

현준은 이를 독하게 물고 있었다. 후덕한 인상이 몹시 다정해 보이는 게 가장 큰 장점이었던 남자는 창졸간에 어디로 가고 없었다. 오히려 어지간한 건달보다 더 비릿하게 웃으며 빈정댔다.

"너, 이 남자 저 남자 만나고 다녔던 거 알고 있거든?"

기가 찼다.

"바람을 피운 건 이쪽이 아니라 그쪽 아냐?"

"그거야 모르지. 설사 날 만날 땐 아니었더라도 너 그쪽으로 알아줬다는 거 다 알아. 세상이 참 좁다고, 네 대학 동창 중에 내 친구가 있거든. 장난 아니었다며? 순진한 척 착한 척하면서 온갖 남자 다 홀리고, 적당히 가지고 놀다가 단물 다 빼먹고 차버렸다던데?"

변명할 가치도 없는 말이긴 했지만, 분명히 남들에 비해 만난 남자의 숫자가 많았던 것은 사실이었다. 하지만 바람을 피웠던 적은 없고, 다소 위에서 군림하기는 했어도 단물만 빼먹고 차버렸다는 건 어디서 어떻게 와전이 된 이야기인지 알 수 없었다. 안 그래도 그런 소문이 돌까 봐서 물질적인 선물은 대학생 때 남자친구에게서 받은 가방을 빼고는 받아보지도 않았다. 그것도 명품은 아니었다.

"그래서?"

이아는 더 해보라는 듯 웃으며 물었다.

현준은 조금 당황한 기색이었다. 일할 때는 단호하더라도 늘 사근사근하고 마냥 곱기만 했던 그녀가 한마디도 지지 않고 받아치는 게 뜻밖이긴 했으리라.

"그래. 이게 네 본모습이구나? 여태 가증 떠느라 수고했다. 그렇게라도 안 하면 사생아에 미혼모 딸을 누가 거들떠나 봤겠어?"

문득 이아는 아주 화사하게 웃었다. 정말로, 진심으로 그가 고마웠기 때문이다.

"고마워요, 장 대리님. 바람피워 줘서. 이런 비열한 개자식한테 내 몸이라도 줄 뻔했네요. 다 짖었으면 이만 가시죠?"

툭 내던졌을 때였다. 갑자기 고개를 현준 쪽으로 돌리고 있는 그녀의 위로 큼지막한 그림자가 드리워졌다. 그러나 이아가 미처 어떤 반응을 하기도 전이었다.

"이런 화냥년……."

"한마디만 더 하면 야산에 생매장해 버린다."

사납게 뇌까리던 현준의 말을 확 잘라내고 머리 위로 나직하되 굵직한 경고가 날아갔다. 이아는 흠칫했다.

현준도 움찔하며 말을 멈추고 분분히 이아 뒤를 보았다. 그에 이아도 슬그머니 돌아보자, 어느새 다가와 있는 창진이 그녀의 손에서 무거운 짐을 가져갔다. 그러느라 아래쪽으로 살짝 고개를 숙이고 있는 얼굴은 아무 일도 없는 것처럼 무표정했다.

"그쪽은 뭐……."

고개를 든 창진은 이아 쪽으로 가볍게 고갯짓했다.

"얘 오라비."

현준은 이아를 돌아보았다. 그녀가 외동딸이라는 것만은 알고 있었기 때문이다.

"너한테 오빠가 어디 있어?"

"있어요."

이아는 한숨이 나올 것 같았지만 담담히 대답하고는 창진을 돌아보았다.

"금방 간다니까 왜 내려왔어요?"

"담배 사러. 세 대밖에 안 남았어."

"그럼 전화하지 그랬어요? 마트 간다고 했으니까 시키면 될 걸."

"원래 남한테 담배 심부름 안 시켜. 아버지가 백해무익한 짓을 하면서 남까지 공범 만들지 말라고 하셨거든."

조금 우스운 이유였지만, 찬호를 생각해 보면 납득될 법도 했다.

그렇게 이 자리에 둘만 있는 것처럼 대화를 하고 있자 현준은 발끈하더니만 보란 듯이 이죽거렸다.

"아, 이놈이 새로 단물 빼먹을 남자냐? 당신, 내가 충고하는

데 이게 어떤 년이냐면……."

"바보냐?"

창진이 또 말을 자르고 불쑥 한 말에 현준은 정말 바보처럼 '예?' 하고 멍청히 되물었다. 사실 창진은 정말 담배를 사러 가는 길이었는지 퓨마 슬리퍼를 신고 검은 트레이닝복 안에 카키색 셔츠를 받쳐 입은, 동네 삼수생 백수 형보다는 조금 더 부르주아 백수 같은 차림이었다. 그러나 그런 차림으로도 툭 내어묻는 모습이 어지간히 위협적이었기 때문이리라.

창진은 짐을 내려놓고 주머니에서 담배를 여유롭게 꺼내 물더니, 길게 연기를 내쉬었다.

"한마디만 더 하면 야산에 묻어버린다는 말 못 알아들었어?"

담배를 엄지와 검지 사이에 쥐고 말을 탁 내뱉는 모습이……. 그런 버릇은 없었던 것 같은데, 솔직히 평소에도 조금 그렇지마는 정말로 깡패 같아 보였다.

일부러 이러는 걸까? 이아는 거의 깡패 놀이에 심취한 것 같은 옆얼굴을 빤히 쳐다보며 생각했다. 이제 그녀 앞에서는 어지간해서는 담배를 피우지 않는데 일부러 삐딱하게 꼬나물고 있는 것도 그렇고 말이다.

"뭐, 뭐……!"

"너한테 말할 가치가 없으니까 오빠가 있다는 말을 안 했겠지. 그것도 모르는 머리로 뭘 해먹고 살아?"

그리 말하다가 문득 깨달은 듯 창진은 이아를 돌아보고 정말 궁금해하는 어조로 물었다.

"저건 뭐하는 물건이야?"

"제 전 남자친구예요. 저쪽이 바람피워서 헤어졌어요."

말하는 김에 이아는 쌈빡하게 모두 털어놓았다.

"사내 커플이었는데, 제 팀의 사원이랑 회사 화장실에서 그렇고 그런 짓 하는 걸 현장에서 잡았어요. 청소 중 팻말 걸어놓고 그러고 있더라고요."

생각보다 굉장했는지 창진은 한쪽 눈썹을 추켜들고 현준을 보았다. 그 눈은 아주 많은 것을 말해주고 있었다. 어쩌면 얼핏 감탄까지. 그러자 현준은 얼굴이 삶은 문어처럼 시뻘겋게 달아올랐다. 이렇게까지 적나라하게 말할 줄은 몰랐던 모양이다.

"세상은 역시 넓어. 나보다 대범한 놈이 있었다니. 어이, 너 진짜 물건이다?"

이아는 그러지 말라고 말하듯 팔꿈치로 그의 옆구리를 쿡 찔렀다. 물론 속으로는 '우리 오빠 잘한다!' 라고 외치고 싶었지만, 어차피 창진에게 상대도 되지 않을 게 불쌍해서 일단 말리는 척은 해줬다.

"그나저나 안 그래도 궁금한 게 있었는데 잘 만났다."

창진을 제외한 두 사람은 동시에 '응?' 하는 표정을 지었다. 두 남자는 명백히 지금 처음 만난 것으로, 이아가 전 남자친구가 있었다는 언급도 하지 않았으니 창진은 지금까지 현준의 존재조차 알지 못했다. 그런데 궁금한 게 있었다니?

의아해하고 있는 사이에, 창진은 낮은 계단을 내려가 현준에게로 다가갔다. 현준은 제법 키가 있는 자신보다 더 쑥 올라가 있는 창진이 시비 거는 깡패처럼 담배를 꼬나물고 다가가자 주춤하는 기색이었지만, 제법 호기롭게 버티고 서 있었다.

마주 보고 선 두 남자는 적을 가늠하는 두 마리의 수컷 맹수처럼 한동안 서로를 훑어보았다. 일촉즉발의 분위기였다. 이아는 설마 여기서 주먹다짐을 하지는 않겠지 생각은 했지만 창진이 수틀리면 조직폭력배와도 한판 뜬다는 걸 알기 때문에 긴장을 놓지 않고 지켜보았다. 마음 같아서는 자신이 현준을 늘씬하게 때려눕히고 싶었으나, 몸집으로 보거나 스펙으로 보거나 평범한 회사원인 현준이 창진을 이길 가능성은 없으니 만약 경찰이라도 뜬다면 곤란한 건 그들 쪽이었다.

"너야?"

곧 창진이 툭 물었다.

"뭘……."

대놓고 하대하는 상대에게 자신만 존댓말을 하기도 뭐하고 그렇다고 따라서 하대를 하기도 뭐한 듯이 애매한 어조였다.

"니가 쟤 때렸냐?"

이아는 작게 '허?' 황당한 소리를 흘렸다. 뭐지, 이 꼭 초등학교 6학년생 오빠가 어린 여동생을 괴롭힌 남자애에게 묻는 것 같은 유치한 질문은?

"예?"

"이아를 때렸냐고."

"아, 안 때렸습니다!"

당연했다. 주먹질을 할 만큼 대범한 인간도 못 됐거니와, 만약 그랬다면 자신이 가만히 있었겠는가?

그에 이아가 때린 적은 없다고 변호해 주려는 찰나, 창진이 왈칵 사납게 인상을 썼다.

"이거 진짜 머저리 아냐? 한마디도 더 하지 말라고 했지?"

"무, 물어놓고 그게 무슨 억지……."

"확. 감히 토를 달아? 죽을래? 그럼 애가 왜 손을 뻗는다고 위축돼서 팔로 얼굴을 가려? 네가 때렸으니까 그런 반응을 하는 거 아냐?"

처음에는 이게 무슨 코끼리 뒷다리 긁는 소리인가 싶다가, 곧 향수 때문에 정체를 알아채고 노래방 화장실로 끌고 갔을 때를 말한다는 걸 깨달았다. 이아는 놀랐다. 눈치채지 못할 거라고 생각했고, 설사 알았더라도 지금쯤이면 이미 잊었을 만한 시간이었다. 그런데 눈치챘을 뿐만 아니라 아직 마음에 담아두고 있었단 말인가.

"아, 안 때렸다니까요! 그리고 솔직히 맞을 짓을 했으니까 맞았겠……."

"뭐?"

창진이 위협하듯이 거의 위험한 거리까지 확 얼굴을 들이밀자 현준은 화들짝 놀라 물러났다.

"지금 네가 맞을 짓을 하고 있다는 건 아냐?"

현준은 주춤 걸음을 물렸다. 그러자 창진은 상대가 약하다는 걸 읽은 코브라처럼 확 날뛰기 시작했다.

"그래, 너 이 새끼 오늘 진짜 잘 만났다. 가드 올리고 이 악물어. 내가 힘 조절이 잘 안 될지도 모르거든? 옥수수 몽창 나가는 수가 있으니까 잘~ 막아야 할 거다!"

창진은 곧 한판 뜰 것처럼 거칠게 트레이닝복 재킷을 벗어냈다. 이아는 퉁기듯이 달려가 허리를 끌어안고 바로 달려들 것처럼 자세를 취하는 그를 막았다. 아주 절실하게 외치면서.

"그만해요! 저번에도 조폭을 병원에 보내서 전치 4주 끊었잖아요!"

다른 사람이었다면 거짓말인 걸 알았겠지만, 연신 깡패 같은 냄새를 폴폴 풍기다가 흉포하게 악다구니를 쓰는 창진이었기 때문인지 현준은 얼굴이 파랗게 질리더니 뒤돌아 도망치기 시작했다. 창진은 그 뒤에 대고 이아가 막아서 쫓아가지 못하는 것처럼 '너 이 새끼 이리 안 와! 잡히면 뒤졌어!' 고래고래 소리쳤다. 이아는 허리를 그저 살포시 안듯이 하고 있음에도 불구하고.

현준은 정말 다리 사이에 말린 꼬리의 환영이 보일 것같이 걸음아 나 살려라 도망갔다. 그리고 차에 타고 쌩하니 달아나는 모습을 본 창진은 미친 듯이 날뛰던 게 언제냐는 듯 우뚝 멈추었다. 그러더니 바닥에 내던졌던 재킷을 태연히 주워 들어 탁탁 털고는 이아의 손을 잡고 입구로 다가가 거기 버려져 있는 짐들을 들었다.

"올라가자."

7층에 있는 그의 집까지 올라가는 동안 창진은 아무 말도 하지 않았다. 이아도 그다지 할 말이 없었기 때문에 입을 다물고 있었다. 그리고 창진이 바뀐 비밀번호 8080을 누르고 문이 열리자 그를 뒤따라 집 안에 들어가 현관에 짐들을 내려놓을 때까지 조용히 있었다.

"너."

그가 신발을 벗고 들어가길 기다리고 있는데, 창진이 안으로 들어가지 않은 채 돌아보고 말했다.

"그것밖에 안 돼?"

이아는 눈을 동그랗게 뜨고 '네?' 하고 되물었다. 그러자 눈앞에 잘생긴 입술이 삐뚜름하게 비틀렸다.

"저 물건 다음에 나야? 좀 기분 나빠지려고 하는데."

잠깐 그를 올려다보던 이아는 곧 눈웃음을 지으며 애살스럽게 웃었다.

"무슨 소리예요. 저걸 보다가 창진 씨를 보자마자 눈이 확 뜨인 거잖아요."

설악산에서 돌아온 날부터 단둘이 있을 때는 호칭을 바꾸기로 했다. 그가 먼저 제안한 것으로, 원래 여동생이 없었던 그로서는 그녀가 오빠라고 부를 때마다 정말 금단을 범하고 있는 것 같아서 싫다고 했다.

뭐, 그녀가 그리 부를 때마다 꼴린다는 것도 조금은 있는 듯이 보였지만.

아무튼 원래대로 돌아오지 않는 입매를 보니 완전히 화가 풀리지는 않는 모양이었다. 안 되겠다 싶어 이아는 입술을 삐쭉이고 화제를 돌렸다.

"그나저나 그건 뭐예요? 정말 깡패 같잖아요."

"깡패? 기껏 편들어줬더니 한다는 말이 그거냐?"

그는 정말 조금 화가 났는지 옆에 문을 세게 짚었다. 그러나 이제는 그가 때릴 리 없다는 걸 알았기 때문에 이아는 눈조차 깜빡이지 않았다. 오히려 눈을 똑바로 뜨고 당돌하게 쳐다보고 있자 그는 허, 외마디를 내었다. 그리고 우악스레 그녀의 턱을 쥐고 한껏 들어 올렸다.

야차처럼 형형하게 빛나는 눈에 희미한 전율이 등허리를 흘렀다.

"진짜 깡패가 어떤 건지 보여줘?"

입술이 난폭하게 부딪혔다. 거의 폭거에 가까웠다. 키가 작은 그녀를 위해 늘 고개를 숙여주던 배려도 없었다. 오히려 싫어도 네가 맞추라는 듯이 목이 뻣뻣하도록 강하게 턱을 당겨 저 좋을 대로 여린 입안을 유린해 왔다. 그가 짓씹은 입술이 아릿했다. 한 치의 양보나 배려도 없이 거칠게 빨아들이는 힘이 벅찼다.

그러나 이아는 물러나지 않았다. 팔로 그의 목을 휘어 감고 열정적으로 그 폭거에 동참했다.

진득하게 뒤섞이는 입술이 삐뚤어진 것인지 흡족해하는 것인지 알 수 없는 미소를 희미하게 지었다. 그러나 더 생각을 할 겨를도 없었다. 원피스 속으로 쑥 손이 들어와 팬티스타킹과 속옷을 허벅지까지 단번에 끌어내렸다. 그리고 전희도 없이 여성을 한 손바닥 가득 감싸고 손가락을 밀어 넣었다. 그가 다가온 것만으로도 이미 뭉클하게 젖어가고 있었지만 아직 충분하지 않아 빡빡한 여성이 쓰라렸다. 저절로 약한 신음이 새었다. 하지만 못이 박인 단단한 손은 물러나 주지 않았다. 더욱 보란 듯이 파르르 떨리는 보드라운 허벅지 사이에서 선정적으로 꿈틀거렸다.

"아, 훗……."

손가락을 동글게 말아 내벽을 긁고, 꽃잎 속에 도도록 돋은 알을 찾아내어 거칠게 문질렀다. 난폭한 손길이었지만 알은 더욱 뭉쳐들었다. 엄지손가락으로 정점을 지분거리고, 굵직한 남근과는 비교가 되지 않아도 충분히 굵기가 있는 두 손가락이 피스톤질하듯 안을 찔러 들어왔다.

학학 가쁜 숨이 목 끝까지 차올랐다. 목 안에 옹골지게 뭉친 신음이 부글부글 끓고 있었다. 곧 비명이 되어 터져 나올 것만 같았다. 점차 끝도 없이 높은 위로 향해 가고 있었다.

조금만, 조금만 더…….

재촉하듯 이아는 거의 무의식중에 그의 목덜미를 쓸고 어루만졌다. 돌덩이처럼 단단한 어깨에 움찔 힘이 들어갔다. 그리고 그녀가 나긋한 손길로 악기를 연주하듯이 목을 자극할 때마다 힘줄을 타고 뻐근한 긴장이 흐르는 것이 선연히 느껴졌다.

문득 그가 이를 악물더니 손을 떼어내 문에 내꽂듯이 고정했다. 이아는 사탕을 빼앗긴 아이처럼 손을 들썩이며 칭얼거렸다. 그러나 곧 여성 속의 알을 꼬집는 자극에 작살에 꽂힌 생선처럼 퍼뜩 몸을 떨었다.

아, 드디어…….

막 절정에 오르려는 찰나였다. 손이 쑥 빠져나갔다. 다리가 휘청거렸다.

창졸간에 달콤하고 짜릿하고 섬뜩하도록 근사한 감각을 빼앗긴 이아는 그를 째려보았다. 그러나 창진은 천진한 악마 같은 아이러니한 미소를 싱긋 지었다. 그리고 문에 등을 기대더니 그녀의 어깨를 꾹 눌러 주저앉게 했다.

"……?"

얼떨결에 무릎을 꿇고 앉은 이아는 그를 의아하게 올려다보았다. 그사이에 담배를 꺼내 문 창진은 손으로 가리고 불을 붙였다.

치익.

환한 대낮임에도 불을 켜지 않아 어둑한 현관에 발간 불빛이 타올랐다. 탁한 연기가 어둔 허공으로 뭉글뭉글 번져 가는 가운

데, 오만하게 그녀를 내려다보는 남자는 실로 악마처럼 퇴폐적
이고 치명적이었다.

"해."

그녀는 반사적으로 바로 눈앞에 있는, 가파르게 불룩한 둔덕
을 쳐다보았다.

"입으로."

격렬한 흥분으로 다리 사이에서는 계속해서 질척한 액이 흘
렀다. 그 선연한 감각에 등허리가 파르르 떨려오고, 직전에 달
콤한 과실을 빼앗긴 몸은 거의 비명을 내질렀다. 곧 절정을 맞
지 못한다면 정신이 이상해질 것 같기라도 했다. 그런데 그녀를
이렇게 만들어놓고서는 남자는 여유롭게 담배를 피우며 제 몫
을 먼저 원하고 있었다. 마치 한 번도 여자 따위 화장실 이상으
로 여겨본 적이 없는 나쁜 남자처럼.

아마도 고의적으로.

오럴은 한 번도 해본 적 없었다. 그 행위 자체를 떠나, 일단
지금도 그렇듯이 남자 앞에 무릎을 꿇는 자세가 굉장히 마음에
들지 않았기 때문이다. 이쪽이 아쉬운 것도 아닌데 무릎까지 꿇
어줘야 할 이유가 없었다. 그런데 미친 것인지, 손은 이미 헐렁
한 트레이닝복 바지를 끌어내리고 있었다.

무시무시한 흉기가 탁 튀어나왔다. 끝이 희미하게 젖어 있는
물건은 혈관이 불끈하게 도드라져 있어 정말로 어디 다른 데서
만났다면 쳐다보기도 무서울 정도였다. 그런데도 젖은 여성처

럼 척척한 목을 타고 굵은 침이 넘어갔다. 이런 게 맛있어 보이다니, 미치지 않고는 불가능한 일이었다.

이아는 딱딱한 물건을 손으로 가만히 잡았다. 일견 한없이 여유로운 것 같지만 창진은 이를 악물며 인상을 썼다. 아이처럼 말랑말랑한 손이 물건을 슥 쓸어내리고, 발갛게 부어오른 입술이 다가와 선단에서부터 끝까지 머금었다.

그는 잇새로 담배 필터를 짓씹었다. 그러나 가까스로 숨을 고르며 그녀를 끌어 올려 미친 듯이 내달리고 싶은 충동을 참았다.

"제대로 해. 그 정도로는 기별도 안 와."

이아는 눈을 들어 그를 보더니 싱긋 웃었다. 그리고 보들보들한 입술로 그의 것을 감싸고 힘차게 빨아댔다. 짜릿하고 섬뜩한 감각에 등허리에 식은땀이 주르륵 흘렀다.

그녀는 태어나 처음 먹어보는 맛있는 음식을 탐식하듯 열정적으로 그의 것을 먹어치웠다. 살짝 이를 세워 깨물고, 혀 전면으로 선단을 핥고, 끝을 잡고 있는 손으로는 혈관을 따라 그렸다. 예상과 달리 굉장히 능숙한 모습에 확 짜증이 치미는 것도 잠시, 곧 아무 생각도 들지 않았다. 분명히 그녀를 괴롭히려고 했던 것이건만, 아무래도 제 무덤을 제가 판 것 같았다.

"그만…… 놔."

그녀의 머리를 감싸며 밀어내려고 했지만 이아는 듣지 않았다. 가만히 있으라는 듯 끝을 잡은 손에 꾹 힘을 주면서 계속 입

을 움직였다. 입안 가득 고인 침이 틈새로 넘쳐 질척하게 흘러
내렸다.

"네 입에다 해버린다."

그가 원형을 찾아볼 수 없을 만큼 쉬어버린 목소리로 으르렁
대자, 그제야 입을 떼었다. 그리고 번들거리는 제 입술을 츱 핥
더니, 나무를 타는 뱀처럼 그의 몸을 타고 올라왔다.

이내 그가 두 번 피우고는 피울 생각도 하지 못하고 있던 담
배를 가져갔다. 젖은 입술 사이에 물고 가볍게 빨아들이고는,
다시 그의 손에 끼워주었다. 그리고 보드라운 두 손이 티셔츠
속으로 피부를 나른하게 훑으며 올라왔다.

이아는 둔기처럼 단단한 가슴을 찬양하듯 가만히 쓰다듬으며
입가에 속삭였다.

"이만하면 깡패 애인 같아요?"

그녀가 말할 때마다 입안에 머금고 있던 연기가 흐릿하게 퍼
져 묘하게 몽환적인 공기를 조성했다. 마치 그녀가 이브를 유혹
한 뱀의 암컷인 듯이.

창진은 무표정하게 그녀를 내려다보며 그대로 문에 등을 기
댄 채 이미 필터가 너덜너덜한 담배를 빨아들이고 연기를 내쉬
었다. 그리고 꽁초를 내던지고 발로 탁 짓밟은 순간이었다.

"……!"

그가 온 힘으로 그녀를 문에 밀어붙였다. 그리고 허리를 당겨
확 몸을 숙이게 하는 동시에 치맛자락을 끌어 올리고 안으로 쳐

들어왔다. 바로 전신을 후려치는 격렬한 쾌감에 이아는 문에 손톱을 세워 긁었다.

그는 사정없이 그녀를 몰아붙였다. 그리고 더듬더듬 젖가슴을 찾아내 아프도록 강하게 움켜쥐었다. 그러나 두꺼운 천 위로 느껴지는 감촉이 불만족스러웠는지 본능적으로 등의 지퍼를 찾아내 내리고, 그 사이로 파고들어 와 브래지어를 올리고 맨 가슴을 찾아내 만족스럽게 손안에 담았다.

여성을 불쏘시개처럼 헤집고 젖가슴을 주물러 대는 손에 신음이 고장 난 기계처럼 정신없이 토해져 나왔다. 복도를 지나가는 사람이 들을지도 모른다는 생각이 얼핏 들었지만, 이내 신경조차 쓰이지 않았다.

말랑한 젖가슴을 터트릴 듯이 움켜쥔 손에 더욱 힘이 들어갔다.

"약, 먹었어?"

창진은 귓가에 거칠게 숨을 몰아쉬며 가쁘게 물었다. 이아는 뒤에서 강하게 치받는 몸짓에 흔들리는 고개를 겨우 다잡고 끄덕였다. 그러자 이제는 정말 거리낄 것 없다는 듯이 온 힘을 다해 몰아붙였다. 이아는 제 몸이 이대로 부서질 것만 같아 덜컥 무서워졌다.

그 찰나, 피부 밑에 얄밉게 감돌고 있던 전율이 훌쩍 정상으로 뛰어오르며 그녀는 한껏 날아올랐다. 그 감각의 탁류 속에 목청껏 비명을 내질렀던 것도 같았다. 온몸을 고통스러울 정도

로 옥죄는 사슬 같은 절정에 덩달아 그를 강하게 조였는지, 그
녀가 여진에 몸을 떠는 동안 기다려 주고 있던 그가 희미한 신
음을 터트렸다. 그리고 아직 조금도 수그러들지 않은 남성을 그
대로 둔 채 그녀를 돌려세웠다.

하아, 하아, 하······.

가쁜 숨결 가운데 입술이 촉촉하게 부딪혔다. 한 번 깊게 들
어와 진득하게 뒤섞고, 몇 번이고 촉촉 소리가 나도록 맞부딪혔
다. 손은 옷깃을 헤치고 맨 가슴을 더듬고 있었다. 그것이 어쩐
지 암컷에게 구애의 표시를 하는 수컷 새 같아 이아는 살짝 웃
어버렸다. 그러자 그가 얼핏 입술을 떼고 인상을 썼다.

"웃어?"

이아는 성적인 흥분으로 더욱 애살스러운 눈웃음을 치며 배
시시 웃었다.

"창진 씨가 좋아서요."

창진은 곧이라도 폭발할 것 같은 욕망이 짙게 밴 눈으로 물끄
러미 그녀를 보더니 툭 말했다.

"너 변태지? 이 상황에 좋다는 말이······."

그는 말을 다 끝맺지 못했다. 아래로 내려온 그녀의 손이 반
쯤 여성에 묻혀 있는 남성의 밑동을 살며시 감싸 쥐었기 때문이
다. 그리고 달착지근한 입술로 입가에 촉 키스하며 속삭였다.

"좋아요. 창진 씨라면."

그는 이를 악물었다. 그리고 당장 온 힘을 다해 여성 속으로

치받아 들어갔다.

"넌 정말 여우야. 그렇지 않고서는 날 이렇게 미치게 할 리가 없어."

무섭도록 짓눌린 음성으로 뇌까린 남자는 한 번 강하게 허리를 밀어 올렸다. 등이 쓸리며 위로 솟구친 이아는 아흑 신음을 내지르며 목을 젖혔다. 다시 주룩 내려오자 다시 한 번 쳐올렸다.

"아, 아……! 오빠……!"

이성이 날아가 호칭에 대한 생각은 들지도 않았다. 그저 미쳐버린 입이 익숙한 것을 내지를 뿐이었다.

"말도 안 듣고."

그가 입술로 목을 더듬으며 조금 웃는 듯이 읊조렸다.

"이럴 때 오빠라고 부르면 어떻게 한다고 했는지 기억하지?"

그래, 기억했다.

꼴리는 대로 해버리겠다고 한 것.

과연 그 말이 허언은 아니었는지 그는 거의 이성을 상실한 사람처럼 허리를 흔들었다. 한 줌의 기교도 없이 오로지 그녀를 가지는 것에만 열중했다. 끝까지 물러나고, 끝까지 치받았다.

지속기간이 가끔 부담스러울 정도로 긴 그에게 거의 끝이 찾아온 게 느껴질 무렵, 그가 입 맞추며 아이처럼 졸랐다.

"안에다, 할 거야. 네 안에, 하고 싶어."

평소라면 약을 먹었어도 안 된다고 했을 것이다. 뱃속에 정액이 들어오는 것은 그다지 유쾌한 경험이 아니었다.

"응응, 해요…… 응, 해요……."

그런데도 이아는 정신없이 입술과 혀를 뒤섞으며 열렬히 환영했다.

그가 바위처럼 몸을 굳히고, 새하얀 파정(破精)의 기운이 뱃속에 그득그득 차올랐다. 이대로 자신이 가장 우려하던 일이 일어나도 좋을 것만 같은, 온몸이 벅차오는 뜨거운 기분이었다.

눈이 마주친 순간, 둘은 누가 먼저랄 것도 없이 서로에게 입맞추었다.

창진이 몸을 일으키며 그녀를 놓아주었다. 온 기운을 소진해버린 이아는 더는 서 있을 힘도 없어서 비척비척 현관에 가 누웠다. 창진이 바지를 올리고 옆에 와 덜썩 앉았다.

"나 참, 애들도 아니고 현관에서 이게 무슨 짓이냐."

"창진 씨가 먼저 시작했잖아요."

창진은 피식 웃었다.

"그러고 보니 너 말 잘하더라."

사실 그는 거의 처음부터 이야기를 듣고 있었다. 고기를 바꾸러 간다는 이아의 말에 뭔가 찜찜함을 느끼면서 그녀가 오기 전에 담배를 한 대 피우려고 했고, 마침 얼마 남지 않은 걸 보고 사러가기 위해 바로 내려갔기 때문이다.

대화는 참으로 '잘들 논다' 싶었다. 눈에 달린 거라고는 단추

구멍 두 개에 별 인간 같지도 않게 생긴 희멀건 허우대가 이아한테 그리워 죽겠다느니, 너만 한 여자가 없다는 걸 알게 됐다느니, 정말 확 뛰어나가 곤죽을 만들어놓으려다가 말았다. 이아가 뒤이어 말하지만 않았더라면 이미 그리했을 것이다.

"듣고…… 있었어요?"

"어. 너무 말을 잘해서 내가 나설 것도 없겠던데?"

누워 있는 그녀에 비해 창진은 현관 턱에 걸터앉아 있었기 때문에 고개를 내려도 바둑판으로 쓰면 딱 좋을 것 같은 커다란 등밖에 보이지 않았다. 그 상태로 창진은 조금 한심하다는 듯이 말했다.

"근데 소리라도 치지 그랬어. 너 이 새끼 뚫린 입이라고 뱉으면 다 말인 줄 아냐, 화냥년이라는 단어의 슬픈 유래를 알고나 말하는 거냐, 이런 매국노 같은 새끼, 다시 눈에 띄면 불알을 터트려 버릴 줄 알아, 실컷 욕하지 뭐 이성적으로 상대해 줄 가치가 있는 놈이라고 따박따박 대답하고 있어?"

사실 그건 그가 하고 싶었던 말이 아닐까? 이아는 생각했다.

"못 들어본 소리도 아니고, 일일이 반응하다가는 내 신경이 못 버텨요. 내 눈이 그것밖에 안 됐나 싶어서 좀 씁쓸하긴 했지만, 바로 다음에 만회했으니까."

거기서 마침 창진이 돌아보기에 애살스럽게 싱긋 웃었다. 안 그래도 그녀가 귀여워서 때로 한입에 씹어 먹어버리고 싶어지는 남자에게는 치명적일 정도였다. 그러나 창진은 일견 그 미소에 전혀 영향을 받지 않은 듯이 무표정한 얼굴로 빤히 쳐다보고 있을 뿐이었다.

이아는 슬슬 그 반응의 의미가 궁금해졌다. 그러나 곧 창진은 대수롭지 않게 어깨를 으쓱였다.

"뭐, 네가 그렇다면."

그는 이제야 이아에게서 느꼈던 희미한 위화감의 정체를 알 수 있었다. 그녀는 내숭쟁이였다. 물론 그거야 이미 오래전에 알게 된 것이지만, 단순히 착한 척이라든가 그런 것이 아니고 제 진짜 감정조차 숨기고 있는 내숭쟁이라는 의미였다.

사생아이니 화냥년이라느니 하는 말을 들으면 누구나 응당 눈앞이 하얗게 날아갈 정도로 화가 나기 마련이었다. 그였다면 정말 호적에 빨간 줄 치는 것을 감수하고 야산에 생매장해 버릴지도 몰랐다. 그런 걸 알기 때문에 섣불리 그리 덤비는 인간이 없는 것이기도 하고.

그런데 그녀는 자주 듣는 소리라며 어깨를 으쓱이고 시원하게 털어버렸다. 사람이 겉으로는 그래도 속까지 그럴 수는 없는 법이었다.

이 자존심 강한 외골수 아가씨는 제 상처를 남에게 내보이기 싫은 것이었다.

극도로 타인을 불신하는 성격에 이런저런 남자를 만났다는 걸 보면 끊임없이 온기를 찾아 헤매면서도, 쉽게 남을 믿지 않고 진짜 자신을 내보이지 않았다.

'이런 모습까지 귀여워 보이다니, 나도 참 중증이군.'

뭐, 꼭 잔뜩 털을 세우고 경계하는 아기 고양이 같으니까. 안심이 되기 전에는 딱딱한 껍질 속에 숨어 머리를 드러내지 않는 새끼 거북이 같기도 하고. 살살 어르고 구슬려서 스스로 껍질을 벗고 다가오게 하는 쾌감은, 이루 말할 수 없는 것이다.

반면 이아는 혼자 나직이 웃고 있는 창진을 실성한 사람 보듯이 쳐다보았다.

"근데 창진 씨."

문득 부르자, 창진은 혼자서 후후 웃다 말고 '응?' 하고 돌아보았다. 이아는 입술을 삐죽였다.

"창진 씨는 질투도 안 나요?"

잠깐 무슨 소리인가 하던 창진은 허, 황당한 외마디를 흘렸다.

"지금 농담해? 그래서 죽여 버리려고 했잖아."

그럴 만한 이유만 없었더라면 여러 남자를 만나고 다녔다는 말에 이미 확 잡아다가 엎어놓고 엉덩이를 시원하게 후려쳐 주고 싶었건마는.

남 사정도 배려해 주고, 정말 반창진 성질 많이 죽었다.

"그냥 위협이었으면서."

"그럼 진짜 죽이고 너 놔두고 별장 들어갈까?"

남의 마음도 모르고 한다는 말에 확 비틀린 심술보가 터져서 창진은 거의 비아냥대듯이 말했다. 그러자 이아는 흥, 짐짓 삐친 척을 했다.

"하여간 한마디도 안 지려고 한다니까."

그러더니 더는 뭐라고 치고받을 기운도 없는 듯이 옆으로 돌아누우며 슥 눈을 감았다. 창진은 그녀가 잠들면 옮기기 위해 그냥 내버려 두었다. 그런데 얼마나 흘렀을까.

"실은요……."

바로 잠든 줄 알았던 이아가 속삭이듯 말했다. 창진은 의아하게 돌아보았다. 이아는 가만히 눈을 뜨고 있었다.

"어렸을 때 쟤가 자기 때렸다면서 오빠 불러오는 애들이 제일 부러웠어요. 엄청 아니꼽잖아요. 세상을 다 가진 듯이 구는 게. 그래서 집에 가서 엄마한테 사생아로 낳을 거면 차라리 오빠 하나 더 낳아주지 그랬냐고 울었던 적도 있어요. 정말 못됐죠. 그래도 그런 마음은 클 때까지 사라지지 않았어요."

이아는 살짝 눈을 돌려 그를 보고는 어렴풋이 웃었다.

"아까 정말로…… 세상을 다 가진 것 같았어요."

그가 갑자기 손을 뻗어 큰 손으로 머리를 슥슥 쓰다듬었다. 창졸간에 머리가 새집처럼 어지러워진 이아는 황당하게 그를 보았다. 그러자 창진은, 정말 눈이 돌아가게 매력적인 악동의 미소를 씩 지었다.

"또 누가 괴롭히면 말해라. 이 오라비가 다 혼내주마."

참을 새도 없이 눈에 물컹 습기가 찼다. 그리고 짐짓 감동스럽게 '창진 씨……' 하고 부르려는데, 그가 먼저 고개를 내려왔다.

"근데 지금은 내가 널 좀 괴롭혀야 할 것 같다. 이건 네 오라비한테 이르지 마. 조폭을 병원에 보내서 전치 4주 끊었다며? 원, 무서워서."

순간 또다시 황당하게 창진을 쳐다본 이아는, 이내 싱그럽게 웃으며 그를 힘껏 끌어안았다.

17

"안녕히 주무셨어요?"

아침 식사를 위해 부엌으로 내려온 이아는 먼저 와 있는 이들에게 경쾌하게 인사했다. 상석에 앉은 찬호는 근후하게 웃으며 돌아보았다.

"그래, 너도 잘 잤누?"

가정부 창동댁 아주머니와 마지막 정리를 하고 있던 선화도 부드럽게 웃으며 반겼다.

"어서 앉으렴. 먹자."

세 사람은 늘 그렇듯 각자 자리에 앉아 천주교 신자인 선화를 배려해 함께 기도를 하고 식사를 시작했다.

"음, 국이 좋은걸."

"너무 싱겁지 않아요?"

"아냐, 딱 좋아."

국을 한 모금 떠먹고 찬호와 선화는 훈훈한 웃음을 교환했다.

살림을 합친 지 얼마 되지 않았을 때는 모든 음식이 찬호와 창진의 입맛에 맞춰져 있어서 거의 짜고 매웠지만, 이제는 초식 동물처럼 최대한 싱겁게 먹는 선화와 이아를 위해 다른 집보다도 연한 맛이었다. 음식이 조금만 싱거워도 수저를 놔버렸던 찬호는 처음에 음식 맛이 바뀌었을 때는 거의 똥 씹은 표정이었다. 그런데 그 표정을 본 선화가 새로 차리겠다는데도 굳이 괜찮다며 꿋꿋이 먹는 것이 아닌가.

아마 신혼 초부터 아내에게 밉보이고 싶지 않았던 것이겠지만, 그 모습이 귀여우면서도 안쓰러울 지경이라 선화와 이아는 방에 돌아와 키득키득 웃어버리고 말았다. 그렇게 안 그래도 건강을 위해 싱겁게 먹는 게 좋다던 선화의 말을 들어 시행착오를 거치면서 이제는 제법 연한 맛에 익숙해진 것 같았다.

이아는 문득 참 좋다는 생각을 했다.

자신이 있고, 어머니가 있고, 아버지가 있는 풍경이.

거의 싸우지 않을 뿐 아니라 대개의 시간을 함께 하는 두 사람을 보면 사람들이 왜 결혼을 하고 사는지 알 것 같았다. 이래서 가정에서 보고 자라는 모습이 중요하다고 하는 것인가 보다. 홀어머니 밑에 그녀가 홀로서도 꿋꿋이 살아가는 모습을 볼 때는 남자 따위는 침대 위의 효용성 외에 없다고 생각했는데, 지금은…….

그래, 솔직히 하고 싶었다. 그 결혼이라는 것이.

도망간 친부와 전 계부 같은 사람이 있는가 하면, 찬호 같은 남자도 분명히 있었다. 투박하고 거친 사회생활을 하면서도 안으로는 세심하고 가정적이고, 또 아내라면 간이라도 빼줄 것 같은 사람이…….

"왜 그렇게 봐?"

생각에 빠져서 저도 모르게 찬호를 빤히 쳐다보고 있었는지, 그가 돌아보고 물었다. 이아는 살짝 열이 오른 볼을 하고 선선히 웃었다.

"그냥 두 분 사시는 모습이 너무 좋아 보여서요."

그 말이 의외로웠는지 찬호와 선화는 서로 시선을 교환했다. 하지만 곧 둘 다 쑥스러운 듯이 웃었다.

"원, 녀석도. 부러우면 너도 시집가지 그러냐?"

찬호가 놀린답시고 짐짓 짓궂게 하는 말에 이아는 빙그레 웃을 뿐이었다.

"웃기는. 됐어, 농담이다. 이제 겨우 눈에 넣어도 아프지 않은 딸이 생겼는데 한 천년만년쯤은 끼고 있어야지, 어디서 굴러먹다 온지 알 수 없는 개뼈다귀 같은 놈이 홀랑 데려가게 둘까 봐서?"

자못 진심인 듯한 말에 이아는 눈동자만 데구루루 굴리는 반면, 선화는 비식 웃으면서 찬호의 팔에 살며시 손을 올렸다.

"이이는. 든든한 사위가 생기면 좋잖아요? 이아가 비루먹은 개 같은 남자를 데려올 리도 없고, 아들이 한 명 더 생기는 셈치면 되죠."

우아한 부띠끄 윤 원장님이 때로 어울리지 않는 단어를 구사하는 것은 둘 다 알고 있으니 둘째 치고, 찬호는 정말 사탕을 뺏긴 아이처럼 퉁퉁거렸다.

"아들은 창진이 녀석 하나만으로도 벅차. 아, 당신도 알잖아? 내가 녀석을 어떻게 키웠는지. 정말 아들이 아니라 원수였다고. 그 녀석 같은 사위가 생기면 난 제명에 못 죽을 거야."

생각지 못한 방향으로 흐르는 대화 앞에 이아가 할 수 있는 일이란, 눈을 데구루루 굴리는 것뿐이었다.

그 녀석 '같은'이라……. 그럼 그 녀석 자체는 어떠실는지?

"어머, 왜요? 전 창진 군 같은 사위 좋은데요. 일단 잘생겼고, 무슨 일을 해도 자기 아내를 굶길 것 같지는 않잖아요."

"아, 잘생기기는 무슨? 딱 도둑놈 상이지!"

아들이라고 해도 남자라고 질투가 나는지 찬호는 숟가락으로 탁자를 내리치듯 하며 불뚝 심술보를 터트렸다. 그러자 선화는 이아를 보고 찬호에게 다 들리도록 소곤거렸다.

"얘, 이 남자 좀 봐. 그 도둑놈하고 똑같이 생긴 이 남자는 누구라니? 난 그 얼굴에 반해 결혼까지 했는데, 도둑이었다니 아무래도 사기당한 것 같아."

그제야 그 사실을 깨달은 듯이 찬호는 흠흠! 머쓱한 기침을 터트리고, 이아는 피식 웃었다.

"네네, 알았으니 두 분은 싸우지 마세요."

"그렇대요. 식사나 하세요. 도둑놈님."

"허! 이 사람 참!"

서로 한마디씩 주고받은 찬호와 선화는 문득 그런 자신들이 우스웠는지 마주 보고 껄껄, 호호 웃었다. 그리고 다시 식사를 하는데, 찬호가 갑자기 떠올랐다는 듯이 이아를 보았다.

"참, 이제 그만 친양자 입적 수속을 밟아도 되지 않겠어?"

이아는 국을 떠먹으려다 말고 멈칫했다. 그러나 두 사람이 지켜보고 있다는 것을 의식하고 바로 아무렇지 않은 척 고개를 들었다.

"제가 알아보고 말씀드릴게요."

"별건 없을 게다. 법원에 서류만 내면 될 테니까."

"예, 일단 식사하세요. 출근하셔야죠."

찬호는 고개를 끄덕이고 수저를 들었다. 이아도 태연히 식사를 계속하는 척했지만, 그 머릿속은 어느 때보다 바쁘게 돌아가고 있었다.

"예, 예……."

창진은 간만에 사무실 책상에 붙어 앉아 사무를 보는 듯 통화를 하고 있었다. 상대가 말할 때마다 가볍게 고개를 끄덕이고, 볼펜을 쥔 손으로는 앞의 메모지에 간간이 무어라 받아 적었다.

제법 심각해 보이는 모습이었다.

"예, 그렇군요. 부모가 재혼을 했다고 하더라도 자녀는 친양자 수속을 해야 하고……. 아니면 혼외 자녀인 겁니까? 아, 그건 아니고 그냥 각자 호적에 등록되어 있는 거군요. 알겠습니다. 한 가지만 더 물어도 되겠습니까?"

수화기 너머의 동사무소 여직원은 경쾌하게 '물론이죠' 하고 대답했다.

"우리나라에서 재혼 부모 아래 양쪽의 자녀끼리 결혼하는 게 법적으로 가능합니까?"

그 질문에는 갑자기 말문이 막힌 듯 잠시 침묵했다.

「어, 저……. 부모님께서 이미 혼인신고를 하셨다고 했죠? 그래도 가능은 한 걸로 알고 있는데……. 확실히 알아보시려면 가정법원 쪽으로 문의해 보셔야 할 것 같아요.」

"한쪽이 파양을 하면 어떻습니까?"

「어……. 그것도 가정법원에…….」

여태 용케도 차분히 말하던 창진은 대번에 짜증스러운 눈으로 수화기를 노려보았다. 동사무소 직원이 왜 그런 것도 몰라? 우리나라에서 그런 경우가 자신만 있는 것도 아닐진대 말이다.

"예, 감사합니다. 그쪽으로 문의해 보죠."

「어, 저…….」

막 끊으려는데, 여직원은 잠시 뜸을 들였다.

「힘내세요.」

그녀는 위로한답시고 하는 말이었겠으나, 참을 새도 없이 관자놀이에 팍 핏대가 솟았다.

"힘내긴 뭘 힘냅니까? 우리가 이루어질 수 없는 사랑을 하는 것도 아니고, 그냥 부모님이 먼저 재혼했다는 특이한 상황인 것뿐인데 뭘 안쓰럽게 보는 겁니까! 동사무소에 할 일이 그렇게 없습니까?"

「저, 저, 전 그냥……..」

여직원은 이를 드러내고 덤비는 반응에 크게 당황한 것 같았다.

「응원해 드리려고 한 거예요! 흑!」

거의 희극적으로 눈물을 터트린 여직원은 먼저 전화를 끊어버렸다. 창진은 뚜— 뚜— 공허한 소리를 내는 수화기를 황당함을 참을 수 없는 눈으로 쳐다보았다.

반면 그를 황당하게 쳐다보는 눈이 하나 더 있었다. 다른 쪽 책상에 앉아 저번 달 매상을 계산하고 있던 태후는 어느 순간부터 통화를 듣고 있지 않는 척하는 것도 잊고 대놓고 창진을 쳐다보고 있었다.

"왜 애꿎은 사람한테 성질을 부려?"

창진은 짜증스럽게 수화기를 내치듯 내려놓았다.

"한마디 했다고 눈물바람은. 하여간 이래서 여자가 성가시다니까."

"그런데 네 여동생님은 성가시지 않고?"

태후가 그런 그를 물끄러미 쳐다보며 하는 말에 창진은 짐짓 '음' 하는 소리를 내었다. 이내 바퀴가 달린 사장님 의자를 쭉 밀어낸 창진은 책상 위에 턱하니 구둣발을 올려놓고 머리 뒤로 손을 받친, 상당히 거만한 자세를 취했다. 그리고는 한다는 말이 기도 차지 않았다.

"콩깍지란 게 다 그런 거거든."

"허⋯⋯."

더 말해봐야 제 입만 아플 걸 안 태후는 현명하게 그에 대해서는 접어두고 화제의 방향을 틀었다.

"진짜 결혼을 한다고? 네가?"

기실 한 번 시작한다면 끝까지 갈 걸 알았기에 상대가 이아라는 건 그다지 놀랍지 않았다. 그러나 그가 결혼이라는 단어를 운운한다는 것 자체가 놀랄 노 자에 기네스북 감이었다. 수근에게 저 어디 해가 서쪽에서 뜨고 지구 반대편에 혜성이 떨어지지는 않았는지 알아오라고 하고 싶은 심정이었다.

반창진과 결혼.

반창진과 철학과 다음으로 번데기 국에 우유를 탄 것 같은 조합이었다. 번데기 국에 우유⋯⋯. 욱, 생각만 해도 올라오려고 하네.

"아직은 아니지. 하지만 언제가 되던 하지 않겠어? 이건 그때를 위해 미리 알아놓는 거고. 아, 설마 중간에 법이 바뀌는 건 아니겠지?"

창진은 불현듯 생각이 든 듯 책상에서 다리를 내렸다. 그리고 바로 전화의 다이얼을 누르기 시작했다.

"나랏일 한답시고 만날 국회에서 패싸움이나 해대는 보라돌이들을 믿을 수가 있어야지. 이름이 국회의원이면 뭐해? 하는 짓은 꼭 돈만 받아 처먹고 나 같은 선량한 시민들이나 괴롭히는 조폭 같은데."

그러더니 황당하게 쳐다보는 사이에 아마 가정법원의 상담원으로 추측되는 누군가와 통화를 했다.

"안녕하십니까. 질문을 드릴 게 있는데, 부모님이 재혼하셨을 경우에 그 각각의 전 배우자와 사이에 자녀들이 결혼을 하는 게 가능합니까? 혼인신고는 했지만 친양자 수속은 하지 않았고……."

아까 통화한 동사무소 여직원이 안쓰러워하던 경험 때문인지 창진은 최대한 자세히 설명하며 그들 사이에는 부모님의 재혼 외에 아무런 문제도 없다는 것을 피력했다. 그런데 가만히 듣고 있는가 싶더니 상대편이 무어라 대답했는지, 태생적으로 냉소적인 얼굴에 번쩍 화색이 돌았다.

"아, 예! 그렇군요. 감사합니다!"

창진은 그답지 않게 활달하게 대답하고 전화를 끊었다.

"뭐래?"

뭐라고 했기에 트집 잡기 마공 12성을 달성한 그가 저토록 흡족해하는 건지 궁금해 넌지시 물어보았다.

"딱 한 마디 하더라. '당연히 가능하죠. 남남인데.' 암, 모름지기 나랏일을 하는 사람이라면 이렇게 시원시원해야지."

"너 정말 자신있는 거냐?"

태후는 자못 심각하게 물었다. 창진은 바로 뭐 씹은 것 같은 얼굴이 되었다.

"넌 정말 날 뭐라고 생각하는 거냐? 각오나 확신도 없이 여동생인 애를 건드렸을 것 같아? 아무리 걔가 예뻐 보여도 끝까지 갈 만한 여자가 아니었으면 아버지가 무서워서라도 사리 쌓고 생불이 됐으면 됐지, 내 이름만 들어도 토 나올 정도로 괴롭혀서 쫓아냈어."

그럴 마음만 있었으면 상대가 누가 됐건 얼마든지 해낼 수 있는 놈이라 신빙성 100%였다.

"뭐, 널 어떻게 생각했다기보다…… 네가 결혼생활을 하는 게 도저히 상상이 되질 않아서."

창진은 입이 심심했는지 마침 누가 놓아두고 잊어버린 듯 책상 위에 굴러다니고 있던 추파춥스를 까서 입에 물었다. 그리고 아까 자세로 돌아가서 무슨 생각을 깊게 하는 듯 사탕을 입안에서 이리저리 굴리다가 막대기를 잡아 빼고는 말했다.

"솔직히 나도 의외다. 결혼 같은 성가신 걸 왜 하나 생각했는데, 이아하고는 오히려 자연스러워. 그냥 넙죽 호적 파다가 내집에 앉혀놓고 천년만년 살고 싶어. 앙큼한 면도 귀엽고, 나한테 주눅 들기는커녕 눈 똑바로 쳐다보고 대드는 간담도 있고,

내숭 떠는 게 자극적인 여자는 처음이고, 또……."

태후는 정말 제 눈과 귀를 믿을 수 없는 지경이었다. 완전히 사랑에 맛이 시원스레 간 이 남자가 정말 그의 원수 같은 친구 반창진이란 말인가? 만약 여자의 매력이 뭐냐고 물어보면—물어본 적은 없지만 그의 성격으로 보아 추측하건대— '보지?' 이딴 소리나 할 녀석이 자랑하지 못해 안달이 난 것처럼 줄줄 늘어놓는데 어느 누가 믿어주겠느냔 말이다.

"뭐, 한눈팔까 걱정돼서라도 상황 되는 대로 얼른 들어앉혀야지."

"그건 무슨 소리야? 그 아가씨처럼 널 믿고 따르는 여자도 없던데."

시간만 나면 문자에, 전화에, 안부 인사에, 도시락에—창진의 몫뿐만 아니라 심지어 태후 자신을 포함한 나이트 직원들의 것까지—……. 창진의 외모에 홀려 따라다니던 여자들도 그렇게까지 극진하지는 못했다. 이아가 하는 걸 보고 그녀를 소개시켜 달라고 했던, 간을 유리병에 놓아두고 온 토끼 한 놈은 창진에게 걷어차이기도 했다.

여기서 주목할 점은, 그 '걷어차였다' 라는 말이 상당히 순화된 표현이라는 것이었다.

"그런 게 있어. 아직 날 완전히 믿지는 못하는 것 같아서."

창진은 그 급한 성질대로 추파춥스도 그대로 까드득 까드득 깨물어 먹고 막대기를 휴지통에 내던지고는 어깨를 으쓱였다.

그 모습을 태후는 빤히 지켜보다가 물었다. 창진이 그런데도 여자를 좋다고 하는 거 보면 정말 맛이 갔구나 하는 것은 둘째 치고.

"그럼 이 나이트는 어떻게 할 거야?"

"뭐, 그건 생각 좀 해보고. 이아는 그런 거 별로 신경 쓰지 않거든."

태후는 오티엘(OTL) 자세로 절망하고 싶은 심정이었다. 범상치 않은 녀석이 꽂힌 여자는 역시 범상치 않은 법인지, 아니, 대체 어떤 여자가 애인이 나이트 사장이라는 걸 개의치 않는단 말이더냐? 창진이 맛이 간 강도를 보건대 이아가 한마디만 해도 접을 것 같건만!

그때였다. 벌컥! 사무실 문이 열렸다. 그리고 덩실하니 드러난 모습은 보는 이의 마음이 절로 해맑아질 것 같은 순박한 농촌 총각…… 이 아니고, 부킹 95%의 뛰어난 성적을 자랑하는 나이트 계 M&A의 귀재 부킹팍 도사 김수근 군이었다.

"사장님, 왔습니다!"

창진은 바로 책상 위의 달력을 쳐다보았다.

1일.

꼭 알람이라도 맞춰놓은 듯이 정확한 날짜개념에 감탄이 나올 지경이었다. 그에 절레절레 고개를 내저으며 일어났다. 그러자 이미 자리에서 일어난 태후가 책꽂이 옆에 붙어 있는 금고를 열어 두툼한 봉투를 꺼내 건네주었다.

받아 든 창진은 그것으로 탁, 책상을 내리치고 걸음을 옮겼다.

"월례 행사구만, 월례 행사야. 그것들 생리도 하는 거 아냐?"

사무실을 나가는 길에 들려오는 빈정거림에 태후는 피식 웃고, 수근이 옆에 따라가며 '설마 오늘도 제가 제물 역할을 해야 하는 건 아니죠?' 하고 걱정스럽게 묻는, 평범한 월초의 풍경이었다.

문자가 오는 소리에 이아는 수정 필름에서 시선을 떼고 핸드폰을 보았다.

[퇴근 때 모시러 간다.]

'웬일?' 싶은 것도 찰나, 바로 문자가 하나 더 들어왔다.

[뽀뽀해 주면.]

킥 웃음소리가 새었다. 그러자 자기더러 뭐라고 하는 줄 알았는지 옆에서 필름 수정에 대해 토의하고 있던 주임이 '네?' 하고 물었다. 이아는 아무것도 아니라고 고개를 내젓고 답문을 보냈다.

[키스는 안 되나?]

보내놓고 수정 필름을 잡아서 인쇄소에 넘기고, 다음 호 전통복 프로젝트 전반 사항과 모델들을 체크하고, 사원이 사온 도넛까지 하나 집어먹고 난 후에야 이아는 아직도 답문이 도착하지 않았다는 사실을 깨달았다. 중간중간 신경은 쓰고 있었지만 여러모로 정신이 없어서 화장실을 가기 위해 사무실을 나왔을 때야 핸드폰을 확인할 수 있었다.

창진과 제 발이 나란히 있는 배경화면이 떠 있는 액정에는 문자가 도착했다는 메시지가 없었다.

'일하나?'

원래 문자를 보내면 세 시간 후쯤에야 전화로 '뭐냐?' 하고 묻는 사람이라지만, 명색이 연애를 시작하고는 아무리 늦어도 30분 안에는 답문을 보내는 버릇이 생겼다. 그런데 가만히 시간을 세어보니 거의 두 시간이 지난 것 같은데 답변이 없었다.

그때였다.

"네 깡패 오빠는 아직 칼 안 맞고 살아 있냐?"

잠깐 정신이 딴 데 팔려 있는 사이에 옆에 지나가던 현준이 툭 물었다. 이아는 싱긋 웃으며 그를 보았다.

"장 대리님, 내가 핫바지로 보여요? 꼴리는 대로 시비 걸게."

아예 탁 까놓고 나니 이제 그에게는 내숭을 떨 것도 없었다. 아니, 그전에 그럴 가치부터 없었다. 더구나 어느새 창진의 말

버릇이 옮았는지 그리 싫어하던 상스러운 말도 아무렇지 않게 튀어나왔다. 상스러운 말을 들을 가치가 있는 상대에게는 상스러운 말을 한다고 해도 제 가치가 폄하되지 않는다는 걸 알았기 때문이다.

"하, 이제는 완전히 막가네?"

"내 벽보 협박 아직 유효하니까 가서 일이나 해요."

탁 내뱉어놓고 신경 쓰는 척도 하지 않으니 현준은 욕지거리를 뇌까리며 가버렸다. 이제는 그 '화냥년'이라는 단어가 귀에 거슬릴 정도였지만 말로만 그러는 걸 알았기 때문에 꿋꿋이 무시했다. 무엇보다 창진에게서 답변이 없는 게 더 신경 쓰였기 때문에 현준에 대한 것은 금세 뇌리에서 잊혀졌다.

이아는 그에게 전화를 걸어보았다.

—뚜르르르……. 뚜르르르르…….

꼭 그다운 컬러링 없는 단조로운 신호음이 가고…… 평소처럼 전화를 받는, 이 아니라 신호음이 가고……. 계속 가고…….

슬슬 인상이 써질 무렵이었다.

달칵—

겨우 전화를 받았다.

"뭐해요?"

몇 시간 연락이 없었다고 너무 재촉하는 것 같은 인상은 주고 싶지 않아서 이아는 애써 쾌활하게 물었다. 그런데 돌아오는 답변이 없었다. 희미하게 숨을 몰아쉬는 소리만 들려올 뿐이었다.

"이건 웬 변태 숨소리? 다른 플레이 해보자는 거예요?"

이아는 놀리듯 소곤대는 음성으로 말했다.

「논다.」

겨우 그가 말했다. 그런데 왠지 숨이 거칠어서 이제는 정말 의아해졌다.

"근데 목소리가 왜 그……"

말하는데, 핸드폰 너머 배경이 시끄러웠다. 뭐가 깨지는 소리에, 넘어가는 소리에, 괴성에, 고함에…….

"이게 무슨 소리예요? 무슨 일 있어요?"

「나이트에서 직원들끼리 싸움이 났어. 말리느라 진 다 뺐다.」

"싸움이요?"

「이것들이 흥분하니까 사장 알기를 뭣같이 알아. 근데 나도 나이가 들었는지 몸이 예전 같질 않다. 그거 힘 좀 썼다고 숨이 다 차.」

고작 그런 이유였나 싶어 이아는 허허 웃었다.

"많이 심각해요?"

「거의 정리되고 있어. 그래서 그런데 좀 바빠서 나중에 다시 전화할게.」

"알았어요. 조심하고요."

「그래.」

통화를 끝낸 이아는 다소 께름칙한 기분에 한참 핸드폰을 쳐다보았다. 하지만 창진 앞에서 직원들이 싸워봐야 얼마나 심각하게 싸우겠냐 싶어 어깨를 으쓱이고 털어버렸다.

「알았어요. 조심하고요.」

"그래."

삑.

창진은 핸드폰의 종료 버튼을 눌렀다. 그리고 이아가 전송해준, 제 투박한 발과 그녀의 앙증맞은 발이 함께 찍힌 배경화면을 찰나적으로 묘하게 보다가 손을 내렸다.

그 손이 기운없이 툭 하고 떨어졌다.

"사장님!"

그 옆에서 수근이 눈물에 콧물로 범벅된, 아무리 좋게 봐줘도 심하게 못생겼다 싶은 얼굴로 악을 썼다.

"사장님! 엉엉! 사장님! 정신 차리세요!"

"자식아…… 나…… 안 죽었다."

창진은 가쁜 숨을 몰아쉬며 읊조렸다. 그러나 온갖 고성과 파열음이 퍼져 나가는 가운데 더듬더듬 읊조리는 목소리를 듣지 못했는지 수근은 더욱 크게 울었다.

"사장님! 어어엉!"

창진은 참으로 기도 차지 않았다. 사내새끼가 울며불며 매달리는 걸 가만히 두고 보고 있을 때가 다 오다니.

살다가 맞을 게 없어서 배때기에 칼을 맞은 상황에서도 그게 더 억울했다.

"누가 우리 사장님 좀 살려주세요! 사, 사장님 배에 피가! 피가! 흐어어어어엉!"

네 소리에 더 죽겠다 싶었지만, 인생 처음으로 그 말을 할 기운도 없어서 창진은 뜨거운 액체가 솟구치는 제 옆구리만 꾹 눌렀다. 흰색 와이셔츠는 이미 새빨간 색으로 젖어 척척했다.

또 여기서 억울한 점은, 호모 조폭 새끼가 흥분해서 찌르려면 칼은 꽂은 채로 내버려 둘 것이지, 지가 꽂은 주제에 왜 자기가 더 놀라서 칼을 빼버렸냐는 것이었다. 덕분에 고등학교 때 담임의 윽박질에도 괜히 심통이 나서 헌혈하지 않았던 귀중한 혈액을 이리 낭비하게 되었지 않은가.

인생사 공수래공수거, 어차피 버릴 거 차라리 누가 모아다가 헌혈해 줬으면 좋겠다는 생각이 들었다.

"사장님! 주무시면 안 돼요!"

"야…… 그건 동사할 때고……. 이거 진짜 근본 없는 놈, 너 고등학교…… 다시 가라……. 역시 중퇴는 쪽팔려……."

이번에는 그 말을 들었는지 수근은 번뜩 고개를 들고 그를 쳐다보았다. 아직 뒤엉킨 인간들로 소란스러운 무대에서 벗어난 나이트 한쪽 벽에 반쯤 기대고 앉은 창진은 빈혈로 퀭한 눈을 하고 수근을 보았다.

남자와 시선을 지그시 교환하는 토할 것 같은 순간, 갑자기 수근이 확 독기를 품더니 바락 외쳤다.

"사장님은 어떻게 이럴 때도 태연해요! 지금이 여자친구랑 통화할 때냐고요! 지금 사장님 죽게 생겼다고요! 배에 칼 맞았어요, 칼! 조폭이 사장님 찔렀다고요! 필용이 새끼가 싸움난 틈을 타서 일부러 찌른 거예요!"

"나도 봤다. 너만…… 눈 있냐."

수근은 도저히 말릴 수 없겠다고 생각했는지 뒤를 돌아보고 '매니저님! 매니저님!' 목청껏 고함을 질렀다. 그러자 나이트 매니저 주제에 왕년에 한가락 했던 솜씨로 창진 그를 찌른 필용을 바닥에 억누르고 있는 태후가 주변에 대고 무어라 악을 써댔다. 구급차는 언제 오냐, 여기 와서 이놈 잡고 있어라, 뭐 그런 말인 것 같았다.

"창진아!"

다급히 달려온 태후는 이미 옷과 손이 피로 떡칠이 되어 있었다. 창진을 부축해서 이쪽 벽에 옮겨둔 게 그였기 때문이다.

창진은 흘긋 눈을 굴려 그를 보았다. 그리고 피가 뚝뚝 흘러내리는 손을 힘겹게 들어 태후의 옷깃을 쥐고 끌어당겼다.

무어라 말하는 그 작은 소리를 듣기 위해 태후는 바짝 귀를 기울였다.

"나의 죽음을…… 적에게…… 알리지 마라."

태후는 확 고개를 들었다.

"이 개새끼! 칼 맞고 고작 한다는 말이 같잖지도 않은 농담……!"

그 말이 다 끝나기도 전이었다. 창진은 칼을 맞은 사람이라고는 볼 수 없는 엄청난 힘으로 옷깃을 틀어쥐고 다시 끌어당겼다. 그리고 귓가에 비정상적으로 뜨거운 숨결과 함께 으름장을 놓았다.

"내가 농담할 상태로 보이냐, 이 핫바지야. 집에 알리지 마. 특히 이아한테 말하면, 너 진짜 모가지를 틀어버린다."

태후는 15년 세월 중에서도 난생처음 보는, 눈물이 일렁이는 눈으로 소리쳤다.

"빌어먹을 새끼! 이 상황에 네 여자부터 걱정되냐! 이 불알도 없는 새끼야, 내 친구 반창진이 내놓고 넌 가서 공처가로 천년만년 잘 먹고 잘살아라!"

창진은 씩 웃었다. 식은땀에 푹 젖은 몸은 이미 동상에 걸린 것보다 더 온도가 내려가 있었고, 눈앞이 어두침침했다. 머리카락까지 움직일 수 있을 것 같았던 평소의 예리한 감각은 모두 사라지고 배에서 솟구치는 피의 질척한 느낌만이 느껴지는 모든 것이었다. 그런데도 입매를 늘어트리며 웃는 모습에 태후는 정말로 기도 차지 않는 얼굴이었다.

"그래…….. 내가 칼 한 방 맞았다고 갈 놈이냐……. 이아랑 천년만년 살 거다…….."

상태가 심상치 않다 싶어진 태후는 일단 창진의 와이셔츠 앞섶을 확 뜯어 열었다. 그리고 급히 구급약품을 공수해 온 누군가가 전해주는 대로 제법 능숙하게 수건으로 상처를 지혈하고 테이프를 찾았다. 그러나 수건이 너무 두껍고 금세 피를 머금어

무거워지자 안 되겠다 싶었는지 주변에 대고 외쳤다.

"생리대 가진 사람 있으면 가져와!"

창진은 낮게 뒤척이며 지극히 불만족스러운 신음을 내었다. 그러나 역시 난생처음으로, 아무도 그의 말을 들어주지 않았다.

"아, 저 있어요!"

"저, 전 탐폰인데요!"

"일단 아무거나 다 가져와!"

한참 소란스러운 소리가 주변에 웅웅 울리고, 몇 있는 여직원들이 각기 모양도 브랜드도 다른 생리대를 나르듯이 전해주자 태후는 바로 뜯어—대관절 남자가 생리대 뜯는 방법은 왜 그리 잘 아는 것인가? 전직 순정만화 잡지기자의 위엄인가?—창진의 상처에 겹쳐 대고 테이프를 둘렀다.

탄탄한 제 옆구리에 붙은 생리대를 열기에 흐려진 눈으로 쳐다본 창진은 자포자기 심정이 되고 말았다.

"씨팔……. 기왕이면 날개로 해줘."

문득 저 멀리 이는 소란에 무대 쪽을 돌아보니, 그를 찌른 조폭이 자신을 억누르고 있던 다른 직원을 때려눕히고 줄행랑치고 있었다. 그 모습을 발견한 태후가 저거 잡으라고 고래고래 소리를 쳤지만, 워낙에 싸움질에 이골이 난 놈이라 덤벼드는 직원들을 흡사 '우루사!'라고 외칠 것같이 포효하며 차례로 때려눕혔다.

달아나기 직전, 찰나적으로 창진과 눈이 마주쳤다.

이미 달아난 양주파 중간 보스 옆에서 깐죽대던 것은 언제고, 그를 보자마자 얼굴이 안쓰러울 정도로 파랗게 질렸다. 아마 조폭질을 하면서도 정말로 사람을 찌른 것은 처음이리라.

여기서 더 난리를 피워봤자 곤란한 건 양주파도 마찬가지였기에 중간 보스—금테 안경—를 상대한다고 그답지 않게 한눈을 팔고 있던 것이 화근이었다. 난리통에 흥분한 녀석이 원래 원한을 가지고 있던 그를 발견하자마자 확 들이받아 찔러 버릴지 누가 알았겠는가.

마침내 녀석은 저승사자라도 본 듯이 혼비백산해서 달아나기 시작했다. 그 뒷모습을 창진은 떨리는 손끝으로 가리켰다. 그리고 선득하게 읊조렸다.

"필용이 새끼……. 네 모가지는 곧 틀어주마."

그 가까운 미래를 예견하듯 주먹이 멀어지는 목을 틀어쥐는 것 같은 모양새로 불끈 쥐어졌다.

특히 생리대 굴욕. 절대 잊지 않으리.

뽀로로롱.

이아는 문자가 오는 소리에 거의 나르듯이 책상으로 달려가서 핸드폰을 열었다. 밤 11시가 되어서야 겨우 온 연락이었다.

[아무래도 오늘은 전화 못할 것 같다. 미안. 잘 자.]

이아는 의아함을 감출 수 없었다. 뭐, 이 시간이면 한창 바쁠 때니 이제 자야 하는 그녀와 시간이 맞지 않는 것은 이해하겠지 만……. 왠지 어투가 이상했다. 창진은 결코 '미안' 이라든가 '잘 자' 라는 말을 이렇게 자연스럽게 하는 사람이 아니었다.

'미안해 돌아가시겠다' 라든가 '꿈에서 죽여주마' 라든가 하는 식으로 말한다면 모를까.

의아함에 전화를 걸어보았지만, 받지 않았다.

자동적으로 한 번 더 전화해 보려던 이아는 고개를 내저었다. 연락까지 해줬는데 의부증에 걸린 여자처럼 행동하고 싶지는 않았다.

'그래. 고작 오늘 하루인걸.'

애써 자신을 다스린 이아는 핸드폰을 책상에 내려놓고 화장실을 가려던 걸음을 다시 돌렸다.

18

이아는 오늘 아침에만 해도 열 번째로 확인해 본 핸드폰을 다시 확인했다. 그러나 역시 들어온 연락은 없었다. 아니, 있기야 했지만 모두 거래처 사람들뿐이었다. 진정으로 기다리고 있는 사람은 철근 같은 묵묵부답을 지키고 있었다.

일도 손에 잡히지 않고, 피가 바싹바싹 마르는 느낌이었다. 아무리 사랑이 좋아도 일은 하고 하라고 업무 중에도 남자 전화 한 통에 뛰쳐나가는 여자들을 비웃어왔는데, 이건 정말…….

마음 같아서는 이미 백번도 뛰쳐나가고 남았으리라.

'설마 한 번 맛봤다고 질린 건……?'

확 머리를 들이받아 오는 부정(否定)의 생각에 이아는 사납게 고개를 내저었다. 아니다. 창진은 그런 남자가 아니었다. 설사 질렸더라도 '미안. 이게 아니네?' 라고 대놓고 말이라도 할 남자였다.

'곧 연락하겠지. 그래, 일이나 해.'

이아는 한숨을 내쉬며 커피 잔을 입가로 기울였다.

휴게실에는 삼삼오오 사람들이 앉아 담소를 나누고 있었다. 어제 데이트한 남자 이야기, 정치판이 어쩌고 하는 이야기, 세상 돌아가는 이야기……. 명색이 회사 안이라서 입이 두 개만 모여도 으레 할 만한 상사 욕은 없었지만, 뭐 하나 특별할 것 없는 잡담뿐이었다. 그리고 등 뒤로 벽에는 항상 패션 채널이나 YTN 뉴스가 틀어져 있는 벽걸이 텔레비전에 아나운서가 무심한 어조로 읊는 뉴스가 흘러나오고 있었다.

잠깐 귀가 가서 들어보니 국회에서 무슨 법을 상정했고 하는, 그쪽에 관심이 없는 그녀로서는 알 수 없는 이야기였다. 그에 다시 신경을 끄고 창밖을 응시했다.

'그러고 보니 문영이 얘는 요즘 뭐하나. 통 연락이 없네. 뭐, 나도 오빠랑 노는 데 바빠서 연락을 하지 않기는 했지만……. 연애하는 것 같더니만, 좀 잘되고 있나?'

그런 생각들이나 무심히 하고 있을 때였다.

「다음 뉴스입니다. 어제 저녁 논현동 나이트에서 조직폭력배와 직원들 간에 싸움이 붙어…….」

아나운서가 여전히 무심한 어조로 뉴스를 읊자, 문득 텔레비전을 쳐다본 직원 중 한 명이 '어머, 웬일이니?' 하고 중얼거렸다.

「싸움을 말리려고 하던 해당 나이트 사장 반 모 씨가 조직폭
력배가 휘두른 흉기에 찔려 급히 병원으로 이송되었으며…….」

뉴스를 듣고 있지는 않았지만 왠지 뭔가 귀에 탁 걸려온다고
생각한 이아는 천천히 뒤를 돌아보았다. 대개의 사람들이 여태
신경도 쓰지 않고 있던 텔레비전을 쳐다보고 있었다. 덩달아 멍
하니 쳐다보고 있는 눈앞에, 화면 아래로 사건을 간략히 정리한
자막이 지나가고 있었다.

[조폭 나이트서 난동. 사장 반 모 씨(32) 흉기에 찔려.]

이아는 홱 고개를 돌렸다. 그리고 정신없이 핸드폰을 들었
다. 손이 주체할 수 없도록 덜덜덜 떨려와 커피 잔을 쏟는 바람
에 바짓단이 흥건히 젖어들었지만, 발 위에 뜨끈하게 퍼지는 통
증은 느껴지지도 않았다. 격렬하게 떨리는 손 때문에 핸드폰의
통화 버튼을 누르는 것도 몇 번이나 미끄러지고 나서야 가능했
다.

그 모습에 사람들이 그녀를 돌아보고 '왜 저래?' 하고 수군거
렸다.

—뚜르르르르……. 뚜르르르르…….

신호는 계속해서 가고, 전화를 받는 이는 없었다.

이아는 핸드폰을 든 손을 탁 내치듯 내려놓았다. 그리고 몇몇

이 무슨 일이냐고 물어도 그저 망연히 서 있기를 한참, 혼이 빠진 듯이 멍하던 이아의 얼굴이 서서히, 천천히, 알루미늄 호일처럼 일그러지기 시작했다.

이내 그 곱다란 외모로 그런 표정을 지을 수 있다는 것 자체가 놀라울 만큼 난폭하게 인상을 썼다. 그리고 파르랗게 걸음을 돌렸다.

"어? 윤 팀장님!"

부르는 소리도 듣지 않고 휴게실을 나섰다. 그리고 복도를 걷기 시작하다가 종내에는 거의 달리다시피 발걸음이 이끄는 대로 갔다.

방향은 기획부 사무실이 아니었다. 아래층에 있는 영업부 사무실이었다.

"아, 윤 팀장님. 무슨 일로…….”

문가에 가장 가까운 자리에 앉아 있는 여직원이 그녀를 보고 가장 먼저 일어났다. 영업부의 말단사원이지만 같은 여자라는 점도 있고 해서 평소 소탈하게 대해주던 이아가 반가운 얼굴이었다. 그러나 항상 그녀를 보고 생긋 웃으며 뭐라도 한마디 칭찬해 주던 이아는 그녀를 본 척도 하지 않고 지나쳐 갔다. 그리고 안쪽의 책상으로 척척 다가갔다.

팔을 걷어붙이고 컴퓨터로 업무를 보고 있던 현준은 갑자기 옆에 와 서는 인기척에 고개를 들었다. 그리고 회사 화장실 사건 이후로 영업부에 와도 그의 책상 쪽으로는 우연으로라도 눈짓하지 않던 이아가 떡하니 서 있는 모습을 보고 의아한 눈이 되었다. 자신을 쳐다보는 눈에 섬뜩하도록 새파란 살기가 흘러 더욱 얼떨떨한 기색이었다.

"네가 사주했니?"

이아는 툭 물었다.

"뭐?"

현준은 얼결에 자리에서 일어나다 말고 되물었다. 그때였다. 이아가 확 손을 들었다. 그리고 한 치의 주저도 없이 그의 뺨을 세차게 후려쳤다.

단순히 올려붙이거나 하는 힘이 아니라 거의 주먹을 내지르는 것 같은 힘에 현준의 고개가 확 돌아갔다.

"네가 찔렀냐고!"

이아는 온 목으로 악을 썼다. 심상치 않은 분위기에 웅성이며 모여들던 사람들은 모두 화들짝 놀랐다. 하지만 다른 사람도 아니고 이아가 난데없이 행패를 부리는 모습에 놀라 말릴 생각도 하지 못하고 얼어 있을 따름이었다.

그사이에 이아는 책상에 있는 물건을 손에 닿는 대로 현준에게 내던지며 거의 무슨 말인지도 알아들을 수 없는 소리를 내질렀다.

"우리 오빠 잘못되면 진짜 가만두지 않을 거야! 죽여 버릴 거라고!"

그저 당혹해하던 현준은 그제야 번뜩 정신이 들었는지 사납게 팔을 내저으며 소리쳤다.

"이게 무슨 짓이야! 너 돌았어!"

"나!"

이아는 비명같이 외쳤다.

"네가 나 챙긴답시고 기획부에 드나들다가 다른 년하고 눈 맞았을 때도! 용서해 달라며 걔는 근본부터 나랑 다른 애라고 헛소리할 때도! 그래 놓고 날 화냥년이라고 불렀을 때도 웃어넘겼어! 상대할 가치도 없어서 그랬지만! 너도 사람이라면 부끄러운 줄은 알겠지! 곧 정신 차리겠지! 그냥 내버려 뒀어!"

사실 그녀는 남의 시선이 두려웠다.

이제야 깨달았다. 현준이 바람피웠던 사실을 소문내지 않았던 이유는, 다른 이유가 아니라 남자에게 버림받은 여자로 취급되는 것이 죽기보다 싫었기 때문이다. 그가 고개를 빳빳하게 쳐들고 눈앞에 돌아다니는 모습을 볼지언정 그것은 용납할 수가 없었다.

자존심 때문에라도 회사에서 그를 후려치며 악을 쓰는 모습은 보일 수 없었다. 그러나 더는 아니었다.

"네 깡패 오빠는 아직 칼 안 맞고 살아 있냐?"

우연이건 고의건, 만약 창진이 어떻게 된다면, 명동 한복판에서 악을 쓰래도 쓸 수 있고, 현준을 죽여 창진을 살릴 수만 있다면, 현준을 죽일 수도 있었다.

"너, 너……!"

사무실 한가운데서 일어난 폭로에 현준은 얼굴을 터트릴 듯이 붉히고 더듬거렸다. 사람들은 여전히 말릴 생각도 하지 못하고 크게 웅성거렸다.

"네가 인간이면! 보기에 사람 같아 보이기라도 하면! 내가 어디까지 참을 수 있는지 시험하질 말았어야지! 내가 너한테 뭘 그렇게 잘못했니! 너 짜증낼 때 잔소리를 한 번 했니, 화낼 때 같이 소리 지르길 했니!"

"따, 따라와!"

현준은 일단 이 자리를 벗어나야겠다 싶었는지 이아의 팔을 거칠게 잡아끌었다. 강한 힘에 몇 걸음 끌려간 이아는 양손으로 세차게 그를 떠밀었다.

"그래, 나 너 진짜로 사랑하지 않았어! 이 정도면 괜찮겠지 계산했어! 그게 내 죄라면 죄야! 근데 나……. 나……! 이 사람은 진짜로 좋아해! 안 된다는 거 알면서도 어쩔 수 없을 만큼 사랑한다고!"

이제야 겨우 몰려들어 그녀를 말리는 사람들을 거칠게 헤치며, 이아는 외치고 또 외쳤다.

"그럼 네가 최소한 양심은 있었어야지……. 그 사람을…… 해치지는 말았어야지……."

기운없이 잦아드는 말끝에 눈물이 뚝뚝 떨어졌다. 숨소리 하나 들리지 않을 만큼 쥐 죽은 듯한 침묵이 내려앉고, 모두는 불편한 침묵을 삼킨 채로 현준을 보았다. 이아가 하도 악을 써서 다 알아듣지는 못했지만, 그가 바람을 피웠다는 것과 이아가 사랑하게 된 누군가를 해쳤다는 말만은 똑똑히 알아들었기 때문이다.

시선의 중심이 된 현준은 실성한 사람처럼 머리를 헤집으며 똑같이 악을 썼다.

"돌겠네! 내가 누굴 해쳤다는 거야! 네 오빠? 정말 돌았냐! 전과자 될 일 있어!"

그녀를 잡고 있는 한 직원의 손에서 팔을 빼낸 이아는 엉망이 된 머리카락을 쓸어 올렸다. 그리고 흡 눈물을 삼키며 고개를 들었다.

"그럼 됐어."

그리고는 슥 그를 스쳐 지나 입구로 다가가자, 번뜩 상황을 깨달은 현준이 시뻘겋게 얼굴을 붉혔다.

"야! 이 상황은 어떻게 할 거야!"

이아는 섬뜩하도록 차가운 눈빛으로 그를 돌아보았다.

"내가 뭐 틀린 말 했니?"

현준은 꿀 먹은 벙어리가 되었다.

"네가 날 화냥년이라고 부르지만 않았더라도 이렇게까지는 하지 않았을 거야. 이 경험을 교훈 삼아 앞으로 입조심하고 살아."

소란을 피워서 죄송하다고 사과하고 영업부를 박차고 나온 이아는 그 길로 기획부 사무실로 돌아가 붙잡는 사람을 다 물리치고 짐만 챙겨 회사를 나왔다. 그리고 지하주차장에 세워져 있는 차로 가지 않고 정처없이 거리를 걸으면서 다시 창진에게 전화를 걸었다.

—뚜르르르…… . 뚜르르…… .

계속해서 울리는 신호에 거의 정신이 이상해질 것 같을 때쯤, 예상과 달리 연결이 되었다. 하지만 이아는 섣불리 어떤 말도 하지 못했다. 그러자 상대가 물었다.

「왜 말이 없어?」

조금 잠기긴 했어도 평소와 다름없는, 타고나기를 퉁명한 어투가 들려왔다. 이아는 그대로 주저앉을 뻔했지만 후들거리는 다리를 겨우 지탱하고, 꾹 젖은 목소리를 억누르고 말했다.

"뭐해요?"

자신이 들어도 감탄스러울 만큼 전혀 떨림이 없는 어조로.

"아까 전화 안 받던데."

「아, 자고 있었어. 근데 넌 목소리가 왜 그래?」

"직원이 실수해서 소리를 좀 쳤거든요. 목이 쉬었나 봐요."

핸드폰 너머에서 피식 웃는 소리가 들려왔다.

「그런 성격으로 나한테 잘도 내숭을 떨었겠다.」

"하하…… . 집이에요?"

그 질문 뒤에 아주 찰나적인 침묵이 따라온다—고 생각되었다. 아니면 바늘 끝처럼 극도로 예민해진 신경에 그의 숨소리 하나까지 걸려와 대답하는 동안이 더욱 길게 느껴진 것일 수도 있었다. 제정신이 아닌 상태라서 확신할 수는 없었다.

「응.」

창진은 태연히 대답했다.

"그렇구나…… 너무 연락이 없어서요."

「나도 잠은 자야 할 것 아니냐.」

"잘 알죠. 창진 씨는 매일 10시간 동안 냉동 참치 상태라는 거."

「뭐? 누굴 냉동 참치 취급이야? 그러는 넌 냉동 참치 안고 잘 도 잔다?」

"말이 그렇다는 거죠. 꼭 토 달긴. 아무튼 연락이 없어서 연락 해 봤으니까 더 자요."

합의를 한 것도 아닌데, 누구도 먼저 끊지 않아 잠깐 침묵이 흘렀다.

"창진 씨……."

「응.」

창진은 조용히 대답했다. 지금이 바로 그가 그토록 치를 떨며 싫어하던 '느끼한 눈빛의 교환'과 같은 순간이라는 점은 모르는 모양이었다.

"사랑해요."

자연스럽게 흘러나온 말.

여태 몰랐을 뿐이지, 가슴에서 부글부글 끓어올라 이미 넘칠 듯이 목에 간당거리고 있었다. 사랑해요, 사랑해요, 사랑해요…… 몇백 번이라도 외쳐 댄 것처럼 그녀가 보는 은행나무 가지에, 지나가는 아이의 장난감에, 도로를 달려가는 차의 뒤태에, 거리를 나뒹구는 낙엽에, 사방에 온통 그 말이 걸려 있었다.

「…….」

돌아오는 말이 없었는데도 이아는 비식 웃음이 났다. 이런 반응이라면 그는 그렇지 않은 건가 응당 불안해지기 마련이건만, 오히려 편안해졌다. 그가 단어를 고르고 있는 것임을 알 수 있었기 때문이다.

"뭐예요, 창진 씨는 아니에요?"

아직 단어를 고르지 못한 걸까? 창진은 '어…….' 애매한 소리를 길게 흘리더니, 곧 꾹 입술을 다물고 결심한 듯 비장하게 말했다.

「남자는 그런 말 따위 하는 거 아냐. 행동으로 보여줄 뿐이지.」

꼭 마초병 환자다운 말을.

그러더니 전화를 뚝 끊어버렸다. 이아는 끊긴 핸드폰을 황당하게 쳐다보았다. 그런데 그새 뽀로로롱 문자메시지 알람이 울렸다.

의아하게 문자를 확인한 이아는, 약해진 눈물샘 때문이 아니더라도 왈칵 눈물을 터트리고 말았다.

[사랑해. 네가 여동생이라도, 둔갑한 여우라도 상관없을 만큼.]

과연 그것은 너무나 사랑스러운 '행동'이었다.

19

타악!

서류 파일이 사납게 책상을 내리쳤다. 다른 이라면 단번에 목
이 오그라들 만큼 매서운 일갈이었으나, 가지런히 손을 모으고
서 있는 이아는 눈 하나 깜빡하지 않았다. 그저 약간 고개를 숙
인 채로 뒷말을 기다리고 있을 뿐이었다.

"이게 대체 무슨 행패야, 행패가!"

마흔의 골드미스 기획부 부장은 도저히 분을 참을 수 없는지
청담동 미용실 표 20만 원짜리 파마머리를 거칠게 쓸어 올렸다.
그리고 두어 번 더 파일로 책상을 내리쳤다.

"회사가 당신들 안방이야? 싸우려면 나가서 싸워! 사무실에
난입해서 행패를 부린 것도 기가 찬데, 사랑싸움이라니!"

"저…… 부장님."

그제야 이아는 조심스럽게 고개를 들었다.

"영업부 장 대리하고 사귀었던 건 사실이지만, 그쪽의 바람으로 몇 달 전에 헤어졌습니다. 그러니까 사랑싸움이라는 건 터무니없는 오해예요."

"지금 그게 문제야! 자기가 뭘 잘못한 줄은 아는 거야?"

기획부장은 소리를 치다 못해 제풀에 지쳤는지 의자에 부너지듯 앉았다. 그리고 명백히 [금연]이라는 팻말이 붙어 있는데도 불구하고 담배를 꺼내 불을 붙이더니, 붉은 입술 사이로 담배를 거의 짓이기듯이 빨아댔다. 그러는 동안 화가 조금 가라앉았는지 곧 한 꺼풀 꺾인 어조로 타이르듯 말했다.

"윤 팀장 이런 사람 아니잖아. 공사 구분 확실히 하고, 일도 사생활도 철두철미해서 대표님도 그렇고 나도 그렇고 윤 팀장 아끼는 거 알잖아. 한두 살 먹은 어린애도 아니고, 사람이 참을 줄도 알아야지. 대뜸 사무실에 쳐들어가서 악을 써대면 어떡해?"

"죄송합니다."

이아는 깊이 고개를 숙이며 사과했다. 그 앞에 기획부장은 한참 동안 더 담배만 피우고 있었다.

"내가 윤 팀장을 아끼는 마음에서 대표님께 사정해서 감봉만큼은 막았으니까 앞으로 은혜를 원수로 갚는 일은 없길 빌어. 두 번은 없어. 알지?"

"예, 명심할게요. 감사합니다."

현준을 물 먹인 것에 대해서는 일말의 후회도 하지 않지만, 회사에서 난동을 피운 건 정말 입이 열 개라도 할 말이 없는 일이었다. 이아는 인사하고 부장 사무실에서 나가기 위해 몸을 돌렸다.

그때, 기획부장이 아까와 같은 독기는 없는 음성으로 불렀다.

"윤 팀장."

이아는 '예' 대답하며 돌아보았다.

"아까는 회사 상사로서 그랬지만, 여자 대 여자로서 말하자면……. 잘했어. 속이 다 시원했어."

얼떨떨했다. 다른 여자라면 같은 여자로서 어떻게 자신의 상황을 이해하지 못하냐고 성토할 법도 하지만, 적어도 기획부장은 아니었다. 그녀는 태어날 때 이미 정장을 입고 태어난 것 같은 사람이니까. 그런데 그런 그녀가 거의 쓸쓸하기까지 한 '여자'의 얼굴을 하고 말했다.

"사실 나 장 대리가 바람피우는 거 알고 있었거든."

"예?"

"야근하다가 우연히 둘이 얼싸안고 키스하는 거 봤어. 하지만 내가 나설 일은 아닌 것 같아서. 그래도 나도 여자인데 왜 답답하지 않았겠어? 헤어진 거 보면 윤 팀장도 알게 된 게 분명한데 아무 소리도 없으니 저런 걸 용서해 줄 정도로 무른 사람이었나 싶어서 실망감이 다 들더라."

기획부장은 그녀를 보고 붉은 입술로 씩 웃었다.

"한판 시원하게 하려고 했다는 거 이제 알겠어."

"딱히 그런 건 아니었지만…… 어쩌다 보니……."

이런 반응은 정말 예상외였던지라 이아는 난색 어리게 웃어 버리고 말았다.

"새로운 사람 만나는 것 같던데, 이번엔 좀 제대로 골랐길 빌어. 패션 일 한다는 사람이 그렇게 심미안이 낮아시야 되겠어? 아무튼 다음부터 이런 행패를 부리면 봐주는 것 따위 없으니까 그렇게 알고 나가서 일 봐. 시말서는 바로 가져오고."

이아는 사무실을 나왔다. 유리창 너머로 불안하게 안을 지켜보고 있던 사람들은 모두 그녀와 시선이라도 마주칠까 봐 분연히 시선을 돌렸다. 하지만 예상한 반응이었기 때문에 개의치 않고 자리로 돌아가는데, 갑자기 몇몇이 다가와 소란스럽게 말하기 시작했다.

"윤 팀장님, 괜찮으세요?"

"많이 혼나셨어요? 설마 면직은 아니죠?"

"어……. 이번에는 그냥 시말서로 봐주신대요."

그녀 자체가 늘 선을 긋는 느낌이었기 때문인지—항상 웃으며 대하기는 해도—평소에도 이렇게 살가운 사람들이 아니었다. 그런데 정말 진심으로 걱정해 주는 것 같은 모습들에 이아는 얼떨떨해 대답했다.

"아, 다행이다. 걱정했어요. 윤 팀장님은 잘못한 거 하나 없는데 말이죠."

"그래, 맞아. 바람피우고도 목에 깁스하고 다니던 장 대리님이 죽일 놈, 아니, 사람이죠. 윤 팀장님, 잘하셨어요. 그런 놈, 아니, 사람은 망신 한번 톡톡히 당해봐야 돼요."

"그러니까! 세상에, 맞을 짓은 자기가 하고 윤 팀장님을 화냥년이라고 불렀다지? 어쩜 사람이 그렇게 뻔뻔해?"

그러고 보니 다가와서 걱정스레 말을 걸어주는 사람들은 모두 여성이었다. 현준도 시말서로 끝날 것 같기는 하지만, 앞으로 공공의 적으로서 평탄한 회사 생활은 요원해 보였다.

이아는 희미하게 웃었다.

"고마워요. 하지만 나도 잘한 건 없으니까 너무 그럴 것 없어요."

"아이, 참! 윤 팀장님도 사람 좋으시긴! 그런데 지금 애인분께 무슨 일이라도 생겼어요? 왜, 해쳤다고……."

역시 그 소문도 돌았구나 싶었다.

"그냥 사고를 좀 당했어요. 연락이 안 돼서 눈앞이 하얗게 됐던 거고요. 그건 내 오해였으니까 이상한 소문은 내지 말아줘요."

여자들은 이구동성으로 '어머~ 저희 그런 사람들 아니에요!' 하고 매섭지 않은 난색을 표했다.

"애인분 괜찮으시대요? 교통사고였어요?"

이아는 그저 기운없이 웃을 따름이었다.

아직 창진을 만나러 가지는 못한 상태였다. 아무래도 그는 사고를 당한 걸 숨길 생각인 모양으로, 그녀가 떠보듯 집에 가겠다고 해도 일이 바빠서 집에 들어가지 않을 거니까 오지 말라고 말렸다. 그가 무사한 건 확인했지만 일분일초 피가 졸아서 정신이 이상해질 것만 같았다. 그러나 그가 오라고 하지 않는 이상 가지는 않을 생각이었다.

그녀를 걱정시키지 않으려는 마음을 이해해 주고 싶으니까. 단 한순간만이라도 그를 의심했던 만큼 이번에는 믿어주고 싶으니까.

"별건 아니에요."

"그나저나 윤 팀장님도 대단하세요. 그렇게 안 봤는데, 무척 정열적이신걸요? 애인분 엄청 사랑하시나 봐요. 그렇게 무섭게 화낼 정도라면."

"그래요, 아무리 그래도 전 그렇게까지는 못하겠어요. 대단해요."

서로 회사 동료 그 이상도 그 이하도 아니던 분위기는 언제냐는 듯, 여자들은 거의 그녀를 친구 대하듯 살갑게 수다를 떨었다. 이아는 조금 묘한 기분으로 그들을 지켜보았다.

"네, 사랑해요."

그가 오빠라도, 설사 나이트 사장이 아닌 조직폭력배라 하더라도 상관없을 만큼.

그녀가 기묘할 정도로 부드러운 윤기가 도는 얼굴로 단호히

한 말에 여자들은 나직이 감탄성을 내었다.

그때였다. 부장 사무실의 문이 벌컥 열리고, 나타난 기획부장이 야차같이 버럭 고함을 질렀다.

"일 안 할 거야? 여기가 시장 바닥이야? 왜 이렇게 시끄러워!"

여자들은 일사불란하게 분분히 흩어졌다. 이아는 시말서를 쓰기 위해 한글 파일을 실행하고 하얀 페이지를 잠깐 동안 응시했다. 그리고 문득 인터넷 창을 띄우고 메일함에 접속했다.

이내 검은 커서가 반짝이는 칸에 빠른 속도로 글을 적어 내려가기 시작했다.

그로부터 2주일, 창진은 아직도 퇴원을 하지 못하고 있는 것 같았다. 2주간 그를 보지 않고도 어떻게 알 수 있느냐면, 그를 보지 못하기 때문이었다.

[나이트를 정리할까 생각 중이야.]

그 간단명료한 문자 하나를 끝으로, 그는 거의 잠적해 버렸다. 물론 연락을 하면 받아주기는 했다. 솔직히 그 성격에 병원에 누워서 어지간히 지루할 테니 바쁜 척 연기 중이기는 해도 그녀가 연락하는 게 어느 때보다 반갑기는 할 터였다. 하지만 명색이 나이트를 정리하는 중이라 바쁘다는 분위기를 팍팍 풍기고 있어서 그녀가 만나자고 말할 길도 일찍이 차단했고, 찬호가 2주간 집에도 오지 않는다며 넌 배은망덕하고 은혜도 모르는 후레자식이라고 전화로 일장연설을 할 만큼 모습을 완전히 감추었다.

"부모님은 아직 네 오라버니 사고 소식을 모르시는 거야?"

정말 간만에 만나 사내 카페에서 마주 보고 앉은 문영이 슬그머니 물었다.

"응. 다행히 뉴스를 보지 못하셨나 봐. 집에 저녁도 한번 먹으러 오지 않는다고 섭섭해하시기는 하는데, 눈치챈 기색은 없으셔. 뭐, 아버지는 섭섭해하신다기보다 역시 결혼도 하지 않은 아들놈을 밖으로 내돌리니 이러는 거라고 곧 들어와 살라고 해야겠다고 벼르고 계시지만."

"넌? 퇴원해서 연락할 때까지 기다릴 셈이야?"

이아는 한숨을 삼켰다.

"그래야지. 병원에 가도 되는 거라면 창진 씨가 먼저 오라고 했을 거야."

"하지만 그냥 가볍게 찔린 거라고 하던데……. 그리 심각하지는 않다던데……."

문영은 제 몫의 레모네이드 잔에 꽂힌 빨대를 질겅이며 웅얼거렸다. 이아는 확 매서운 눈매를 치켜들었다.

"네가 그건 어떻게 알아?"

"아, 응? 아……. 태후 씨가 이야기해 줬어."

그제야 납득한 이아는 약하게 한숨을 내쉬었다. 요즘 문영이 태후와 잘되고 있다는 건 이미 알고 있는 이야기였다. 뭐, 문영이 경국지색 급의 미녀는 아니지만 묘한 마력이 있어서 한 번 빠지면 헤어 나올 수 없다는 사실을 아는 만큼 어련히 그렇게 될 거라고 생각했다. 제 일에 바빠 도와주지 못한 게 이제 와 조금 미안하기는 했다.

"창진 씨가 아버지한테 다 큰 자식이 며칠 집에 안 갈 수도 있는 거지 바람난 여편네 잡는 것도 아니고 뭐냐고 전화로 소리치는 거 보면 심각하지 않은 거 같긴 했어. 그래도 마음 같아서는 지금이라도 뛰어가고 싶은데……. 끝까지 숨길 생각인가 봐."

"그런데 믿을 수 있는 거야?"

"응. 믿어보려고. 성격상 뒤로 일 꾸밀 사람도 아니고, 그 한 사람마저 믿지 못한다는 건 참 서글픈 일이더라고."

"……."

놀랐는지, 감탄했는지, 문영은 침묵을 지켰다. 그때 마침 핸드폰을 쳐다본 이아는 시간을 확인하고 자리에서 일어났다.

"나 가볼 곳이 있어서 먼저 일어날게."

웬일로 회사 앞까지 찾아온 문영이 술 한잔하자고 했지만 퇴근 후에 선약이 있었기 때문에 간단히 차나 한잔한 것이었다. 하지만 회사 앞까지 찾아온 것치고는 별다른 용건이 없어서 이제 그만 일어나도 될 것 같았다.

"응? 어디?"

이아는 다소 장난스럽게 입매를 늘어트려 웃었다.

"보험 들러."

"보험? 그건 갑자기 왜……. 아, 너도 장현준이한테 칼 맞을 까 봐 먼저 대비해 두려고?"

이아는 피식 흘러나오는 웃음을 참지 않았다. 참 이문영다운 사고방식이다 싶었다.

"그래. 복도에서 마주칠 때마다 눈이 찢어져라 노려보는데 등 줄기가 서늘해 죽겠다. 아무래도 라이벌 회사로 갈 거라는 소문 이 있던데, 밤길이 무서워서라도 보험 들어놔야지 안 되겠어."

"힘 좋은 애인 뒀다가 침대에서만 우려먹게? 그럴 때 그 널찍 한 가슴팍에 쓰러지면서 지켜달라고 눈물 좀 찍어주고 해야지. 아참, 네 오빠님은 이미 너 내숭덩어리인 거 알지. 뭐, 아무튼 이왕 드는 거 센 걸로 들어라. 그럼 먼저 가. 난 카페에 온 김에 글 좀 쓰다 갈게."

이아는 고개를 끄덕이고 걸음을 돌렸다. 그런데 문영이 '이아 야' 하고 불러 돌아보았다.

"잘됐다. 네가 믿을 수 있는 사람을 찾아서."

엄지손가락을 들어 보이는 문영에게 이아는 희미하게 웃어 보이고 카페를 나섰다. 문영은 그 꽃 따러 가는 봄처녀인 듯한 뒷모습을 심각한 눈으로 지켜보았다. 무슨 근심이 있는지 이미 얼음밖에 남지 않은 레모네이드를 추르르르르르륵 방정맞은 소 리가 나도록 빨아대면서.

글을 쓰고 갈 거라는 말과 달리 얼마나 그저 그렇게 앉아 있기만 했을까. 테이블 위에 놓아둔 핸드폰이 덜덜 떨며 울어댔다. 흘긋 액정을 확인한 문영은 세상 근심을 모두 짊어진 것 같은 얼굴로 전화를 받았다.

"예, 만났어요."

상대가 무어라 하는 말에 문영은 또 한 번 깊은 한숨을 내쉬었다.

"네, 나갈게요."

전화를 끊고 계산을 한 후에 카페를 나서자 익숙한 은색 차체가 비상등을 켜놓고 기다리고 있었다. 문영은 익숙한 듯 조수석의 문을 열고 차에 올라탔다. 그전에 지켜보는 이라도 있을까 싶어 흘긋 주변을 둘러보는 모습에서 묘한 불안감을 읽을 수 있었다.

"어떻게 됐습니까?"

차 안, 교묘한 그늘에 가려져 얼굴이 잘 보이지 않는 운전석의 인물이 넌지시 물었다. 문영은 땅이 꺼져라 한숨을 쉬고 그를 돌아보았다.

태후가 자못 걱정스러운 얼굴로 그녀를 바라보고 있었다.

"일단 다른 곳으로 가요. 눈에 띄지 않는 곳이 좋겠어요."

그는 입을 열더니 곧 이곳에서 이럴 게 아니란 생각을 했는지 도로 입을 다물었다. 그리고 조용히 차를 출발시켰다.

이내 그들이 탄 차가 다른 차들의 향연에 묻혀 보이지 않을 때쯤, 그들 차가 서 있던 도로 옆 지하 주차장의 입구에서 독특한 청은색 BMW가 부드럽게 빠져나왔다. 그리고 신중히 도로 위로 섞여들었다.

서로 모르는 듯했으나, 은색 차체가 이미 사라져 보이지 않는 방향이었다.

탕!

차문이 닫히고, 하이힐이 도보에 거칠게 내려섰다. 그리고 거의 뛰듯이 걸어가는 그 뒤를, 급히 운전석 문을 박차고 내린 구둣발이 따랐다.

"문영 씨!"

바람같이 달려간 태후는 울먹이며 걸어가는 문영을 잡아 세웠다. 하지만 문영은 사납게 그 손을 떼어내려고 하면서 격한 음성을 토해냈다.

"정말 용서하지 않을 거라고요!"

태후는 한숨을 내쉬면서도 애써 그녀를 위로하려고 했다.

"너무 걱정하지 말아요. 사고였잖아요. 그 정도는 이해를 할……."

"태후 씨는 이아를 몰라서 그래요! 아무리 사생아 소리를 들어도 화는커녕 한 번 울지도 않던 앤데, 지 오라버님 칼 맞았다는 소리에 의심되는 놈 싸대기를 후려치고 소리를 지르면서 울었다고요! 그것도 사람들 다 보는 사무실에서!"

그러더니 발작적으로 고개를 들고 거의 떼를 쓰듯이 울먹였다.

"그런데 태후 씨 질투하게 하려고 내가 조폭을 유혹했다가 싸움나는 바람에 제 오빠가 칼 맞았다는 걸 알기라도 하는 날에는……!"

그렇다. 일의 전말은 그러했다.

1일. 양주파에서 수금을 하러 오는 날 하필 문영은 나이트 밤나비로 향했고, 자꾸 결혼을 하자며 쫓아다니는 태후의 성화에 뿔이 나 있던 차라 '오냐, 한번 당해봐라' 라는 심정으로 아무나 눈에 띄는 놈으로 골라 유혹했다. 그런데 하필 그놈이 필용이었고, 질투심에 눈이 먼 태후가 험악하게 상대하자 녀석이 흥분하면서 바로 싸움으로 번졌다. 칼까지 꺼내 들고 난동을 부리기에 말리려고 나선 창진을 발견하자 눈에 보이는 게 없는 김에 안 그래도 미운 놈을 확 칼질해 버린 것이었다.

물론 창진이 보스와 상황을 정리하려고 한눈을 팔고 있지만 않았어도 당하는 일은 없었을 것이다. 하지만 그도 피가 흐르는 사람이라 흉기를 들고 설치는 흥분한 멧돼지의 기습에 당해낼 재간은 없었다.

"정말 날 죽이려고 할 거예요! 나 죽을 거라고요! 흐어엉!"

문영은 정말로 화가 났을 때의 이아가 무서운지 길거리에서 아이처럼 서럽게 통곡했다. 안 그래도 2주간 근심으로 시름시름 앓다가 겨우 용기를 내서 이아를 만나러 갔는데, 사무실에서 있었던 일을 듣고 이거 정말 농담이 아니다 싶어진 모양이었다. 설마 그렇게까지 할 줄은 태후도 몰랐건만.

그런데 거의 추하게 목을 놓고 대성통곡하는 모습도 귀여워 보여 남자는 더욱 난감했다.

"그래서 창진이 녀석도 숨겨주려고 하는 거잖아요. 자, 좀 진정하고……."

태후는 주저앉은 문영을 토닥이며 일으켜 세우고, 비장하게 말했다.

"일단 우리 결혼 이야기부터 끝냅시다."

병원에 누워 귤이나 까먹으면서 지루함에 돌아버리려고 하는 친구 놈에게는 미안한 일이지만, 원래 이 나이쯤 되면 우정보다 사랑이 좋은 법. 특히 이제 그 친구가 괴물 같은 회복력으로 당장이라도 자리를 털고 일어날 수 있을 정도가 되었으니, 밥 먹여줄 것도 아닌 우정보다 제 사랑을 찾고 싶은 남자의 진솔한 심정이었다. 그러나 문영은 그렇지 않은지 대번에 발끈했다. 그리고 정말 온 힘을 다해 그의 가슴팍이고 어깨고 정신없이 때리면서 악을 썼다.

"지금 그게 할 소리예요! 친구는 칼 맞고 병원에 누워 있고, 태후 씨 애인은 제 친구한테 목 졸려 죽게 생겼는데!"

"그 녀석이 어디 칼 맞은 사람처럼 보여야 말이죠! 지은 죄가 있어서 오냐오냐하고 있자니까 얼마나 괴롭혀 대는 줄 압니까! 욕구불만에 돌아버린 짐승 같다고요!"

결국 태후도 벌컥 성을 내고 말았다. 안 그래도 큰마음을 먹고 청혼했건만 한 번도 아니고 몇 번씩 거절당해 서러운 남자의 억하심정이 폭발한 것이다.

"그럼 나는요! 난 죽어도 된다는 거예요?"

그 말에는 고개를 숙이는 벼처럼 한 꺼풀 꺾일 수밖에 없었다.

"솔직히 상식적으로 이아 씨가 그럴 만한 사람이……."

"그러니까 쟤가 보이는 것처럼 유순한 성격이……!"

한꺼번에 말하던 두 사람은 동시에 우뚝 멈추었다. 그리고 서로 뭔가 이상한 점을 깨달은 눈빛을 교환하기를 잠깐, 홱 고개를 돌려 문영이 발작적으로 가리켰던 방향을 쳐다보았다.

도로 건너 반대편 도보에 이아가 차에서 내리고 있었다.

흥분한 김에 눈 끝에 걸리는 그녀를 발견하고 아무렇게나 내질렀는데, 이제야 정말 그녀를 발견한 것이라는 사실을 깨달았다. 뒷모습이기는 해도 막 그녀가 내리는 특이한 청은색 BMW는 어지간해서 다른 곳에서는 볼 수 없는 것이었다.

"어라, 쟤가 여기는 웬일로?"

그뿐이라면 그냥 여기가 약속 장소려니 하고 말았을 것이다. 하지만 이아는 주변을 흘긋 돌아보며 확인하고 앞의 카페로 들어갔다. 꼭 아는 사람이 없는지 확인하려는 듯. 어딜 봐도 수상한 낌새가 마구 풍겨 나오는 모습이었다.

반사적으로 이아가 돌아보는 찰나에 차 뒤로 숨었던 태후와 문영은 첩보 요원처럼 조심히 고개를 빼고 건너편 카페 창 너머를 들여다보았다. 막 입구를 열고 들어간 이아가 가볍게 안을 둘러보고 약속한 사람을 발견한 듯 시선을 멈추었다. 그런데 순간적이기는 해도 선뜻 움직이지 않는 모습이 이상했다. 그러나 곧 고개를 작게 끄덕이고, 창가에 앉아 있다가 다급히 일어나는 남자에게로 다가갔다.

이내 서로 테이블을 두고 마주 본 두 남녀는 한참 멜로드라마 같은 분위기를 풍기면서 쳐다보기만 하다가 무어라 말하고 자리에 앉았다.

문영은 멍해졌다.

"보험 들러 간다고 했는데……?"

옆에서 가만히 지켜보고 있던 태후가 중얼거렸다.

"보험사 직원으로는…… 보이지 않는군요."

남자는 마흔 중반쯤으로 보였다. 아니, 초반일 수도 있었다. 캐주얼하면서도 단정하게 베이지색 면바지에 갈색 체크무늬 재킷을 차려입은 모습이 상당히 감각있어 보였다. 아무리 봐도 평범한 회사원 같지는 않고, 멋스럽게 수염을 기른 것 또한 댄디하고 중후해 중년의 멋을 아는 여자라면 과감히 도전해 볼 만한 남자였다.

일단 남자부터 보험사 직원으로 보이지 않았거니와, 마주 보고 앉은 남녀의 미묘하고 팽팽한 분위기는 절대 보험사 직원과 고객의 것이 아니었다. 설령 맞더라도 왠지 에로 비디오 같은 냄새가 나는 내연의 관계라면 모를까.

왜, 그런 거 있지 않은가.

젊은 사모님, 보험 하나 드시죠. 보험이라……. 그쪽을 보험 들고 싶군요. 그쪽의 이 아래쪽 보험은 아직 쓸 만한가요? 헉, 사모님! 뭐 이런 내용 말이다.

더구나 주름조차 별로 없는 남자의 반드러운 피부는 그를 더욱 젊어 보이게 했다. 20대의 아가씨와 앉아 있는데도 전혀 늙다리 같은 냄새가 나지 않고, 오히려 어쩌면 연인 같기까지 했다.

"저 남자가 보험 자체가 아니라면 말이죠."

태후가 툭 중얼거렸다.

"그럴 리가 없어요……. 우리 이아가 오라버님을 얼마나 좋아하는데요. 그전에 남자를 보험 들어둘 만한 애가 아니라고요."

"……"

태후는 불편한 침묵을 지켰다.

물론 그도 그렇게 믿고 싶었다. 하지만 정황이 너무 명백했다. 서로에게 닿지 않는 손길은 남의 시선 때문에 위장할 수 있겠지만, 눈빛은 그렇지 않았다. 사연의 냄새를 팍팍 풍기는 저 눈빛들은 서로를 깊이 알지 않고는 불가능했다.

어쩌면 저 남자가 퍼스트일 수도 있었다. 창진이 아니라.

양오빠를 세컨드 삼는 대범함은 그로서는 흉내도 낼 수 없겠지만 말이다. 아무래도 전적이 있으니…….

"지금 뭐하는 거예요?"

갑자기 태후가 핸드폰을 꺼내 들자 문영은 날카롭게 쳐다보았다.

"전 이런 거 그냥 수수방관하고 있을 수 없습니다. 사단이 나더라도 그 녀석은 알 자격이 있어요."

"태후 씨! 그거 당장 못 치워요? 아직 상황도 다 모르잖아요! 저 남자는……. 저 남자는……. 그, 그래! 아버지일 수도 있잖아요!"

이아를 위한 변명이라고 생각해 낸 말이 기특하기는 하다마는 안쓰러울 정도였다.

"창진이 아버님 보신 적 없습니까?"

"그 아버지 말고요! 예전 계부나……. 아! 도망간 친부! 그 사람일 수도 있잖아요!"

태후는 얼핏 인상을 썼다. 듣고 보니 그럴 수도 있겠다는 생각이 들었다. 그런 그를 느낀 듯 반색하는 문영에게서 시선을 돌려 카페 창 너머를 바라보는데, 마침 남자가 손을 뻗어 이아의 손을 꾹 그러쥐었다. 너무나 간절하게.

"저만 그런 건지 모르겠습니다만……."

태후는 뚫어져라 그 맞잡은 손을 응시하며 신중히 운을 뗐다. 그때쯤 이아는 남자의 손을 내치지 않고 얼핏 고개를 숙이고 있을 뿐이었다. 아무것도 모르는 무지렁이가 봐도 꽤나 애절하고 심각한 연인의 모습이었다.

"아무리 편견과 선입견을 내려놓고 따듯한 눈으로 지켜봐도 부녀로 보이진 않는군요. 특히나 생물학적인 사이로는……."

그 모습에 문영도 더는 변호도 해줄 수 없는 듯 입을 다물었다. 태후는 핸드폰을 내려다보며 고민에 빠졌다.

한 3년 전쯤이었을까. 우연히 제 예전 여자친구가 바람을 피우는 현장을 목격한 창진이 저딴 여자한테 속고 있는 바보 머저리 병신이라고 길길이 날뛰었던 덕분에 둘은 헤어졌고, 나중에 알기를 여자는 양다리도 아닌 심지어 네 다리였다. 막 헤어졌을 때에야 모르고 넘어갈 수도 있었던 걸 공연히 크게 만든 창진이 원망스럽기도 했으나, 결과적으로는 손해를 최소화할 수 있었다. 제가 믿고 일을 맡긴다는 인간이 남의 손에 놀아나는 걸 방관할 수 없다는 지극한 이기주의였을지, 닭살 돋게 '감히 내 친구를!' 이런 거였을지는 그 본인만 알겠지만 말이다.

이아가 제 예전 여자친구 같다는 생각은 하지 않았지만, 아무리 그래도 그는 창진의 친구였다. 창진을 먼저 생각할 수밖에 없는 것이다. 더욱이 녀석 성격에 나중에라도 자신이 이런 장면을 훤히 보고도 이야기해 주지 않았다는 걸 알게 되면 어떤 사단이 날지……. 보지 않아도 비디오고, 듣지 않아도 오디오였다.

태후는 한숨을 내쉬고 전화를 걸었다. 하지만 달칵— 상대가 전화를 받는 찰나에 문영이 확 핸드폰을 뺏었다.

"문영 씨!"

"안 돼요! 그래도 물어보고……!"

이미 늦은 듯, 그 소리를 들은 창진이 핸드폰 너머에서 말했다.

「이 목소리 못난이 아니야?」

"누가 못난이예요, 누가!"

확 성질이 뻗친 문영은 상황도 잊고 핸드폰에 대고 소리쳤다. 그때 태후가 얼른 핸드폰을 낚아채 들었다.

"어이, 나 지금 우연히 이아 씨를 봤는데……."

"미안하다."

이아는 잡힌 손을 조용히 빼내었다.

"사과하실 것 없어요. 미움 같은 거, 오래전에 버렸어요. 탓하려고 뵙고 싶다고 말씀드린 것도 아니고요. 오히려 나와주셔서 감사해요."

남자는 어색하게 손을 거두더니 한참 동안 침묵을 지켰다. 이내 한숨을 내쉬듯이 나직이 물었다.

"정말…… 원망하지 않아? 그렇게 버렸는데."

"어렸으니까요. 누군가를 책임져야 한다는 게 부담스러우셨겠죠. 이해해요."

일평생 처음 만나는 아버지였다. 하지만 이아는 스스로도 놀라울 만큼 전혀 목소리를 떨지 않았고, 또 어렸을 때 수없이 했던 상상과 달리 혈육으로서의 뜨거운 정(情) 같은 것이 솟구치지도 않았다. 오히려 지나다가다 처음 마주친 사람을 보듯이 이 남자가 정말 제 생물학적 아버지가 맞나 싶을 정도였다. 탓하려고 만나자고 연락을 한 게 아님에도 분노 정도는 들 줄 알았건만, 정말로 아무것도 없었다.

"많이…… 컸구나."

남자는 조심히 그녀를 훑어보았다. 관찰하는 시선이었지만 불쾌하지는 않았다. 그녀도 처음 만나는 친부가 어떻게 생겼을지는 궁금했으니 하늘에서 뚝 떨어지듯이 다 커서 눈앞에 나타난 딸이 신기하기는 했으리라.

뜨거운 정 같은 건 없어도 핏줄이란 그런 것인 모양이었다. 둘은 꽤나 닮아 있었다. 자신의 외형은 외탁인 듯, 외모 자체는 그다지 공통점이 없지만 얼핏 나이를 가늠할 수 없는 동안이라는 점이 같았다. 스물한 살 때 달아났던 친부는 이미 마흔아홉이었으나, 한 마흔 초반이라고 해도 손색이 없어 보였다. 그리고 못생긴 엄지손톱이 닮았다.

이아는 흔히 예술가의 손톱이라고 불리는 양쪽 모양이 다른 엄지손톱을 가지고 있었는데, 찻잔을 쥔 친부의 엄지손톱도 그렇게 생긴 것을 발견했다.

이아는 희미하게 웃었다.

"거의 삼십 년이 지났는걸요."

다시 침묵이 감돌자, 두 사람은 누가 먼저랄 것 없이 찻잔을 들어 입가로 기울였다.

"그래…… . 결혼하고 싶은 남자가 있다고. 그런데 양오빠라…… . 힘든 길을 택했구나."

달칵.

이아는 조용히 찻잔을 내려놓았다.

"사랑하게 된 남자가 우연히 양오빠였을 뿐이에요. 그런데 아내분이 있다고 들었어요. 딸도 있고요. 이해해 주셨나요?"

친부는 작게 한숨을 내쉬었다.

"처음에는 많이 놀랐지. 이혼 소리도 나왔었고. 아직도 화가 나 풀린 것 같지는 않아. 그래도 난 해주고 싶다. 내가 해줄 수 있는 유일한 일이니까."

"감사해요."

이아는 진심으로 인사했다.

"하지만 아내분께 걱정하실 건 없다고 전해주세요. 호적에 친자로 올라도 유산이 있다면 곧바로 포기 각서를 낼 거고, 불쾌하시다면 오늘부로 연락도 하지 않을 거니까요. 제가 필요한 건 '권이아' 라는 이름뿐이에요."

반 가(家)의 의붓딸이 아닌 완전한 남, 권이아.

사실 이름 자체는 원래 성 윤 씨를 쓸 때보다 딱딱해 보여서 그다지 마음에 들지는 않았다. 하지만 모름지기 아쉬운 놈이 우물을 파는 법이니 말이다. 솔직히 개인감정을 떠나서 반이아보다는 나았다. 여기가 외국도 아니니 이제 반 씨 성을 달 일은 없겠지만, 어감을 생각하면 그건 다행이다 싶었다.

"청첩장을⋯⋯ 받을 수 있을까?"

그 제안은 제법 의외였다. 물론 그녀에게 먼저 연락을 한 것은 친부 쪽이었다. 한 5년 전쯤이었을까? 낯선 이름에게서 메일이 도착해 열어보자, 발송인은 아무래도 자신이 그녀의 아버지인 것 같다고 이야기하고 있었다.

그 당시에 어떤 여성 잡지에서 부띠끄 원장으로서의 선화를 인터뷰한 적이 있었는데, 이아도 홀어머니를 모시고 사는 딸로 함께 나갔었기 때문에 그 기사를 보고 설마 싶었던 모양이다. 선화가 그때 임신했던 아이를 낳았을 거라고는 생각하지 않았지만 시기상 이아의 나이가 완벽히 맞았기 때문에 스스로 고민을 한 후에 납득했던 것 같았다. 그러나 이아는 짧은 답변을 끝으로 몇 번 더 오는 연락에 답하지 않았다.

[당신은 내 아버지가 아닙니다.]

그 단 한 줄의 답문이었다.

그 후로 오는 메일은 읽지도 않고 삭제해 버렸건만, 자신이 먼저 그를 만나고 싶다고 말하는 날이 오게 되다니⋯⋯. 이래서 인생사 알 수 없는 것이라고 하는 모양이었다. 하지만 창진과 연인 사이가 된 순간부터 이아는 이날을 예상하고 있었다.

"오시겠다면 말리지는 않겠지만⋯⋯."

이아는 찰나적으로 침묵하며 단어를 골랐다.

"제 친구로 오시겠다면 괜찮아요. 제 아버지는 한 분뿐이거든요. 식장에서 어느 쪽에 앉을지는 아버지 마음이겠지만."

왠지 마음 같아서는 신부 쪽에 앉고 싶어할 것 같은 찬호를 생각하니 절로 웃음이 나왔다. 물론 결혼 이야기를 꺼냈을 때 창진과 그녀를 싸잡아서 생매장해 버리지 않는다면 말이다.

"친구라. 그래, 그거 좋구나."

이아는 조용히 맞은편의 남자를 응시했다.

상처가 되지 않았다고 말한다면 거짓말일 것이다. 한때는 상상 속에서 죽일 정도로 미워했고, 한때는 이불을 뒤집어쓰고 울 정도로 그리웠고, 한때는 죽은 사람 취급하며 살 정도로 체념했다. 그것은 마치 사랑의 과정과 비슷했다. 얼굴조차 모르는 그를 상대로 사랑하고, 미워하고, 그리워하고, 이내 체념했다.

만약 그 사랑을 전이시킬 수 있는 사람이 아직까지 나타나지 않았더라면, 이렇게 태연히 그를 바라볼 수 있었을까?

그때였다. 핸드폰이 울리기 시작했다. 기분 탓이겠지만 왠지 모르게 날카롭게 울리는 벨소리에 이아는 친부를 의식하며 흘긋 테이블 위에 놓아둔 핸드폰을 쳐다보았다. 그리고 양해를 구하는 것도 잊고 바로 전화를 받았다.

"창……!"

하지만 미처 이름을 다 내어 부르기도 전이었다.

「이게 무슨 개소리야!」

창진은 난데없이 옆 테이블에 있는 손님들마저 화들짝 놀랄 정도로 거의 괴성 같은 고함을 내질렀다. 식겁해서 핸드폰을 멀찍이 떨어트렸던 이아는 얼른 친부에게 인사하고 일어났다.

"먼저 가봐야 할 것 같아요. 청첩장은 나오는 대로 보내 드릴게요."

얼결에 인사하는 친부를 뒤로하고 서류 봉투도 거의 가방에 쑤셔 넣다시피 하고 나르듯 카페를 나섰다.

"무슨 일······."

그러나 역시 말을 다 끝낼 틈도 없었다.

「당장 튀어와! 여기······.」

"알아요! 세브란스 병원!"

그가 어디에 입원해 있는지는 앞까지 갔다가 그냥 돌아온 적이 있기 때문에 잘 알고 있었다. 드디어 창진이 만나러 오라고 했다는 것에 뛸 듯이 기뻐져 그가 뭔가에 진노하고 있다는 사실은 이미 잊어버렸다.

"금방 갈게요!"

다급히 차에 올라타며 외치자 창진은 대답도 없이 뚝 끊어버렸다. 하지만 드디어 그를 볼 수 있다는 생각에 이아는 두 번 의아해하지도 않고 일단 액셀러레이터부터 밟았다.

끼이이익!

차는 거의 도로에 스키드마크를 남기며 날래게 출발했다.

20

"여보."

다스한 부름에 찬호는 팔불출처럼 벙싯 웃으며 고개를 돌렸다.

"응?"

막 부엌에서 나온 선화 또한 그 미소에 보답하듯 온화한 미소를 폈다. 집에서 생활하기 편안한 주름치마에 색이 연한 카디건을 입고 있어도 아내는 천연인 듯 우아한 귀부인 같은 분위기가 있었지만 꼭 제 집에 있는 것처럼—맞는 말이긴 하지만—편안해 보여 그 모습을 보는 것만으로도 찬호는 요 근래 얼굴에서 미소가 떠날 줄을 몰랐다.

"점심은 어떻게 하시겠어요?"

"간단히 먹지 뭐."

"어제 고아둔 곰국이 있는데 곰국하고 드시겠어요?"

"나야 좋지."

황혼의 나이에도 명색이 밥상도 엎는다는 신혼인 부부는 서로 바보처럼 싱글대는 웃음을 교환했다. 그리고 선화가 부엌으로 돌아가자 찬호는 점심준비가 되는 동안 아이언을 마저 손질하기 시작했다. 텔레비전에서는 뉴스가 조용한 볼륨으로 흘러나오고 있고, 휴일인 자신에 비해 이아는 출근을 하고 난 뒤라 가정부와 부부밖에 없는 집 안은 무척 평화로웠다.

곧 부엌에서 선화와 가정부가 점심을 준비하며 도란도란 이야기를 나누는 소리가 들려왔다. 가정부가 해주는 제 열다섯 난 아들 이야기에 선화가 나직이 웃고 있었다. 그에 잠깐 부엌 쪽으로 시선을 멈춘 찬호는 문득 이게 사람 사는 맛이라는 생각을 했다.

한때는 아들 창진이 크는 모습을 보는 것만으로도 밥을 먹지 않아도 배가 불렀으나, 나이가 드니 어딘가 가슴 한구석이 우리하고 헛헛했더란다. 녀석이 기대에 어긋나지 않는 아들로 성장했는가 하는 점은 차치하고라도, 당장 은퇴해도 될 정도로 아들이 차곡차곡 쌓아주는 통장 잔고를 봐도 이리 살아서 뭐하나 싶은 중년의 위기가 있었던 것이다. 그런데 요즘은 아주 그냥 살맛이 났다.

아침에 일어나면 아내가 꽃처럼 곱고 다감한 미소를 지어주고, 저녁에 퇴근해 오면 귀여운 딸아이가 조잘대며 말상대를 해 주었다. 정말 밥을 먹지 않아도 배가 부른 기분이란 이런 것이다 싶었다.

'뭐……'

옳다구나 독립한 뒤에 뒤늦게 늦바람이 들어서 두문불출하고 있는 괘씸한 아들놈은 그렇다손 치더라도 말이다.

'하여간 그놈을 그렇게 풀어놓는 게 아니었는데. 완진히 발정 난 망아지 몰골이 아니고 무어야? 에잉.'

지금도 어디서 뭘 하고 있는지, 아마 물 만난 듯이 새벽 내내 술 퍼마시고 대자로 뻗어서 코 골며 세상모르고 자고 있겠지마는, 코빼기조차 내보이지 않는 괘씸한 녀석을 생각하니 괜스레 아이언을 닦는 손길에 힘이 들어갔다.

'서른둘이나 먹은 놈이 제 가정 꾸려서 잘살아볼 생각은 하지 않고 꼬리에 불붙은 망아지처럼 싸돌아다니는 꼬락서니하고는……'

불뚝 돋은 심술보에 아이언의 칠이 벗겨져라 빡빡 닦고 있는 찰나였다. 머리에 번쩍 번개가 내리꽂혔다. 찬호는 발딱 고개를 들었다.

'그래! 결혼을 시키는 거야!'

왜 진작 이 아인슈타인의 상대성이론에 버금가는 위대한 깨 달음을 얻지 못했단 말인가! 지금이야 책임질 게 없으니 만년 총각 기분으로 별 옷 같지도 않은 천 조각이나 걸친 계집들을 끼고 돌아다니며 논다지만, 책임감은 제법 투철한 녀석이니 결혼이라도 한다면 지금보다 반은 자중하며 살 것이다.

'그래. 내가 왜 여태 그 생각을 못했지?'

제 나름대로 기막힌 아이디어를 얻은 찬호 씨는 일단 꽂히면 직선돌파밖에 모르는 그 성품대로 바로 참한 색싯감을 물색하기 위해 아이언을 제쳐 놓고 전화를 들었다. 그리고 막 다이얼을 누르려는 찰나였다. 타이밍 좋게 전화가 울리기 시작했다.

"반찬호입니다."

「아, 반 사장!」

반색하는 상대의 목소리에 찬호도 반색했다.

"어이구, 이거! 형님 아니십니까!"

오래전 건달 시절에 동고동락하던 형님으로, 기실 지금에 와서야 생각만큼 반가운 상대는 아니었다. 그러나 여의도만 한 심장을 가진 의리의 사나이 찬호 씨는 이런 것도 다 정이다 싶어서 반갑게 맞았다.

"간만에 목소리 들으니 참 좋습니다. 잘 지내시죠?"

「나야 뭐 언제나 고만고만하지. 그나저나…… 자네는 좀 어때?」

호쾌하게 이야기하다가도 조심히 눈치를 살피는 듯한 물음에 찬호는 의아한 기색을 숨기지 못했다.

"예? 뭐가 말입니까?"

「아니…….」

상대는 찰나적으로 주저하는 기색이었다. '어라, 아닌가?' 하듯이.

「창진이 녀석 말이야.」

찬호는 반사적으로 살포시 인상을 썼다.

"그 녀석이 왜요? 또 무슨 사고라도 쳤습니까?"

오래전에 손을 씻었어도 그 바닥에서 굴러먹은 것이 한 세월이었다. 아직 그 바닥에 힘있는 형님으로 이름깨나 날려서 창진의 뒤도 제법 봐주는 상대가 눈치를 보듯 언급하는 말이 어떤 것일지 얼핏 깨닫지 않을 수 없었다.

「어? 자네 모르나?」

"뭘…… 말입니까?"

이제 불안하기까지 해 되묻자, 상대는 괜히 긁어 부스럼을 만들었다고 생각했는지 흠흠 헛기침을 했다.

「아니, 그게…….」

찬호는 숨 쉬는 것조차 잊고 그 말을 들었다. 그리고 상대가 말을 다 끝낸 찰나, 퉁기듯 벌떡!! 몸을 일으켰다.

"뭐, 뭐라고요!"

그 소리를 들었는지 선화가 부엌에서 '왜 그러세요?' 물으며 나왔다. 그러나 얼굴이 창백하게 질린 찬호는 바로 전화를 내던지고 맨발로 집을 뛰쳐나갔다.

"여, 여보!"

놀란 선화가 다급히 불렀으나, 활짝 열린 문 너머 찬호는 이미 사라지고 난 뒤였다. 그것도 한쪽에 밀어놓았던 아이언을 연장처럼 움켜쥔 채로.

Oops, what's next?

이아는 한때 창진에게 빙의되었던 미하엘 슈마허의 영혼에 빙의되어 거의 죽음의 랠리를 질주해 병원에 도착했다. 병실 또한 알고 있었기 때문에 접수처에서 물어볼 것도 없었다. 엘리베이터가 도착하는 시간도 기다릴 수 없어서 저질 체력에도 불구하고 계단을 정신없이 뛰어올라 갔다. 그리고 환자들이 좀비처럼 느릿하게 돌아다니는 복도를 지나쳐 501호, 패널에 [반창진 님]이라고 붙은 문으로 손을 뻗었다.

그와 동시에 마치 기다리고 있었다는 듯이 문이 벌컥! 사납게 열렸다.

창진이 서 있었다. 그녀를 그대로 한입에 씹어 먹어버릴 것처럼 이글이글 끓고 있는 눈은 차치하고라도, 위아래로 하얀 환자복에 남색 카디건을 걸치고 있는 모습이 그답지 않게 연약해 보여 눈에 뭉클 물기가 일었다. 옷에 가려져 있는지 상처나 붕대 같은 것은 보이지 않았지만, 다른 것도 아니고 칼질을 당했다는데 얼마나 아팠을지 생각하니 당장이라도 그를 붙들고 오열하고 싶어졌다.

"창……."

운명의 엇갈림 속에 만난 드라마의 주인공처럼 애절하게 내어 부르려는 순간이었다.

그가 손목을 강하게 쥐고 끌어당기더니 뒤로 문을 세차게 밀어 닫았다. 그리고 달칵, 소리나게 문을 잠갔다. 그럼에도 별다른 말을 하지 못했던 이유는, 그가 대뜸 그녀를 안아 들었기 때문이다.

그것도 공주님 안기 포즈로.

이아는 바로 얼굴에 발긋하게 열이 올랐으나 이토록 오래 입원을 할 정도로 상처 입은 그가 걱정되어 말리는 척했다.

"상처가……."

"조용히 해."

창진은 짓씹듯이 내뱉고 그녀를 안은 채로 병실 한쪽에 있는 소파로 다가갔다. 이아는 더욱 얼굴에 분홍빛 홍조가 꽃피었다.

세상에, 설마 이 남자가 여기서…….

그럼에도 상처를 걱정하는 척하며 굳이 품에서 내려오지 않는 여심(女心)은 알다가도 모를 일이었다. 2주간이나 팔자에도 없는 독수공방을 한 남자의 생리를 이해해 주는 것이라고, 여자는 꿋꿋이 주장할 뿐이었다.

창진은 그녀를 안은 채 소파에 앉았다. 두근두근……. 심장이 매서운 소리를 내며 뛰었다. 너무 오랜만이라 얇은 환자복 너머로 닿은 단단한 팔에 이미 몸은 과녁 앞에서 '자, 준비하고 쏘세요!' 라고 외치는 것처럼 달근달근 달아올랐다. 강건한 손이 넉넉한 스커트 아래로 허벅지를 쓸며 은밀히 들어왔다. 염통이 쫄

깃해지고 몸의 한 부분이 뜨거워져 이아는 괜스레 몸을 애살스레 비틀었다. 그리고 절로 내숭 모드에 'ON' 스위치가 켜지며 한 번 더 말리는 척하려는 찰나였다.

갑자기 창진이 그녀의 몸을 불판 위에 호떡 뒤집듯이 휙 뒤집었다.

이아는 얼떨결에 그의 무릎 위에 가로로 누워 엎드린 자세가 되어버렸다. 일순 설마 이 자세로 하려나 싶어 짜릿한 기운이 퍼져 나갔지만, 왠지 이게 아니라는 생각이 들었다. 무시할 수 없는 불안감의 손길이 등허리를 더듬어왔다.

"창진 씨?"

이아는 의아하게 뒤를 돌아보았다. 아니, 돌아보려는 찰나였다. 투박한 손이 순식간에 치마를 들치고 속옷을 쑥 끌어내렸다. 다시 얼굴에 화끈 열이 올랐다. 그러나 못이 박힌 손이 봉긋한 둔덕을 가늠하듯 살짝 어루만진 다음 순간이었다.

철썩!

"꺄악!"

별이 번쩍했다. 가차없이 엉덩이를 후려치는 손길에 온몸에 백만 볼트의 전류가 흐르는 것처럼 저릿저릿했다. 물론 그녀가 기대하던 것과는 전혀 다른 의미로!

철썩!

이 상황을 이해하지도 못하고 있는 순간에 또 한 번 손길이 엉덩이를 사정없이 때렸다. 어찌나 손맛이 매서운지, 면적은 비교할 수 없는데도 가느다란 회초리처럼 보얀 엉덩이에 낭창하고도 날카롭게 휘감겨 왔다. 보드라운 엉덩잇살은 이미 화끈하게 달아올랐다.

"아, 아파요!"

그제야 불에 덴 듯이 정신을 차린 이아는 미친 듯이 다리를 바동거려서 후다닥 일어났다. 속옷이 허벅지에 걸려 있어 잠깐 비틀거렸지만 황당함에 모욕감이 더해져 씩씩대며 속옷을 끌어올려 입으며 소리쳤다.

"이게 대체 무슨 짓이에요!"

"어딜 멋대로 일어나? 이리 안 와?"

그가 도리어 더 화를 내며 일어나 일순 신변의 위협까지 느낀 이아는 재빨리 침대 뒤로 달아났다.

"그, 그러니까 뭐 때문에 이러는지 설명이라도 해주고……!"

단숨에 침대 옆으로 따라온 창진은 잠깐 멈칫하더니 '허!' 외마디를 토해냈다. 정말 황당하다는 듯, 믿을 수 없다는 듯, 기가 차다 못해 말도 나오지 않는 그의 심정을 모두 대변해 주는 외마디였다. 물론 이아는 그에 더 황당해졌다.

오라는 한마디에 신호도 무시하고 미친 듯이 질주해 온 사람한테 이게 무슨 행패란 말인가!

그러나 생각을 더 할 틈이 없었다.

꾹 입술을 완고하게 다문 창진이 달아난 영혼의 목을 따러온 저승사자처럼 다가오기 시작해 이아는 다급히 달아날 구멍을 물색했다. 하지만 막다른 길에 몰려 있어 여의치 않자 본능이 이끄는 대로 침대 위로 몸을 던졌다. 그때는 잡히면 안 된다는 생각뿐이었다. 요조숙녀의 가면을 쓸 정신도 없을 정도로!

일인용이라 그다지 넓지도 않은 침대 위를 기어 도망치고 있는데, 막 반대편으로 내려서려고 할 찰나에 허리가 잡혔다. 오싹 소름이 돋았다. 동시에 우악스러운 두 손에 잡혀 몸이 달랑 들렸다. 그리고 비명을 내지를 틈도 없이 침대 위로 내던져졌다.

쿵! 덜컹!

"……!"

아무리 적게 나간다고 해도 엄연히 쌀가마니 한 되보다 더 되는 무게가 주는 충격에 침대가 거친 쇳소리를 내며 흔들렸다. 이아는 정신이 없고 다망해 분분히 몸을 돌렸다. 그러나 바로 도망가려던 마음과는 달리 멈칫해 버렸다. 척 침대에 한 다리를 올린 창진이 바로 몸을 올리고 다가오고 있었기 때문이다. 사냥 본능이 오롯이 일어난 눈을 하고.

안 그래도 달아날 곳도 없이 좁은 침대 위였건만, 이아는 굴의 구석에 몰린 토끼의 기분이 되어 주춤 엉덩이를 물렸다. 그러나 쑥 다가온 손이 거리낄 것 없이 치마 속으로 들어와 단번에 속옷을 끌어내리는 바람에 엉덩이도 도로 딸려 내려갔다.

"오늘 넌 정말 혼나봐야 돼."

창진은 파르랗게 날이 선 목소리로 읊조렸다.

"내, 내가 뭘 어쨌…… 다고요?"

영문을 알 수 없는 상황이 두렵기도 했지만, 정말 이해할 수 없게도 묘한 흥분이 일어 이아는 목소리를 떨었다.

"하, 네가 뭘 잘못했는지도 몰라?"

창진이 정말 기가 차다는 듯이 말했으나 이아는 아무 대답도 할 수 없었다. 속옷을 무릎까지 끌어내린 그가 바로 허벅지를 쓸며 손을 올려 이미 습윤한 습기가 비치고 있는 곳을 침범해 들어왔기 때문이다. 마치 의사에게 환부를 보이는 환자처럼 누운 이아는 가슴께에 올린 손으로 제 옷깃을 꽉 말아 쥐었다. 너무 오랜만이라 그런지 그가 건드리는 순간에 이미 절정에 오를 것 같았다. 그러나 그것을 먼저 눈치챈 남자가 다른 방향으로 파고들며 어깃장을 놓았다.

"내가 됐다고 하기 전에 가면 진짜 며칠간 앉지 못할 정도로 엉덩이 맞을 테니까 알아서 해."

왠지 모르게 정말 진심인 게 느껴지는 말이라 이아는 꾹 입술을 물었다. 뭐라고 반박하고 싶었지만 이미 등허리에 땀이 솟고 그의 손이 사이에서 움직일수록 허벅지가 파르르 떨려왔다.

"차, 창진……."

가빠오는 숨을 학학 대며 애걸하듯 부르자, 그가 고개를 내려왔다. 이아는 어련히 다가올 입술을 기대했다. 그러나 닿을 듯이 다가온 잘생긴 입술은 바로 닿기 직전에 옆으로 비켜갔다.

키스를 안 해?

얼핏 의아해졌으나, 여성을 교묘히 자극하는 손짓에 이미 제대로 된 생각을 할 수 없었다. 너무 오랜만이라 바로 절정에 오르려는 찰나였다. 그것을 느낀 듯이 그의 손이 빠져나갔다. 이아는 부옇게 흐려진 시야로 의아하게 그를 보았다.

역광을 등지고 거뭇한 음영이 드리워져 거의 악마처럼 비치는 그는 싸늘한 미소를 지었다.

"아직 안 돼."

이아는 손을 뻗었다. 하지만 그에게 닿기 전에 창진이 손을 잡아 내렸다. 거부당한 것 같은 느낌과 잡힐 듯 감질나는 쾌락에 더불어 눈물은 절로 뭉글뭉글 차올랐다.

"괴롭히지 말아요……."

열락에 몸을 떨며 발갛게 달아오른 얼굴로 애원하는 여자를 본 남자는 어금니를 악물었다. 마치 이성을 잃을 것 같은 자신을 가까스로 다잡듯이.

남자는 거칠게 보드라운 허벅지를 벌리고 강하게 밀고 들어갔다.

뜨거운 기운이 뱃속에 그득 차올랐다. 그 미묘한 느낌에 이아는 어렴풋이 몸을 떨면서 숨을 몰아쉬었다. 위를 점령한 창진도 숨이 거칠었다. 그도 그럴 것이, 마치 전쟁 같은 시간이었다. 2주간의 욕구와 그리움을 단 한 번에 모조리 풀어내려는 듯이 거의 절박하도록 강하게 파고들었다. 사납게 부딪힌 살이 얼얼

할 정도였다.

허리를 빼 빠져나간 창진은 바지를 정리해 올리고 이아를 안은 채로 좁은 침대에 누웠다. 이아는 자연스럽게 그의 몸에 엉겨들어 편한 자세를 잡았다.

잠깐 말이 없는 동안 매섭게 뛰던 심장박동이 서서히 잦아들고, 맞닿은 두 개의 심장이 같은 리듬으로 박동했다. 창진은 버릇처럼 그녀의 등허리를 부드럽고 규칙적인 손길로 쓸어내리고 있었다. 아까 왠지 모르게 굉장히 화난 것 같았음은 착각이었던 것 같았다. 이아는 이제야 제자리를 찾은 듯이 모든 게 제대로 되어가는 느낌이었다.

"일은 어떻게 됐어요?"

묻자, 등을 쓸던 손이 잠깐 멈칫했다. 하지만 곧 그도 그녀가 완전히 모르고 있을 거라고 생각하진 않았는지 한숨처럼 말했다.

"뭐, 이 바닥에서는 법보다 주먹이 가깝다지만 때로 사람이 법을 써먹을 줄도 알아야 하거든. 여태 양주파에 상납했던 대금을 기록해 놓은 장부를 경찰에 던져 줬지. 국가가 보호해 주지 않아서 선량한 일개 시민으로서는 어쩔 수 없는 일이었다고 침울하게 연기 좀 해주면서."

역시 화가 난 것 같았던 건 착각이었던 듯, 어조는 차분했다.

"보복하지는 않을까요?"

창진은 여전히 그녀의 등허리를 쓸어내리는 채로 천장을 보며 피식 웃었다.

"토사구팽이라지. 사실 양주파 가장 위에 대가리는 일개 시민인 내가 어쩌기에는 너무 거물이고, 꼬리를 잘라내서 일신의 안녕을 도모했더군. 하여간 김처선 같은 새끼. 나는 금테 안경이랑 필용이 먹고 떨어지는 조건으로 시끄러운 소리 좀 잦아들면 나이트 넘기기로 했어. 걔들이 제일 원하던 게 그거였으니까."

이아로서는 금테 안경과 필용이 누구인지는 알 수 없었지만, 한 가지는 알 수 있었다. 지금쯤 그 두 사람은 창진을 건드린 것을 땅을 치며 후회하고 있을 것이라고.

"그런데 넌."

갑자기 그가 으드득 섬뜩하게 이를 갈았다.

이아는 의아한 시선을 들었다.

"내가 그렇게 고군분투하고 있는 사이에 감히 남자나 만나고 다녀? 후, 내가 생리대 굴욕까지 생각하면 정말……."

생리대 굴욕은 또 뭔지 둘째 치고, 이아는 그제야 모든 상황을 이해했다. 그가 왜 전화해서 다짜고짜 성질부터 냈는지, 왜 그녀에게 혼나는 것 운운했는지.

딱히 누구에게 보이고 싶은 모습은 아니라서 몰래 만난다고 했는데 서울 전역에 깔려 있는 그의 정보망에 걸려들었던 모양이다. 그건 자신이 잘못했으니 이아는 오해를 정정해 주기 위해 입을 열었다.

"아, 그건……."

미처 친부라고 말해주기도 전에, 그가 혼잣말로 툭 중얼거렸다.

"하, 내 팔자도 참. 이제 바람난 여편네 잡으러 돌아다니게 생겼네."

시간이 멈추었을까. 이아는 그대로 굳었다. 숨조차 내쉬지 않고, 물끄러미 그를 응시하기만 했다. 하지만 그 이상기운을 느끼지 못한 것일까. 창신은 싸증스러운 듯, 성가신 듯, 그러나 조금은 한 꺼풀 꺾인 어조로 중얼대고 있을 따름이었다.

"내가 잠적하는 동안 외로웠던 건 이해하겠지만 차라리 만나 달라고 앙탈을 피우지……."

이아는 조용히 몸을 일으켰다. 그리고 바닥에 떨어진 팬티를 주워 입고, 흐트러진 매무새를 정리했다. 한결같이 차분한 동작이었다.

"……네가 한시도 옆에 누가 없으면 안 된다는 걸 간과한 나도 잘못……."

피식 웃음이 새었다. 어찌나 이해심이 넘치는지. 그답지 않게 이 관용과 용서에 넘치는 모습에 감격하며 눈물을 흩뿌려야 할까? 자신을 건드린 놈은 기어코 땅을 치고 후회하게 만들어주는 남자가 자신만은 예외인 듯 바람을 피운 것마저 애써 이해하려고 하는 모습에 내가 이번에는 정말 잘 골랐다고 기뻐해야 할까?

아니, 아니었다. 이 남자는 현준보다 최악이었다. 그녀에게 믿음조차 없었다.

그녀가 온 마음을 다해 사랑한다고 고백했던 게 어떤 의미였는지조차 모르고 있었다.

"아무리 그래도 그렇지, 감히 보험을 들러 가?"

그가 뒤에서 파르랗게 읊조렸다.

"그래, 갔어요."

이아가 이렇게 순순히 인정할 줄은 몰랐던 모양이다. 뚝 말이 끊기고, 병실 내부에 모골이 송연하도록 싸늘한 공기가 감돌았다. 그러나 그 공기에 조금도 영향을 받지 않은 이아는 차분히 뒷말을 덧붙였다.

"우리가 결혼하게 될 때를 대비해서 보험 들어두려고."

찰나의 침묵, 그리고 창진은 '뭐?' 하고 되물었다. 정말 선뜻 이해를 하지 못한 것 같았다.

그사이에 제 가방에서 뭔가를 꺼낸 이아는 날카롭게 몸을 돌리는 동시에 그에게 손에 든 서류 봉투를 내던졌다. 묵직한 서류 봉투는 그의 어깨를 맞고 무릎 위로 떨어졌다. 그리고 거꾸로 떨어진 봉투에서 뭔가 빼곡히 프린트된 종이들이 우수수 쏟아졌다.

창진은 무의식중에 서류에 적힌 굵직한 글자들을 읽었다.

파양……. 친자 입적 수속 관련…….

"하지만 됐어요, 이제."

번뜩 고개를 든 찰나, 그녀가 말했다.

문고리를 잡은 그녀는 그의 쪽을 돌아보고 있었다. 그 둥그런 볼 위로 차가운 눈물 한 줄기가 흘렀다.

뜨겁지 않은, 시리도록 차가운 눈물이었다.

"꺼져. 너 같은 거 트럭으로 갖다줘도 싫어."

싸늘하게 읊조린 이아는 태연히 문을 열고 나섰다. 문도 닫지 않고 그녀가 사라진 뒤에도 한참 고장난 기계처럼 망연히 앉아 있던 창진은 마침내 조금 손끝을 움직였다. 바이러스에 침식당한 먹통 컴퓨터 같던 머릿속에 하나둘 녹색 불이 켜지며 하드웨어가 정상적으로 가동하기 시작했다.

"이아 씨, 남자 만나고 있어. 분위기를 보아하니 보통 사이가 아닌 것 같은데, 꽤 오래전부터 만난 것 같아. 혹시…… 네가 세컨드인 건……."

세컨드일지도 모른다는 이야기까지는 믿지 않았지만, 질투로 뚜껑이 날아간 머리에 이성적인 판단은 이미 안드로메다의 이야기였다.

갑자기 창진은 사납게 자리를 떨치고 일어났다. 그리고 그녀를 따라 전속력으로 달리기 시작했다. 거의 아물었다고 해도 칼이 들쑤신 옆구리가 바로 욱신거려 댔지만 신경 쓰일 리 만무했다.

이미 모습이 보이지 않는 그녀를 쫓아 계단을 나르듯이 내려와 입구로 내달렸다. 환자복을 입고 뛰어오는 그를 발견한 간호사가 제지하려고 했지만 거의 직선돌파밖에 모르는 멧돼지 같은 그를 혼자서 막을 수 있을 리 없었다. 가볍게 제치고 입구를 박차고 나간 창진은 저편으로 달려가는 인영을 쫓았다.

"윤이야!"

절대 멈추지 않을 것 같던 그녀가 갑자기 멈추었다. 그리고 거의 지척까지 따라온 그를 날카롭게 돌아보았다.

"그래요, 그게 내 이름이에요! 윤선화의 딸, 윤이야! 죽는 날까지 그게 내 이름일 거라고 생각하고 살아왔어요!"

비명처럼 내지르는 소리에, 그 자리에 멈춰 선 창진은 옴짝달싹할 수 없었다.

윤이아. 그녀가 누구였던가. 살살 얼러서 구슬리면 구슬렸지 절대 타인에게 소리 지르지 않고, 특히 제게는 성질을 부리지도 않고 항상 웃는 얼굴밖에 보여주지 않는 여자였다.

그런 모습에 오히려 자신을 완전히 믿지 않는 것 같은 기분을 느꼈던 것은 이미 잊혀지고, 꼭 한 대 얻어맞은 것 같았다.

"그런데 버리고 싶어졌어요! 반창진의 아내가 되기에는 걸림돌이니까! 오빠는 아버지와 단둘이서 의지하고 살아왔는데…… 제가 그걸 뺏고 싶지는 않았어요. 늘 으르렁대도 사실은 누구보다 서로를 위하는 두 사람이니까! 그거마저 뺏으면 안 될 것 같아서! 그러니까 적어도 두 분 다 살아 계신 내가 해야 할 일 같았어요."

이아는 히스테릭하게 웃었다.

"혼자 꿈을 꾸고 있었던 거죠. 오빠는 그럴 생각도 없는데. 날 믿지도 않는데."

발작적으로 무어라 말하려던 창진은 입을 다물었다.

"날 시간만 나면 남자 뒤꽁무니나 쫓아다니는 화냥년으로 생각한 건 다른 누구도 아닌 오빠였어요."

차갑게 씹어 내뱉은 이아는 몸을 돌렸다. 그리고 꿋꿋이 의연한 척 후읍, 숨을 삼키며 걸음을 내딛었다. 그러나 채 두 번째 걸음을 내딛지도 못했다.

"꺄아악!"

커다란 손이 불쑥 어깨를 짚는다 싶은 찰나, 그대로 세상이 뒤집히고 너른 어깨 위에 짐짝처럼 둘러메졌기 때문.

"이, 이게 무슨 짓……! 내려놓지 못해요!"

거의 악을 쓰듯이 해도 턱에 각이 튀어나오도록 이를 악문 창진은 그대로 걸어갈 따름이었다. 다급해진 이아는 얼른 주위에 때아닌 소란을 아연하게 지켜보고 있는 사람들을 보고 고래고래 소리 질렀다.

"사람 살려! 치한이에요! 도와주세요!"

온 힘을 다해 발버둥 쳤으나 힘으로 창진을 이길 수 있을 리 없었다. 오히려 창진은 그러거나 말거나 묵묵히 그녀를 어깨에 둘러메고 어디론가 갈 뿐이었다. 하지만 정말 진심으로 난동을 부리는 그녀의 모습이 심상치 않아 보이기는 했는지, 저쪽에서 상황을 지켜보던 환자의 보호자로 보이는 남자 하나가 급히 달려왔다.

"이보⋯⋯!"

막 그들을 막아서려는데, 창진이 말했다. 아주 신임이 갈 만한 미소를 보살처럼 온화하게 띠며 정중하게.

"제 여동생입니다. 말싸움 좀 했는데 그새 골이 나서 뛰쳐나가려는 걸 잡은 것뿐입니다."

선뜻 믿을 수도 없지만 아주 믿기지 않는 건 아닌지 남자는 곤란한 듯 이아—정확히는 그의 어깨에 엎어져 있는 그녀의 엉덩이—를 돌아보았다. 이아는 저도 모르게 발끈해 외쳤다.

"하! 골이 났다고요? 오빠 눈에는 골이 난 걸로밖에 비치지 않는 거군요!"

그 말은 결정타였다. 그들이 아는 사이라는 걸 깨달은 남자는 성가신 상황에 말려들 뻔했던 게 짜증났는지 '쳇' 뇌까리고 돌아갔다. 그러자 막을 사람이 없어진 창진은 아주 위풍당당하게 그녀를 둘러메고 멀리서도 눈에 띄는 청은색 BMW로 다가갔다. 그리고 운전석 문을 열어 그쪽에서 이아를 조수석에 밀어넣었다.

이아는 바로 조수석 문을 열고 달려나가려고 했으나, 철컥! 타이밍 좋게 잠긴 문 때문에 섣불리 내밀었던 이마만 차창에 쿵 부딪혔다. 그리고 절로 '윽!' 아픈 소리가 터지는데, 부딪히는 소리가 제법 컸던지 창진이 걱정스럽게 이마를 감싸왔다.

"괜찮아?"

이아는 금세기 최대의 분노 속에서 평소 결코 하지 않을 행동을 했다. 그의 손을 날카롭게 쳐낸 것이다.

"가증스러우니까 걱정하는 척 따위 하지 말아요!"

창진은, 살쾡이처럼 캬릉대는 그녀를 물끄러미 쳐다볼 뿐이었다. 그런데 그 조용한 눈빛에 등허리를 타고 희미한 소름이 돋은 이유는 무엇이었을까.

그녀를 때릴 것 같다거나, 차갑게 쳐다본다거나, 상처받은 것 같다거나 한 것도 아니었다. 그저 아주 차분한 상태인 것처럼 가만히 응시했다. 하지만 무언가……. 차 내부의 어둑함 때문에 더욱 짙어 보이는 눈 속에 무언가가 있었다.

결연함. 혹은 완고함.

마치 어떤 결심을 한 사람처럼.

문득 운전석에 앉은 그가 조금 움직이고, 손을 들자 그곳에 어느새 차 키가 들려 있었다. 분명히 제 핸드백 속에 있어야 할 것이 말이다.

설마 손도 소매치기 급으로 빠른 건가 싶어 황당하게 쳐다볼 수밖에 없는 사이, 그는 시동을 넣고 막 출발하려는 듯 기어를 잡았다. 그제야 번뜩 정신을 차린 이아는 거의 위기감을 느낀 본능에 의해 기어를 잡은 그의 손을 덥석 잡아 막았다. 그리고 다시 한 마리의 삵으로 화하여 으르렁댔다.

"어딜 가는 거예요!"

그는 대답하지 않았다.

아니, 정확히는 대답할 시간이 없었다.

타앙—!

이아가 말을 끝내는 찰나, 무언가가 강하게 운전석 차창을 짚었기 때문이다. 이아는 반사적으로 비명을 내지르고 창진은 흠칫해서 돌아보았다. 그런데 이건 또 뭐? 웬 솥뚜껑 같은 손바닥 하나가 이대로 차창을 뚫어버리려는 것처럼 온 힘을 다해 창을 짚고 있었다.

"뭐……."

황당하기도 하고 누가 감히 이런 짓을 하나 싶어 막 난폭하게 말하려던 창진은 또 한 번 흠칫했다. 차창 너머로 홱 고개를 들이미는 인물이…… 다름 아닌 찬호였기 때문이다!

"아, 아버지?"

이아도 도무지 믿을 수가 없는지 아직도 놀란 심장 소리가 펄떡대는 음성으로 중얼거렸다. 그도 그럴 것이, 지금 찬호는 머리카락도 바람에 흐트러져 있고 옷차림도 걸치는 둥 마는 둥 해 거의 악귀처럼 보였기 때문이다. 특히 이글대며 끓고 있는 눈이.

"내려!"

차문을 열고 내리자, 찬호는 더더욱 볼만한 꼴이었다. 옷차림은 집에서 입고 있었던 것인 듯 평범했으나 맨발에 슬리퍼만 신은 데다 웬 아이언을 몽둥이처럼 움켜쥐고 있었다.

"아버지, 여긴 어떻게······."

찬호는 환자복에 남색 카디건을 입은 창진을 머리에서 발끝에서 확 그대로 씹어 먹을 것 같은 눈으로 훑어보았다.

"연장질당했다는 게 진짜냐?"

"······."

다 알고 온 게 분명한 모습에 창진은 지그시 관자놀이만 감싸 쥐었다. 안 그래도 이아만으로도 벽찬 상황인데······.

"어떻게 아셨습니까?"

"내가 어떻게 알았는지가 문제야!"

찬호는 단숨에 버럭 역정을 냈다.

"이놈의 개망나니 자식! 내가 뼈 빠지게 돈 벌어서 대학까지 보내놔도 정신 못 차리고 나이트 사장 노릇이나 하고 있을 때부터 알아봤어!"

"아, 아버지!"

그대로 사람들 다 보는 병원 주차장에서 아이언으로 창진을 두드려 팰 기세기에 이아는 다급히 차를 돌아가 그를 막아섰다.

"진정하세요!"

그럼에도 지금 찬호는 거의 머리가 비 오는 날 꽃 꽂은 광년 처럼 산발이 된 이아조차 눈에 들어오지 않는 눈치였다.

"내가 지금 오랜만에 전화 온 형님한테서 아들놈이 조폭하고 한판 뜨다가 칼 맞고 병원 실려 갔다는 이야기 따위나 들어야 할 쌈밥이야! 내가 오늘 널 묻어버리지 않고는 조상님 뵐 낯이 없다, 이 배은망덕한 놈아!"

아마 이야기의 출처는 거기인 듯. 이야기를 듣자마자 꼬장꼬장한 꼰대가 열 뻗치는 김에 맨발로 아이언까지 들고 바로 그가 입원한 병원으로 달려온 모양이었다. 병원을 어떻게 알았는지는 그가 마음만 먹는다면 그리 어려운 이야기도 아니라서 놀랍지 않았다.

창진은 골치가 아픈 듯 머리를 거칠게 흐트러뜨렸다.

"이야기가 왜 또 그렇게 와전된 겁니까! 전 피해자라고요, 피해자! 가만히 있는 절 필용이 그놈이 쑤신 건데 왜 애먼 사람을 잡으십니까!"

"뭐?"

찬호는 주춤했다.

"정말이에요, 아버지. 오빠는 싸움을 말리려고 하다가 상해를 입은 거예요."

이때다 싶어 이아가 거들자, 찬호는 그제야 그녀가 눈에 들어온 듯했다. 조금 얼떨떨한 얼굴로 아무리 전과가 있다지만 억울하게 오해를 사게 되어 골이 난 창진을 보고 울고 난 흔적이 역력한 이아를 돌아보았다. 그 순간, 한동안 잔잔하나 싶던 얼굴에 불뚝 역정이 돋았다.

"감히 내 아들을! 그 필용이란 개 후레자식 어디 살아! 당장 불어!"

찬호는 바로 달려가려는 것처럼 아이언을 들고 휘둘렀다. 이아는 정말 정신이 하나도 없었다. 창진과 이야기가 다 정리도 되지 않았는데, 갑자기 돌풍처럼 나타난 찬호가 과연 전적을 의심하게 만드는 성질을 부리는 바람에 이미 사람들이 하나둘 웅성대며 모여들고 있었다. 하지만 창진은 과연 그 야차 같은 모습이 낯설지 않은지 그다지 당황하지 않고 막 달려가려는 찬호를 잡았다.

"진정하세요, 아버지. 그놈은 제가 이미 태어난 걸 후회할 정도로 혼내줬⋯⋯. 아니, 일단 집에 가서 이야기합시다."

시선을 모으고 있다는 자각은 있었는지 찬호는 내치듯 아이언을 아래로 내렸다.

"배에 칼 맞은 놈이 가긴 어딜 가! 병실로 가!"

창진은 반박하려고 했으나 찬호가 먼저 몸을 돌려 병동으로 들어가 버리는 바람에 선택사항이 없었다. 성가셔하는 기색이 역력한 한숨을 내쉬고 이아를 돌아보았다. 아까 있었던 일대로라면 바로 그를 더러운 똥개처럼 걷어차고 뒤돌아 가줘야 했지만, 이렇게 돼버린 상황에 그냥 그만 버려두고 갈 수도 없어서 이아는 고개를 끄덕이고 함께 병실로 돌아갔다.

척척 앞서 간 찬호는 창진이 박차고 나온 대로 문이 활짝 열려 있는 병실로 들어가⋯⋯ 다 말고 멈칫했다. 그 뒤에 선 창진과 이아는 동시에 흠칫했다. 하도 정신이 없어서 잠깐 잊고 있었는데, 병실은 아직도 그들의 점잖지 못한 격돌(?)에 의해 어지러운 상태였다.

폭풍 같은 정사의 흔적을 여실히 내보이듯 흐트러진 침대에 사방에 흩어진 종이들……. 그리고 소파 밑에 떨어진 검은 물체.

바로 창진의 속옷이었다.

침대는 어떻게 변명할 수 있어도 그것까지 걸리면 빼도 박도 못하겠다 싶었는지, 창진은 바로 은근슬쩍 걸음을 옮겨 발로 속옷을 소파 뒤로 차 넣었다. 그리고 찬호가 보지 않는 틈에 의뭉스럽게 이아의 곁에 와 섰다. 이아는 그런 그를 믿을 수 없다는 눈으로 보고 입모양으로만 물었다.

속옷도 안 입고 쫓아 나왔어요?

창진은 한쪽 눈썹을 추켜들고 똑같이 입모양으로만 대답했다.

속옷을 챙겨 입을 틈 같은 게 있었을 것 같아?

이럴 때가 아니란 걸 알면서도 막 시선이 그의 하체로 떨어졌다. 그리고 정숙하지 못한 머리가 저도 모르게 지금 서면 어떻게 되는 걸까……. 따위를 궁금해하고 있는데, 정수리에 내리꽂히는 것 같은 시선이 느껴져 도로 고개를 들었다. 가느다란 눈매 사이로 더욱 짙어진 눈동자가 음험하게 빛나고 있었다. 이아는 괜스레 군침을 삼켰다. 자, 자신은 분명히 화가 난 상태인데…….

그때, 찬호가 몸을 돌려 두 남녀는 재빨리 고개를 바로 했다.

"근데 이게 뭐냐?"

찬호가 기가 막힌다는 듯이 들어 올린 것, 이아가 내던지고
간 파양 관련 서류 중 한 장이었다.

"……!"

"……!"

두 남녀는 한 몸처럼 눈을 크게 떴다.

이아는 그저 굳어 있기만 하다가 힘겹게 창진을 돌아보고, 그
는 그답지 않게 굵은 침을 삼켰다. 하지만 그것은…… 당황해서
라기보다, 아주 짧은 순간에 뭔가를 결심한 것 같은 반응이었
다. 이내 똑바로 찬호를 주시하는 눈동자가 아까 차에서 봤던
것과 같은…….

생각을 끝내기도 전, 창진이 단호히 그녀를 돌아보았다.

"이게 내 마음이야."

"네? 뭘……."

그것은 어쩌면 단번에 그가 무얼 말하는지 눈치채고도 믿고
싶지 않아 하는 여자, 아니, 사람의 마음이었을까. 이아는 불안
하게 웃으며 되물었다. 눈으로 그에게 제발 자신이 생각하는 것
같은 바보짓은 하지 말라고 맹렬히 전하며. 그러나 그 간절한
무언(無言)의 메시지를 깨닫지 못했는지 깨달았어도 상관없었는
지, 창진은…….

"아버지."

찬호 앞에 결연히 무릎을 꿇고 앉았다!

두피까지 섬뜩하게 울리는 소름이 이아의 등허리를 타고 올

라왔다.

"아니, 아버님? 기왕 이렇게 된 거, 드릴 말씀이 있습니다."

창진은 말하기에 앞서 아직 찬호가 쥐고 있는, 조명 빛을 반사해 더욱 스산한 윤기를 흘리는 은색 아이언을 보고 꿀꺽 침을 삼켰다. 아무래도 저게 곧 제 목줄을 딸 무기로 보이는 게 무리도 아니리라.

"오, 오빠! 이러지 말아요!"

그 옆에서 이아가 정신없이 그를 끌어당기며 만류했다. 그가 무슨 사단을 내려는지 눈치챈 모양이었다. 그러나 단단히 결심하고 앉은 그를 이아가 힘으로 끌어낼 방법은 없었다. 창진은 그녀는 그러도록 내버려 두고 척 양손을 바닥에 대었다. 그때 마침 선화까지 급히 찬호의 뒤를 따라 도착했는지 황망히 '이게 무슨 일……' 하고 말하며 병실로 들어섰다.

상황은 더욱 안드로메다로, 그러나 창진은 꾸벅 절하는 동시에 위풍당당하게 외쳤다.

"따님을 제게 주십시오!"

21

"따님을 제게 주십시오!"

휘이이이이이이이……

시베리아의 벌판에 부는 칼바람이 이토록 싸늘했을까. 절대
적인 침묵이 내려앉았다. 그리고 계속되고, 계속되었다.

문득 앞에 멀거니 서 있는 찬호가 조금 움직였다. 창진은 반
사적으로 움찔했다. 바로 아이언이 머리를 후려칠까 봐 아무리
그라도 긴장이 되었다. 그러나 걱정했던 타격은 오지 않았다.

"녀석……. 농담도 참 기상천외하게 한다. 만우절 날짜를 헷
갈렸나?"

찬호는 정말 진심으로 농담이라고 생각하는 어투였다. 그러
나 그 말에 선뜻 웃을 수만은 없는 것은, 갑자기 옷자락으로 아

이언을 닦는 손길이 아주 의미심장했기 때문이다. 꼭 연장을 벼르듯이 느긋하게 움직이는 것이…….

"마, 맞아요. 농담이에요. 많이 놀라셨죠? 오빠도 참, 하지 말라니까……. 아하하……."

이아가 어떻게든 상황을 수습해 보기 위해 더듬더듬 얼버무렸다. 끝에 묘하게 날카로운 웃음만은 어쩔 수 없었지만.

창진은 사납게 그녀를 보았다.

"농담? 아무리 나라도 목숨 걸고 농담 따위를 할 것 같아?"

움찔, 찬호의 손이 멈추었다. 안으로 들어오던 선화의 걸음도 멈칫했다.

"웃기지 말아요! 결혼이 장난인 줄 알아요!"

안 그래도 가야 할 길이 구만리에 난관이 첩첩인데 그녀조차 도와주지 않아 불뚝 성질이 돋았다. 쌍수 들고 환영하며 같이 손이 발이 되도록 빌어도 될지 말지 미지수이건만! 그러나 여기서 그녀를 탓할 수만도 없는 노릇이라 창진은 애써 차분히 말했다.

"누가 장난이래? 난 그 어느 때보다 진지해. 내 인생에서 이렇게 진지하고 간절했던 적이 없어."

그 말에는 이아도 잠깐 멈칫했다. 그러나 훌딱 넘어가 버리려는 자신을 다잡듯이 세차게 고개를 내저었다.

"싫다고 했잖아요! 이제 창진 씨 따위 더는 사랑하지 않을 거라고요!"

사랑이 엿도 아니고 자른다고 뚝 잘라질 것도 아니니, 속상하고 원망스러운 김에 하는 말이라는 건 알고 있었다. 하지만 그냥 말이라고 해도 그만두겠다 운운하는 말에 이성이 엿가락처럼 뚝 끊겼다.

결국 창진은, 지 성질 개 못 준다고 왈칵 소리를 지르고 말았다.

"그래, 널 믿지 않았어! 나도 그놈 짝 날까 봐!"

그래, 한 가지는 인정해야 했다. 그는 이아가 자신을 믿지 않는다고 속단하고 스스로도 그녀를 믿지 않았다. 그에게도 불안은 있었던 것이다. 이토록 원하게 된 여자가 언제고 자신을 걷어차고 다른 남자에게 가지 않을까 하고.

"내 잘못이라는 거 알아! 하지만 백번 사과해 봤자 입으로만 하는 사과 같은 거, 하고 싶지도 않으니까!"

겨우 진정한 창진은 이아를 똑바로 응시하고, 한 자 한 자 또박또박 말했다.

"내 마음은 그래. 너랑 결혼하고 싶어. 네가 해주는 밥 먹고, 너 울고 웃는 거 보고, 그렇게 평생 지지고 볶고 싶어."

멍하니 그를 바라보는 눈에 하염없이 눈물이 뚝뚝 흘렀다. 그의 본심이 닿은 것일까. 그런데 그때, 왈칵 주저앉더니 어린아이처럼 목을 놓아 서럽게 울기 시작했다.

"싫어! 싫다고! 혼자 사랑하는 그런 거 이제 진짜 싫어! 엉엉! 더 이상 안 할래!"

창진은 또 성질대로 외치고 말았다.

"누가 혼자 사랑한다는 거야! 내가 뜨신 밥 먹고 할 일 없어서 너한테 사랑한답시고 공염불을 했겠냐고! 내가 그렇게 한가한 인간으로 보여!"

"그럼 난 한가한 인간이라서 이러고 울고 있는 줄 알아? 그러니까 날 이렇게 핫바지 취급하잖아!"

이아는 지지 않고 고래고래 소리쳤다. 정말 이제는 가리는 것이 조금도 없었다. 그들이 어디 있는지도 잊어버리고, 생각나는 대로 목청껏 제 하고 싶은 말을 속 시원히 다 털어놓았다.

"누가 널 핫바지 취급한다는 거야!"

"지금! 지금 하잖아!"

폭풍처럼 휘몰아치는 두 남녀를 그저 지켜보고 있을 수밖에 없었던 찬호는, 그야말로 기가 막혔다. 지들 딴에는 세상에서 이만큼 심각하고 진지한 이야기가 없는 줄 아는 모양인데, 하도 가당치 않아서 지켜보고만 있자니 더할 것도 덜할 것도 없이 사랑싸움이었다.

도대체 이게 무슨 마른하늘의 날벼락, 날짐승이 길짐승을 낳는 소리, 귀신 옆구리 터지는 일인지는 알 수 없었으나, 그것 하나만은 그에게도 분명해 보였다.

"둘 다 그만하지 못해!"

타앙!

묵직한 일갈(一喝)에 두 사람은 혼난 아이들처럼 딸꾹 말을 멈추었다. 그러나 모두가 진정으로 놀란 이유는, 그렇게 외친 사람이 찬호가 아니라는 점이었다. 오히려 찬호는 더욱 놀란 듯이 발원지를 돌아보고 있었다.

시선의 중심에는 전신으로 열화와 같은 기운을 뿜어내는 염라 여장부, 아니, 선화가 있었다. 엄청난 타격음은 그녀가 문가를 손바닥으로 친 것이었다.

"아버지 앞에서 감히 이게 무슨 짓들이야!"

늘 사근사근하고 다정하고 온화하며, 세상에 이토록 다감한 어머니상이 있을 수 없을 정도였던 선화는 지금 막 지옥에서 강림한 야차처럼 다시 한 번 일갈했다.

"똑바로 앉아!"

두 사람은 누가 조종이라도 한 것처럼 병실 바닥에 후다닥 무릎을 꿇고 나란히 앉았다.

침묵이 내려앉았다.

"말씀하세요."

조용히 병실 문을 닫고 안으로 들어와 찬호 곁에 선 선화는 어느덧 다시 온화한 아내로 돌아가 있었다. 찬호는 얼떨떨하게 그녀를 보다가 변 사또 앞에 끌려온 춘향처럼 앉아 있는 두 남녀를 돌아보았다. 한동안 그렇게 망연자실 쳐다보기만 했다. 도무지 무슨 생각을 해야 하는지 알 수 없었기 때문이다.

사랑? 결혼?

분명히 그런 단어들을 들은 것 같기는 한데……

가만히 곱씹으면서 상황이 이해될수록 뭔가 엄청난 것이 불뚝불뚝 치밀었다. 얼굴이 서서히 난폭하게 일그러지기 시작했다. 그리고 이아를 보고, 옆에 엄숙하게 고개를 숙이고 앉아 있는 제 하나뿐인 아들을 보았다.

그런데 그 귀중한 금지옥엽을 보는 눈에 무언가 심상치 않은 것이 꿈틀대기 시작했다. 그리고 확 폭발했다.

"이……!"

찬호는 아이언을 확 치켜들었다. 이럴 때마저도 몸에 익은 버릇은 어쩔 수 없는 듯, 곧 '사장님 나이스 샷!'을 외쳐 줘야 할 것 같은 풀 스윙의 자세였다. 창진은 일순 움찔했지만 피하려면 충분히 피할 수 있었음에도 꾹 주먹을 말아 쥐며 가만히 앉아 있었다.

"여보!"

"아버지!"

대신 두 여자가 각자 외치며 동시에 부리나케 그들 사이를 막아섰다. 차마 죽게 놔둘 수는 없었던 모양이다. 하긴, 그 무기가 골프채였음에야.

"비켜!"

"진정하세요! 창진 군을 죽일 셈이세요?"

"그래!"

아무리 울화가 치밀어도 선화를 밀어낼 수는 없는지 찬호는 아이언을 몽둥이처럼 휘두르며 악을 써댔다.

"저놈 죽이고 새로 하나 만들면 되지! 이런 개 후레자식은 살 자격도 없어! 어떻게 살았으면 맞을 게 없어서 칼을 다 맞고 이제는 이런…… 이런……!"

"오, 오빠가 뭘 잘못했는데요!"

순간 이아가 외쳤다. 그녀가 제게 처음으로 목청을 높이는 모습에 찬호는 화들짝 놀랐다.

"저희, 잘못하지 않았어요. 피가 섞이지도 않았고, 어려서부터 같이 살면서 패륜을 저지른 것도 아니에요."

"너, 너……!"

"부모님을 속인 건 저희 둘 다 평생 갚아야 할 죄를 졌어요. 그건 어떻게 죄송하다고 말씀드릴 수도 없어요. 하지만 아버지……. 저희가……."

이아는 목이 메는 듯 가까스로 목에 걸린 커다란 덩어리를 삼켰다. 그리고 당장이라도 오열할 듯이 떨리는 음성으로 내어 물었다.

"그렇게 나쁜 짓을 한 건가요? 멈출 수 없을 정도로 누군가를 사랑한 게?"

무거운 침묵이 사방을 휩쓸었다.

아이언을 치켜들고 있는 손이 망연히 스르륵 아래로 흘러내렸다. 깨닫고 말았기 때문이다. 이건 자신이 헛것을 보고 있는 것도, 두 남녀가 단순한 호감으로 불장난을 한 것도 아니라는 것을.

"어디까지…… 간 거냐?"

두 남녀는 바로 꿀 먹은 벙어리가 되었다. 때로 침묵은 아주 많은 이야기를 해주기도 하는 법. 그 모습에 모든 걸 눈치챈 찬호는 아비가 되어 이런 질문을 해야 하는 상황이 민망하기도 하고 이 상황 자체가 무어라 형용할 수 없이 기가 차기도 해 얼굴이 시뻘겋게 달아올랐다.

솔직히 물을 것도 없었다. 제 손에 휴지 조각처럼 찌그러진 종이 한 장이 모두 다 설명해 주고 있었으니까. 파양까지 하려고 할 정도인데 서로 마음이 통한 남녀 사이에 그 더한 것은 왜 못했겠는가!

"이!"

벼락같이 외치려던 찬호는 그럴 기운마저도 없어 뒤의 소파에 무너지듯이 주저앉았다. 그리고 꾹 관자놀이를 누르고 한참이나 말이 없었다. 그 옆자리에 앉은 선화는 한숨을 삼키며 두 남녀를 돌아보았다.

"너희들, 이런 행동은 상황을 더 악화시킬 뿐이라는 걸 알았어야지."

"그게…… 이렇게 말씀드릴 생각은 없었는데 오빠가……."

"윤이아. 조용히 하지 못해? 어디서 남의 탓을 하고 있어? 내가 딸을 그렇게밖에 못 가르쳤니?"

혹독한 매질과 같은 어조에 이아는 바로 입을 다물었다. 창진은 이것이 선화의 본모습임을 깨달았다. 찬호가 별로 놀라지 않는 모습을 보니 그는 알고 있었던 것 같은데, 모전여전이라는 말이 괜히 있는 것은 아니렷다. 윤 내숭 양의 모친은 역시 그만 한 내공의 소유자였던 것이다.

"창진 군."

선화가 불러 창진은 '예' 하고 고개를 들었다.

"계모가 아니라, 딸을 가진 엄마로서 묻겠어요. 내 딸을 정말 진지하게 생각하나요?"

창진이 무어라 대답하기도 전, 찬호가 벌컥 언성을 높였다.

"아, 그딴 것 물어서 뭐해! 어차피 되지도 않을 이야기……."

"여보."

선화가 엄하게 돌아보는 눈길에 찬호는 말 잘 듣는 아이처럼 대번에 입을 다물었다. 그제야 창진은 그녀가 진정으로 보이지 않는 막후의 실세였음을 알 수 있었다. 조용히 내조하는 아내의 역할을 너무나 훌륭히 수행해 내고 있어서 그조차도 이아나 되 는 여자를 낳은 사람이 막연히 보이는 그대로일 거라고 생각해 버렸던 것이다.

윤 씨 모녀, 진정으로 무서운 여자들이었다.

"솔직히……."

창진은 천천히 말문을 텄다.

"그만둘 수 있을 정도로 심각하지 않았다면 애초에 시작조차 하지 않았을 겁니다."

"제가 절대 안 된다고 반대하면요?"

설마 그렇겠다는 말인가 싶어 조금 움찔했지만, 창진은 담담히 대답했다.

"이렇게 되기 전에 먼저 말씀드리지 않아서 죄송합니다. 하지만 이아가 세상이 보기에는 어쨌든 제 여동생인데도 시작했다면, 제가 어떤 마음이었는지 알아주셨으면 합니다."

한동안 침묵이 흘렀다.

이내 선화는 이아를 돌아보고, 대수롭잖게 물었다.

"네 친부가 호적에 친자로 올려준다고 하던?"

이아는 깜짝 놀랐다. 철이 든 이래 선화에게 친부에 관한 언급은 한 번도 한 적이 없었기 때문이다. 그에게서 연락이 왔을 때를 포함해.

"어, 엄마가 그건 어떻게……."

"그 사람이 너한테 연락하는 거 알고 있었어. 남자란 나이가 들면 제 자식이 궁금해지기 마련이니까."

선화는 쓸쓸한 듯도 하고, 묘하게 웃는 듯도 한 웃음을 지었다.

"그리고 며칠 전에 나한테 연락을 했거든. 네가 만나자고 했는데 만나도 되겠냐고. 그러라고 했지."

금시초문인지 찬호는 휘둥그레 뜬 눈으로 그녀를 보았다.

"그럼 당신은 알고 있었던 거야? 이 녀석들이 이러고…… 있다는 거?"

"아뇨, 몰랐어요. 하지만 알았는지도 모르죠. 어쩌면 처음부터.”

그 말을 이해하지 못한 사람은 비단 찬호 그뿐만이 아니었다. 창진과 이아도 의아한 얼굴을 했다.

처음부터라니?

“창진 군을 처음 만났을 때요. 아닌 척했지만 나 그때 정말 놀랐어요. 너무 내 취향이지 않겠어요?”

청천벽력 같은 폭탄발언을 떨어트려 놓고 선화는 싱그럽게도 웃었다. 찬호와 이아는 눈을 크게 뜨고, 칭찬인지 뭔지 알 수 없는 말에 창진은 드물게 당황한 듯 ‘어……’ 애매한 소리를 흘렸다.

왠지 그들 위로 제목 하나가 지나가는 것 같았다.

[패륜 막장 드라마, 의붓어머니의 배덕한 사랑.]

창진을 포함해 모두의 이마에 삐질 땀이 흘렀다. 그러나 선화는 농담 한마디 하듯 후후 가볍게 웃으며 덧붙였다.

“한 가지 흠이라면 너무 어리다는 거였죠. 근데 그때 생각나더라고요. 저랑 꼭 닮은 취향을 가진, 같은 윤 씨 여자가 말이죠.”

장난스럽게 빛나는 눈이 향해간 곳은, 그 같은 윤 씨를 가진 여자였다. 시선의 중심이 된 이아는 어떤 반응을 보여야 할 지 알 수 없어 그저 땀만 삐질삐질 흘렸다.

"여보."

선화는 문득 찬호를 돌아보았다. 찬호는 얼떨떨한 기색이 다 풀리지 않은 듯 '어, 어?' 하고 되물었다.

"나 솔직히 말해도 돼요?"

"무, 물론이지."

"당신도 알겠지만, 나 정말 손가락질 많이 당하면서 살아왔어요. 그래서 더 독하게 이 악물기도 했고, 그러면서 수십 년 살고 나니까 누가 싫은 소리 하는 데 눈 하나 꿈쩍하지 않게 되더라고요. 그런 사람들은 어차피 말뿐이거든요. 언젠가부터 내가 원하는 것, 내가 좋아하는 것, 이아의 안위밖에 내게 중요한 건 없었어요."

이 말이 어디로 나아가는지 알 수 없어 모두는 의아한 기색을 숨길 수 없었다.

"난 그렇게 살아왔어요. 이아에게도 그렇게 가르쳤고, 또 앞으로도 그렇게 하라고 할 셈이에요. 비난에도 꿋꿋할 수 있을 만큼 확신이 있다면, 난 이아가 가는 길을 말리지 않을 거예요. 그게 어떤 길이라고 해도…… 나만은 이아의 편이 되어주려고요."

선화는 빙그레 웃었다.

그 미소 뒤에 하지 않은 뒷말이 들려왔다. 자신에게는 그런 사람이 없었으니까— 라는.

"……."

찬호는 한참 말이 없었다.

이러니저러니 해도 창진은 제 자식이었다. 어떤 녀석인지는 누구보다 잘 알았다. 웬만한 결심으로는 이런 일을 저지르지도 않았을 것이다. 제 아비가 수틀리면 아들이고 뭐고 죽일 수 있는 사람이라는 걸 가상체험으로 뼛속까지 잘 알고 있을 테니.

"그럼 다 버리고 외국으로 가라고 해도 갈 수 있느냐?"

허락하는 것은 아니었다. 아니, 이건 허락하고 말고의 문제가 아니었다.

솔직히 둘 다 번듯한 성인 남녀니까 끌릴 수 있었던 상황은 이해했다. 자신도 처음부터 그런 생각을 해서 창진이 독립하는 걸 허락했기 때문에 이런 사단이 나고도 거부감의 수위가 낮기는 했다. 하지만 저들은 아니라고 해도 세상의 눈에 그들은 엄연히 남매인 것을.

그저 억하심정에 이죽이듯 물었다. 창진이 혀가 꼬부라지는 영어 따위 듣기만 해도 경기를 일으키고—할 줄 아는 것과는 별개로—치대면 기름이 물처럼 흐르는 음식은 에드워드 권의 솜씨라도 소여물로 주고 말 신토불이라는 걸 알기 때문이었다.

"아뇨."

창진은 단언했다.

"죄진 거 없습니다. 도망갈 이유가 없어요. 그리고 저희가 가면 두 분은 누가 모십니까?"

"우리 그렇게 늙지 않았다. 앞가림이야 스스로 알 수 있어."

"길어야 10년이죠."

"이놈이 누굴 퇴물 취급이야!"

이럴 때마저도 여전한 반 씨 부자였으니, 남이야 어찌 보건 간에 둘은 무척 심각해 보였다. 그 모습이 더욱 우습다면, 올해 쉰여섯의 찬호 씨는 더 성을 낼까?

"저……."

그때, 빠끔히 주목을 요하며 올라오는 손 하나가 있었다. 모두는 동시에 그 손의 주인공을 돌아보았다.

이아였다.

"두 분, 이해해 주셔서 정말 감사드려요. 그런데 전 오빠와 결혼할 생각이 없어요."

갑자기 선화는 날카롭게 창진을 돌아보았다. 창진은 살짝 당황했다.

"창진 군, 그러고 보니 무슨 잘못을 한 건가요?"

"이아가 친아버님과 있는 걸 보고 제가 오해하고 실언을 좀 했습니다. 그분이 좀, 젊어 보이셔서."

반면 찬호는 이례없이 엄하게 이아를 보았다.

"저 지경으로 만들어놓고 결혼하지 않겠다고?"

그 말이 끝난 찰나, 선화와 찬호는 동시에 서로를 쳐다보았다.

"이아한테 왜 그래요?"

"당신은 왜 창진이 녀석을 구박이야?"

"구박! 이아는 남한테 싫은 소리 한 번 하는 법이 없는 애예요. 그런데 결혼하지 않겠다고 할 정도라면 창진 군이 뭔가 잘못해도 크게 했구나 싶어서 물어본 게 구박이라고요?"

"사람이 살다 보면 실언도 좀 할 수 있는 거지, 고작 그런 걸로 애한테 겁을 주잖아!"

누가 째려본다고 창진이 겁을 먹을 리 없다는 사실은 어쨌거나, 갑자기 다른 곳으로 불똥이 튀어 나머지 두 사람은 이를 데없이 어색해졌다. 그런데도 희미하게 웃음이 나는 이유는, 아마 죽이니 살리니 해도 결국 제 자식밖에 모르는 고슴도치 부모 때문이리라.

"흠, 흠."

갑자기 창진이 목을 가다듬었다. 그에 팔불출 산 한번 시원히 등정하고 있던 두 고슴도치 부모를 포함해 이아 또한 그를 돌아보았다. 창진은 몸을 돌려 이아를 바라보고 앉았다.

"널 오해했던 건 정말 미안하다."

그 말에 찬호가 누구보다 놀랐다. 어지간해서는 사과하지도, 사과할 일을 만들지도 않는 녀석임을 알고 있기 때문이었다. 거기에 더 놀라운 건 그 말에 뾰족한 어조로 돌아오는 이아의 대답이었다.

"정말 미안하기는 해요?"

"응."

결정타는 그 고분고분한 대답.

"거짓말하지 말아요."

그럼에도 이아는 그를 돌아보지도 않고 싸늘하게 내뱉었다.

"미안한 사람이 멋대로 이런 짓을 해요?"

"그럼…… 계속 사과했다면 용서해 줬어?"

창진이 차분하게 하는 질문에 이아는 잠깐 입을 다물었다.

솔직히 손이 발이 되도록 빌어도 용서는 해주지 않았을 것이다. 그만큼 화가 났고, 그에게 실망했고, 또 절망적이었다.

그토록 그를 사랑했기에.

그녀를 믿지 않는 그의 모습이 슬펐다.

그때였다. 이아는 문득, 그녀가 만나왔던 남자들이 얼마나 슬펐을지 이해하게 되었다. 그녀를 사랑했을수록 자신을 믿지 않는 모습에 슬픔 혹은 분노의 강도가 더 강했으리라.

그녀가 어떤 남자와도 잘되지 않았을 수밖에 없었다고, 이아는 조금 망연히 생각했다.

"시도라도 해봐야 했어요."

그가 꾹 손을 잡아왔다. 이아는 천천히 시선을 들었다. 시야에 비치는 그의 눈이 단호하게 빛나고 있었다.

"미안해. 용서해 줘. 네가 그럴 리 없다는 걸 알면서도 믿지 못했던 건 내 열등감이었어."

"열등가~암?"

가만히 지켜보던 찬호가 그 단어에는 참을 수 없었는지 비꼬

듯 되물었다. 삼십이 년을 키워온 제 아들에게 그런 것이 있다는 걸 도무지 믿을 수 없었기 때문이리라. 그러자 선화가 일단은 지켜보자고 말하듯 조용히 팔을 잡아왔다. 찬호는 입을 다물었다.

이미 두 남녀는 자신들의 세상에 빠져 그가 잠깐 끼어들었는지도 모르고 있었지만 말이다.

"오빠라는 핸디캡도 있고, 다정한 성격도 못 되니까. 하지만 그래도 널 놓치고 싶지 않았어. 설령 네가 한눈을 팔아도, 도로 주워 들고 오고 싶을 만큼……."

분명 두고두고 회자될 만큼 로맨틱하고 환상적인 사랑고백은 아니었다. 오히려 이게 정말 사랑고백인가 싶을 만큼 딱 그다운 말이었다. 그런데 그녀는 바보인가 보다. 그런 투박한 고백에 그를 용서해 주고 싶어지는 것을 보면.

"주문한 반지는 아직 도착하지 않았지만……."

이아는 눈을 끔뻑였다.

지금, 뭐라고……. 반지?

"반지라고 했어요?"

"응. 사놨어."

"진짜로요?"

그도 그녀에게 프러포즈하려고 했었다는 걸 믿을 수 없어 재차 묻자, 창진은 뚱한 얼굴이 되었다.

"가정법원에 전화해서 우리가 법적으로 결혼 가능한지도 알아봤다고."

그러니 날 이렇게 박대하지 말라는 투였다.

"아무튼…… 결혼해 줘. 이제 네가 팥으로 메주를 쑨다고 해
도 믿을게. 네 말이라면 믿지 못해도 믿을게."

이아는 떨리는 한숨을 내쉬었다.

자신이 투정을 부리고 있을 뿐이라는 건 처음부터 알고 있었
다. 그래, 어쩔 수 없이 그를 사랑하니까.

"내 말이라서 믿는 게 아니라 그냥 날 믿어요."

"응."

"한눈 같은 거 팔지 않았어요."

"응."

"메주는 팥으로 쑤는 거예요."

"응."

"지구는 평평해요."

"응."

갈수록 억지가 되어가는 데도 불구하고, 초등학교 시절 담임
교사에게도 이리 고분고분하지 않았던 창진이 순순히 대답하고
있었다. 그것도 정말로 믿는 듯이. 거의 자신을 세뇌시키고 있
는 것 같았다.

지구는 평평하다, 지구는 평평하다, 지구는 평평하다……. 그
렇게.

그 모습을 지켜보는 찬호는, 그야말로 기가 막힐 따름이었다.

남자는 여자가 생기면 부모고 뭐고 없다더니, 다른 자식은 몰라도 정말 창진이 그럴 줄은 몰랐기 때문에 배신감이 다 느껴졌다.

"나 사실 남자예요."

"응……. 응?"

거의 기계적으로 그 말에도 순순히 대답하다 그건 아니다 싶었는지 아방하게 반문하는 모습에 이아는 웃음을 터트리고 말았다. 그리고 그들을 황당하게 쳐다보고 있는 찬호를 돌아보았다. 결연히 말했다.

"아버지, 실망시켜 드렸다면 정말 죄송해요. 하지만 사람 마음이란 게…… 그렇더라고요. 마음대로 되지가 않았어요. 그만두려고도 해봤고, 잘라내려고도 해봤어요. 근데도…… 오빠를 사랑해요."

애달프게 웃는 모습에는 제아무리 철벽같이 굴려고 해도 어쩔 수 없이 마음이 흔들렸는가 보다. 찬호는 씁쓸하게 웃었다. 그러나 곧 차갑게 말했다.

"난 허락 못한다."

"아버지."

창진이 짐짓 위협하듯 눈에 힘을 주고 그를 불렀으나, 찬호는 단호했다.

"아버지고 자시고, 콩가루 가족 드라마 찍을 일 있어? 네 녀석들이 결혼하면 내가 네 아비인 동시에 장인이고, 이 사람은 이아에게 엄마인 동시에 시어머니라는 건데, 그게 어디 가당키나 해? 아니면 뭐, 야반도주라도 할 셈이냐?"

찬호는 심보가 거의 기하학적으로 비틀려 빈정거렸다.

"사랑은 길어봐야 3년이야. 그 마음이 언제까지 갈 것 같으냐?"

"아버지는 반대에 부딪혔다면 3년이면 새어머니를 잊으셨겠습니까?"

찬호는 입을 딱 다물고, 선화는 은근히 그를 돌아보았다. 대답이 궁금하긴 했던 모양이다.

찰나적인 침묵, 찬호는 이마를 감싸 쥐고 신음처럼 중얼거렸다.

"아이고, 내 팔자야……. 이제 좀 사람 사는 맛이 나나 했더니……."

정말로 병색까지 엿보이는 모습이라 창진과 이아는 할 말이 없었다. 하지만 그렇다고 그만두겠다고 할 수도 없었기 때문에 그야말로 칼 찬 춘향처럼 입 꼭 다물고 앉아 있기만 했다. 그러자 찬호는 그대로 관자놀이를 짚은 채로 두 남녀를 꾹 응시했다. 거의 어떻게든 트집을 잡아보려고 하는 사감 선생 같은 눈빛이었으나 무슨 말을 할 수 있으랴, 창진과 이아는 담담히 그 시선을 받아들였다.

그렇게 정말 억겁이라도 지난 것 같았다. 찬호가 탁! 소파의 팔걸이를 내리치며 얼굴을 단단히 굳혔다.

"그래. 너희들 결심이 그토록 강하면 어디 한번 증명해 봐라."

증명해 보라고는 해도, 제 배를 갈라 '이것이 제 결심입니다!' 하고 꺼내 보여줄 수도 없고 해서 두 남녀는 그를 그저 애매한 얼굴로 쳐다볼 뿐이었다.

"날 설득시켜 보란 말이다. 남들 비난도 다 감수하고 받아들일 생각이 들도록. 그전까지는 이 눈에 흙이 들어가도 안 돼."

창진은 안도의 한숨을 내쉬었다. 완전한 허락은 아니었지만, 완전한 반대도 아니었다. 첫술에 배부른 것까지 바라진 않았으니 오늘은 이 정도만 해도 큰 소득이었다.

"당신은 행여나 저 녀석들 편 들어줄 생각하들 마!"

오늘은 더 밀어붙여 될 일이 아니라고 생각했는지 선화는 '알았어요' 대답하고, 찬호는 심통이 덕지덕지 붙은 얼굴로 삐죽대더니만 시위하듯 쿵쿵 발걸음 소리를 내며 사라졌다. 그 모습을 피식 웃으면서 보고 난 선화가 그들을 돌아보고, 갑자기 얼굴을 굳혔다. 또 뭔가 싶어 반사적으로 긴장한 이아의 곁으로 뭔가 묵직한 게 쓰러져 왔다.

"으……."

화들짝 놀라 보니, 창진이 옆구리를 감싼 채로 거의 그녀에게 무게를 지탱하다시피 하고 있었다. 이아는 크게 놀랐다. 왜 이제야 눈치챈 건지, 창진의 이마에 식은땀이 송골송골 돋아나 있고 급히 부축하는 손에 와 닿는 피부가 뜨거웠다.

"차, 창진 씨!"

"어머! 상처가 탈났나 보다! 얼른 침대에 눕히렴!"

다급해진 선화가 이아를 거들어 창진을 침대에 눕혔다.

"뭐, 뭐야? 왜 그래?"

찬호는 가지 않고 밖에서 병실의 분위기를 살피고 있었는지 부축을 받아 가까스로 침대에 눕는 창진을 보고 다급히 다가왔다.

"상처가 다 낫지 않았나 봐요. 어서 의사 좀 불러주세요."

찬호가 급히 의사를 호출하는 동안 이아는 떨리는 손으로 땀에 젖은 창진의 머리칼을 쓸어 올렸다. 서늘한 손이 기분 좋은 듯 창진은 희미하게 웃었다.

"그런 몸으로 왜 무리하고 그래요."

말 그대로 칼을 맞고도 펄펄 살아 날뛰는 남자라서 아직 상처가 낫지 않을 거라는 생각은 하지 못했다. 그러고 보니 아까부터 식은땀을 흘리는 것도 봤지만 긴장감 때문일 거라고 생각해 버렸던 것이다. 그런 자신의 무신경함이 싫어서 이아는 조금 눈물이 났다. 그 눈가를 창진이 손가락 끝으로 훔쳤다.

"너 도망갈까 봐."

이아는 그 손을 잡아 꼭 그러쥐었다.

"안 간다니까요."

"당연하지. 내가 칼 맞고 이런 난리까지 부렸는데 도망가겠다고?"

저 나름대로는 안심이 돼서 하는 말이라는 건 알고 있지만 일이 일단락되자마자 또 잘났다고 하는 말에 이아는 입술을 삐죽였다. 하지만 아무리 그래도 더는 기운이 없는지 피곤한 듯 눈을 감는 모습이 안쓰러워 하염없이 머리카락을 쓸어주었다.

"어디 부모 앞에서 붙어서 끈적대는 거야?"

그 모습을 본 찬호가 옆에서 툴툴거렸으나 창진이 아프기 때문인지 아까만큼 목소리에 독기가 없었다. 이아는 문득 고개를 들었다.

"아버지. 어머니. 두 분께 감사해요. 서로 먼저 만나주셔서요."

선뜻 이해하기 힘든 말에 두 사람은 '응?' 하고 반문했다. 이아는 세상에서 가장 사랑스러운 미소, 사랑을 하고 있는 여자의 미소를 가분히 지었다. 미소가 너무도 눈부셔서 남매가 사랑에 빠진 상황부터 시작해 아들이 칼질을 당한 상황까지 단 하나도 마음에 드는 것이 없는 까칠한 찬호 씨마저 말문이 막혔다.

"두 분이 만나셨기 때문에 제가 오빠를 만날 수 있었으니까요. 두 분 평생 잘 모실게요."

"허, 녀석! 허락하는 거 아니래도!"

"그래도요."

찬호가 툴툴대거나 말거나 이아는 이미 어느새 눈을 뜨고 지그시 그녀를 올려다보는 창진을 응시하고 있었다. 정작 본인들은 몰랐으나 참을 수 없이 느끼한 눈빛의 교환에 찬호는 오도도 닭살이 돋아나는 표정이 되고 선화는 못 말린다는 듯이 웃었다. 물론 또한 그러거나 말거나 두 남녀는 눈빛으로 서로 간절히 속삭였다.

사랑해.

네가 무엇이라도.

그런데 갑자기 창진이 무슨 생각이 난 듯 고개를 돌리고 물었다.

"그러고 보니 두 분은 어떻게 만나셨습니까?"

그제야 이아도 선화와 찬호가 어떻게 만났는지에 대해서는 들어본 적이 없다는 것을 깨달았다.

"그러고 보니 궁금하네요. 두 분 별로 접점이 없었을 텐데……."

무슨 이유에서인지, 선화는 '아……!' 외마디를 삼키며 빙그레 웃었다.

"왜, 예전에 저 사람이 거래처 사람들과 강원도에 라운딩 갔었잖니? 나도 그때 친구들하고 갔었거든."

"아, 그때 골프장에서 만나셨어요?"

"아니."

선화는 의아해하는 두 사람에게 귀를 가까이하라는 듯 손짓했다. 찬호는 뒤로 돌아서서 '흠! 흠!' 낮게 헛기침을 했다.

선화는 벌써부터 일심동체처럼 같은 포즈로 고개를 기울여

오는 두 남녀를 온화한 눈으로 보았다. 그리고 그 귓가에 손을 대고 키득키득 웃으며 말했다.

"관광 나이트에서!"

『完』

평범하지만 사랑스러운 이야기, 재벌도 아주 극적인 사건도 없으
나 길 가다 한 번쯤 어깨를 부딪칠 법한 이들의 이야기를 쓰고 싶었
다. 특히 한창 작업 중이던 다른 글이 다소 진지한 분위기였기 때문
에 기분 전환으로 밝은 글을 쓰고 싶었다. 기실 부모가 먼저 재혼한
남매라는 소재 자체는 신파 분위기의 드라마나 소설에서 더러 등장
해 왔던 것이다. 하지만 이 '이루어질 수 없는 관계'의 특성상 항상
눈물과 비명이 동반되는 소재였기 때문에 코미디로 승화시켜 보고
자 했다.

기본적으로 이 글은 마음에 드는 이성을 만났는데 알고 보니 부

모님의 재혼으로 남매가 될 사이였다는, 어쩌면 헛웃음밖에 나지 않는 아이러니한 상황에서 두 주인공이 툭탁거리며 서로를 알아가는 희극이다. 드라마로 치자면 시트콤쯤으로 치시면 될 듯하다. 그래서 이런저런 일이 있었지만 그래도 그들은 행복하게 살고 있을 것 같다는 느낌에 약간의 여운을 위해 고민 끝에 에필로그를 싣지 않았다. 에필로그는 필수고 막간은 옵션이라지만 가끔은 이런 느낌도 괜찮지 않을까…… 하고, 조심히 피력해 본다.(웃음) 또한 이 글에서 어떤 사회적, 도덕적 메시지를 전하고자 하는 의도는 없다. 그저 머리 아픈 현실에서 벗어나 읽는 동안 이런 일도 있으려니 하고 웃고 즐기시기를 바라며 쓴 글임을 알아주셨으면 한다.

그에 연장된 이야기로, 창진이 가정법원에 전화한 장면은 실제로 있었던 일이다. 나는 아니고, 편집자께서 가정법원에 전화하셨는데 상담원분이 참으로 쏘쿨하게 '당연히 가능하죠. 남남인데' 라고 한마디 하셨단다. 안 되면 어째야 하나 고민하고 있었는데 얼마 전에 법이 개정되어 재혼 부모 아래 피가 통하지 않은 남매는 결혼이 가능하다고 한다. 브라보.

마초지만 사랑스러운. 약았지만 사랑스러운.

나름 그런 모티브 위에 써내려간 두 주인공이 독자분들께도 그리 다가갈 수 있기를 바라며……

아 참, 여담으로, 혹시 아시는 분은 글 속에 간간이 나오는 익숙한 이름들에 슬쩍 웃어보셨기를.

2011년, 한계리 식당 사장님께 사과를 표하며
조례진 드림